Go!Dessia – Das Möhrchen-Massaker

Go!Dessia – Das Möhrchen-Massaker
Marina Heidrich

ISBN 978-3-945230-32-9
1. Auflage, Allmersbach im Tal 2018

Cover & Zeichnungen: Christine Schlicht
Satz und Layout: Tanja und Marc Hamacher
Lektorat: Tanja und Marc Hamacher
Druck: Winterwork, Borsdorf

www. leserattenverlag.de

Für meine drei da oben.
Ich kann euer Lachen fühlen.

Vorwort und Danksagung der Autorin

Wow, mein erster fertiger Roman! Meine erste abgeschlossene Kopfgeburt! Seit vielen Jahren liegen mehrere seiner Geschwister in meiner Schreibtischschublade, irgendwie sind sie aber immer noch in der Embryonalphase. Aber Go!Dessia ist ein frühreifes Kerlchen, das einfach ans Licht wollte. Über die Jahre habe ich etliche Kurzgeschichten veröffentlicht, in denen auch immer ein Körnchen Marina steckt. In Go!Dessia steckt ein ganzer Felsbrocken.

Als ich meine Idee im Freundeskreis vortrug, kamen die ersten kritischen Kommentare. Alle fanden den Grundgedanken zwar gut, aber die Gegner der Go!Dessianer führten zu kontroversen Diskussionen. Warum können es denn nicht ganz normale Außerirdische sein? Oder ein einfacher, durchgeknallter Serienkiller? Wieso ausgerechnet der IS? Es fiel immer wieder die Frage: Darf man über Anschläge und den IS Witze machen? Darf man mit dem Thema Terrorismus humorvoll umgehen?

Nach reiflicher Überlegung stand für mich die Antwort fest: Nein, man darf nicht – man muss!

Es geht nicht darum, die Opfer dieser feigen Anschläge nicht ernst zu nehmen, sondern die Sinnlosigkeit der extremistischen Handlungen einiger verblendeter Idioten als das dazustellen, was sie letztendlich sind. Der wunderbare Charlie Chaplin hat es in seinem grandiosen Film von 1942 vorgemacht. In *Der große Diktator* schafft er eine sensationelle Balance. Das Grauen und das Leiden der Opfer voller Respekt darzustellen und bei aller Gefährlichkeit Hitler trotzdem als die erbärmliche Witzfigur zu charakterisieren, die er nun einmal tatsächlich war. Ok, ich bin nicht Chaplin. Aber es nützt nichts, Selbstmordattentäter wochen allen Titelseiten zu bringen, genau das wollen Sie sehen sich als Helden. Ich sage: Ja, bring Titelfoto von ihnen – aber darauf sollten sie Has zähnchen, Clownsnasen und ein Schweinerüsselche tragen. Wenn die stolzen Krieger Gottes, aufrechte Patrioten und all das ganze andere hirnlose Geschmeiß (egal ob von rechts oder links oder religiös motiviert) wissen, dass sie nach ihrem Tod alle gleich im Gedächtnis bleiben, nämlich als lächerliche Pappnasenträger, dann nimmt das dem Ganzen vielleicht die heroische Komponente. Lacht sie in Grund und Boden! Das ertragen sie nicht.

Ein Satz, der mich wirklich beeindruckt hat, ist die Aussage von Antoine Leiris. Der französische Journalist hat beim Anschlag am 13.11.2015 im Pariser Bataclan mit 89 Toten seine Ehefrau, die Mutter seines 2-jährigen Sohnes verloren. Seine entschlossene Aussage an die Täter hat mich unendlich berührt: »Meinen Hass bekommt ihr nicht.« Bäng! Der Satz ist mir mitten ins Herz geknallt.

Aber abgesehen von der Weltrettungsstory ist Go!Dessia – Das Möhrchen-Massaker vor allem eins: eine Liebeserklärung an die Musik und die Freundschaft. Das ist es, was wirklich zählt.

Meine Güte, jetzt müsste eigentlich eine endlose Liste all derer folgen, bei denen ich mich bedanke. Aber so viel Platz habe ich hier gar nicht und garantiert vergesse ich die Hälfte.

Daher mache ich es kurz: Meine komplette Familie, auch wenn es prosaisch wirkt – euch brauch ich nicht extra zu danken, ihr kennt mich sowieso und ich liebe euch.

Danke, Regina Ziegler für's Mut machen, Zupacken, Kopfzurechtrücken und vieles vieles mehr seit 35 Jahren.

Merci, Annegret Eppler, dass du dich in mein Leben gesungen und mein Herz geschlichen hast.

Ralf Kühnert, mein Allerbester – ohne deine Tastatur, auf der tatsächlich alle Buchstaben erkennbar sind, hätte die Arbeit am Möhrchenmassaker dreimal so lange gedauert. Lange Fingernägel und Computertastaturen – das geht einfach nicht lange gut.

Danke, Dieter Meyer, dass ich deinen PC nutzen durfte, als die Zeit davonlief.

Und natürlich danke an meine Band Geddess: Rio Grau, Wolfgang Baues, Marcus Burkhardt und Steff Niebel. Meine selbstgewählten Brüder, meine schattigen Sonnenstrahlen, die ich abwechselnd umarmen und verprügeln könnte.

Ohne Geddess kein Go!Dessia. Als ich meinen Männern erzählt habe, dass ich einen Roman schreibe, in dem es um eine Band in reiferen Jahren geht, haben sie zunächst wohlwollend genickt. Dann beschrieb ich ihnen die Story und die einzelnen Charaktere. Was soll ich sagen? Die Kommentare gingen von »Du hast dermaßen einen an der Klatsche«, über »Stöööööhn!«, bis hin zu »Ich verklag' dich«, und zu guter Letzt: »Oh Gott! Raus aus meinem Kopf!« Übersetzt heißt das: Wir sind stolz auf dich.

Und ihr glaubt ja gar nicht, wie viel von uns in den chaotischen Göttercharakteren steckt. Und wie viele Ereignisse tatsächlich der Realität entsprechen. Nicht nur die Freitagsproben, der Sekt und ein Marder …

Ausdrücklich bedanke ich mich bei meinen beiden Verlegern Marc Hamacher und Tanja Kummer vom Leseratten Verlag, die mir ihr Vertrauen und ihre Freundschaft geschenkt haben. Von Anfang an haben sie an mein Baby geglaubt – und sind somit die Paten. Die arme Tanja ist als meine Lektorin tief in Mias bzw. Marinas wirres Köpfchen eingetaucht und damit ohne Vorwarnung sozusagen auf eine knallbunte Magical Mystery Tour gegangen. Ein mentaler Trip durch die Jahrhunderte und die Welt der Musik. Für irgendwelche bewusstseinsverändernde Auswirkungen und sonstige geistige Folgeschäden lehne ich hiermit ausdrücklich jede Verantwortung ab. Tanja, du hast es freiwillig getan!

Ein allerletzter Dank geht von Herzen an die Illustratorin Chris Schlicht. Die Frau hat das wahre Wesen meiner Götterbande erfasst und wundervoll im Bild festgehalten. Ich bin beeindruckt.

Tja, das war's auch schon mit dem Danke sagen.

Leute, öffnet ein Bierchen oder eine Flasche Sekt, schnappt euch eine Packung seelentröstende Chips oder ein Bund hinterhältige Möhrchen – und macht euch an dieses Buch.

Mein Baby wartet auf euch! Gebt ihm eine Chance.

Marina

Die Band – in ihrer heutigen Reinkarnation

Mia
Sängerin

Das Herz der Truppe.
Sie bezeichnet ihr Übergewicht als Kingsize-Format.
Mia ist kurzsichtig und vollkommen unsportlich. Arbeitet auf einer Behörde. Hat mal in einer Punkband gesungen und daher steckt in ihr immer noch eine ordentlich Portion Anarchie. Und eine Portion ganz eigener Ansichten.
Sie leidet an postletaler Amnesie. Sie weiß zwar, dass sie eine Göttin sein muss, allerdings nicht, welche.
Mia ist liebevoll, emotional, chaotisch, in ihrem Kopf herrscht das absolute Durcheinander, sie liebt Sekt und Kartoffelchips. Ob das Ende der Welt oder ein abgebrochener Fingernagel, Mias Kommentar lautet: »Mist!«

Ansgar
Gitarrist

Von der restlichen Band liebevoll auch Oller, Alter Herr, Nordgott oder Klugscheißer genannt. Einst ein weiser, allwissender nordischer Gott, lange vor Odin. Er hätte furchtbar gerne ein Menschenopfer »... so wie früher«, kriegt aber keins. Oder doch?
In diesem Leben spielt er herausragend gut Gitarre und trägt schwarz. Aus der Vergangenheit hat er sich die Fähigkeit bewahrt, ein wenig in die Zukunft zu sehen. Allerdings funktioniert dies nicht, wenn naturblonde Frauen anwesend sind. Blondinen und ein 1969er Ford Mustang, das bringt sein Blut in Wallung.

Bimmel
Gitarrist

Eigentlich heißt er Oliver und kam als letzter vor 2000 Jahren zur Truppe. Er war ein Heil- und Schutzgott. Wenn er einen Menschen berührt, kann er ihm die Schmerzen nehmen. Doch jedes Mal, wenn er das tut, leidet er selbst höllische Qualen.

Ach ja, und bei den Mitgliedern der Band wirken seine Kräfte nicht. Leider. Bimmel ist hyperaktiv, sensibel, gutmütig und sehr fürsorglich. Er hat nie verwunden, dass er als Schutzgott von Pompeji dessen Untergang nicht verhindern konnte. Weil er damals betrunken war.

Sal
Schlagzeuger

Eigentlich heißt er Salvatore (aber den vollen Namen mag er nicht), und war mal eine Wettergottheit. Er grummelt, schimpft, ist aber die Gutmütigkeit in Person. Was er sehr gut tarnt. Sal hat eine besondere Gabe. Er sieht das wahre Wesen der Menschen, er kann es allerdings nur aussprechen, wenn er reichlich Alkohol getrunken hat. Sonst ist seine Zunge blockiert, magisch verriegelt.
Seine Kollegen treiben ihn manchmal fast in den Wahnsinn, was bei ihm meist heftiges Headbangen auf eine Tischplatte zur Folge hat.

Didi
Bassist

Er ist kein Gott. Sondern ein Dämon, ein Sukkubus, der über eine unwiderstehlich animalische Anziehungskraft auf potentielle Sexpartner verfügt, egal ob Männlein oder Weiblein. Wobei Didi Weiblein bevorzugt. Eindeutig.
Die anderen Bandmitglieder nutzen seine Fähigkeit oft schamlos aus, um an Informationen zu kommen. Denn Didis erotischer Ausstrahlung kann keine(r) widerstehen. Außer natürlich die Bandmitglieder.
Tief in seinem Inneren sehnt er sich nach Geborgenheit und einer festen Partnerin.

Prolog

Karma karma karma chameleon,
you come and go, you come and go ...
(Culture Club: Karma chameleon)

eutschland 1982.
üddeutschland.

Es ist Frühsommer, Juni, ein angenehm warmer bend. Ein unterernährter, schlaksiger Junge mit okuhila-Haarschnitt, neuen weißen, knöchelhohen asketballstiefeln und schwarz-weiß gestreiften pandex-Hosen betritt eine schummrige, verrauchte Musikkneipe. Auf der winzigen Bühne steht eine Amateur-Rockband und spielt Songs von Deep Purple, Def Leppard und Black Sabbath. Der geschätzt achtzehnjährige Hungerhaken stellt sich an die Theke, bestellt ein Bier und hört der Musik eine Weile zu. Wie von selbst bewegen sich seine Finger, trommeln auf den Aschenbechern; die Füße klopfen den Rhythmus von *Paranoid*. Der knochige Junge schüttelt seinen Kopf im Takt, tänzelt leicht und rempelt dabei versehentlich ein innig züngelndes Pärchen an, das direkt neben ihm steht.

»Sorry«, murmelt der Hungerhaken.

Der männliche Part des knutschenden Duos dreht sich um und baut sich bedrohlich vor dem Trommler auf.

Er ist sehnig, unter seinem schwarzen Netz-Shirt zeichnet sich eine fast perfekte Muskulatur ab. Sein schulterlanges, tiefschwarzes Haar glänzt. Und die Ausbeulung im Schritt der schwarz-rot gestreiften Spandex-Hose lässt sämtliche anderen anwesenden männlichen Wesen schlucken. Die beiden Jungs stehen sich Auge in Auge gegenüber. Der Hungerhaken klappt ungläubig den Mund auf. Auch das animalisch-maskuline Gegenüber starrt fassungslos.

»Didi?« Der Hungerhaken kann kaum sprechen. »Bist du das? Steckst du da drin?«

Die mandelförmigen Augen des Schwarzhaarigen leuchten auf.

»Sal! Es geht also wieder los. Wir sind wieder da!«

Beide Jungs grinsen, dann fallen sie sich laut lachend um den Hals.

Das Mädchen zieht den Schwarzhaarigen am Hemd. »Hey, Didi, kennt ihr euch? Ist das ein Freund von dir?«

Didi feixt. »Oh ja. Ein alter Freund. Ein sehr alter Freund, den ich schon ein Leben lang nicht mehr gesehen habe.«

Die beiden klopfen sich strahlend auf die Schultern. Auf der Bühne setzt der Gitarrist mittlerweile zu einem Solo an. Seine flammend rote Gitarre winselt um Gnade, kreischt und jault, die dünne E-Saite schreit geradezu einen herzzerreißend hohen Ton unter seinen schlanken Händen heraus. Der Gitarrist trägt hautenge schwarze Kleidung und wirft ekstatisch die wilde, weißblonde Lockenmähne zurück. Dann ist der Song vorbei und die Band macht Pause. Langsam steigt der Blonde von der Bühne. Seine schwarzen Cowboystiefel schimmern matt.

Sal und Didi stellen sich ihm in den Weg.

»Sieh an, der Olle ist auch wieder da«, grinst Sal.

Die kühlen, graugrünen Augen des Blonden mustern die beiden von oben bis unten, zunächst arrogant, dann nachdenklich. Schließlich lächelt er leicht. »Lange nicht mehr gesehen, Jungs.«

Didi lacht. »Fast vierzig Jahre.« Er klopft dem Blonden auf die Schulter. »Hey Ansgar, mein Alter, wir sind wieder da! Was sagst du nun?«

Der Schwarzgekleidete antwortet: »Ich muss schiffen«, und verschwindet Richtung Toilette.

»Eins muss man dem Ollen lassen«, meint Sal versonnen, während er ihm nachblickt. »Er findet immer die richtigen Worte. Was sagte er noch mal als letztes, bevor die Gestapo ihn 1944 in Paris abgeknallt hat? Du warst doch dabei.«

Didi überlegt kurz. »Ich glaube, er sagte: Ich komme wieder, ihr Sackgesichter.«

1.

What if God was one of us? Just a slob like one of us?
(Joan Osborne: One of us)

Deutschland 2017.
Süddeutschland.

Ein kleines Städtchen in der Nähe von Stuttgart. Die Kamera zoomt raus aus der Stadt, umrundet fröhlich ein robustes Mischwäldchen, verschreckt einen Taubenschwarm und stürzt sich kopfüber in ein Industriegebiet. Eine alleinstehende Fabrikhalle kommt ins Bild und wird rasant größer.

Kameraschwenk auf das Fenster.

Man kann einen hohen Büroraum erkennen, in einer Ecke steht eine große Theke. In der Innenraumwand ist eine dicke Glasscheibe angebracht. Im Raum dahinter stehen Musikinstrumente, ein Schlagzeug, Verstärker, Lautsprecher. Auf einem Barhocker an der Theke sitzt eine Frau Mitte fünfzig. Ihr Haar ist dunkel gefärbt und sie hat circa dreißig Kilo Übergewicht. Sie blättert gelangweilt in einer Zeitschrift, nippt an einem Glas Sekt und greift in eine Tüte Kartoffelchips, während sie über den Rand ihrer Brille hinweg immer wieder auf die Uhr an der Wand blickt.

Es ist Freitagabend.

Die Frau bin ich.

Mein Name ist Mia und dies ist mein Proberaum. Seit über dreißig Jahren singe ich in einer Rockband namens Go!Dessia und jeden Freitag treffe ich mich hier mit meinen vier Männern zum Üben.

Ach ja, und ich bin eine Göttin.

Nicht so eine, wie sie in diversen esoterischen Frauenzeitschriften stehen, so nach dem Motto:

Entdecke die Göttin in dir. Ich bin echt. Genauso wie meine Jungs.

Wir sind uralte Gottheiten, die aus irgendeinem Grund seit Jahrtausenden regelmäßig in Menschenkörpern wiedergeboren werden. Wir leben meistens die normale Zeitspanne, die so ein gewöhnlicher Sterblicher halt hat. Dann geben wir den Löffel ab; wie jeder.

Und jetzt kommt das, was uns hauptsächlich von den sterblichen Normalos unterscheidet: Wir werden in neuen Körpern und neuen Epochen wiedergeboren. Wir reinkarnieren. Warum? Das wissen wir selbst nicht. Diese Frage gehört zu den großen Mysterien, die uns jedes Mal begleiten.

Es gibt da noch mehr Punkte. Zum Beispiel treffen wir in jeder, aber auch wirklich jeder einzelnen Reinkarnation wieder aufeinander und ziehen dann als, wie man früher sagte *Fahrende Musikanten* oder in neuerer Zeit *Band* gemeinsam durch die Gegend. Und meistens retten wir die Welt oder zumindest einen Teil davon. Gelegentlich sterben wir dabei. Dann geht es im nächsten Leben wieder von vorne los. Wir werden geboren, wachsen heran, landen irgendwie bei der Musik und treffen meistens im Alter zwischen sechzehn bis sechsundzwanzig aufeinander; das Schema läuft stets gleich ab. Sal und Didi begegnen sich und entdecken am selben Tag irgendwo Ansgar. Ein paar Tage später laufe ich den dreien über den Weg. Und als letzter stößt nach wenigen Monaten Oliver zu uns. Aber wir nennen ihn alle nur Bimmel.

Es rumpelt an der Tür und Didi betritt als erster den Proberaum.

Ich schlürfe an meinem Sekt und mustere lächelnd meine Männer, die einer nach dem anderen an diesem Freitagabend eintrudeln.

Wieso muss ich ausgerechnet heute an unsere erste Begegnung in diesem Leben denken?

Da war diese kleine Musikkneipe in den Achtzigern. Ziemlich verratzt, höllisch verraucht, aber irgendwie auch Kult. Dort wurde Live-Musik gespielt, Bands traten auf, es gab jede Menge Cross-over-Sessions und man lernte tolle Leute kennen. Ich spielte dort an einem lauen Abend im Frühsommer mit meiner damaligen Punkband. Drei Songs. Mehr Repertoire hatten wir nicht, aber gemäß dem Motto *No future* machten wir uns keinerlei Gedanken, wie wir einen ganzen Abend füllen sollten. Wir spielten halt alles noch mal. Und noch mal. Nach einer Stunde hatten wir jeden Song fünfmal durch – und keiner im Publikum merkte es. Mein Gitarrist war so zugedröhnt, dass er ohnehin jedes Mal einen vollkommen anderen Song bretterte, als der Rest der Band. Und da ich permanent meinen Text vergaß, brüllte ich irgendwann nur noch auf Englisch Beleidigungen ins Mikrofon und grölte dazu düster die Worte »Anarchy!«, »Destroy!«, und »Faschist! Establishment!«

Wir waren Rebellen und wollten bewusst schockieren, uns abgrenzen. Ich hüpfte auf meinen hohen Bundeswehrstiefeln auf der Bühne herum, meine verchromte Rasierklinge am rechten Ohr blitzte, die schwarzen Ponyfransen fielen mir auf der linken Gesichtshälfte bis über den Mund und mein grün gefärbter Undercut rechts stand ab wie kleine Igelstacheln. Zerfetzte schwarze Jeans, ein Netz-Shirt, eine mit Stachelnieten besetzte Lederjacke, schwarzer Lippenstift, schwarzer Nagellack, zwei Zentimeter dicker Kajalstrich bis zu den Schläfen und ein Hundehalsband bildeten mein Bühnenoutfit.

Hach, es war toll!

Irgendwann fielen mir dann diese drei seltsamen Typen vor der Bühne auf, die dastanden und mich doof anglotzten. Ein dürrer Hungerhaken und ein Muskelmacho, die beide wie Haarsprayrocker wirkten. Und ein auf Mister Cool machender, weißblond gelockter Gothicfreak, ganz in Schwarz.

Ok, auch ich trug Schwarz, aber sein Schwarz war definitiv das Falsche!

Meins: Anarchoschwarz, eine klare Aussage gegen die Regierung. Rebellion pur.

Seins: Angeberschwarz.

Nach Konzertende stapfte ich zur Bar und bestellte ein Bier. Ich hätte zwar lieber einen Cocktail gehabt, am liebsten einen richtig bunten mit Schirmchen, aber das war ein absolutes No Go. Als Punk trinkst du Bier. Und zwar aus der Flasche. Basta. Auch wenn es dir überhaupt nicht schmeckt. So war das damals eben. Und wenn ich es recht bedenke – es hat sich bis heute nicht geändert. Mir ist zumindest von 1977 bis 2017, also innerhalb der letzten vierzig Jahre noch kein Punker aufgefallen, der genüsslich einen *Mai Tai* durch einen Strohhalm schlürft. Oder einen *Sex on the beach*.

Ich nuckelte also leicht angewidert an meiner Pulle, was aber auch ok war, denn dadurch hatte ich den perfekten Die-ganze-Welt-kotzt-mich-an-Gesichtsausdruck. Irgendwann fühlte ich ein seltsames Kribbeln an meinem Hinterkopf.

»Hallo, Mia!« Ich drehte mich um. Die drei Musketiere standen hinter mir.

»Nettes Outfit«, grinste der Hungerhaken.

»Verpiss dich! Und nimm deine Wichserfreunde gleich mit.« Ich zeigte dem Kerl den Mittelfinger.

»Sie erkennt dich nicht«, meinte der Muckityp.

»Wie immer«, antwortete Vokuhila.

Der blasse Weißblonde sah mir tief in die Augen.

»Mia, wir sind's. Wir kennen uns. Von früher.«

Ich war verwirrt. Irgendwie wurde das komische

Trio mir von Sekunde zu Sekunde vertrauter. In meiner Herzgegend breitete sich ein eigentümliches, warmes Gefühl aus. Mist, ich hätte doch kein Bier trinken sollen.

Der Gothicfreak lächelte amüsiert. »Ich bin Ansgar. Und du – bist eine Göttin.«

Das Seltsame war, dass ich keine Sekunde lang an dem zweifelte, was der Typ mir gerade gesagt hatte. Mir war schlagartig bewusst: Das ist keine blöde Anmache. Dann erzählten sie mir die ganze Geschichte. Und nach zwei Stunden wusste ich, dass alles real war.

»Aber was für eine Göttin bin ich denn?«, fragte ich neugierig. »Und warum kann ich mich nicht erinnern?«

Sal seufzte. »Das ist eins der Probleme. Du leidest an postletaler Amnesie. Heißt übersetzt: Du kannst dich nach deinem Tod an nichts erinnern. Du weißt nicht, wer du bist, beziehungsweise warst. Und daher kennst du auch deine Fähigkeiten nicht. Und wir haben in all den zahllosen Jahrhunderten noch nicht rausgekriegt, wer du mal warst.«

»Aber ihr könnt euch an eure frühere Funktion erinnern?«

Sal nickte. »Ja. Wir beherrschen nur nicht mehr alle unsere Fähigkeiten; aber ein paar sind noch vorhanden und funktionieren ganz gut. Mit leichten Handicaps.«

Seit jenem Abend sind wir wieder vereint. Und machen zusammen Musik. Meistens Hardrock.

Wir sind Go!Dessia.

Miteinander sind wir reifer, grauer und übergewichtiger geworden, haben in über drei Jahrzehnten vieles gemeinsam durchgestanden und so ganz nebenbei in den letzten fünfzehn Jahren dreimal die Welt gerettet.

Natürlich führen wir auch bürgerliche Leben, mit sterblichen Partnern und langweiligen Jobs. Aber an den magischen Freitagen, den *Freu*-tagen, wenn wir uns wöchentlich zum Proben treffen, da sind wir ganz Gottheit. Die Jungs schwelgen in uralten Erinnerungen – und ich werde sauer bei meinen vergeblichen Erinnerungsversuchen. Den Göttern sei Dank, dass ich nun wenigstens Sekt trinken kann und nicht mehr Biervorliebe heucheln muss.

Ich mustere meine Männer, die sich an die Theke zu mir setzen. Ja, in den letzten dreißig Jahren haben sie sich schon ein klein wenig verändert. Ansgar trägt immer noch schwarz, wenn auch weniger körperbetont. Mein Gitarrist ist allerdings nicht mehr weißblond und vor allen Dingen kann er seine Mähne nicht mehr schütteln. Die rudimentäre Haarpracht hat sich in den Ruhestand zurückgezogen, der Rest schimmert friedhofsblond und kopfhautfarben. Über den perfekt gebügelten tiefschwarzen Hemden trägt er nun immer öfter eine mitternachtsfarbene Strickjacke, weil er friert. Was für einen Gott aus dem hohen Norden recht ungewöhnlich ist.

Lange vor Odin herrschte Ansgar als weises, allwissendes Oberhaupt einer chaotischen Götterfamilie. Das hat er mir erzählt. Die Menschen verehrten und fürchteten ihn, opferten ihm das Blut und die Herzen besiegter Feinde. Wenn er manchmal zu viel getrunken hat, sehnt er sich nach diesen Zeiten zurück. So ein, zwei frisch geopferte Jungfrauen im Jahr, das fehlt ihm einfach. Die guten alten Zeiten!

Ansgar trägt mittlerweile eine Gleitsichtbrille. Doch wer sich die Mühe macht längere Zeit in die Augen hinter den Bifokalgläsern zu blicken, der taucht in ein graugrünes, wildes Eismeer ein. Götter erkennt man meist an den Augen; und es laufen mehr von uns da draußen rum, als die Sterblichen wissen oder auch nur ahnen. Wir haben allerdings bisher selten andere Kollegen kennengelernt.

Ansgars göttliche Eigenschaften in diesem Leben sind ein enormes Wissen – Sal nennt es Klugscheißerei – eine grandiose Art Gitarre zu spielen und ab und zu die Fähigkeit, ein paar Stunden in die Zukunft zu sehen. Allerdings ist diese Hellsichtigkeit sofort weg, wenn er auf seine Achillesferse trifft: naturblonde Frauen. Dann sieht er nichts mehr. Außer blond.

Ich werfe einen nachdenklichen Blick auf Sal und fange an zu lächeln.

Mein kleiner Hungerhaken mit der Vokuhila-Matte. Die Haare sind ab und seit vielen Jahren zu einem akkuraten Igel-Look hochgegelt. Würde mein Schlagzeuger heute noch Spandex-Hosen tragen, wäre das äußerst kontraproduktiv. Für sein Liebesleben, seinen seriösen Büroalltag und vor allem für jeden Ästhetikliebhaber. Der Ex-Hungerhaken hat sich zu einem Prachtexemplar entwickelt. Vielleicht sogar zu einem mehr als prächtigen. Zu fast zwei.

Sal heißt eigentlich Salvatore aber er mag den Namen nicht. Obwohl das übersetzt Retter bedeutet. Der frühere Wettergott tarnt seine Gutmütigkeit mit viel Direktheit, Geschimpfe und Grummeln. Er ist mein bester Freund in diesem Leben und sagt mir immer wieder, dass er sich Sorgen um mich macht, dass ich jederzeit mit meinen Problemen zu ihm kommen kann und er mir bei der Lösung helfen wird. Gut, er drückt das alles etwas kürzer aus, in drei knappen Worten: »Du doofe Nuss!«

Vielleicht nicht unbedingt die berühmtem drei Worte, die eine Frau hören will, aber der gute Wille zählt.

Sal hat sich aus seiner göttlichen Vergangenheit die Gabe bewahrt, das wahre Wesen eines Menschen auf

Anhieb zu erkennen. Er kann es nur nicht erzählen, solange er nicht mindestens drei Flaschen Bier oder das aktuelle zeitgemäße Gegenstück zu einer Amphore Rotwein getrunken hat. Ouzo geht auch. Ohne Alkohol sind seine Lippen versiegelt, wenn es um die Tiefe oder Untiefe der menschlichen Seele geht. Wenn ich zu meinem Anlageberater gehe, nehme ich Sal jedes Mal mit und fülle ihn vorher gut ab. Dann erkennt er sofort, ob der Kerl mich betrügen will.

Didi hat sich vor vier Jahren von seiner schimmernden schwarzen Mähne getrennt. Er rasiert sich seitdem den Kopf vollkommen kahl. In Verbindung mit einem kleinen goldenen Ohrring gibt ihm das ein draufgängerisches, piratenhaftes Aussehen und passt ganz gut zu seiner leicht diabolischen Ausstrahlung. Auch wenn er mittlerweile einen kaum übersehbaren Bauchansatz hat, kommt Didi immer noch wahnsinnig gut vor allem bei Frauen an. Er ist nämlich kein Gott. Sondern ein Dämon.

Und da kommt auch unser Küken zur Tür rein. Oliver, genannt Bimmel. Wie immer zu spät. Damit ist die Band komplett. Die Probe kann beginnen.

Go!Dessia sind gut. Bescheidenheit hin oder her, man kann auch sagen: Richtig gut. Wir schreiben eigene Songs und arrangieren bekannte Rockklassiker so, dass sie meist erst im Refrain erkennbar sind. Eigentlich schrecken wir vor keinem Schwierigkeitsgrad zurück. Und doch gibt es ein Lied, diesen ultimativen Song, den wir seit fünfzehn Jahren bearbeiten und der einfach nicht zur allgemeinen Zufriedenheit klingen will. Unsere Nemesis in Notenform, unser klangliches Waterloo, unsere musikalische Odyssee: *Bohemian Rhapsody* von Queen.

In jeder Probe schlägt irgendjemand ein neues Arrangement oder eine kleine Änderung vor, die das Werk endgültig zu einem Go!Dessia-Stück machen würde. Was meistens in einem allgemeinen Seufzen und Wehklagen bei den Musikern der Band endet, untermalt von einem düster gegrummelten Versagensmonolog aus Richtung Schlagzeuger.

Ab und zu gibt es einen Lichtblick: Die Chöre kriegen wir schon echt gut hin.

»*Mamma mia, Mamma mia, Mamma mia, let me go*«, klingt vierstimmig bombastisch. Und Didi röhrt die Passage »*Beelzebub has the devil put aside*«, mit so viel rauem, brünstigen Testosteron in der Stimme wie ein Elefantenbulle, der nach zehn Jahren Zirkusknast auf eine frei lebende Herde knackiger junger Rüsseltiere in Paarungslaune trifft. Dabei wirft er den Kopf zurück und verkündet mit jeder Faser seines Körpers: Meine Saiten sind dicker als deine.

Ansgar, der im Proberaum seinen Platz neben Didi hat, zieht dann meist nur leicht amüsiert die linke Augenbraue hoch, wirft einen gelangweilten Blick auf die zwei Zentimeter langen, sorgfältig manikürten und gegelten Nägel seiner rechten Hand und fiedelt dann ganz lässig eine Meile Töne in zehn Sekunden seines Gitarrensolos runter. Die Botschaft ist eindeutig: Deine Saiten mögen dicker sein – aber es sind nur vier. Ich habe sechs und bin schneller. Und geschickter mit den Fingern. Ganz zu schweigen von flexibler. Wenn alle Stricke reißen habe ich noch mein Banjo, meine Mandoline und meine Ukulele. Dicke Saiten? Pfffft!

Die Michael-Jackson-Nummer klingt schon ganz gut. Noch zwei, drei kleine Änderungen und wieder haben wir ein absolutes Highlight in unserem Programm.

Ich singe die letzten Töne, Sal macht zum Abschluss einen Wirbel auf der Hi-Hat.

»Puh, volle zwei Stunden am Stück geprobt«, meint

er und legt die Drumsticks beiseite. »Ich brauch' jetzt eine Hopfenkaltschale. Und eine kleine Pause.«

Alle Go!Dessianer nicken eifrig, wir ziehen uns in die Pausenecke zurück. Auf die leicht ramponierten Barhocker, von denen nicht mal zwei die gleiche Farbe haben. Aber wenigstens haben sie nichts gekostet. Sperrmüll, den man wunderbar wieder verwerten kann. Unsere Rückzugsgelegenheit für Stärkungsmaßnahmen nach anstrengenden Proben. Die Kronkorken ploppen, Bimmels Mineralwasser und mein Piccolo blubbern im Glas. Zeit für sachliches Analysieren, kluge Manöverkritik und intellektuelle Problemlösung.

»Also der Sound ist so was von Scheiße«, eröffnet Ansgar die Diskussion.

Er sieht mich an. »Hörst du dich nicht richtig? Das klang tonal etwas subversiv.«

»Das Schlagzeug ist heute dermaßen laut«, wage ich einzuwerfen.

»Laut? He, das Ding heißt Schlagzeug, nicht Streichelzeug, klar?« Sal verschränkt verärgert die Arme.

»Vielleicht singst du einfach mal ein wenig lauter.«

Meine Laune kippt in Windeseile. »Eine Stimme ist ein sensibles Instrument und wenn sie kaputt geht kann man nicht eben mal eine neue Saite oder ein neues Fell aufziehen! Hast du eine Ahnung, wie vielschichtig so ein Kehlkopf aufgebaut ist? Wie empfindlich Stimmbänder sind?«

»Vor allem deine«, nuschelt Sal.

»Und könntest du damit aufhören, mir deinen blöden Zigarettenrauch ins Gesicht zu pusten?«, fauche ich Didi an, der eifrig an seiner miefenden, filterlosen Fluppe nuckelt. Mein Lieblingsdämon wirft mir einen langen, ernsten Blick zu.

»Ich rauche nicht, ich bete.«

»Oh, bitte!« Ich verdrehe die Augen.

Didi ist gekränkt. »Nein, wirklich. Das ist noch eine rudimentäre Verhaltensweise aus meiner Zeit 700 vor Christus.«

Sal seufzt. »Muss denn für jede schlechte Angewohnheit deine schwere Kindheit in Persien herhalten?«

Didi schnappt empört nach Luft. »Ihr habt ja keine Ahnung!« Vorwurfsvoll blickt er in die Runde. »Ansgar durfte sich über Menschenopfer freuen, Bimmel brachte man tonnenweise Früchte und Blumen dar, Sal wurde bei Dürre mit frischem Blut von Ziegen beschworen, das man in die ausgetrockneten Furchen der mesopotamischen Äcker goss. Literweise. Und ich?« Didis Unterlippe zittert leicht.

»Rauch und Feuer in dunklen Tempeln«, flüstert Sal mir zu.

»Ich wurde in einen dunklen Tempel gesperrt. Den ganzen Tag nur Rauch und Feuer um mich. Die heilige Flamme durfte nie ausgehen und ich war als kleiner Menschenjunge mit der Überwachung total überfordert.« Didis Augen glänzen. »Immer dieser grauenhafte Husten beim Verbrennen des heiligen Harzes im Feuertempel. Die entzündeten Augen, die allzeit gereizten Schleimhäute. Ich war total überfordert und übermüdet. Deshalb habe ich die Flamme verlöschen lassen. Ich war sieben Jahre alt. Das ist Kinderarbeit!«

Sal seufzt. »Alter! Du hast sie gelöscht. Aktiv, nicht passiv. Und zwar indem du sie ausgepinkelt hast.«

Didi schiebt trotzig die Unterlippe vor. »Na und? Ist das ein Grund, einen hinreißend süßen, lockenköpfigen kleinen Jungen hinzurichten? Und seine Seele für immer in das unterirdische Reich Ahrimans zu verbannen, auf dass er dort als Dämon reinkarniert?«

Ansgar räuspert sich und setzt zu einer seiner gefürchteten Erläuterungen an. »Nun, im Zoroastrismus, auch bekannt als Parsismus ist das halt so. Der ewige Kampf Gut gegen Böse. Ahura Mazda gegen Ahriman.«

»Klugscheißer«, murmelt Sal und wendet sich dann an Didi. »Im Übrigen kannst du froh sein, dass du in der persischen Hölle gelandet bist. Dort hast du wenigstens eine gute Ausbildung und damit eine neue Chance bekommen. Irgendwie bist du ja auch von diesem rauchigen Ort ausgebüxt, obwohl du uns noch nie erzählt hast, wie dir das gelungen ist. Aber du hast es geschafft und hier stehst du nun. Gesund, munter, zigfach reinkarniert. Und dazu noch mit all deinen dämonischen Fähigkeiten. Deinem Sukkubus-Charme.«

Didi sieht plötzlich traurig aus. »Aber manchmal wäre ich auch gerne ein Gott.«

Bimmel klopft ihm tröstend auf die Schulter. »Die wenigsten Götter haben Sex.«

»Und wenn doch, dann in blöden, vollkommen unlogischen Aggregatzuständen oder in einem Tierkörper. Zum Beispiel als goldener Regenschauer oder als Schwan.« Auch Ansgar will trösten.

Wir schweigen kollektiv.

Allgemeines Nachdenken.

Dann kommt mir ein Gedanke. »Ich frage mich ja, wie der Schwan das hingekriegt hat. Mit Leda. Er besitzt ja keinen ... ihr wisst schon was.«

Wieder nachdenkliches Schweigen.

Didi grinst. »Immerhin hat er einen extrem langen Hals.«

»Ohhh ...« Sal klatscht sich die Hand gegen die linke Schläfe. »Raus aus meinem Kopf! Ich will mir manche Dinge einfach nicht vorstellen. Raus aus meinem Kopf!«

»Und der goldene Regen?«, hake ich nach. »Hat bestimmt ganz schön geklimpert.«

Sal schnippt mit den Fingern. »Da kommt mir eine Idee. Wenn wir bei der schnellen Passage *So you think you can stone me* die Crash-Becken versetzt zu den Ride-Becken einsetzen? So ungefähr: Disch disch däng, disch disch däng datdatdat?«

Tja, Musiker. Alle gleich, ob Mensch, Gott oder Dämon – die Inspiration für ein gelungenes Cover holt man sich von überall her. Und sehr oft führt der Weg zur Musik über irgendeine Form von Sex. Immer öfter leider nur verbal.

2.
Red red wine, goes to my head, makes me forget
(UB40: Red red wine)

Ein weiterer *Freu*-Freitag. Da ich nicht sonderlich gern selber Auto fahre, holt Sal mich heute ab. Wir steuern gemeinsam Richtung Proberaum, der in den gigantischen Lagerräumen einer Fertigbaufirma außerhalb der Stadt untergebracht ist. Jo Fährmann, Beleuchtungs- und Veranstaltungstechniker, Inhaber und alleiniger Mitarbeiter eines ganz ordentlich funktionierenden Unternehmens, hat die Hälfte des Gebäudes angemietet und darin einen gut schallgedämmten Proberaum errichtet, den er an uns vermietet hat. Neben einer sauberen und vor allem funktionierenden Toilette ist der größte Vorteil unseres Proberaums, dass wir unabhängig von jeder Tages- und Nachtzeit, egal ob Feiertag oder Werktag, stets in voller Lautstärke proben können. Es stört absolut niemand.

Wir alle kennen Jo schon viele Jahre. Wobei es etwas seltsam ist, keiner von uns kann sich so recht daran erinnern, wann und wo wir ihn das erste Mal getroffen haben. Doppelt seltsam angesichts der Tatsache, dass Jo nicht unbedingt eine unauffällige Erscheinung ist. Zwei Meter groß, trägt er ausschließlich schwarze Kleidung. Ein vollkommen anderes Schwarz als das von Ansgars akkurat gebügelten Hemden. Älter. Schwärzer. Ein Schwarz wie das Universum vor dem Urknall. Das staubigste Schwarz, das man sich überhaupt vorstellen kann. Sein langer, weißblonder Kinnbart ist gegabelt und endet in zwei höllisch scharfen Spitzen. Ab und zu sitzt er an seinem Schreibtisch, wenn wir den vom Proberaum durch eine Glasscheibe abgetrennten

Aufenthaltsraum betreten. Wir wissen immer genau, wann er da ist, auch ohne, dass wir ihn sehen, denn dann scheint es überall irgendwie merklich kühler zu sein.

Als wir diesen Proberaum vor über zehn Jahren bezogen, weil unser bisheriger abgerissen wurde, saß Didi am ersten Abend nachdenklich vor seinem Bier und beobachtete Jo aufmerksam. Mein allerliebster Dämon kniff die Augen zusammen. Als hätte er in einer Menschenmenge ein bekanntes Gesicht gesehen und würde fieberhaft versuchen, sich an den Namen der Person zu erinnern.

Unser Vermieter war schon immer eher wortkarg. Jo wartete, bis wir alle anwesend waren, schraubte sich dann aus seinem Bürostuhl zeitlupenhaft in die Höhe, machte ein paar Schritte auf Ansgar zu, streckte diesem eine knochenblasse, langfingrige Pianistenhand entgegen und sagte nur ein einziges Wort: »Miete«.

Ich bemerkte, dass Didi seinen Kopf erst zur linken, dann zur rechten Seite legte, die Augenbrauen hochzog und kurz nickte. Dann summte er leise vor sich hin. Einen Song von Chris de Burgh. *Don't pay the ferryman.*

Ich hatte es gehört und sang in Gedanken die zweite Zeile vor mich hin.

»*... don't even fix a price.*«

»Wie viel soll es denn kosten?«, fragte Ansgar in dem Augenblick und zückte seine Brieftasche.

»Aaaahhhhaaaahhh!«

Meine Männer fuhren zusammen.

»Äh, äh«, stotterte ich verlegen. »Mir ist eben der Chor zu einem Song eingefallen, ich musste das gerade laut singen.«

»Das nennst du singen?« Sal runzelte die Stirn.

Ich tätschelte verzweifelt grinsend Ansgars Hand

mit der Brieftasche und meinte: »Lass stecken, mein Guter. Jo schreibt uns doch bestimmt eine Rechnung.«

Unser Vermieter fixierte mich durchdringend.

»Rückwirkend. Damit wir sie im Folgemonat auch überweisen können. Gesund und munter, wie wir dann eben so sind. Hoffe ich«.

Ich lächelte unschuldig und bohrte meinen kurzsichtigen, göttlich rehbraunen Hundeblick in seine unergründlich dunklen Augen. Wahrhaft sehr sehr dunkle Augen. Wie ein tiefer Abgrund. Zum Beispiel der Marianengraben.

Das Blickduell dauerte mehrere Sekunden, wenn ich will, kann ich zäh sein; dann nickte Jo knapp, fast anerkennend und zog die Mundwinkel zwei Millimeter nach oben.

»Wir seh'n uns«, sagte er mit tiefer Stimme und ging nach Hause. Oder sonst wohin.

Irgendwie kam mir der Gedanke, dass ein kleines Friedensangebot wohl angebracht sei. Fieberhaft wühlte ich in meiner Handtasche bis ich in ihrer Untiefe zwei gut abgelagerte Schokoriegel fand. Die deponierte ich auf Jos Schreibtisch und legte einen Zettel mit einem gemalten Herzchen und einem fetten Smiley dazu, während mir der uralte Song von Blue Oyster Cult durch den Kopf ging: *Don't fear the Reaper*. Seit jenem Abend bekommt Jo jeden Monat eine Tafel Schokolade von mir. Kleine Geschenke erhalten die Freundschaft.

Sal und ich betreten den Proberaum, Jo sitzt an seinem Schreibtisch. »Hey, Jo!«

Wir grüßen und warten auf das obligatorische stumme Kopfnicken. Stattdessen ertönt ein vollständiger Satz: »Habt ihr heute schon Nachrichten gehört?«

Wir sind reichlich perplex.

»Nö. Haben wir was verpasst?« Sal reagiert schneller als ich.

»Noch nicht«, tönt es hinter dem Schreibtisch vor.

Jo steht auf und geht auf mich zu. Er zeigt in eine Ecke hinter der Bartheke.

»Radio. Nachrichten.« Und weg ist er.

Kann der Kerl denn nicht öfter in vollständigen Sätzen sprechen? Oder zumindest mal das eine oder andere Verb benutzen?

Nach und nach trudeln die anderen ein. Erst Ansgar, dann Didi und Bimmel gemeinsam. Bimmel kann sich kaum auf den Beinen halten, er ist kreidebleich, humpelt und quält sich stöhnend auf den Barhocker rechts von mir.

»Du liebe Güte, was ist denn mit dir passiert?« Ich bin besorgt.

Mein kleiner Gitarrist wimmert leise.

»Ich hab' ihm einen neuen Job verschafft«, erklärt Didi.

Mir schwant Schlimmes. »Wo?«, frage ich scharf.

Didi grinst breit. »Na, bei mir.«

Ich explodiere. »Hast du sie noch alle? Du arbeitest auf der Intensivstation des Krankenhauses. Bimmel wird sterben, wenn er all die Schwerverletzten berührt!«

Mein Basser winkt lässig ab. »Alles halb so wild. Ich lass ihn nur die schwersten Fälle anfassen. Und auch nicht lang. Das härtet ab. Seit drei Tagen ist er nun schon mein Kollege und ich muss sagen – wir brauchen deutlich weniger Schmerzmittel bei den Patienten.«

Bimmel lächelt tapfer und gequält. »Ich bin gerne Krankenpfleger«, presst er hervor.

»Du bist gerne Masochist! Alter, das gibt's doch nicht.« Sal schüttelt fassungslos den Kopf. »Bimmel, du nimmst anderen die Schmerzen, aber die gehen dann doch volle Kanne auf dich über! Warum zur Hölle muss es denn die Intensivstation sein?«

Bimmel schnieft. »Weil ich das aushalten kann.« Er schluckt. »Am ersten Tag war's schlimmer. Da war ich im Kreißsaal.«

Didi verbirgt sein Lächeln, als ich ihn wütend anstarre.

»Oliver.« Ich merke selber, dass meine Stimme ganz weich wird. »Wie lange willst du dich eigentlich noch bestrafen?«

Bimmel sieht mich betreten an. Wenn ich seinen richtigen Vornamen benutze, ist es mir verdammt ernst.

»Du kannst doch nicht bis in alle Ewigkeit ein schlechtes Gewissen haben. Dadurch wird die Sache auch nicht ungeschehen.«

»Die Sache? Die Sache?? Mia, wir reden hier vom Untergang einer kompletten Kultur. Von einem Desaster. Die letzten Tage von Pompeji.«

Bimmel ist jetzt total aufgelöst. Ich habe seinen wunden Punkt berührt.

»Siebenhundert Jahre, Mia! Siebenhundert Jahre lang war ich der *Genius loci*, der Schutzgeist dieser wunderschönen, hinreißenden Stadt. Es war meine allererste Aufgabe, meine Premiere als Beschützer. Da gab es so viele Nationalitäten: Griechen, Etrusker, Römer, lauter Leute, die viel Spaß hatten und Freude am Leben und der Musik. Wundervolle Lebewesen, die mir blind vertrauten. Und ich versage kläglich. Tausende Menschen. Alle tot! Wegen mir und dieser dämlichen Amphore.« Er rauft sich die Haare und legt die Hände vors Gesicht.

Wir anderen werfen uns heimlich verlegene Blicke zu.

Genau genommen war es nicht allein Bimmels Schuld, dass am 24. August des Jahres 79 nach

Christus niemand in Pompeji den Ausbruch des Vesuvs überlebte. Tausende Menschen und Tiere starben. Aber auch drei reinkarnierte Götter, ein Dämon und natürlich auch der Schutzgeist des Ortes. Seit jenem Ereignis gehört Bimmel zu unserer Truppe.

Sal, Ansgar, Didi und ich waren einige Jahre zuvor in unserer x-ten Reinkarnation als fahrende Musikanten und Gaukler von Gallien aus immer weiter nach Süden gezogen. Vom Alter her dürften wir so um die Fünfundzwanzig bis Dreißig gewesen sein, als wir an der Küste des Römischen Reiches entlang Richtung Neapel wanderten. Sonne, Meer und gutes Essen, dazu ein wundervoller Rotwein – ja, dieses Land war für Götter gemacht, auch wenn Ansgar sein Met vermisste. Wir machten in Tavernen Musik und hatten eine wirklich gute Zeit. An der etrurischen Küste wimmelte es von Wildschweinen und Feldhasen, in den kleinen Dörfern gaben uns die Menschen Brot und Wein im Tausch gegen Musik. Doch irgendetwas zog uns nach Pompeji.

Ansgar war der einzige, der eventuell durch seine gelegentliche Hellsichtigkeit die Einwohner hätte warnen können. Doch kaum hatten wir unser Zimmer in einer wunderhübschen, mit Weinlaub behangenen Taverne bezogen, entdeckte Ansgar das genau gegenüberliegende Lupanar. Heute nennt man das schlicht Bordell. Ansgar und Didi schlenderten rüber, um sich einen schönen Nachmittag zu machen. Theoretisch wäre die ganze Angelegenheit ohne Probleme verlaufen. Leider war die Hauptattraktion des antiken Puffs eine germanische Sklavin namens Sabina. Groß, üppig und mit langen naturblonden Zöpfen. Und damit war es auch vorbei mit Ansgars Visionen.

Sabina und er klebten förmlich aneinander, am

Abend brachte er sie mit in die Taverne. Wir sangen und spielten Harfe. Ein lebhafter, gut gebauter junger Mann setzte sich zu uns und zog ebenfalls eine Harfe hervor. Er und Ansgar lieferten sich heiße Saitenduelle, Sal klopfte den Rhythmus auf zwei Tonkrügen und mehreren Zimbeln und Didi brummte leise, tiefe Töne. So lernten wir Oliver bzw. Bimmel kennen. Beim ersten Blick in seine Augen hatten wir sofort sein göttliches Wesen erkannt.

Er war das Produkt einer Liebesnacht zwischen Asklepios, dem römischen Heilgott und einer sterblichen Kräutersammlerin und Hebamme und sein Vater hatte ihm voller Vertrauen die Aufgabe als Schutz- und Heilgott des kleinen Ortes Pompeji übertragen. Der Junior sollte sich mit dieser scheinbar leichten Aufgabe nach einer Bewährungszeit von ein paar hundert Jahren seine Göttersporen verdienen.

Wir genehmigten uns eine Amphore Wein, dann noch eine. Nach der neunten hörten wir auf mitzuzählen und nötigten den jungen Harfenist dazu, fleißig mitzutrinken. In den frühen Morgenstunden schwankte Ansgar mit seiner blonden Sklavin in unser Zimmer; wir restlichen Zecher blieben anstandshalber im Gastraum und sanken einer nach dem anderen unter den Tisch.

Dass die Erde bebte, bemerkten wir nach all dem köstlichen Rebensaft überhaupt nicht; die ganze Welt war ohnehin am Schwanken.

Gewaltige Schläge weckten uns gegen Mittag. Große Bimssteine regneten vom Himmel und durchbrachen das Dach der Taverne. Die Erde wackelte jetzt richtig heftig, dichte Aschewolken nahmen den Atem und die Sicht. Keiner von uns war in der Lage, etwas zu unternehmen. Bimmel war dermaßen verkatert, dass sein halbmenschlicher Körper kollabierte und er in ein Restalkoholkoma fiel. Nach Stunden kamen dann die Feuerströme. Und das war's. Mit Pompeji und mit uns.

Bimmel hat das bis heute nicht vergessen, seit jener Zeit trinkt er nur Wasser. Er erlebte seine erste Reinkarnation und traf uns im nächsten Leben wieder. Seitdem hat Oliver alias Bimmel die Fähigkeit, Menschen den Schmerz zu nehmen. Ein Relikt aus seiner Zeit als Schutz- und Heilgott. Wenn er jemand die Hand auflegt und sich kurz konzentriert, dann wandert der Schmerz aus dem einen Körper raus und in den nächsten rein. Leider ist das der Körper von Bimmel.

Solange wir ihn kennen, sucht er ständig die Nähe von Kranken und Verletzten und nichts kann ihn davon abhalten. Angeblich will er nur helfen, wie es eben die Bestimmung eines Schutzgottes ist. Aber wir wissen alle wie ein personifiziertes schlechtes Gewissen auch nach fast zweitausend Jahren aussieht. Ein aus treuherzigen Augen in die Welt schauendes, Gitarre spielendes und hyperaktives schlechtes Gewissen.

Für die Pharmaindustrie wäre Bimmel das perfekte Versuchskaninchen. Er schluckt alles, was es an Medikamenten gibt, damit er seine Schmerzen wenigsten ein bisschen unter Kontrolle bekommt. Zwar hat er einerseits bislang jede Dosierung überlebt, was positiv ist. Doch andererseits wirkt absolut nichts bei ihm. Sein Schmerz ist auf einer anderen Ebene angesiedelt. Zweitausend Jahre in der Vergangenheit. So weit reicht keine Tablette. Fiele er der Pharma-Mafia in die Hände, könnte man aus seinem Blut oder einem pulverisierten Bimmel-Konzentrat mit Sicherheit das ultimative Heilmittel gegen sämtliche Krankheiten fabrizieren.

Sal dreht das Radio an, wir reden über dies und das und knabbern dabei knusprige Kartoffelchips. Unser

Grundnahrungsmittel. Zur Abwechslung gibt es dazwischen den einen oder anderen bunten Fruchtgummibären. Die Unterhaltung plätschert vor sich hin. Wie ein Kaleidoskop wechseln die Themen, greifen ineinander, überlagern sich, driften immer wieder ab.

Bimmel erwähnt die neueste Scheibe irgendeiner Band, Sal und Ansgar politisieren mit Didi, während sie zeitgleich Bimmels Musikgeschmack kommentieren und ich lausche dem parallel dazu laufenden Radiosender. Ein lulliger Popsong, drei Werbejingles. Dann die Nachrichten.

Die Weltpolitik ist wie immer. Hier ein Bombenanschlag, da ein kleiner Krieg, Präsidentschaftswahlen in irgendeinem südamerikanischen Staat. Eine Promischeidung, ein Unwetter in Indien. Die Lokalnachrichten folgen.

Auf einmal ist alles weiß.

Als hätte jemand unvermittelt einen Bühnenspot angeknipst und auf mich gerichtet. Ich höre nichts mehr, mir wird wortwörtlich weiß vor Augen. Ich bin mitten in einer Lawine aus Licht begraben. Meine Umgebung ist komplett verschwunden, ich kann mich nicht bewegen, ich bin blind – nur, dass ich statt Schwarz ein grelles Weiß sehe. Es leuchtet – weißer, immer weißer – und es tut weh! Meine Haare und meine Fingernägel schmerzen.

Ich weiß nicht, wie lange dieser Zustand anhält, auf einmal zuckt ein roter Blitz durch meinen Kopf und ich blinzle schaudernd. Mein Magen macht noch einen kurzen Salto, dann bin ich wieder da. Im Hier und Jetzt und hoffentlich auch im Heute.

Es herrscht eine betretene Stille, nur das Radio dudelt leise im Hintergrund. *White wedding* von Billy Idol.

Die Jungs starren mich an.

Ansgar zieht missbilligend die Augenbraue hoch. »Du hast es schon wieder getan.«

Sal stöhnt. »Das Gänsehautorakel.«

Didi guckt mich böse an. »Soll das jetzt alle vier, fünf Jahre so weiter gehen? Wir können nicht permanent die Welt retten, irgendwann sind wir zu alt für den Scheiß!«

»Ich hab' doch gar nichts gemacht!«, protestiere ich.

»Du hattest eine Gänsehaut. Schon wieder«, tönt Sal mit Grabesstimme. »Und diesen total weggetretenen Ausdruck im Gesicht. Du weißt genau, was vor vier Jahren passiert ist. Und fünf Jahre davor.«

Alle werfen mir vorwurfsvolle Blicke zu, als hätten sie mich dabei erwischt, wie ich einem blinden Straßenmusiker die Münzen aus dem Hut klaue.

»Ich kann doch überhaupt nichts dafür, ich habe rein gar nichts gemacht. Nichts. *Nada. Niente*!«

Meine Männer glotzen immer noch grimmig und wortlos. Sie meinen es also ernst. Langsam schwant mir Schlimmes. Ich stöhne leise. Oh je, nicht tatsächlich schon wieder das Gänsehautorakel!

Ich überlege. »Wann ist es passiert? Was kam gerade im Radio? Also, die Weltpolitik habe ich noch am Rande mitbekommen. Dann war irgendwas mit Wasserrohrbruch in der Innenstadt. Und ein kleiner Skandal bei einer Bürgermeisterwahl. Danach habe ich den Schluss vom Wetterbericht gehört. Und Billy Idol. Was dazwischen war, ist komplett weg.«

Die vier fangen an aufzuzählen, was ihnen noch in Erinnerung ist. Natürlich mit persönlichen Kommentaren garniert. Neueröffnung eines Fastfoodtempels, Unfall auf der Baustelle eines Mehrfamilienhauses, Blutspendetermin in der Stadthalle ... ich schüttle den Kopf, da klingelt nichts bei mir.

»Da war noch ein Bericht über die Sonderausstellung im Museum, dass die Leute verbotenerweise alles angrabschen und immer wieder was geklaut wird«, meint Sal.

Ich schaudere. Auf meinen Armen bilden sich winzig kleine Hügelchen.

Ansgar nickt. »Das ist es.«

»Was ist das für eine Ausstellung?«, frage ich.

»Stopp! Stopp! Leute, wollen wir das wirklich wissen? Ihr wisst doch genau, wie das immer ausgeht. Stress, Verfolgungsjagden, verpasste Probetermine ...« Sal wedelt energisch mit den Händen.

Wir schauen uns an. Schweigend. Ich fülle mein Sektglas auf, leere es in einem Zug und sage schließlich seufzend: »Es bleibt uns ja wohl wieder mal nichts anderes übrig. Also ...« Ich schenke mir noch mal voll. »Was ist das für eine Ausstellung?«

»Wikingerartefakte«, antwortet Ansgar. »Das Linden-Museum in Stuttgart hat eine Sonderausstellung und präsentiert dort Leihgaben aus ganz Europa, unter anderem aus Haithabu.«

»Was ist Haithabu?«, will Didi wissen.

Ansgar öffnet den Mund. Diesmal bin ich schneller. »Ein Wikinger-Museum in Schleswig Holstein.«

Ich grinse meinen Gitarristen breit triumphierend an. Er lächelt kühl besserwisserisch zurück und setzt sich gerade hin. Didi und Bimmel lassen resigniert die Schultern sinken, Sal öffnet schnell ein weiteres Bier. Ja, wir wissen, wann wir verloren haben. Diesen Vortrag wird jetzt nur noch ein Erdbeben Stärke zehn stoppen können. Oder ein Meteoriteneinschlag. Oder eine gut geformte blauäugige Blondine. Wo sind eigentlich all diese sinnlosen Dinge, wenn man sie wirklich mal braucht?

Ich murmle leise »Oh, Gott!«, und ein vierstimmiges »Ja? Was willst du?«, tönt zurück. Ansgar wirft den anderen einen vernichtenden Blick zu, bevor er sich räuspert und seinen Monolog startet.

»Haithabu ...« Ansgars Blick wird nun ganz weich. »Haithabu – eine der bedeutendsten Wikingersiedlungen. Erst Dänen, dann Schweden, dann Germanen. Stolze, wilde Krieger. Haithabu – ein enorm wichtiger Handelsplatz. Zu der damaligen Zeit wahrscheinlich sogar der wichtigste für den Norden insgesamt. Aus der ganzen Welt stapelten sich dort die Waren: Vieh aus Irland, Gold aus Konstantinopel, Teppiche aus dem Orient, Gewürze aus Bagdad und Sklaven aus allen Teilen dieser Erde. Kräftige, muskulöse Nubier, die prima Menschenopfer ergaben. Und biegsame, geschmeidige Sklavinnen. Langmähnig und weizenblond ...« Ansgars träumerische Stimme verliert sich.

»Oh, Mann, der alte Ase ist wieder bei seinem Lieblingsthema. Hey, Oller, komm mal wieder runter! Reicht es etwa mittlerweile schon, dass du an die hellhaarigen Tussis denkst, um deine göttlichen Fähigkeiten auszuschalten?« Sal kann manchmal sehr direkt sein.

Ansgar faucht ihn an: »Odin ist Ase! Ich nicht!«

»Bist du wohl!«

»Nein!«

»Doch!«

»Nein!«

»Doch!«

»Nein!«

»Wohl!«

Es geht doch nichts über erwachsene Männer jenseits der Fünfzig. Jetzt spielen sie wieder das Pingpong-Spiel. Faszinierend. Bimmel und Didi sehen aus wie Zuschauer bei einem Tennismatch, ihre Köpfe schnalzen zwischen jedem »Nein!«, und »Doch!«, von links nach rechts und zurück.

Ich klatsche auf den Tisch. »Schnauze jetzt! Was ist mit Haithabu?«

Gitarrist und Drummer schweigen schmollend.

Bimmel hat mittlerweile sein Smartphone zu Rate gezogen. »Ansgar ist kein Ase. Er ist ein Wane«, verkündet er mit erhobenem Zeigefinger.

»Und was ist der Unterschied?«, will Sal aggressiv wissen.

»Die Asen sind sozusagen die göttlichen New Kids on the block. Odin, Loki und Thor, die ganze Bande an jungen Schnöseln halt, streitsüchtige Raufbolde mit zu viel Testosteron in den göttlichen Kronjuwelen. Die Wanen sind offenbar das ältere nordische Göttergeschlecht und bilden sich daher ein, weiser und abgeklärter zu sein. Hey, das ist ja geil! Hört mal.« Bimmel hüpft fasziniert auf seinem Hocker hin und her. »Odins Frau Freya war eine Wanin, die sich tatsächlich als Geisel zur Verfügung gestellt hat, dann hat sich Odin in die MILF verguckt und am Ende die sexy reife Lady geheiratet.«

Ich werde neugierig. »Steht das etwa wortwörtlich so da?«

»Nicht direkt, ich geb' euch gerade eine grobe Zusammenfassung in verständlichem Deutsch.« Bimmel wischt fasziniert auf seinem Display herum und lacht. »Diese Wanen haben drollige Namen. Gullveig, die Göttin des Goldes. Oder ... ha, der ist gut! Kvasir, der Gott des Wissens, ein echter Klugscheißer, der auf jede Frage eine Antwort ...« Bimmel verstummt.

Vier intensiv starrende Augenpaare richten sich auf Ansgar. Seine Kiefermuskeln mahlen.

»Könnten. Wir. Jetzt. Endlich. Wieder. Zur. Sache. Zurück. Kommen«, presst er hervor.

Bimmel nickt und gibt ein paar Begriffe ein. »Also, rund um Haithabu haben die Nazis wie blöd gebuddelt. Hitler hatte ja so einen totalen Mystikwahn und war stets auf der Suche nach irgendwelchen göttlichen Relikten.«

Ich nicke. Ja, auch ich habe den Film *Jäger des verlorenen Schatzes* gesehen. Mehrmals. Und manche Dinge entspringen nicht nur der Fantasie eines Drehbuchautors.

»1939 wurden die Ausgrabungen allerdings beendet.« Bimmel überfliegt den Artikel. »Hey, das ist ja interessant! Die Anlage ist im Augenblick wegen Sanierungs- und Renovierungsarbeiten geschlossen, von Oktober 2016 bis April 2018. Daher wurde das Programm bei den Wikingerhäusern, die dort rumstehen, stark erweitert. Man hat Ausstellungsgegenstände dorthin geschafft.« Er scrollt weiter. »Und, woah …« Bimmel pfeift leise durch die Zähne. »Leute, die Ausgrabungen wurden wieder aufgenommen.«

»Jungs?« Sal deutet auf meine Unterarme.

Das ist keine Gänse-, das ist schon eine Truthahnhaut. Meine Unterarme sehen aus wie eine Vulkanlandschaft. Lauter kleine Erhebungen. Ich schaudere zwei-, dreimal.

»Es hat also irgendwas mit deinen Leuten zu tun«, wende ich mich an Ansgar.

Er überlegt. Lauscht in sich hinein. Schüttelt den Kopf. »Ich weiß nicht, Mia, irgendwie fühlt es sich aber nicht so an.«

Auch Sal wirkt skeptisch. »Nordmänner? Ich denke nicht, dass die Welt durch Skandinavien gefährdet ist.« Er überlegt kurz. »Und dieses ganze rechte Pack, das nordische Runen für seine Sache missbraucht – die sind noch nicht wieder soweit. Wobei …« Sals Blick verdüstert sich. »Lange kann das auch nicht mehr dauern.«

Ansgar klopft leicht mit den Fingerspitzen auf die Theke. »Ich weiß nicht. Ich fühle irgendwie, dass es mit meiner Kultur zusammenhängt. Mit meiner Kultur – aber nicht mit meinen Leuten. Das ist verwirrend.«

Bimmel nickt besorgt. »Ich schlage vor, wir seh'n uns alle zuhause im Internet um. Und falls uns etwas verdächtig vorkommt oder es um irgend so ein nordisches Zeugs geht – macht euch Notizen. Die Sache gefällt mir nicht. Sie gefällt mir überhaupt nicht.«

Wir recherchieren zwar fleißig, aber es dauert dennoch einige Tage, bis wir die ersten Ergebnisse zusammentragen können. Die Nachricht über die gestohlenen Wikingerartefakte scheint uns wichtig, daher konzentrieren wir unsere Suche zunächst auf diesen Punkt. Didi hat Kontakt zu einer ausgezeichneten Computerhackerin, die für ihn ganz umsonst die Polizeirechner in den diversen Bundesländern durchforstet. Gut, vielleicht nicht ganz umsonst, aber da mein dämonischer Basser die Schulden auf seine ganz spezielle Art und Weise begleicht, und zwar mit Extrabonus und Erfolgsprämie, wird zumindest das gemeinschaftliche Konto der Band nicht belastet. Und Didi tut es auch ganz gut.

Als wir uns außer der Reihe am Donnerstag im Proberaum zum Infoabgleich treffen, packt unser gut gelaunter und sprühend energiegeladener Dämon einen dicken Stapel eng bedruckter Papiere aus.

»Hier!« Er klatscht das Bündel vor Ansgar auf die Theke. »Meine kleine Computermaus war fleißig.«

Unser Gitarrist nimmt das erste Blatt in die Hand, hält es auf Armeslänge von sich, legt den Kopf leicht in den Nacken und liest durch den unteren Rand seiner Gleitsichtbrille. Dann greift er sich das Zweite. Wir sehen ihm schweigend zu. Ansgar zieht seinen schweineteuren Kugelschreiber aus der Hemdentasche und markiert eine Stelle im Bericht. Und eine weitere. Ausnahmsweise ist die ganze Truppe mal mucksmäuschenstill. Ansgar nickt langsam, blättert weiter, streicht an. Nach einer gefühlten Ewigkeit lässt er den Papierstapel sinken.

»Wir stecken in der Scheiße, Leute. Die Sache scheint ernster zu sein. Und ihr wisst ja, was das heißt. Wir müssen wieder ran, ob wir wollen oder nicht.«

Keiner sagt was; es ist so ungewohnt, wenn ein Go!Dessianer zu hundert Prozent ernst bleibt.

»In den letzten zehn Monaten gab es laut diesen Polizeiberichten immer wieder kleinere Diebstähle in verschiedenen Museen ... oh, und an der Ausgrabungsstelle von Haithabu. Dabei wurde nie etwas wirklich Großes gestohlen, viele wesentlich wertvollere Artefakte blieben unangetastet. Hier ...« Ansgar zeigt auf einen markierten Absatz. »Hier seht ihr ein Beispiel. Im archäologischen Museum Frankfurt findet aktuell seit Februar die Ausstellung Odin, Thor und Freya statt. Dort ist direkt nach der Eröffnung ein Gegenstand verschwunden. Ein Objekt aus Edelmetall, vermutlich ein kleiner Schwertscheidenbeschlag, in den eine Rune eingeritzt war. Das Ding war zwar nicht billig, doch direkt daneben lag ein dicker Armreif aus massivem Gold und den haben die Diebe liegen lassen.« Ansgar blättert hektisch in den Seiten. »Oder hier. In Hamburg. Eine Fibel, eine Gewandspange aus Edelmetall mit eingemeißelter Rune wurde einem Privatsammler gestohlen.« Der Olle schüttelt verwundert den Kopf. »Laut diesen Polizeiberichten aus allen Bundesländern sind in den letzten zehn Monaten immer wieder kleine nordische Artefakte verschwunden. Und in den Beschreibungen steht, dass auf jedem einzelnen Stück eine Rune angebracht war.«

»Eine bestimmte?«, werfe ich ein. »Was bedeutet das?« Ich nehme Ansgar die Blätter aus der Hand und werfe selbst einen Blick darauf.

Mein Gitarrist überlegt. Er presst sich beide Hände an die Schläfen. »Nein, es scheinen unterschiedliche Runen zu sein. Ein Puzzle...«, murmelt er. »Es ist ein Puzzle. Und es fühlt sich bedrohlich an.«

Sal klopft ihm vorsichtig auf die Schulter. »Hör mal, Alter, ich hab' da eine Idee. Kannst du versuchen, dein Zukunftsradar einzuschalten?«

Bimmel sieht sich um. »Keine Blondine weit und breit. Das müsste doch funktionieren, wenn der Olle sich etwas Mühe gibt.«

»Und was soll das bringen?« Didi ist skeptisch. »Wir wissen doch gar nicht, ob es in den nächsten paar Tagen was Wichtiges gibt.«

»Männer!« Ich werde energisch. »Däumchen drehen können wir immer noch. Ansgar, versuch' es doch bitte wenigstens. Wer weiß, vielleicht erfahren wir etwas Nützliches.«

Ansgar nickt langsam. »Ok, ich geb' mir Mühe.«

Er schließt die Augen, konzentriert sich und atmet tief ein. Einmal, zweimal. Seine Atemzüge werden langsamer.

Die restlichen Go!Dessianer halten vorsichtig einen Meter Abstand.

Ansgar wirkt nun wie eine Statue. Vollkommen reglos. Seine Brust hebt und senkt sich immer langsamer, bis schließlich keinerlei Bewegung mehr erkennbar ist.

Fasziniert beobachte ich, wie seine Augenlider nach ein paar Sekunden zu flattern beginnen und sich wie in Zeitlupe öffnen.

Es ist irgendwie unheimlich, man kann nur das Weiße seiner Augen sehen. Carrara-Weiß, wie die Marmorgrabsteine auf italienischen Friedhöfen.

»Krass«, flüstert Didi und zeigt auf den Fußboden.

Rund um Ansgar steigt Nebel auf, kriecht über den Teppich. Mitten im Proberaum. Die Lampen flackern und sind plötzlich heruntergedimmt. Ansgars schwarzgekleidete Gestalt ist so gut wie vollständig in Nebel gehüllt und nur noch schwach zu erkennen. Ein Raunen und Wispern liegt in der Luft. Fast unhörbare Stimmen reden durcheinander.

Ich greife heimlich nach Bimmels Hand. Ja, ich weiß, ich bin eine Göttin und ich fürchte mich nicht. Aber das ist echt gruselig. Jedes Mal aufs Neue. Ich werde mich nie an diese toten weißen Augen gewöhnen. Und es ist umso beunruhigender, weil man kein Wort versteht. Dieses zischelnde nordische Geflüster von körperlosen Stimmen nervt. Die vielen gehauchten Umlaute, hauptsächlich der Buchstabe Ö, machen mich einfach kribbelig.

Ansgar atmet zischend aus. Dann spricht er. Und das ist dann jedes Mal das Gruseligste überhaupt. Seine Stimme klingt wie aus einem Brunnen. Ein dunkler, kilometertiefer Brunnen, mit unglaublich viel Hall. Um es in Musikersprache auszudrücken: total schlecht abgemischt.

»Gefahr ... da ist eine Bombe. Ich sehe uns. In Ludwigsburg. Die Bombe. Favoritepark. Rockfabrik. Sechs Männer ... sie säen Angst und Terror. Wir sind dort, in Ludwigsburg und wollen den Anschlag verhindern ... die Bombe ...«

Das Wort Bombe verklingt als Echo, das sich mehrfach an den Wänden bricht.

Ansgars Stimme wird immer leiser. Er schnappt nach Luft, schüttelt sich. Seine Augen sind wieder normal.

»Mann, Alter!« Sal reißt das Fenster auf und wedelt die Nebelschwaden raus. »Musst du unbedingt so ein Brimborium machen?«

Ansgar wirft ihm einen genervten Blick zu. »Sackgesicht.«

Didi öffnet drei Flaschen Bier, verteilt sie an seinen

Gitarristen, an Sal und leert die dritte Flasche selbst fast in einem Zug. Dann rülpst er nachdenklich.

»Wie lange voraus hast du denn jetzt in die Zukunft gesehen?«

Ansgar antwortet wie aus der Pistole geschossen. »Es passiert morgen.«

Sal stöhnt. »Oh Mann! Freitag. Mal wieder eine Probe weniger. Ich hab's doch gesagt. Und das, wo wir demnächst unseren Auftritt haben. Mist!« Er verdreht die Augen. »Wir haben noch nicht mal die Programmliste fertig.«

Didi wirkt nachdenklich. »Eins verstehe ich nicht.« Mein Basser nimmt einen ausgiebigen Schluck Bier. »Die gute alte Diskothek Rockfabrik in Ludwigsburg kennen wir ja alle. Da werden wohl bei jedem von uns Jugenderinnerungen wach. Aber was gibt es denn so Wichtiges in einem Park?«

Ich erwache aus meiner Erstarrung.

»Die Pädagogische Hochschule Ludwigsburg! Liegt direkt am Favoritepark«, antworte ich düster. »Fünftausend Studenten. Und irgendwo dort ist eine Bombe.«

3.
Run to the hills, run for your lives!
(Iron Maiden: Run to the hills)

Ansgar fasst seine vorangegangene Fünfzehnminutenrede endlich abschließend zusammen und sämtliche Rest-Go!Dessianer kehren mit ihrer Aufmerksamkeit wieder ins Hier und Heute zurück.

»Womit wir nun zwei potentielle Angriffsziele hätten. Einmal die Pädagogische Hochschule in Ludwigsburg und dann noch die Rockfabrik. Erscheint euch das irgendwie logisch?«

Sal überlegt. »Na ja, die PH – das kann ich noch verstehen. Studenten. Die Elite Deutschlands, die unseren Kindern das Wissen bringt. Aber die Rockfabrik?«

Didi zuckt mit den Achseln. »Ein Tempel der Dekadenz. Sex, Drugs, Rock'n'Roll.«

Bimmel zieht ungläubig die Augenbrauen hoch. »In der Rofa? In Ludwigsburg??«

Unser Basser grinst breit. »Nur wenn ich dort bin.«

Es hilft alles nichts, wir müssen unbedingt rauskriegen, wo das Ziel des Anschlags sein soll. Und natürlich, wer dahinter steckt. Ignorieren können wir die Angelegenheit nicht mehr, dafür sind wir jetzt schon zu tief involviert. Die Probe am nächsten Tag muss ausfallen, auf geht's nach Ludwigsburg.

Da es laut Ansgars Vision zwei mögliche Ziele gibt, teilen wir uns auf. Ansgar und Bimmel werden zur PH fahren und den Campus checken. Die Hochschule ist direkt am Favoritepark gelegen, ein 72 Hektar großes, komplett eingezäuntes Naturschutzgebiet mit einem grandiosen Baumbestand. Die beiden Gitarreros werden als harmlose Spaziergänger getarnt den ganzen Nachmittag dort herum schleichen und die

Aura des Bösen erschnüffeln. Oder wie sie das auch immer anstellen.

Sorgen um die beiden mache ich mir nicht. Ich denke da ganz pragmatisch. Ansgar kann eventuell wieder seine Voraussicht einschalten. Und sollte das Ding trotzdem hochgehen, kann Bimmel sich um die Verletzten kümmern.

Die Rhythmusfraktion plus Sängerin hat keine Lust auf Bombenstimmung. Didi, Sal und ich gehen daher in die Rockfabrik. Freitag ist zwar erst ab 21 Uhr Einlass, aber sowohl in Club 1 als auch im Club 2 wird es wohl rappelvoll werden.

Double time auf alle offenen Getränke – zwei bezahlen, vier bekommen. Was bedeutet, dass ich auf meine beiden Männer aufpassen muss.

Ohnehin glaube ich nicht, dass die über dreißigjährige Rockdiskothek von den Weltuntergangsplänen betroffen ist. Es gibt einfach keinen Grund dafür.

Auch Sal und Didi nehmen die Bedrohung nicht richtig ernst, sie wollen sich einfach mal wieder einen schönen Abend mit guter Musik machen. Es gemütlich angehen. Und eventuell das eine oder andere süße Hühnchen aufreißen. Ich werde sie dann zu gegebener Zeit genüsslich daran erinnern, dass die Hühnchen mittlerweile ihre Töchter sein könnten. Ich Spaßbremse.

Spät in der Nacht werden wir uns dann alle fünf wieder am Ausgang S-Bahn-Station Favoritepark treffen und unsere Erfahrungen austauschen. So lautet der Plan.

Sal holt Didi und mich ab und nachdem ich dreißig Minuten lang zwischen der Alternative »Ziehe ich High-Heels oder Sneaker an?«, geschwankt und mich letztendlich für Turnschuhe entschieden habe, ziehen wir drei los.

Ah, die gute alte Rockfabrik! Da werden Erinnerungen wach. Auf dem großen Parkplatz ist – oh Wunder! – direkt vor dem Haupteingang tatsächlich noch ein Plätzchen frei. Als hätte es auf uns gewartet.

Ich war schon ewig nicht mehr hier. Das Logo über dem Haupteingang leuchtet neonblau. Ein stilisierter Blitz schlägt in das Wort *Rock* ein.

Didi grinst gutgelaunt. »Ich muss gerade an Ansgar denken.«

Sal betrachtet das Logo und nickt amüsiert. Wir gehen rein und stürzen uns ins Getümmel.

Wie in alten Zeiten. Fast. Was machen denn die ganzen Kinder hier, denke ich. Die sind doch höchstens zwanzig. Ich kann mir gerade noch auf die Zunge beißen, bevor ich das laut ausspreche.

Es ist nicht sonderlich viel los, daher finden wir schnell drei freie Plätze an der Theke. Rasch Bier und Cocktail bestellt und dann geht es los: Operation Retten-wir-mal-wieder-die-Welt kann starten.

Wir trinken was, beobachten die Leute, lästern, trinken was, unterhalten uns, trinken was, tanzen ein wenig, trinken was.

Die Stunden vergehen wie nichts. Ich werde müde. Sal gähnt heimlich.

»Männer!« Ich werde jetzt mal vernünftig sein.»Ich denke, hier ist nichts. Lasst uns gehen, es ist schon fast Mitternacht. Nur noch ein paar Minuten, und der Freitag ist rum. Und in Ansgars Vision gestern war nicht von übermorgen die Rede, sondern von morgen … äh, also heute. Ach, ihr wisst schon.« Auch ich unterdrücke ein Gähnen. »Ich kann mir ohnehin nicht vorstellen, dass eine hypothetische Bombe hier in der Rofa sein soll. Das ist unlogisch. Die PH ist einfach das bessere Angriffsziel.«

Beide nicken. Sie machen nicht mal den Versuch wie jugendliche Rockstars zu agieren. Tja, dreißig Jahre

Hardrock und Metal hinterlassen wohl bei jedem Spuren.

»Ich geh' noch mal auf's Klo«, verkündet Didi.

Er verschwindet und wir warten. Sal trommelt mit den Händen auf der Theke den Rhythmus zu dem gerade laufenden Song *Paranoid* von Black Sabbath. Ich lächle: Ein Déjà-vu.

»Didi braucht aber lang«, fällt mir auf.

»Prostata!«, antwortet Sal lakonisch.

Wir warten weiter.

Und warten.

Fünfundzwanzig Minuten später steht Didi vor uns. Er ist blass und seine Augen leuchten. Unter seiner cognacfarbenen Lederjacke hat sich eine Beule gebildet, circa zwanzig mal zehn Zentimeter. Ein erstarrtes Grinsen liegt auf seinen Lippen.

»Leute, wir werden jetzt sofort hier rausgehen. Nicht zu schnell und nicht zu langsam. Und dabei harmlos und freundlich wirken. Und vor allem unschuldig.«

Sal ist alarmiert. »Was ist los?«

Didi zischt leise durch sein gefrorenes Lächeln. »Auf der Herrentoilette ist eine Bombe. Genauer gesagt: war.«

»Und wo ist sie jetzt?« Ich bereue meine Frage im selben Moment, in dem ich sie ausgesprochen habe.

Sals Augen werden genau wie meine eigenen von der Beule unter Didis Lederjacke angezogen. Ich atme tief ein. Bevor ich schreien kann, reißt Sal mich herum und verschließt meinen Mund mit einem fetten Kuss.

»Wir sind hier nicht allein«, flüstert er dann. »Benehmt euch unauffällig. Wir wollen ja keine Panik auslösen, indem wir so etwas Dummes tun, wie lauthals Bombe zu rufen, oder?«

Ich starre ihn wütend an. »Und deswegen musst du

mich gleich küssen? Das ist ja widerlich! Geradezu inzestuös!«

»Ich wusste gerade nicht, wie ich dich sonst vom Rumbrüllen abhalten sollte«, beschwichtigt Sal.

Didi grinst sich langsam einen Muskelkrampf. »Leute«, faucht er, »raus jetzt!«

»Und was dann?«, frage ich nervös.

Didi wirkt verzweifelt. »Ich weiß nicht. Das entscheiden wir draußen. Los jetzt!«

Wir trippeln los. Schön langsam. Etwas weniger langsam. Jetzt beschleunigen. Schneller werden. Wir sind draußen.

»Also, wohin mit der Bombe?«, frage ich auf dem Parkplatz.

»Nicht in mein Auto!« Sal wirkt sehr entschlossen.

Wir sehen uns hektisch um.

Ich schnippe mit den Fingern. »Müllcontainer! Wo sind hier die Müllcontainer?«

»An der Rückfront des Gebäudes!«

Didi rennt los, dreht sich im Laufen zu uns um, ruft: »Ihr bleibt, wo ihr seid!«, und verschwindet um die Ecke.

Sal und ich halten die Luft an. Gehen ein Stück weiter.

Scheiße, wie lange dauert das denn? Wo bleibt mein Basser?

Ich blicke in Richtung Rofa-Eingang. Vier, nein fünf Männer sind mittlerweile herausgekommen und sehen sich auffällig um, zwei machen keinen sehr nordischen Eindruck. Ein sechster kommt dazu, er trägt einen langen, ungepflegten roten Bart und ein grünes Sweat-Shirt. Der Typ wirkt äußerst unsympathisch. Aufgeregt gestikuliert er. Ich werde nervös. Die Männer stehen genau vor Sals BMW.

Endlich biegt Didi um die Ecke. »Los, fahren wir!« Die Beule ist weg.

»Nein!« Ich halte ihn zurück. »Wir kommen gar nicht erst bis zu Sals Auto, ohne dass man uns sieht und eventuell später erkennt. Versucht mal ganz unauffällig, die Typen dort hinten zu checken. Das sind die Bombenleger. Ich weiß es einfach.«

Die Jungs widersprechen mir ausnahmsweise nicht.

Sal nickt. »Du hast Recht. Ich kann ihr Wesen erkennen, die sind auf Katastrophe aus.«

Mein Drummer schließt kurz die Augen, dann atmet er heftig aus.

»Ok, das ist der Plan: Wir schlendern jetzt ganz harmlos über die Hoferstraße. Nach einer Dreiviertelstunde kommen wir am Südeingang des Favoritepark an, der Eingang direkt neben dem Blühenden Barock. Dann schleichen wir uns durch den Park Richtung Nordwesten, Treffpunkt S-Bahn-Stelle, das dauert noch mal circa eine halbe Stunde. Dort soll uns Ansgar aufgabeln, ich ruf' ihn gleich an.«

Wir schlendern los. In flottem Tempo. Sal zieht nach zweihundert Metern sein Smartphone aus der Hosentasche und wählt Ansgars Nummer.

»Hey, Oller, es ist wichtig, hör zu. Du musst uns alle in deinem Volvo mitnehmen. Ich kann gerade nicht an mein Auto.«

Ansgars Antwort kann ich nicht hören. Sal verdreht die Augen.

»Nein, ich bin nicht zu betrunken zum Fahren. Es ist nur …«

Seine Antwort geht in einem unglaublich lauten Knall unter. Wir drehen uns um. Eine helle, meterhohe Stichflamme, gefolgt von einer schwarzen Qualmwolke; ein metallisches Scheppern. Den Göttern sei Dank, dass wir schon ein Stück entfernt sind.

Sal nickt in sein Smartphone. »Ja, wir haben das Anschlagsziel gefunden. Du hast recht, ich denke auch, ihr könnt mit der Suche aufhören.« Er beendet das Gespräch und sieht uns an. »Ich glaube, wir sollten uns jetzt echt beeilen. Die haben uns vorhin beim Rausgehen gesehen. Und sind wahrscheinlich *not amused*. Falls die zwei und zwei zusammenzählen können, haben die spätestens nach dem Knall gemerkt, dass kurz nach unserem Weggang die Bombe an der falschen Stelle hochgegangen ist.«

Also hecheln wir die Hoferstraße entlang, und die zieht sich. Ich liebe und ehre meinen üppigen Körperbau. Normalerweise. Doch mein majestätisches Kingsize-Format ist eigentlich zum eleganten Dahinflanieren geschaffen. Nach wenigen Minuten in diesem Mördertempo höre ich mich wie der Vorläufer einer Dampfmaschine an.

Auch Didi röchelt, zieht aber trotzdem eine Zigarette aus der Tasche.

»Ein kleines Gebet hilft immer«, wiegelt er unsere bösen Blicke ab.

Nach endlosen sechsundvierzig Minuten erreichen wir den Südeingang des Favoritepark. Natürlich ist der um fast drei Uhr nachts geschlossen. Also müssen wir über den Zaun klettern. Was eine weitere Viertelstunde Zeit kostet.

Liebe Güte, egal wer ich in einem früheren Leben war, die Göttin der Fitness garantiert nicht! Sal und Didi schieben und ziehen, sie wuchten, heben und stemmen, aber verdammt, die Palisaden sind fast zwei Meter hoch! Für mich ist das der Mount Everest. Endlich bin ich oben. Aber jetzt geht es auf der anderen Seite runter. Habe ich schon erwähnt, dass ich auch unter Höhenangst leide?

»Spring!«, ruft Didi.

»Ich kann nicht«, antworte ich unglücklich. »Das ist unglaublich hoch.«

»Komm schon, das sind keine zwei Meter!«

Sal breitet die Arme aus. »Wir fangen dich.«

Didi verschränkt die Arme. »Ich nicht. Die Chefin wiegt ganz schön was.«

Sal klatscht ihm mit der flachen Hand auf den Hinterkopf und Didi breitet grummelnd die Arme aus. Stagediving habe ich noch nie gemocht. Ich will schon aufgeben, da fühle ich, wie sich auf meinem Rücken Gänsehaut ausbreitet.

Didi hält den Finger vor den Mund. »Scheiße«, flüstert er. »Die kommen.«

Jetzt kann auch ich es hören. Wütendes Stimmengewirr. Männliche Stimmen. Ich höre so etwas Ähnliches wie »Da sind sie!«, und stürze mich todesmutig von der Palisade herab in den Favoritepark. Dann laufen wir los. Es ist unglaublich dunkel, was ich erst verfluche. Dann ein lauter Knall.

»Was war das?«

Sal ruft: »Die schießen auf uns!«

»Was?« Ich bin fassungslos. »Die können hier nicht rumballern, das ist ein Naturschutzgebiet!«

Sal bleibt für zwei Sekunden stehen, sieht mich kopfschüttelnd an, wirft in einer verzweifelten Geste beide Arme in die Luft und brüllt: »Lauf einfach!«

»Schrei mich ja nicht an!«, brülle ich zurück, renne dann aber trotzdem so schnell ich kann.

Lieber Himmel, meine Lungen brennen! Wir hetzen weiter durch den Favoritepark. Ich danke mir und allen anderen Göttern, dass ich Turnschuhe trage. Aber trotzdem werden wir nicht weit kommen. Über mit fliegt ein Ast weg. War das wieder ein Schuss? Wo ist denn nur der verfluchte Ausgang aus diesem bescheuerten Park? Die Minuten dehnen sich wie Kaugummi unter einer Schuhsohle.

»Da vorne ist das Drehkreuz!« Didi streckt die Hand aus.

»Deckung!«, brüllt Sal, wir ziehen die Köpfe ein und eine ganze Feuersalve donnert in unsere Richtung.

Das glaube ich einfach nicht! Wieso? Wieso komme ich immer wieder in diese unmöglichen Situationen? Ich bin 56 Jahre alt, ich habe 30 Kilo Übergewicht und einen seriösen Job in der Öffentlichen Verwaltung. Was zur Hölle mache ich jetzt also hier?

»Noch zwanzig Meter, dann sind wir draußen«, ruft Didi.

Wieder schlägt eine Kugel direkt neben mir ein. Ich gehe in Deckung. Hinter einem efeubewachsenen Laubbaum kauernd. Völlig außer Atem.

»Lauf weiter!«, zischt Sal an meiner Seite.

»Ich kann nicht mehr!«, japse ich.

»Du doofe Nuss! Ich hab' dir hundert Mal gesagt, dass du etwas Sport treiben sollst!«, faucht Sal.

»Falscher Zeitpunkt für den Vortrag«, keuche ich. Eine Maschinengewehrsalve schlägt in den Baumstamm über meinem Kopf ein.

»Wo bleibt ihr denn?«, presst Didi hervor, der einen Baum weiter Deckung gesucht hat.

»Deine Sängerin kann nicht mehr«, knurrt Sal.

»Ach, auf einmal ist sie *meine* Sängerin, ja?« Didi runzelt die Stirn. »Hey! Hört ihr das? Da draußen kommt ein Auto vorgefahren.« Der Basser-Dämon hat von uns allen die besten Ohren. Er winkt uns. »Das ist Ansgar in seinem Volvo! Schnell, Leute!«

Ich hechle noch immer, ich kann keinen Schritt mehr rennen, mir kommt gleich die Lunge zur Nase raus.

»Didi, du musst sie ablenken! Bitte!«

»Wie denn?«, flüstert mein Basser.

Ich schaue ihn flehend an.

Er reißt die Augen auf, schüttelt vehement den Kopf. »Oh nein, das könnt' ihr nicht schon wieder verlangen!«

Sal legt den Arm um mich. »Didi, bitte! Mia kann nicht mehr. Los, halt sie auf, du kannst das.«

Er zerrt mich hoch, brüllt in Richtung Didi »Wir seh'n uns im Proberaum!«, und schleift mich zur Drehtür.

Dort warten Ansgar und Bimmel im Volvo, mit laufendem Motor und offenen Türen. Wir klettern die Drehtür aus Metall hoch, was diesmal leichter ist, weil sie stufenartig aufgebaut ist. Und weil mein Adrenalinspiegel über jedem Limit liegt. Wir werfen uns in den Wagen und Ansgar startet mit quietschenden Reifen durch. Die dreißig Kilometer bis zum Proberaum brettern wir in einem halsbrecherischen Tempo durch.

Ja nicht mehr anhalten, denke ich, während ich fiepend und hechelnd den Rücksitz vollschwitze.

Drei Uhr fünfundvierzig in der Nacht. Wir schleichen fix und fertig in den Proberaum. Dort brennt Licht. Didi sitzt mit verschränkten Armen und düsterem Blick am Tisch. War ja klar. Er ist nach solchen Aktionen immer vor uns da. Weiß die Hölle, wie er das schafft. Zumindest die Persische.

Sal öffnet im Vorbeigehen unseren riesigen Kühlschrank und wirft einen Blick hinein. »Oh«, kommentiert er kleinlaut, »du bist wohl echt sauer.« Er zeigt mit einer hilflosen Handbewegung in den geöffneten Kühlschrank. »Das ganze Bier ist weg.« Mein Schlagzeuger fixiert Didi mit einem leicht unsicheren Blick von der Seite. »Du bist doch sauer, oder?«

Didi schweigt.

Sal klopft ihm kräftig auf die Schulter. »Komm schon! So schlimm kann es gar nicht gewesen sein. Und es war auch nicht das erste Mal. Immerhin steckt das in deinen Genen. Du bist doch ein Teufelchen.«

Didi atmet tief ein und legt los. »Dämon! Ich bin ein

Dämon! Kein Teufel! Ist das klar? Dämon, ihr Banausen!« Er lehnt sich vor, sein Blick ist etwas verschwommen und seine Zunge stößt beim Sprechen leicht an. »Das kommt aus dem Gries... Grischsch... Griechischen und bedeutet ursprünglich eine Mittelstufe zwischen Göttern und Menschen, also eine Art niederer Gottheit.« Didi konzentriert sich. »Und ihr, ihr, ihr... ihr seid Kameradenschweine!« Sein schwankender Zeigefinger droht irgendwie konkret in Richtung Sal und gilt allgemein der ganzen Band.

Ich drücke ihm rasch einen Kuss auf die Wange. »Du hast mich gerettet. Du bist mein Held.«

Er ignoriert mich.

Bimmel legt ihm behutsam die linke Hand auf den Unterarm. »Didi, du warst in der Situation der einzige, der helfen konnte. Deine speziellen Fähigkeiten haben Mia gerettet.« Seine rechte Hand legt sich auf Didis Schulter.

»Lass das!«, knurrt dieser. »Du weißt doch, dass unsere Fähigkeiten untereinander nicht wirken. Und überhaupt – du kannst bloß Schmerzen wegnehmen, keine Enttäuschungen. Und keinen Frust.«

Sal blickt sich währenddessen suchend im Proberaum um, öffnet die Schreibtischschubladen.

»Du hast nicht wirklich einen ganzen Kasten Bier vernichtet, oder? Bestimmt hast du hier irgendwo noch ein Fläschchen versteckt.« Er klingt hoffnungsvoll und sieht im Papierkorb nach. »Ein Klitzekleines?«

Didis Atem sagt etwas anderes. Ich tätschle unserem auf seinem Stuhl leicht schwankenden Basser den Rücken.

»Didi, du bist ein Sukkubus. Sex war für dich noch nie was Schlimmes. Im Gegenteil – du bist das Schlimme, das den anderen zustößt.«

»Wortwörtlich«, murmelt Sal, der gerade auf dem Fußboden kniet und den Raum unter dem Sofa inspiziert.

Ich werfe ihm einen warnenden Blick zu.

»Du bist ein nimmersattes sexuelles Raubtier. Ja, ein wildes, leidenschaftliches Tier in ständiger Paarungsbereitschaft! Du betörst die Menschen, ziehst sie in deinen Bann, manipulierst sie. Wenn du es darauf anlegst, kann dir keiner widerstehen. Und du ziehst Energie aus jeder sexuellen Handlung.«

»Aber der eine Typ war extrem haarig«, mosert Didi. Wobei er schon etwas weniger düster dreinblickt.

»Nicht mal ein hauchdünnes Fläschchen?« Sals leiser Monolog läuft im Hintergrund, während er auf seiner Suche nach dem Schmiermittel aller funktionierenden Rockbands quer durch den Raum tigert und in jede Ecke blickt.

»Die männliche Form lautet eigentlich Inkubus. Sukkuben sind traditionell weiblich.« Ansgar, der bisher nur gegähnt hat, muss auch seinen Senf dazugeben.

»Noch nicht mal ein Alkoholfreies?«

Bimmel hüpft auf den Barhocker. »Habt ihr euch meine neue Version von *Bohemian* angehört?«

»Letzte Woche war noch ein abgelaufenes Bier im Kühlschrank, das keiner wollte. Wo ist das hin?«

»Und Inkuben verursachen auch Alpträume.«

»Ich hab das mal in E-Dur transponiert.«

»Dermaßen haaaarig, ihr könnt euch das gar nicht vorstellen.«

»Mann, die ist auch leer. Bringt hier eigentlich keiner mal das Leergut weg?«

»Unglaublich haaaarig!«

»Wir könnten das Piano im Intro durch eine Harfe ersetzen.«

Die Worte plätschern dahin, verschwimmen in meinem Kopf zu einer bekannten Symphonie.
Didi kippt langsam vom Hocker.
Ich nicke zufrieden.
Der übliche Proberaumalltag ist wieder da. Und wir sind in Sicherheit. Zumindest vorübergehend.

4.
Just like the Pied Piper led rats through the streets, we dance like marionettes

(Megadeth: Symphony of destruction)

Wir sind gespannt auf die Nachrichten. Ansgar glaubt, er hätte in seiner Vorausschau keine Toten oder Verletzten gesehen. Ganz sicher ist er sich allerdings nicht, da seine Visionen gelegentlich etwas nebelig ausfallen, nicht nur vor, sondern auch in seinem Kopf und die Interpretation oft zu wünschen übrig lässt. Er ist eben nicht mehr der Jüngste. Doch genauso ist es, keine Toten, keine Verletzten. Den Göttern sei Dank.

In den Lokalnachrichten kommt nur eine Meldung, dass in Ludwigsburg Unbekannte einen 1.100 Liter fassenden Metallmüllcontainer in die Luft gesprengt hätten und durch die Stichflamme mittlere Schäden an der fensterlosen Gebäuderückfront einer Diskothek entstanden sind. Die Polizei geht von Vandalismus aus, wahrscheinlich betrunkene Jugendliche.

Wunderbar. Erster Teilsieg für Team Go!Dessia! Aber wir wissen alle, dass damit die Gefahr noch nicht beseitigt ist. Sal bringt es auf den Punkt. »Wir müssen unbedingt rauskriegen, wer dahinter steckt und um was es hier eigentlich genau geht. Und ihr wisst auch alle, was das für uns bedeutet.«

Ansgar pustet genervt. »Euch ist schon bewusst, dass ich diese Form der Befragung nicht leiden kann. Das verdammte Ding ist oft so blumig und kryptisch. Nie drückt es sich klar aus.«

»Ach komm schon, alle vier, fünf Jahre kannst du dich mit dem Ding unterhalten. Ihr müsst ja keine Freundschaft schließen«, versuche ich zu beschwichtigen. Doch ehrlich gesagt, bin auch ich nicht gerade begeistert, uns bleibt jedoch keine andere Wahl. So frustrierend die Sache ausgehen kann, wir müssen das Intuitionsorakel befragen. Dazu treffen wir uns alle am Sonntagabend bei Sal.

Didi mosert rum. »Reicht es eigentlich nicht, dass ich euch Pappnasen regelmäßig jeden Freitag sehen muss? Mittlerweile verbringe ich mehr Zeit mit euch als mit meiner supersexy Freundin. Wenn das so weiter geht, verlässt sie mich bestimmt.«

Didis neue Freundin Ibtisam, von allen nur Ibti gerufen, ist eine faszinierend schöne, exotische Iranerin. Jedes sogenannte Next Topmodel verblasst neben ihr. Mandelförmige dunkle Augen, hüftlange, weich gewellte schwarze Haare und ein Teint wie dunkler Honig. Ihre Eltern, überzeugte Anhänger des 1980 verstorbenen Schah von Persien, Mohammad Reza Pahlavi, flüchteten in den frühen Achtzigern aus der nun islamischen Republik unter Ayatollah Chomeini. Damals waren beide angehende junge Ärzte. Ibti wurde in Stuttgart geboren und kann außer Deutsch und Schwäbisch auch noch fließend Farsi und Arabisch.

Ich weiß echt nicht, wo Didi immer diese unglaublich attraktiven, rassigen jungen Frauen auftreibt. Er behauptet: Im Supermarkt, beim Einkaufen.

Laut Didi gibt es keine bessere Anbalz-Methode, als mit traurigem Blick ein Fertiggericht aus der Tiefkühltruhe zu fischen, es ganz zerstreut in den Einkaufswagen einer attraktiven Fremden zu legen, sich mit einem hinreißenden Lächeln dafür zu entschuldigen, die süße Schnecke in ein Gespräch zu verwickeln und ihr dann dabei klarzumachen, dass man das Single-Leben mit all den Fertigprodukten so dermaßen satt hat. Wenn sie sich danach auf eine Einladung zum Kaffeetrinken einlässt – und bei Didi lassen sich alle darauf ein – dann ist es um das potentielle Sukkubus-Opfer auch schon geschehen. Erstaunlicherweise dauern Didis feste Beziehungen immer recht lang. Ein, zwei Jahre, das ist mittlerweile nicht nur für einen Bassgitarre spielenden Dämon eine beachtliche Zeit. Und Didi verliebt sich sogar richtig, ganz entgegengesetzt zu seinem Dämonenimage. Bei Ibti schmilzt er regelrecht dahin. Vielleicht, weil sie aus dem Osten, seiner alten Heimat kommt. Was nicht heißt, dass er seine Finger und diverse andere Körperteile nicht auch woanders platziert. Doch sein Herz, das gehört auf jeden Fall immer seiner aktuellen Freundin.

»Die Rettung der Welt hat Priorität. Erst danach kommt deine sexuelle Erfüllung«, stellt Sal klar.

»Wobei jetzt erst mal meine Vorrang hätte«, murmelt Ansgar.

»Zur Sache, Männer, lasst uns das Orakel befragen.« Ich lenke die Aufmerksamkeit wieder auf das Unkörperliche und Wesentliche.

Wir bauen uns vor Sals Küchentisch auf. Auf einer schwarzen Samtdecke stehen an allen vier Tischecken dicke brennende Bienenwachskerzen.

»Die Opfergaben für das Orakel!« Ich strecke feierlich die Hand aus. Sal gibt mir eine kleine Schüssel mit Salz und einem halben Salatkopf.

Nein, ich werde nicht laut.

Ganz sanft frage ich: »Was macht das Gemüse da drin?«

Sal zuckt mit den Schultern. »Es ist Sonntag. Wo zur Hölle soll ich frische Blumen herkriegen? Salat hat auch Blätter. Ist also fast eine Blume.«

Ich sage kein Wort, sehe ihn nur an.

»Was denn?«, verteidigt sich Sal. »Es geht doch wohl hauptsächlich um den symbolischen Charakter!«

Ich stöhne leise.

Ansgar mosert rum. »Früher hatten wir anständige

Menschenopfer. Geweihte, gesegnete Jungfrauen. Da hat immer alles funktioniert. Frisches, rotes Blut aus durchtrennten schneeweißen Kehlen, das Opfermesser glitt wie durch ein Stück Butter in die samtige Haut und dann durch die Arteria carotis. Ah, da konnte kein Orakel widerstehen.«

Stumm gehe ich an den Kühlschrank und hole ein leicht angetrocknetes Stück Fleisch heraus.

Mein Schlagzeuger protestiert. »Hey, das ist mein Abendessen!«

»Sal?« Ich bin ein sehr geduldiger Mensch. »Ich akzeptiere deine symbolische Blume.« Ich wedle mit dem Steak. »Und Ansgar, du wirst diese symbolische Jungfrau jetzt sofort segnen. Auf der Stelle!«

Mein Gitarrist hält widerwillig die Hand über das Fleisch. »Erledigt.«

Energisch klatsche ich das Steak in die Schüssel und platziere das Ganze hinter dem Orakel. »Wir machen erst die Einzelbefragung, vielleicht kommen wir so bereits ans Ziel«, entscheide ich.

Ich setze mich an den Tisch, ziehe den Stuhl näher heran, schließe meine Augen und atme tief ein.

»Mächtiges Orakel, zeig mir das Schicksal«, flüstere ich und lasse meine Hände auf die Tastatur von Sals Computer sinken. »Lenke meine Finger in deiner großen Weisheit.«

Ich spüre ein leichtes Kribbeln in den Daumen. Es wird stärker. Blind tippe ich drauflos, bis ich das Gefühl habe, der Lösung ganz nah zu sein. Ich öffne die Augen und lese auf dem Bildschirm: vnirpwbhj vbider3 vujoobg köppliihewq ujoeooevo3obv hdrhjejujiiiiii.

»Männer, könnte das eine Mitteilung in irgendeiner längst vergessenen antiken Sprache sein?«

Die Meinung ist einstimmig. »Nö.«

Bimmel versucht es als nächster.

Sein 0420gbucf89v ef32vfvvffffff koıbvb ffw3aaxjk scheint auch nicht wesentlich Erfolg versprechender.

Bei Angars BT“§V;IBGZGCVMM ==§CV) E$(JN hat sich immerhin automatisch die Großschreibfunktion eingeschaltet. Ergibt trotzdem keinen Sinn.

»Hilft alles nix.« Bimmel schüttelt den Kopf. »Wir müssen unsere Kräfte bündeln.«

Wir gruppieren uns wieder um.

Ich setze mich auf den Stuhl, Bimmel stellt sich links hinter mich, Didi rechts. Beide legen mir die Hände fest auf die Schultern. Ansgar positioniert sich zu meiner rechten, legt seine kühle Hand auf meine. Sal beugt sich mit finsterer Miene erst zu seinem Computer hinunter und droht ihm leise. »Wenn es dieses Mal nicht klappt schlag ich dich in tausend Teile und werf' dich auf den Kompost!« Dann legt er seine linke Hand auf meine.

Wir schließen die Augen.

Es ist ganz still.

Eine Weile konzentrieren wir uns nur auf unsere Atmung.

Ein – aus – ein – aus, gemeinsam, wir synchronisieren uns, bis wir in einen perfekten Gleichklang und Rhythmus kommen. Ich spüre einen leichten Druck auf meinen Händen und lege sie auf die Tastatur. Meine Finger bewegen sich. Alles um mich herum wird weiß. Unendlich weiß … blendend.

Ein roter Blitz schießt durch mein Gehirn. Mal wieder.

Ich reiße die Augen auf und spüre, wie vier Körper recht schmerzhaft gegen mich fallen. »Aua!«

Meine Männer versuchen, ihr Gleichgewicht wieder zu gewinnen.

Bimmel sinkt auf die Knie. »Boah, was war das denn?« Er rappelt sich stöhnend auf. »Hat's funktioniert?«

Ich zeige stumm auf den Bildschirm. Eine komplette, beschriftete Seite. Einwandfrei verständliche Worte. Auf Deutsch. Sätze, die einen Sinn ergeben. Sogar die Kommasetzung stimmt.

»Kann ich dann mein Steak wieder haben?«, fragt Sal.

Ich reiche ihm wortlos die Schale. Fleisch, Salz und Kopfsalat sind verschwunden, stattdessen liegt nur noch ein kleines graues Häufchen Asche im Gefäß. Und Sals Computer wirkt irgendwie – zufrieden und satt. Wie eine Raubkatze nach der Fütterung.

»Lies vor!«, verlangt Ansgar ungeduldig.

Ich räuspere mich. Und lese laut.

»Erkennet! Die fehlgeleiteten Krieger des Propheten aus Mekka wurden doppelt in die Irre geführt. Blut und Tränen säumen ihren Weg, Angst und Terror ist ihre sinnlose Botschaft zur Erweiterung ihrer Fronten. Doch seid auf der Hut. Eine weitere Macht hat sich die Verblendeten gefügig gemacht und schickt sie auf die Suche. Sein Name lautet Fashil bin Macharam. Er sucht die Waffe des Donners über und unter der Erde. Wenn alle Teile zusammengefügt sind, werden die Sterblichen keine Chance mehr haben. Angestiftet von Fashil bin Macharam verüben die Krieger ihre Untaten als Probestück zunächst in der barocken Stadt des Herzogs von Württemberg.

Habt Acht! Wenn dieses zerstörerische Unterfangen erfolgreich sein sollte, wird das nächste Ziel das Haus der 143 vom Volk Berufenen. Sie werden alle vernichtet und ein großes Wehklagen ertönt.

Seid gewarnt! Nur sechs Mondzyklen später wird die Herrscherin unter der Kuppel mit ihrem Gefolge und ihren Gegnern gleichermaßen in ihrem Blute liegen, im Tod vereint. Fashil bin Macharam besitzt dann das goldene Werkzeug, das ihn zum Ersten unter den Göttern macht. Er wird sich der Religionen entledigen. Aller Religionen. Und alle Häupter werden ihm huldigen, getauft in einem Meer aus Blut. Die Welt, wie ihr sie heute kennt, hört auf zu existieren.«

Didi streicht sich über seinen frisch kahlrasierten Kopf. »Was soll das ganze blumige Gelaber bedeuten?«

Natürlich antwortet mal wieder Ansgar. Wer sonst?

»Die fehlgeleiteten Krieger des Propheten sind offensichtlich der IS oder Al-Qaida. Irgendwelche komplett verblödeten Turbanköpfe halt, mit Hang zum Selbstmord. Und anscheinend gibt es da diesen Fashil bin-Irgendwas, der sein ganz eigenes Süppchen kocht, nach der Weltherrschaft strebt und die dämlichen Turbanträger dazu benutzt. Es existiert wohl eine Superwaffe, die ihm seinen Plan ermöglicht, aber das Ding ist noch ein Puzzle und er hat anscheinend nicht alle Teile beieinander. Als Loyalitätstest hat dieser Fashil seine Leute angestiftet, in der barocken Stadt, also in Ludwigsburg, einen Anschlag zu verüben. Der Typ hat nur nicht mit Go!Dessia gerechnet und damit, dass wir ihm die Suppe gründlich versalzen.«

Bimmel schüttelt den Kopf. »Das ist ja furchtbar! Das bedeutet, dass wir als nächstes rauskriegen müssen, wie wir sein zweites Ziel schützen können.«

»Welches zweite Ziel?«

Bimmel sieht unglücklich aus. »Das Haus der 143 vom Volk Berufenen. Hat einer 'ne Ahnung, wo das sein soll?«

Sal lächelt. »Ist doch ganz easy. Im Baden Württembergischen Landtag sitzen 143 Abgeordnete. Vom Volk gewählte Vertreter. Das nächste Anschlagsziel ist Stuttgart.« Er dreht sich breit grinsend zu Ansgar. »Keine schlechte Allgemeinbildung für einen Drummer, oder?«

Unser nordischer Gitarrist sieht düster in die Runde. »Und ihr habt bestimmt auch schon eine Lösung, wie wir zunächst einfach so in den Stuttgarter Landtag spazieren, ein Blutbad abwenden und dann ein halbes Jahr später die komplette Bundesregierung einschließlich der Kanzlerin und der Opposition im Berliner Reichstag retten?«

»Wieso Berlin?« Ich brauche manchmal etwas länger.

»Die Herrscherin unter der Kuppel – Angela Merkel.«

Ok, jetzt hat es auch bei mir *klick* gemacht.

»Mmh ... da haben wir nicht nur ein logistisches Problem. Vermutlich sind die Sicherheitskräfte um die Kanzlerin nicht sehr aufgeschlossen, was Befürchtungen und Weissagungen durch Orakel betrifft.«

Ansgar nickt. »Du hast es erfasst. Wenn wir auch nur auf die Landesregierung mit unserer Warnung zugehen, halten die bestimmt für jeden einzelnen von uns eine elegante weiße Jacke mit überlangen Ärmeln bereit. Und weiß steht mir nicht.«

Bimmel sieht noch besorgter aus. »Wie sollen wir denn dann vorgehen? Einfach der Sache ihren Lauf lassen, das geht nicht. Obwohl wir den ersten Plan von diesem Fashil schon ganz gut durchkreuzt haben. Das dürfte auch seinen Zeitplan ordentlich durcheinandergewürfelt haben.«

Wir sehen uns ratlos an.

Didi ist sauer. »Wieso müssen wir eigentlich überhaupt was tun? Wieso immer wir? Ich denke nicht, dass wir uns permanent mit irgendwelchen durchgeknallten Weltzerstörern anlegen müssen. Wir sind Musiker, verdammt noch mal! Und dazu nicht mehr die Allerjüngsten. Erinnert ihr euch an das letzte Mal? Es hätte nicht viel gefehlt und eine neue

Reinkarnation wäre nötig gewesen. Und wenn jetzt auch noch die Vollpfosten vom IS beteiligt sind, dann habe ich darauf wirklich keine Lust.«

Bimmel klopft seinem Basser behutsam auf die Schulter.

»Wer, wenn nicht wir? Wir haben doch gar keine Alternative mehr. Sollen wir vielleicht einfach zusehen, wie diese Welt den Bach runter geht? Und mit ihr alles, was gut und schön ist. Wie unsere Musik verschwindet?«

Er beugt sich leicht vor.

»All die hübschen Frauen, Didi. Die tollen Nächte. Bier, Sekt, Rock'n'Roll, willst du das alles aufgeben? Die ganzen Emotionen. Und *Bohemian Rhapsody*. Diese Verirrten werden uns alles wegnehmen.«

Mein Lieblingsdämon wirkt furchtbar unglücklich. »Klar will ich auf all die schönen Seiten des Lebens nicht verzichten. Aber Leute, das sind nicht nur ein paar Geschöpfe aus der Kerkerdimension, denen wir einfach einige Riesententakel abhacken müssen – das sind Menschen. Und dadurch wird alles dermaßen kompliziert. Und wir werden echt nicht jünger. Ich weiß nicht, ob wir das überhaupt schaffen. Geschweige denn, wo wir ansetzen sollen.«

Ich überlege laut. »Vielleicht müssen wir an diese Sache diesmal ganz anders herangehen. Ich denke, wir sollten zunächst zwei Dinge herausfinden. Erstens: Was ist dieses goldene Werkzeug und wo finden wir es. Und zweitens: Wer ist Fashil bin Macharam?«

Bimmel hebt die Hand.

»Ich will ja nicht nerven, aber zeitgleich müssen wir auch noch das Programm für unseren Open Air Auftritt in einer Woche durchackern, nicht vergessen.«

Alle stöhnen.

»Hat das Orakel sonst noch irgendwas geschrieben?«, fragt Ansgar.

Ich sehe nach und nicke. »Ja. Da steht: Das Steak war zäh.«

5.
Like thunder and lightning, God damn it's so exciting, it hits you like a hammer
(Thin Lizzy: Thunder and lightning)

Habe ich schon erwähnt, dass ich meine Männer liebe? Jeden einzelnen, auf seine und meine ganz spezielle und eigene Art. Wir haben so viele Reinkarnationen miteinander erlebt, auch wenn ich mich an keine einzige davon bewusst erinnere, das schweißt zusammen. Ich denke, gemeinsam die Welt retten, sorgt einfach für ein gutes Familiengefühl. Und gemeinsam den Löffel abzugeben verbindet. Und das, wenn ich Ansgar glauben kann, schon mehr als dreitausend Jahre lang. Okay, manchmal könnte ich sie einzeln oder alle zusammen gegen die Wand klatschen, aber auch das ist Liebe. Im Endeffekt gehen wir miteinander durch dick und dünn.

Gelegentlich schadet es jedoch nicht, miteinander ein sinnliches Erlebnis zu teilen, indem wir zusammen essen gehen. Wir schätzen eine gute Mahlzeit und können sie wirklich genießen. Zwar hat jeder einzelne von uns durchaus seine kulinarischen Vorlieben, doch meistens kommen wir auf einen gemeinsamen Nenner und gehen in eine gemütliche kleine Kneipe. Zu unserem Lieblingsgriechen Dimitrios.

Er bringt uns immer wieder ins Schwärmen. Es gibt da ein sensationelles Gyros, das Preis-Leistungs-Verhältnis ist optimal und die Geschwindigkeit, in der die Gerichte serviert werden ist geradezu übernatürlich. Obwohl alles frisch zubereitet wird. Bei Dimmi, wie er von seinen Gästen gerufen wird, muss niemand länger als zehn Minuten auf sein leckeres Essen warten. Der junge Wirt flitzt durch die Gaststube, dass es eine wahre Freude ist.

Sal hat vor langer Zeit die These aufgestellt, dass unter Dimmis Vorfahren bestimmt eine menschliche Dame mal ein Verhältnis mit einem griechischen Gott hatte. Und wenn man sich den jungen Mann so ansieht, deutet vieles darauf hin. Locken, seltsam dunkle Augen und eine überragende Schnelligkeit – irgendwie erscheint bei jedem von uns geistig ein genau definiertes Bild: geflügelte Schuhe.

Auch heute sitzen wir wieder in Dimmis kuscheliger Kneipe im Fachwerklook und freuen uns über knusprig-zarte Fleischspieße.

Draußen schüttet es was runter kann, wir sind alle gerade noch rechtzeitig eingetroffen, bevor es losprasselte. Ein warmes Sommergewitter mit reichlich Blitz und Donner, dazwischen eine kleine Graupelepisode. Dramatik am Himmel, Harmonie am Tisch. Ich genieße den Moment und freue mich, dass die Umstände nicht anders herum sind.

»Ein Wasser, ein Piccolo, drei Bier.« In Windeseile deponiert Dimmi die Getränke vor uns.

Didi lacht leise. »Ganz der gute alte Hermes. Ein echter Luftikus. Einer der wenigen Götter, der früher ab und zu mit mir um die Häuser gezogen ist. Der Kerl wusste, was Spaß bedeutet. Und hat mittlerweile mehr Nachkommen als alle Götter Griechenlands zusammen.«

»Diese Griechen sind kein sehr fröhliches Volk. Weder die Menschen noch ihre Götter«, wirft Sal ein. »Jede Menge Dramatik, Schicksalsschläge und Ungeheuer. Jahrelange Irrfahrten, Eifersüchteleien – also, bei uns war das damals total anders.«

»Ja.« Didi nickt. »Aber mit Hermes konntest du echt Spaß haben. Und Mädels.« Er nimmt genüsslich einen großen Schluck Bier.

Bimmel guckt traurig. »Leute, ich glaube, wir schaffen das nicht.«

»Was denn?« Ich lege ihm die Hand auf die Schulter. »Es ist doch nicht das erste Mal, dass wir die Welt retten. Diesen Fashil kriegen wir ganz bestimmt. Vielleicht ist das sogar der Rotbart aus der Rockfabrik.«

Sal schüttelt den Kopf. Sein Bier ist schon leer. »Nein, ich konnte einen kurzen Blick auf sein wahres Wesen werfen. Das ist nicht Fashil. Das ist ein dummer kleiner, irregeleiteter Hanswurst, der treudoof und brav seinem Führer folgt. Ein Menschenopfer.«

Ansgar lächelt wortlos und beißt genüsslich in ein Fleischstückchen.

Bimmel schüttelt energisch den Kopf. »Das meine ich doch nicht. Die Welt retten ist manchmal unser geringstes Problem. Auch wenn es nervt.« Er scheint wirklich bekümmert. »Ich meine, also echt ... seit fünfzehn Jahren versuchen wir es jetzt schon und sind immer noch keinen Schritt weiter. Manchmal glaube ich, es ist hoffnungslos.«

Didi verdreht verärgert die Augen. »Jetzt geht das Gejammer über *Bohemian Rhapsody* wieder los!« Unser sonst so sanfter Dämon macht eine energische Geste mit den Händen. »Ich will aber keine Alternative von Queen spielen! Jeder Vollhorst kann *We will rock you* runterleiern.«

»Na ja«, wage ich einzuwerfen. »Da gibt es doch wohl noch andere Songs. *Show must go on* ist auch ein toller Titel. Und sehr anspruchsvoll.«

Didi funkelt mich an. »Ja. Zusätzlich sehr gerne. Aber nicht als Ersatz. Es bleibt bei *Bohemian Rhapsody*. Und damit basta. Dieser Song ist einfach ...« Didi wedelt mit den Händen in der Luft und sucht nach den passenden Worten. »Er ist die perfekte Symbiose zwischen himmlischen Klängen und höllischen Schwierigkeitsgraden. Harmonischer Satzgesang wechselt mit tollen Soloparts, Dynamik und Tempo mit Ruhe und langsamen Passagen. Das ist unser Leben als Song. Er ist einfach unser Song.«

Wow! Selten drückt sich unser kleiner Dämon so eloquent und dynamisch aus, mit so viel wilder Entschlossenheit. Bei Queen versteht er wirklich keinen Spaß. Didi hat die These aufgestellt, dass auch Freddie Mercury der Sprössling eines Gottes war. Wieso hätte er sonst den Namen Mercury angenommen? Mercurios im Römischen – bei den Griechen auch bekannt als Hermes, also ganz logisch. Didi hatte schon immer einen besonderen Draht zu den Nachkommen seines göttlichen Saufkumpans. Und daher glaube ich ihm auch. Zumal ich dauernd merke, wie schwierig dieser Song zu singen ist. Es braucht schon eine gewisse übermenschliche Begabung um damit klar zu kommen. Heimlich verfluche ich meinen Basser für seinen Vorschlag.

»Chefin, hast du die Programmliste für das Open Air endlich fertig?«

Da ich in diesem Haufen wohl der einzig erwachsen denkende Mensch bin, haben die Jungs mich mit dieser Aufgabe betraut.

Ich verziehe das Gesicht und strecke Didi die Zunge raus. »Wie denn, Blödmann? Bei all dem ständigen Weltretten komme ich doch zu gar nichts mehr.«

»Mit was fangen wir an? Mit was Eigenem?«

Eine wilde Diskussion über das Programm beginnt.

Das ist normal, denn jeder von uns hat so sein Lieblingslied, auf das er bei keinem Konzert verzichten möchte. Songtitel flattern durch die Luft, gefolgt von manchmal hochemotionalen Kommentaren.

Irgendwann fällt mir auf, dass Sal heute Abend erstaunlich ruhig ist.

Er sitzt am Fenster und wirft immer wieder einen versonnenen Blick in den Abendhimmel. Bei jedem Donner klopft er mit seinen langen Fingern einen komplizierten Rhythmus auf den Tellerrand, zu einer Musik, die im Augenblick wohl nur er hören kann. Mein Drummer ist in Gedanken ganz weit weg. An einem anderen Ort, in einer anderen Zeit.

Ich lächle ihn an. »Denkst du bei Gewitter an deine alte Heimat?«

»Na ja, Gewitter waren dort nicht gerade häufig«, antwortet Sal und betrachtet hingerissen die dicken schwarzen Wolken.

»Aber wird Mesopotamien nicht auch Zweistromland genannt? Das Land zwischen den großen Flüssen Euphrat und Tigris. Da gab es ja wohl genug Wasser. Nichts gegen dich, aber wieso wurde ausgerechnet dort ein Wettergott dermaßen verehrt?« Ich bin neugierig.

Sal sieht mich an. »Das ist von Region zu Region total unterschiedlich«, erklärt er. »Es gibt wohl wenige Länder, wo die Wasserverfügbarkeit so extrem auseinanderklafft. Mein Schutzgebiet lag nördlich von Amida.« Lächelnd schüttelt er den Kopf. Sein Blick wird warm und sein Gesicht wirkt entspannt. »Ich kann mich einfach noch nicht an die moderne Bezeichnung gewöhnen. Heutzutage heißt Amida ja Diyabakir. Ungefähr seit dem Jahr 700. Die Menschen sind unmöglich. Wenn es ihnen langweilig wird, fallen sie in Nachbarländer ein und ändern alle paar hundert Jahre einfach die Namen der Städte. Kaum hat man sich den einen gemerkt, zack! – schon wird umbenannt. Auf jeden Fall war die Region meiner Schutzbefohlenen extrem trocken. Du hättest mal die ausgedörrten Äcker sehen sollen, der Wind hat die staubige Erde in winzigen rotbraunen Wirbeln weggeweht. Wie kleine, bodennahe Tornados. Meilenweit mussten die Menschen für eine Karaffe Wasser laufen. Meine Güte, war das immer ein Theater bis ich von oberster Stelle die Genehmigung für einen hübschen Regenguss oder ein nettes Gewitter bekam. Und die Leute haben sich doch immer so darüber gefreut.«

Sal erzählt nie viel aus seiner Vergangenheit, daher genieße ich seinen kleinen Vortrag umso mehr.

Draußen rumpelt der Donner, an unserem Tisch stoßen die vollen Ouzogläser aneinander. Ein greller Blitz zerreißt taghell den Himmel, keine zwei Sekunden später ein lauter Schlag.

»Hui«, schaudert Bimmel. »*Hells bells*! Gleich setzt die Gitarre ein.« Er lacht. »Ich glaube, wir bleiben noch ein Weilchen hier drin.«

Ansgar nickt und bestellt noch eine Runde Ouzo. Ich sehe, wie Sal sein Glas zum Mund hebt, dabei noch mal einen Blick aus dem Fenster wirft – und schlagartig stockt. Seine Hand verharrt sekundenlang fünf Zentimeter vor dem Mund. Unsere Unterhaltung verstummt, alle schauen ihn an. Er merkt es nicht mal.

»Alter?« Didi stupst ihn vorsichtig an. »Bist du noch anwesend?«

Sal setzt wie in Zeitlupe sein Glas ab. Er räuspert sich.

»Ich weiß, was das Puzzle ergibt. Ich kenne die Waffe, nach der Fashil bin Macharam sucht.«

Wir glotzen alle bestimmt ganz schön blöd aus der Wäsche. Keiner sagt ein Wort.

Sal nickt. Er wendet sich an Ansgar. »Sag erst mal nichts, hör mir einfach nur kurz zu und lass es auf dich wirken, ok?«

Ansgar fixiert seinen Drummer intensiv.

Die Spannung ist unerträglich.

Wieder nickt Sal und blickt Ansgar tief in die Augen. »Die Waffe ist Mjölnir.«

»Thors Hammer«, kommentiert Didi tonlos. »Aha. Irgendwelche radikal islamistischen Bombenleger wollen also mit Hilfe von Mjölnir, Thors Hammer die Welt erobern. Der IS benutzt Waffen aus der nordischen Mythologie. Logisch.«

Didi, Bimmel und ich gackern schlagartig los und lachen, bis wir fast keine Luft mehr bekommen.

Erst dann fällt uns auf, dass Ansgar nicht lacht. Er ist noch blasser als sonst. Sal und er haben immer noch festen Blickkontakt. Ein stummer Dialog.

Am Tisch wird es leise. Dann nickt Ansgar, schnappt sich kreidebleich Sals Ouzo und kippt ihn runter.

»Scheiße«, murmelt er. »Du hast recht.«

6.

God, there's got to be another way. Who are you, who, who? I really wanna know

(The Who: Who are you)

Zwei Tage sind seit der Hammererkenntnis um Thors Hammer vergangen.

Jeder Go!Dessianer hat an der Sache ganz schön zu knabbern. Verblödete bombenlegende Selbstmordattentäter sind an sich schon ein verdammtes Ärgernis, auch wenn man hinterher keine Steuergelder für ihre Unterbringung verschwenden muss. Terroristen, die eine göttliche Waffe einsetzen, und von einem geheimnisvollen Fremden mit Weltherrschaftsattitude benutzt werden, sind ein ganz anderes Kaliber. Wie soll es jetzt weiter gehen? Keiner von uns hat eine Ahnung. Diese hochbrisante Kombination hatten wir bislang noch nicht. Aber es hilft alles nichts. Die Rettung der Welt vor nordische Waffen schwingenden Turbanträgern müssen wir unbedingt ein paar Tage verschieben, selbst wenn Ansgar die Angelegenheit diesmal sehr persönlich nimmt. Das Open Air Konzert steht an und damit die Generalprobe. Und folglich wieder ein Abend im Proberaum.

»Wo sind die ganzen Kartoffelchips hin?« Ich bin entsetzt und sehe mich hektisch um. »Leute, hier wurde eingebrochen und jemand hat alle unsere Chipstüten geklaut. Und die Erdnüsse!« Mir bleibt fast das Herz stehen.

Ansgar blickt suchend unter den Tisch. »Noch schlimmer! Die Gummibärchen sind auch weg!«

Ausnahmsweise ist Sal bereits vor uns da und sitzt mit entschlossener Miene am Tresen. Er räuspert sich. »Ihr hört mir jetzt mal alle ganz genau zu. Ich habe wirklich keine Lust mehr, dass sich so ein

Beinahe-Fiasko wie im Favoritepark wiederholt. Wir sind in den letzten dreißig Jahren so was von körperlich unfit geworden – das geht so nicht weiter. Ist euch eigentlich bewusst, dass wir jeden Freitag mindestens zwei Tüten Chips, eine Packung Gummibären und wahlweise dazu Erdnüsse oder Schokoriegel verdrücken? Daher habe ich eine Entscheidung getroffen, zu meinem und eurem Wohl. Damit ist ab sofort Schluss. Hier!«

Energisch knallt er eine Tüte auf den Tisch.

Vorsichtig nähern sich vier Go!Dessianer dem Behältnis, ganz langsam beugen sie sich über den Inhalt.

Ansgar pult zunächst mutig und dann sichtlich angewidert darin herum. »Das sind Möhrchen«, stellt er mit Grabesstimme fest.

Sal nickt. »Yep, gut erkannt. Genauso knackig wie Chips und gut für unsere Gesundheit.«

Didi verzieht das Gesicht. »Iih, Hasenfutter! So was esse ich nicht.«

»Sprach der Rammler«, flüstert Bimmel.

Sal blickt uns streng an.

»Ihr habt zwei Alternativen. Entweder ihr verzichtet auf Bier und Sekt – oder auf das Knabberzeug. Ich mein's ernst!«

Wortlos öffnen wir Bier- und Sektflaschen, nehmen ein, zwei Schluck und greifen dann ganz vorsichtig nach dem Wurzelgemüse.

»Na los«, drängelt Sal. »Immerhin ist diese Tüte nicht die Büchse der Pandora.«

»Ein echtes Miststück. Aber gut im Bett«, antwortet Didi und nimmt in Zeitlupe unsere Ernährungszukunft in die Hand.

»Wer?«

Manchmal sind auch für mich die Themensprünge meiner Jungs etwas zu rasant.

»Pandora«, ergänzt mein Basser lakonisch und dreht misstrauisch eine fingerdicke Karotte hin und her.

Ich schnappe mir die zweite. Der erste Biss. Na ja, mit reichlich Sekt erträgt man wohl alles.

Während Didi und ich ganz vorsichtig an der Wurzel allen Übels herumnagen, beißt Ansgar kräftig zu. Nag' nag', krach! Nag' nag', krach! Das ergibt einen Rhythmus. Bimmel fängt an zu singen.

»*We will, we will rock you!*«

Nag' nag', krach!

Sal stöhnt und legt den Kopf auf die Tischplatte. »Manchmal bin ich so müde. Bis in alle Ewigkeit dazu verdammt, mein Dasein wieder und wieder mit einem Haufen verspielter Kleinkinder zu verbringen – so dermaßen müde.«

Wir machen uns an die Setliste fürs Open Air. Sie ist ganz schön abwechslungsreich. Ich hasse striktes Kategorisieren. Warum um alles in der Welt steckt man permanent in irgendwelchen Schubladen fest? Wildfremde Menschen entscheiden nach einem einzigen Blick auf dein Outfit, wo du hingehörst. Hineingestopft und festgequetscht, wie eine Sardine in der Büchse. Und klatsch! – sofort den Deckel drauf. Das hasse ich.

Wieso kann ich als Mensch, der Musik über alles liebt, nicht innerhalb derselben Woche einmal im Abendkleid eine Oper von Puccini genießen und zwei Tage später im Totenkopfshirt zu *Headless Cross* von Black Sabbath headbangen und die zu Hörnern gespreizten Finger in die Luft recken? Was in meinem Fall eine rein rhetorische Frage ist, denn ich mache es einfach. Perfekt wäre es natürlich, wenn ich im Paillettenkleid auf einem Iron Maiden Konzert tanzen könnte und mit einem bluttriefenden 666-Motiv unter meiner schwarzen Nietenlederjacke auf den bequemen Sitzen des Staatstheaters Stuttgart in Tränen aufgelöst der Arie des Cavaradossi *E lucevan le stelle* aus Tosca lauschen würde. Ohne mir irgendwelche blöden Blicke einzufangen. Doch für eine Musikalische-Freiheits-Denkerin wie mich ist die Welt eben noch nicht bereit.

Unsere Spielzeit beim Open Air wurde auf eine Stunde gekürzt, daher müssen wir einiges aus der Liste streichen. Wie üblich geht das nicht ohne heftige Diskussionen ab. Wieso soll der Song raus, warum nicht der andere? Der eine klingt insgesamt besser, aber der nächste grooved dafür ohne Ende. In dem harmonieren doch die Chöre so gut. Aber dann haben wir wieder überwiegend Balladen im Repertoire, es sollen schon ein paar Kracher zum Mithüpfen sein. Balladen erzeugen mehr Stimmung. Bei den harten Sachen können aber mehr Leute mitsingen. Es geht hin und her. Die Köpfe rauchen.

Didi bringt es auf den Punkt. »Denkt daran, wir brauchen nun mal diese Schubiduwutz-Tralla-la-Musik, damit die Mädels dahinschmelzen.«

Ich werfe ihm über den Rand meiner Brille einen strafenden Blick zu. »Und du denkst daran, dass deine Ibti zum Konzert kommt.«

Didi hibbelt auf dem Barhocker herum. »Sie kommt nachher hierher. Das Bier ist gleich alle und ich habe ihr gesimst, dass sie zwei Kästen mitbringen soll.«

Bimmel schüttelt den Kopf. »Du lässt das arme Mädel unser Bier schleppen?«

Didi zuckt mit den Schultern. »Sie geht ins Fitness-Studio. Ich liebe diese Frau.«

Unser Basser kann sehr pragmatisch sein. Und schon rumpelt und klirrt es auch an der Tür. Wenigstens Ansgar und Bimmel haben den Anstand, der schwer atmenden Ibti die Bierkästen abzunehmen.

»Hey, Schatz!« Didi breitet erfreut die Arme aus.

Ibtis Augen strahlen plötzlich auf eine Art, die nur unser Basser bei einem menschlichen Wesen bewirken kann. Es folgt eine wilde Knutschorgie zwischen der Schönen und dem Biest und allgemeines Augenrollen der restlichen Anwesenden.

Dann wird geprobt. Eine typische Generalprobe. Es geht schief, was nur schief gehen kann. Ansgar ist ungenießbar. Bimmel schrottet mindestens drei Saiten. Didi verläuft sich in den Tonarten. Ich verwechsle die Verse und Sal steht kurz vor einem Nervenzusammenbruch. Die Gitarristen finden ihre zweistimmigen Soli nicht und die Rhythmusfraktion ist auf völlig unterschiedlichen Planeten.

Das übliche Verhalten vor Konzerten. Ich muss mir also keine Sorgen machen, alles wird großartig laufen.

Ibti gefällt es jetzt schon. Sie sitzt brav in der Ecke und schmachtet ihren dämonischen Freund an. Zeit für eine Pause. Also wandern wir alle wieder in den Nebenraum, um die herausgeschwitzte Energie nachzutanken. Und um zögerlich noch einige Möhrchen abzuknabbern. Gemäß dem Motto: Was uns nicht umbringt, wird eines Tages vielleicht sogar schmecken.

Bimmel schaltet das Radio an und das Musikprogramm dudelt im Hintergrund.

Normalerweise kabbeln wir uns vor Konzerten immer, aber heute will sich keine richtige Streitlaune einstellen. Halbherzig fliegt die eine oder andere gut gemeinte Beleidigung durch den Raum, noch nicht mal Ansgar hält uns seinen üblichen Fünfzehn-Minuten-Vortrag über diszipliniertes Verhalten vor Auftritten.

Nach wenigen Minuten beginnen zufällig die Nachrichten. Und dann das. In Mannheim hatte es einen Bombenanschlag gegeben. Auf ein Museum.

Die Sonderausstellung wurde komplett verwüstet. Zu diesem Zeitpunkt lief dort gerade der Aufbau. Das Thema lautete: Nordische Mythologie in Europa, wo unter anderem auch Leihgaben aus Haithabu gezeigt werden sollten.

Zwei Helfer erlitten schwere Verletzungen. Ein leitender Angestellter des Museums ist tot.

Wir sehen uns entsetzt an. Mir wird schlecht. Bimmel ist kreidebleich. Ansgars Lippen sind nur noch ein Strich.

»Scheißkerl.«, flüstert Sal.

Didi ballt die Fäuste. »So ein Dreckspack! Ich könnte wetten, da steckt dieser Mistkerl dahinter. Dieser verdammte Fashil bin Macharam.«

Ibti, die sich eng an ihn geschmiegt hat, rückt ein Stück von Didi weg und sieht ihn erstaunt an.

»Wow, Liebling! Lernst du heimlich Arabisch?«

Didi schüttelt den Kopf. »Wieso?«

Seine schöne Freundin nimmt seine Hand. »Na, wegen Fashil. Und dem anderen Schimpfwort.«

Ansgar runzelt die Stirn. »Was meinst du mit Schimpfwort? Wir reden hier von einem weiteren Scheiß-Terroristen, der anscheinend im Augenblick eine Gefahr für die Welt darstellt. Sein Name soll Fashil bin Macharam sein.«

Ibti lacht laut.

»Na, den Vater möchte ich sehen, der seinen Sohn Dummkopf, Sohn des Narren nennt!« Sie kichert.

Wir sehen uns an.

»Was soll das alles?«, flüstert Sal verwirrt.

Wegen Ibti können wir nicht offen reden, aber ich weiß, was meine Männer denken: Hat das Orakel uns Blödsinn erzählt? Was geht hier vor? Was steckt hinter der ganzen Angelegenheit? Oder besser: Wer?

Einerseits bin ich froh, dass Ibti hier ist, denn ohne sie wäre uns ein wahrscheinlich nicht unwichtiges

Detail entgangen. Andererseits können wir nicht Klartext reden, solange sie alles mitbekommt.

Ich stehe auf.

»Männer, wir sollten jetzt abbauen und unser Zeug in den Hänger packen. Damit wir morgen beim Konzert mehr Zeit für den Aufbau haben«, signalisiere ich meinen Jungs. Übersetzt heißt das: Wir packen jetzt alles schön zusammen und treffen uns morgen zwei Stunden vor Konzertbeginn wieder hier, um in Ruhe und vor allem ungestört zu reden.

Eifriges Nicken von allen Seiten. Aber jeder von uns wirkt irritiert.

Glücklicherweise merkt Ibti nichts und falls doch, schiebt sie es hoffentlich auf das Lampenfieber vor dem Auftritt.

Als ich nach Hause komme, kann ich lange nicht einschlafen. Meine Gedanken kreisen nur um eins: Wer ist Fashil bin Macharam? Oder eher: Was ist er?

7.
If I could dig down deep in my heart feelings would flood on the page

(The Rolling Stones: It's only Rock'n'Roll but I like it)

Der Tag des Konzerts. Zwei Stunden vor Auftrittsbeginn. Aus Zeitgründen fand die Orakelbefragung im Proberaum statt, an Sals Laptop.

Wir haben alles versucht. Gedroht und geschmeichelt, gebettelt und geflucht. Sal hat sogar extra ein zartes, frisches und besonders blutiges Stück Kalbsleber besorgt. Aber auf unsere Frage: Wer ist Fashil bin Macharam?, antwortet das Orakel nur mit kryptischen Bemerkungen wie: »Der Joker und Blender, der Lügenverwender. Der Witze macht, über die nur er selber lacht.« Na toll! Damit kann man ja auch super was anfangen.

Diesmal sitzt Bimmel an der Tastatur. Der Computer wiederholt trotzdem nur immer denselben bescheuerten Reim.

»Wieso sprichst du heute überhaupt in Reimform?«, tippt Bimmel.

Auf dem Bildschirm erscheint die Antwort. »Ist das Essen gut wie eben, kann ich mir auch Mühe geben.«

Didi blickt versonnen in die Luft. »Habt ihr auch manchmal das Gefühl, dass eure elektronischen Geräte euch verarschen?«

Ich nicke. »Meine Waschmaschine frisst meine BHs.«

Didi runzelt die Stirn. »Keine Socken?«

»Nö.« Ich schüttle bekümmert den Kopf. »Nur die BHs. Und auch nur die schwarzen aus Spitze.«

»Meine Gefriertruhe ist zickig«, erzählt Didi. »Sie hat doch tatsächlich …«

»Jetzt ist aber gut, Leute. Genug mit Smalltalk über eure emotional gestörten Haushaltsgeräte, wir müssen zum Auftritt!« Ansgar spricht ein Machtwort.

Wir fahren los.

Heute haben wir sogar Glück, ein Heimspiel, unser Konzert findet vor Ort statt. Wir stehen also nicht so sehr unter Zeitdruck und können uns vor Konzertbeginn noch in aller Ruhe optisch aufhübschen. Zumindest theoretisch.

Alles ist, wie es sein soll. Wir schleppen das Equipment auf die Bühne, wuchten, bauen auf, verkabeln, schrauben, fixieren, schwitzen und fluchen.

Dann der Sound-Check.

Erst die Drums.

Dann Bass und Gitarren.

Als letztes die Mikrophone. Der seit den Sechzigern festgelegte Zauberspruch sämtlicher Rocksänger: »One two, one two, check. A-sssa – hey – hey – one, two!«

Zu guter Letzt die Monitore mit dem traditionellen Spruch aller Bands weltweit: »Ich hör' mich nicht! Kannst du das mal lauter machen?«

Natürlich bleibt auch wie immer viel zu wenig Zeit zum Aufbrezeln, also schlüpfen wir hinter der Bühne zackig in unsere Auftrittsklamotten und ich klatsche mir in Rekordtempo ein Kilo Make-up ins Gesicht. Schnell noch die Kontaktlinsen reinmontieren und eine halbe Dose Haarspray in die verwuschelten Haare. Ja, ich weiß, das ist ein Relikt aus den Achtzigern und meine Generation an Rockmusikern ist bestimmt für das Ozonloch verantwortlich. Aber was soll ich machen – ich bin eben manchmal sentimental und Haarspray erinnert mich an meine Jugend. All die schnuckeligen Bands mit langer, auftoupierter Mähne. Bon Jovi, Mötley Crüe, Van Halen – ohne Haarspray? Undenkbar!

Noch eine kurze Umarmung hinter der Bühne, dann legen Go!Dessia los.

Unser Programm ist etwas speziell, unsere Songs sind ein ganz eigener Mix aus verschiedenen Stilen im Rockgewand. Abgerundet durch Cover. Ach ja, das leidige Thema Coverversionen.

Was ist denn überhaupt ein Cover?

Korrekterweise ist dies eine eigene Interpretation eines bereits von einem anderen Musiker veröffentlichten Stücks. Nun gehen hier die Meinungen doch stark auseinander wie stark man da beim Original bleiben sollte oder auch nicht. Als Coverbands werden meisten Gruppen bezeichnet, die versuchen, so streng wie möglich an der Vorgabe zu kleben. Was eigentlich Unsinn ist, denn die Originalinterpreten variieren ihre Lieder bei Livekonzerten selbst gerne.

Go!Dessia halten sich an die grundlegende Bedeutung des Wortes Cover, nämlich ein Stück so abzuändern, das es sozusagen verdeckt wird. Egal ob das nun durch einen akustischen Schleier geschieht, den Takt zu ändern oder ein Gesangs- oder Instrumentensolo einzufügen. Instrumente dürfen da ja ohnehin lustig variieren.

Wir, Go!Dessianer, haben ein großes Repertoire an eigenen Songs, das wir allerdings mit Liedern ergänzen, die wir mögen, die uns berühren und die wir so umarrangieren, dass sie manchmal vom Publikum erst im Refrain erkannt werden. Das ist unsere Stärke und es macht uns einfach Spaß. Und unser Stammpublikum schätzt genau diese musikalische Bastelarbeit. Ich bin gespannt, in welche Richtung die endgültige Go!Dessia-Version von *Bohemian Rhapsody* tatsächlich gehen wird. Denn die Band ist über die Endprodukte ihrer Arrangementarbeiten selbst immer am meisten überrascht.

Musik zu machen ist ähnlich wie Sex. Man wartet

auf diesen einen, einzigartigen Moment, diesen Augenblick, in dem du nicht mehr weißt, wo du bist, wo die Zeit keine Rolle mehr spielt; der Gipfel jedes Konzerts, der Höhepunkt.

Es gibt einen Namen dafür: der Flow.

Und das ist der Grund, weshalb zum Beispiel Bands wie die Rolling Stones noch immer auf die Bühne gehen. Es liegt nicht am Geld. Nein, es ist dieses Erlebnis, das jeden Musiker weltweit in den Bann zieht. Das wir unbedingt haben wollen, wieder und wieder, wie ein Junkie seinen nächsten Schuss. Der perfekte Moment, der oft nur ein paar Sekunden dauert, der deinem Musiker-Dasein aber einen ganz besonderen Sinn gibt. Der Augenblick, wenn du das Gefühl hast, du schwebst, die Herzen deiner Mitmusiker schlagen absolut synchron und all euere Emotionen bilden in Kombination mit deiner Musik eine riesige Welle, die anschwillt und gegen das Publikum klatscht. Dort bricht sie sich – und kommt zehnmal höher wieder zurückgeflutet. Und alles wird eins. Die Band, das Publikum, das Universum. Nichts ist mehr wichtig, nur dieser Augenblick. Er ist grandios! Du fühlst Licht und atmest Töne. Dein Körper erinnert sich daran, wie es als Zwanzigjähriger war und reist in Lichtgeschwindigkeit zurück in die Vergangenheit.

Und weil dieser kurze Lidschlag der Zeit so sensationell ist, nimmt man auch alles in Kauf, was danach kommt. Das lästige Abbauen nach Konzertende – meistens weit nach Mitternacht. Mit komplett verschmierter Schminke, tropfnass durchgeschwitzten Klamotten, innerlich total leer und vor allem mit einem Körper, der sich schlagartig wieder daran erinnern kann, wie alt man wirklich ist.

Wir bauen meistens recht wortlos ab, rollen kilometerweise Kabel auf, wuchten Boxen, die dreimal so viel wiegen wie zu Beginn des Abends, laden alles recht unstrukturiert in den Anhänger und fahren es in den Proberaum. Dort muss das ganze Zeug auch noch ausgeladen werden. Meistens stellen wir es erst mal nur in die Ecke, Aufbauen ist um drei, vier Uhr morgens einfach nicht mehr drin.

Wir trinken noch ein Absackerbierchen, Sal und Ansgar murmeln pro forma die eine oder andere wirklich kurz gehaltene Manöverkritik und alle bedauern, dass wir uns keine Roadies leisten können. Dann sinken wir immer mehr in uns zusammen, gähnen und sehen zu, dass wir so schnell wie möglich heim ins eigene Bett kommen. Allein.

Am anderen, beziehungsweise noch am selben Tag, wacht man dann am frühen Nachmittag mit einem Muskelkater wie nach einem Triathlon auf. Musik machen ist psychisch und physisch anstrengend.

Ich versuche mir nach dem Aufstehen als erstes das angetrocknete Bühnen-Make-up vom Gesicht zu meißeln, denn ans Abschminken werde ich nach einem Konzert garantiert keinen einzigen Gedanken verschwenden. Dann umarme ich dankbar meine Kaffeemaschine.

Die ganzen Geschichten über wilde Orgien backstage, der Mythos von Sex, Drugs and Rock'n'Roll im Anschluss an ein tolles Konzert ist und bleibt ein Mythos. Vielleicht macht man so etwas eine Zeit lang mit. Aber der Absturz wartet geduldig. Dann heißt es entweder bald Zwangsjacke wegen Schlafentzug, Rausschmiss aus der Band wegen musikalischer Differenzen oder schlicht und einfach: Willkommen im Club 27.

Für alle nicht an Musik Interessierten (ja, das soll es doch tatsächlich geben!): Zu diesem Club gehören so illustre Persönlichkeiten wie Jimi Hendrix, Janis Joplin, Kurt Cobain oder Amy Winehouse. Alles

Leute, die mit siebenundzwanzig Jahren starben. Weil sie das Märchen der wilden Rockmusiker geglaubt haben und verzweifelt versuchten, danach zu leben. Und zu sterben.

Na ja, ich bin ehrlich, auch die Go!Dessianer haben den Mythos in ihrer Jugend rumerzählt. Wir hatten, wie jede junge Band, eine ziemlich große Klappe über fiktive Heerscharen von weiblichen und männlichen Groupies hinter der Bühne, die nach dem Konzert Schlange standen. Und im Fall von unserem Basser waren sie auch nicht immer ganz so fiktiv. Aber irgendwann sind die Schnecken auch mal heimgegangen, ohne dass einer der Jungs, oder die singende Lady, süße schmutzige kleine Dinge mit ihnen gemacht haben.

Zumindest nicht direkt nach dem Konzert.

Da das aber weder die abgewiesenen Mädels noch meine müden Männer jemals zugegeben hätten, wuchs die Legende. Ich bin nach wie vor der Ansicht: Erschaffe deinen eigenen schlechten Ruf, bevor andere es tun. Das macht definitiv mehr Spaß.

»Wir brauchen dringend Roadies«, stöhnt Bimmel.

Vom Wochenende bleibt uns nur der Sonntag und da ist Aufbau im Proberaum angesagt. Allein das lästige Verkabeln ist dermaßen nervtötend, dass die Grundstimmung heute eher zwischen gedämpft und gereizt schwankt.

Leise brummelnd schraube ich Stative zusammen.

»Wäre ich Mick Jagger, hätte ich mir jetzt nicht den Daumen eingeklemmt.«

Sal blickt kurz von seinem halb montierten Schlagzeug hoch, hinter dem er kniet, um das Pedal des Hi-Hat fester anzuziehen.

»Wenn du Mick Jagger wärst, könnte man auf deinen Rippenknochen Xylophon spielen und dein Gitarrist hieße nicht Ansgar, sondern Keith.« Er schielt vorsichtig Richtung Mischpult und fügt leise hinzu: »Wobei ich mir manchmal nicht sicher bin, was schlimmer wäre.«

Wir sind uns schon lange einig, dass Keith Richards ein Dämon sein muss. Sogar Didi zieht das ernsthaft in Betracht. Man muss sich nur mal das fiese Grinsen, den Totenkopfring und die stechenden Augen des Rolling Stones-Gitarristen anschauen! Aber wenn Ansgar übel drauf ist, schlägt er jeden Dämon um Längen. Und unser Schwarzträger ist prinzipiell nach jedem Konzert erst einmal übel drauf, und wie!

Ich habe selten einen Menschen Schrägstrich Gott getroffen, der so hohe Ansprüche an ein perfektes Konzert stellt wie Ansgar. Zwei klitzekleine Worte habe ich vertauscht und der Kerl hat es gemerkt. Ich habe mir einen Tiefkühlblick aus Eismeeraugen eingefangen und musste mir anhören: »Wäre schön, wenn du nächstes Mal deine Texte lernst.«

Dass meine Reaktion in einer herausgestreckten Zunge und einem dazu passenden ordinären prustenden Geräusch bestand, hat die Situation nicht gerade entschärft. Was soll ich sagen – manchmal bricht einfach meine Punk-Vergangenheit durch.

Aber Ansgar kriegt sich schon wieder ein. Spätestens wenn die ganze Anlage steht und funktioniert, wenn er merkt, dass durch den Transport nichts zu Schaden gekommen ist, dann wird er erträglich.

Wir werkeln eine zeitlang stumm vor uns hin, dann kommt der große Moment. Ansgar startet das Mischpult.

Glück gehabt! Alles funktioniert prima. Kollektives Ausatmen.

Jetzt können wir uns endlich eine kleine Pause an der Theke gönnen. Die Biere und die Sektflasche werden schweigend geöffnet, Bimmels Mineralwasser zischt leise. Der erste Schluck fließt durch ausgedörrte Kehlen. Reihum ertönen zufriedene Seufzer in unterschiedlicher Tonlage und Intensität.

Ich ergreife das Wort. »Schon komisch, dass wir alle auf Blasen stehen.«

Fragende Blicke.

»Wir haben alle unterschiedliche Getränke, aber überall sind winzige Bläschen drin.« Normalerweise bewirken meine hochphilosophischen Bemerkungen heftige Reaktionen. Diesmal nicht. Kein Kommentar von meinen Jungs. Oje, so schlimm ist es also. Zeit, sich der Realität zu stellen.

»Es hilft nichts, Männer. Das Konzert ist vorbei und der normale Alltag hat uns wieder.«

Alle seufzen erneut, diesmal klingt es frustriert.

Didi nickt. »Wenn du damit den normalen Alltag mit islamistischen Terroristen, geplanten Anschlägen auf die Landesregierung, geheimnisvolle Typen mit blöden Namen, die die Welt vernichten wollen und unsere bisher nicht ganz so gelungenen Versuche zur erneuten Weltenrettung meinst – ja, dann ist bei uns wieder langweilige, dröge Normalität eingekehrt.«

Wieder kollektives Seufzen.

»Ich habe nachgedacht.« Sal stellt seine Bierflasche energisch auf den Tisch.

Alle Augen richten sich auf ihn.

Sal wartet. »Was denn? Ist die Lage so schlimm, dass niemand eine blöde Bemerkung über Schlagzeuger und Denken macht?«

Aufmerksames Schweigen.

»Leute, jetzt mache ich mir wirklich Sorgen! Geht es euch allen gut?«

Keiner redet.

»Das ist gruselig! Wo ist meine Band? Ist die Situation so hoffnungslos? Hat euch jemand gegen Roboter ausgetauscht? Hat euch die Meerhexe die Stimmen geraubt, wie der kleinen Meerjungfrau?«

Bimmel schüttelt den Kopf. »Es gibt keine Meerhexen. Nixen, ja, aber keine Meerhexen. Reine Erfindung.«

»Die schmecken nicht schlecht«, wirft Ansgar ein.

»Wer?«

»Nixen. Meerjungfrauen. Ein wenig fischig, aber mit reichlich Dill und etwas schwarzem Pfeffer geben sie auf frischem Buchenholz ein leckeres Opfer ab.«

Sal atmet erleichtert aus. »Oh, uns sei Dank, ihr seid wieder normal.«. Er nimmt einen Schluck. »Ok, ich habe nachgedacht. Auf die übliche Art und Weise, mit Orakelbefragung und so, kommen wir nicht weiter. Also müssen wir etwas vollkommen Neues versuchen. Etwas, das weniger ... na ja, weniger wie eine göttliche Intervention wirkt.« Sal nimmt wieder einen langen Schluck aus der Flasche. »Wir sollten es mal auf die traditionelle Art und Weise versuchen, wie es in amerikanischen Krimis abläuft.«

»Wir wenden uns an das FBI?« Bimmel reißt die Augen auf.

»Blödmann!« Sal redet weiter. »Engmaschige Überwachung. Gute alte Detektivarbeit.«

Wir tauschen ratlose Blicke aus.

Sal kommt jetzt in Fahrt. »Wir haben sogar einen Ansatzpunkt. Der rotbärtige Vollpfosten aus der Rockfabrik. Den müssen wir aufspüren und überwachen. Er bekommt seine Befehle von Fashil bin Macharam. Also muss er mit ihm in Kontakt stehen. Wir überwachen Barbarossa – und er führt uns zu Fashil. Ganz easy. Zumindest in der Theorie. Und leider auch der einzig sinnvolle Weg im Moment.«

Ansgar überlegt. Dann nickt er langsam. »Kein schlechter Ansatz. Für einen Drummer geradezu genial.«

Bimmel wirkt leicht unschlüssig. »Das könnte gefährlich werden.«

»Gefährlicher als die Weltrettung vor vier Jahren? Das bezweifle ich«, meldet sich Didi zu Wort.

Unser Nordgott nickt nachdenklich. »Der Plan klingt nicht schlecht. Ich überlege mir ein detailliertes Vorgehen, um die Gefahr zu minimieren und hoffe darauf, dass ihr euch alle nicht zu dämlich anstellt. Wenn wir wissen, wo Rotbart wohnt, bilden wir diskrete Überwachungsteams und lösen uns regelmäßig ab. Eventuell werden einige von euch während dieser Zeit auf der Arbeit frei nehmen müssen.«

Ich protestiere. »Aber ich habe ab nächster Woche Urlaub und wollte nach Griechenland.«

Ansgar wischt meinen Einwand mit einer Handbewegung weg.

»Dann bist du ja voll verfügbar. Und Griechenland läuft dir nicht weg. Didi und Bimmel arbeiten im Krankenhaus Schichten, danach richtet sich unser Zeitplan.«

Didi runzelt die Stirn. »Und wann schlafen wir?«

Ansgars Augen blitzen unternehmungslustig.

»Schlafen wird überbewertet. Und nun an die Arbeit. Überlegt euch, wie wir Rotbart finden.«

8.
Only time will tell its tale, if it all has been in vain. But what can I do – frozen
(Within Temptation: Frozen)

Ich habe keine Ahnung, wie und wo wir Rotbart finden sollen. Dass er sich in Ludwigsburg aufgehalten hat, heißt noch lange nicht, dass er da auch wohnt. Allerdings kommt mir eine gute Idee. Ich treffe mich mit der halben Rhythmusfraktion und unserem Heilgott.

Bimmel, Sal und ich gehen strikt logisch vor, und stellen auf meinen Vorschlag hin zwei Tage lang eine Liste aller Moscheen im Umkreis von fünfzig Kilometer um Stuttgart zusammen. Irgendwie müssen wir ja mal anfangen. Also können wir auch genauso gut davon ausgehen, dass der Kerl doch aus der Umgebung stammt und als gläubiger Konvertit bestimmt regelmäßig an den Koranlesungen teilnimmt.

»Männer, allein in Stuttgart sind zwanzig Moscheen eingetragen. Das wird ein Suchmarathon.« Ich bin frustriert. So hatte ich mir das nicht vorgestellt.

Es wird eine halbe Ewigkeit dauern, nur die Moscheen der Landeshauptstadt aufzusuchen. Und selbst wenn wir drei uns aufteilen und freitags vor den Gebetshäusern die Gläubigen befragen, wie soll das unauffällig geschehen? Einfach jeden anquatschen und fragen: »Hallo, beziehungsweise *Salam aleikum,* betet bei euch zufällig ein Typ mit einem langen roten Bart, offensichtlich deutscher Konvertit mit fanatischem Blick und Hang zu nordischen Götterwaffen?«, scheint mir nicht sehr erfolgversprechend.

Und dann noch freitags! Das bedeutet, schon wieder fallen unsere Proben aus. Wieso können sich nicht alle Weltreligionen auf einen gemeinsamen Feiertag einigen? Am besten Montag. Den Tag mochte ich noch nie. Montag für alle frei, ja, das gefällt mir.

»Was macht eigentlich der Olle, während wir drei hier am Recherchieren sind?«, fragt Sal.

»Er hat sich zuhause eingeschlossen und versucht seit gestern, aus verschiedenen Blickwinkeln voraus zu schauen«, antwortet Bimmel. »Ich habe ihn heute angerufen und er war äußerst kurz angebunden und gestresst, weil es nicht klappt. Ihr wisst doch, der Olle ist immer so dermaßen hundertfünfzigprozentig. Außerdem kostet ihn das ja auch viel Energie. Zudem ist seine ganze Wohnung komplett eingenebelt und Lüften, solange es hell ist, geht nicht, weil sonst die Nachbarn sofort die Feuerwehr rufen.«

»Ich mag mir seine Laune gar nicht erst vorstellen«, schaudert Sal.

Die Rettung der Welt ist eine frustrierende Angelegenheit.

Ich darf gar nicht daran denken, dass ich jetzt eigentlich an einem griechischen Strand liegend einen Mai Tai schlürfen sollte. Und über den Rand meiner Sonnenbrille gut gebaute griechische Jünglinge betrachten könnte, die nur knappe weiße Badehosen tragen, damit ihre gebräunte Haut gut zur Geltung kommt.

Stattdessen sitzen mir Sal und Bimmel in T-Shirts und Jeans gegenüber und zwischen ihnen steht eine Schüssel Möhrchen. Na toll!

Meine Stimmung sinkt nach einem kleinen Umweg durch den Hades in die Untiefen des Tartarus.

Wozu machen wir das eigentlich? Wenn uns diese Sisyphosarbeit gelingt, erhalten wir keinerlei Dank, weil es kein Mensch merkt. Und wenn die Welt untergeht, merkt das gleich zweimal niemand. Weil keiner mehr da ist. Und sollte uns das Kunststück mal wieder gelingen, kommt garantiert in vier, fünf oder zehn Jahren der nächste Idiot und versucht, die Weltherrschaft an sich zu reißen. Was glauben diese grenzdebilen rektalen Öffnungen eigentlich, wozu Götter da sind?

Ich bin dermaßen gefrustet. Und als Ventil steht mir im Augenblick nur eine riesige, randvoll gefüllte Schale voller dämlicher Möhrchen zur Verfügung, in die ich meine Zähne schlagen könnte. Ich habe das heftige Bedürfnis, meine Hauerchen in die Halsschlagader dieses Fashil zu bohren und kräftig daran herumzufetzen. Obwohl – im Moment wäre ich schon über einen Rettich glücklich. Einen scharfen.

Es reicht!

Ich schnappe mir die Schale, werfe Sal seine blöden Karotten an den Kopf und brülle ihn an: »Rück sofort die Kartoffelchips wieder raus oder gleich passiert ein Unglück! Wie soll man denn bei all den Vitaminbomben richtig denken können?«

Sal weiß, wann er verloren hat.

Stumm geht er nach nebenan und kommt mit einer Riesenpackung Cheese and Onions-Chips zurück, die er andächtig auf den Tisch legt.

Die nächsten fünf Minuten sind nichts für schwache Gemüter und ich werde sie auch nicht beschreiben. Ich sage nur: Der amerikanische Regisseur George A. Romero hätte sich zu einem neuen Horrorfilm inspiriert gefühlt. Er hätte einfach nur die Chips durch lebende Teenager und die darüber herfallenden drei musikalischen Götter durch Zombies ersetzen müssen.

Das Kartoffelmassaker beruhigt unsere ramponierten Nerven. Ja, Kalorien sind gut. Sie sind unsere Freunde in der Not. Sie legen sich heilend und besänftigend auf deine wunde Seele und machen alles weich. Den harten Tag, die angespannte Stimmung und deinen Körper. Die Welt braucht definitiv mehr Weichheit.

Nichtsdestotrotz kommen wir nicht weiter.

Die ersten Vorläufer einer beginnenden Verzweiflung machen sich bei uns dreien breit und recken ihre hässlichen Häupter, wie die vielköpfige Hydra der griechischen Mythologie.

Ich könnte heulen. Was ich natürlich vor meinen Männern nicht tun werde. Ich bin schließlich keine Tussi. Bevor das passiert muss mir etwas nicht nur an die Nieren, sondern auch noch an Herz, Lunge und sämtliche andere Organe gehen. Wir brauchen jetzt dringend ein Erfolgserlebnis, selbst wenn es auch nur ein klitzekleines ist.

Die Tür geht auf und herein kommt unser Basser. Mit seinem obligatorischen, leicht ironischen Lächeln im Gesicht.

»Wo warst du denn die letzten beiden Tage?«, will Sal wissen. »Wir machen uns hier an die Rettung der Welt und der Herr Dämon amüsiert sich wahrscheinlich wieder in diversen Betten, auf Autorücksitzen und Sofas.«

Didi grinst dreckig. »Diesmal war sogar ein steckengebliebener Aufzug dabei. Und zwar in dem Hochhaus, wo meine kleine Computermaus wohnt.«

Ich erfasse als erste, was mein Lieblingsdämon uns sagen will.

»Hat sich deine Süße wieder erfolgreich irgendwo reingehackt?«

Didi nickt lachend und holt einen Zettel aus seiner Jacke, den er mit großer Geste auf den Tisch platziert. »Tadaaa! Die Adresse von Barbarossa!«

Ich springe auf und umarme meinen Lieblingsdämon *Number one.*

Ein Glück, dass Didi mit den Untiefen der menschlichen Seele vertrauter ist als die Götter in seiner Band. Ein Dämon zur rechten Zeit am rechten Ort – und man erspart sich viel unnötiges Gesuche.

Unser diabolisches Kahlköpfchen hat nämlich nachgedacht und sich gesagt: Wenn jemand so viel kriminelle Energie besitzt wie Rotbart, dann kommt das nicht von heute auf morgen. Die Wahrscheinlichkeit, dass er wegen irgendwelcher Delikte schon mal polizeilich aufgefallen ist, dürfte recht groß sein. Also hat sich Didi wieder mal geopfert, diesmal wohl im Aufzug und seine Computerexpertin erneut dazu gebracht, die Rechner der Polizei durchzuforsten.

»Und das hat volle zwei Tage gedauert?«, will Sal wissen, der nun etwas weniger verärgert ist.

Didi sieht aus wie die Grinsekatze aus Alice im Wunderland.

»Na ja, gelegentlich musste ich ihr neue Energie spenden. Das arme Ding hat sich total verausgabt. Das ist wie bei einem Auto. Du musst es immer mal wieder volltanken, sonst läuft es nicht. Die Zapfsäule ansteuern. Den Tankdeckel öffnen. Die Zapfpistole am langen, langen Schlauch ausfahren und ...«

Bimmel hält sich die Ohren zu. »Das reicht jetzt! Ich werde nie wieder normal tanken können.«

Ich schreite ein. »Männer, zur Sache! Was ist denn nun mit Rotbart?«

Didi konzentriert sich. »Also, der Typ ist wegen mehrerer Kleinigkeiten polizeibekannt. Es gibt eine Akte. Eigentlich gibt es insgesamt neunzehn Akten über Männer aus dieser Gegend mit roten Bärten und Haaren. Aber nur einer davon ist konvertiert.

Klaus-Dieter Wartzighoff, neununddreißig Jahre alt. Ist vor einundzwanzig Jahren aus einem Minikaff in Thüringen nach Stuttgart gezogen. Kein Schulabschluss, keine Ausbildung, schlug sich mit Gelegenheitsarbeit durch. Driftete erst in die Neonazi-Szene ab, wo er ein paar Jahre lang als kleiner Mitläufer die üblichen hirnlosen Dinge angestellt hat. Hat wegen mehrerer Schlägereien mit Körperverletzung, Volksverhetzung und Diebstahl fünfzehn Monate gesessen. Vor ungefähr vier Jahren dann der Wandel. Mit der Länge der Gesichtsbehaarung nahm auch seine Radikalisierung zu. Oder umgekehrt. Jetzt möchte er Karim al-Alaman genannt werden. Na ja, hört sich schon irgendwie besser an als Klaus-Dieter. Er kommt aber trotzdem nicht bei den Mädels an, der Blödsack. Die Adresse ist aktuell, laut Polizeiunterlagen. Barbarossa wohnt knapp außerhalb von Stuttgart, in Fellbach, in einer winzigen Dachgeschosswohnung. Und gehört zu den Personen, die der Verfassungsschutz auf der Überwachungsliste hat.«

Sal klopft seinem Rhythmuspartner anerkennend auf die Schulter. »Gut gemacht, Vollpfosten.«

Bimmel wirkt nachdenklich. »Und du hattest tatsächlich mit deiner Computermaus Sex in einem Fahrstuhl?«

»Nö«, grinst Didi fröhlich. »Ich war schon auf dem Heimweg, da stieg ihre Nachbarin in den Aufzug.«

Ich wechsle dezent das Thema.

»Wir müssen Ansgar informieren. Anrufen nützt nichts, wenn er mitten in der Hellsehphase ist.«

Mittlerweile ist es mal wieder fast Mitternacht und wir machen uns auf den Weg zu unserem Gitarristen.

Ansgar bewohnt eine riesige Wohnung über den Dächern der Stadt, vollgestopft mit Gitarren und tausenden von Tonträgern jeglicher Art. Er liebt den Blick von oben. Wir quälen uns die endlosen Treppen zu seinem Appartement hoch und läuten an der Tür.

Nichts.

Didi lässt den Daumen volle zehn Sekunden auf der Türklingel.

Immer noch nichts.

Sal hämmert energisch mit der Faust gegen die mattschwarz lackierte Eingangstür. Die kurz darauf langsam geöffnet wird.

»Alter ...«, flüstert Sal. Wir glotzen wie Autos.

Hinter der Tür ist alles weiß.

Nicht nur, dass die Nebelwand zum Schneiden dick scheint, auf dem teuren Parkett glitzert tatsächlich Schnee. Zehn Zentimeter hoch. In all dem blendenden Weiß wankt eine völlig erschöpfte schwarze Gestalt hin und her. Ansgars Gesicht kann man kaum von dem eisigen, ungewöhnlichen Bodenbelag unterscheiden.

»Du wirst sogar beim Anklopfen langsamer«, haucht mein nordischer Gott seinem Schlagzeuger entgegen. Mit matter, kaum hörbarer Stimme.

Bimmel übernimmt die Initiative.

»Los, zwei von euch kümmern sich um die klimatischen Bedingungen. Einer macht Kaffee. Stark, schwarz und vor allem heiß. Und schnell!«

Er schlingt sich den Arm seines völlig entkräfteten Co-Gitarristen um die Schulter und hievt Ansgar dahin, wo er das Sofa vermutet. Sal reißt die Fenster auf, Didi schnappt sich einen Besen und ich versuche die hypermoderne Kaffeemaschine in Gang zu bringen, nachdem es mir in all dem Nebel gelungen ist, die Küche zu finden.

Die milde Sommernachtsluft bewirkt recht schnell, dass sowohl die Sichtbarkeit, als auch die Feuchtigkeit in der Wohnung rapide zunehmen.

Bimmel sieht sich unglücklich um. »Wie soll man das den Mietern erklären, die ein Stockwerk weiter unten wohnen? Bei denen dürfte es demnächst von der Decke tropfen.«

Didi ist wie immer recht pragmatisch. »Wasserrohrbruch.«

Bimmel legt Ansgar besorgt die linke Hand auf die

Schulter und versucht mit der anderen, dessen Puls zu ertasten.

»Wie lange hast du schon nichts mehr gegessen?«, fragt er streng.

»Welches Jahr haben wir?«, haucht Ansgar.

Sal zieht eine Plastiktüte aus seiner Umhängetasche. »Hier, da sind noch jede Menge Möhrchen übrig.«

Ansgar hebt seinen Blick in Zeitlupe.

»Sal? Wenn du noch einmal mit diesen dämlichen Karotten ankommst, dann – ich schwör's – dann schiebe ich sie dir gebündelt in …«

»Deine Stimme klingt schon etwas kräftiger«, unterbreche ich erfreut und drücke der schwarzen Gestalt einen genauso schwarzen Kaffee in die Hand. »Trink erst mal, mein Guter. Und dann hörst du dir an, was wir zu erzählen haben.«

Einige Liter Kaffee später ist Ansgar umfassend informiert und deutlich fitter.

Und auch deutlich angepisst, weil er seine Wohnung völlig umsonst ruiniert hat. Uns allen sei Dank richtet sich sein Unmut gegen Fashil und Barbarossa.

Wir entwerfen umgehend einen Schlachtplan. Der ehemalige Klaus-Dieter und jetzige Karim wird ab morgen einer engmaschigen Überwachung unterzogen. Wenn alles so läuft, wie wir uns das vorstellen, sieht die Sache wie folgt aus: Da ist auf der einen Seite der Verfassungsschutz, der Informationen über radikalisierte Islamisten sammelt und ansonsten nichts mitkriegt. Und auf der anderen stehen fünf harmlos wirkende Mittfünfziger, die das Ende der bekannten Welt verhindern wollen. Mittendrin ein vollkommen ahnungsloser Rotbart. Zumindest hoffe ich, dass der Kerl nichts mitbekommt.

Ansgar reißt mal wieder das Oberkommando an sich und zückt Papier und Stift. Bimmel und Didi überlassen ihm ihre Dienstpläne. Innerhalb einer knappen Stunde hat mein aufgetauter Gitarrero einen ausgeklügelten Überwachungsplan für die nächsten zehn Tage erstellt. Rundum-Observation, vierundzwanzig Stunden lang.

Ja super, das bedeutet für mich endgültig: Tschüss Sommerurlaub in Griechenland.

Sal liest sich stirnrunzelnd das eng beschriebene Blatt durch.

»Zehn Tage? Und was ist danach?«, fragt er.

Ansgar schüttelt den Kopf. »Nichts.«

»Was meinst du damit?«

Ansgar greift nach seinem achten Becher Kaffee. »Ich meine damit, wenn wir es in zehn Tagen nicht schaffen, eine Spur zu Fashil aufzudecken oder zumindest ein Puzzleteil von Thors Hammer in die Finger zu kriegen, dann sind wir nicht die Gottheiten, die wir glauben. Ich kenne euch. Unter Zeitdruck funktioniert ihr immer am besten. Wir sollten also besser so schnell wie möglich einen Zeitplan erstellen und diesen auch einhalten. Denn der Alltag holt uns sonst ein. Mias Urlaub geht rum, Didi und Bimmel werden mit Dienstplanänderungen zu kämpfen haben und wer weiß, was sonst noch alles dazwischen kommt. Rotbart zu finden ist erst der Anfang. Wir können die Sache nicht langsam angehen und müssen wirklich alles tun, damit diese Verbrecher ihr Werk nicht vollenden können – sonst bereiten wir uns lieber schon mal auf die nächste Reinkarnation vor.«

9.

Wild wild horses, we'll ride them some day

(Rolling Stones: Wild horses)

Nachdem sich Ansgar erholt, Sal ein paar Tage Urlaub beantragt hat und ich meinen Griechenlandtrip endgültig in den Wind geschossen habe, gibt es, wie von Ansgar prophezeit, gleich zu Beginn die ersten Schwierigkeiten.

Didi und Bimmel müssen beide außer der Reihe einspringen, da mehrere Kollegen erkrankt sind. Es ist einfach nicht gut, wenn gleich zwei Bandmitglieder in der Pflege arbeiten. Aber was sollen wir machen? Beide rauswerfen? Immerhin ist die Liste der potentiellen Nachfolgekandidaten recht kurz, die Bewerbungskriterien lauten: Gott plus Musiker. Eine Kombination, die nicht viele erfüllen können. Schwamm drüber. War irgendwie zu erwarten. Murphys Gesetz scheint auch bei Göttern keine Ausnahme zu machen. Dadurch geht uns fast ein ganzer Tag verloren und wir können erst abends mit der ersten Wache starten.

Ansgar und ich übernehmen gleich die Nachtschicht. Ich hole ihn zuhause ab. Mein fahrbarer Untersatz ist ein echter Chevrolet. Oh ja! Ok, es ist ein kleiner. Ein sehr kleiner. Ein Matiz. Mit Automatikgetriebe. Und er ist fast zehn Jahre alt. Zudem regnet es ständig irgendwo rein. Trotz intensiven Suchens habe ich die Stelle noch nicht gefunden, aber das Wasser sammelt sich im Fußraum des Beifahrers und daher ist dort alles dick mit Zeitungen ausgelegt.

Ich gehöre zu den überpünktlichen Zeitgenossen und auch mein Gitarrist lässt nur sehr selten auf sich warten, so dass wir wenigstens unseren heutigen Zeitplan einhalten können.

Gerade habe ich mich mit viel Zentimeterarbeit rückwärts in die LKW-große Parklücke vor dem Haus hineinmanövriert und den Hebel auf Parken gestellt, da öffnet Ansgar auch schon die rechte Tür, platziert seinen Rucksack auf dem Rücksitz und quetscht sich neben mich. Er wirft einen skeptischen Blick auf den Innenraum, seufzt leise und erklärt feierlich: »Es werde Licht!«

Dann schlägt er kräftig mit der Faust auf mein Armaturenbrett, nickt zufrieden, lehnt sich zurück und legt den Sicherheitsgurt an. Ich werfe ihm schweigend einen bitterbösen Blick zu.

»Was?« Ansgar hebt die Schultern. »Ich weiß gar nicht, was du hast, immerhin brennt jetzt wieder die komplette Beleuchtung und nicht nur die am Tacho.«

»Ich habe ja kein Problem damit, dass du auf diese Art regelmäßig meine Armaturenbeleuchtung reparierst, aber mal ehrlich: Musst du jedes Mal diesen Spruch dazu sagen?«

Ansgar grinst. »Alte Gewohnheit. Ganz alte.«

Wir fahren los.

»Wieso fährst eigentlich mal wieder du?«, fragt Ansgar.

»Wieso nicht?«, antworte ich giftig.

Ein leises Seufzen kommt vom Beifahrersitz. »A: Du bist nachtblind und es wird dunkel. B: Du fährst ausschließlich Landstraßen, weil Autobahnen und Schnellstraßen dir Angst machen. C: Du fährst niemals schneller als siebzig, weil du dir einbildest, sonst die Kontrolle zu verlieren. D: Dein Wagen ist ein unerklärliches Feuchtbiotop und eine Schrottkarre. E: …«

»Hey! Du darfst gerne an meinen Fahrkünsten zweifeln, aber sag nichts Schlechtes über Bormo.«

Minutenlanges Schweigen.

Ansgar gibt es nicht gerne zu, wenn er etwas nicht

weiß. Ha! Erwischt! Ich lächle und zähle langsam rückwärts. Drei – zwei – eins.

»Wer ist Bormo?«

»Mein Auto.«

»Bormo?« Ansgar sieht mich skeptisch von der Seite her an. »Was ist mit Putzi? Knutschkugel? Oder Oscar? Zickenschleuder? Oder Paulchen? Ihr Mädels habt doch sonst immer so schwachsinnige Namen für eure Karren. Wie um alles in der Welt kommst du ausgerechnet auf Bormo?«

Ich wedele verlegen herum. »Als ich ihn gekauft habe, wollte ich ihn taufen. Ich habe mich mit einem Becher Sekt vor ihn hingestellt und vergeblich darauf gewartet, dass mir was Originelles einfällt. Und wie ich da so stehe und er mich aus seinen glubschäugigen Scheinwerfern so ansieht, sehe ich schlagartig den Name vor mir. Bormo. Einfach so. Weil er irgendwie nach Bormo aussieht.«

Hoffentlich fragt Ansgar jetzt nicht weiter.

Er fragt.

Natürlich.

»Hast du mal gegoogelt, ob dieser Name tatsächlich existiert?«

»Ja«, flüstere ich kleinlaut.

»Und?«

»Äh ... also Bormo war anscheinend ein gallischer Gott.«

»Aha.« Ansgar klingt interessiert. Mist! »Und für was war dieser Kollege zuständig?«

»Er war der Gott der Heil- und Thermalquellen«. Irgendwie klingt meine Stimme etwas piepsig.

»Aha.« Ansgar klopft mit seinem linken Fuß leicht auf das Zeitungspapier im Fußraum. Das Geräusch klingt irgendwie feucht und platschig. Ansgar nickt langsam. »Dir ist schon klar, dass es seit zwei Wochen nicht mehr geregnet hat. Und dass trotzdem fast ein Zentimeter Wasser unter meinen Schuhen steht.«

Ich mache das, was ich in solchen Augenblicken immer tu. Ich ignoriere das Gesagte und wechsle das Thema.

»Noch eine knappe Viertelstunde, dann sind wir da«, verkünde ich fröhlich.

Ansgar guckt verträumt in die Gegend. »Wenn ich erst meinen Mustang habe, dann fliegen wir nur so über die Straße. Frei wie der Wind.«

Seit ich ihn kenne, träumt mein Gitarrist von einem roten Ford Mustang. Candy apple red, Baujahr 1969. Schwarzer Innenraum. Genauer gesagt, er träumt von der perfekten Naturblondine. Und wenn die ihn mal wieder verlassen hat, bricht sich der zweite Traum seines Lebens mit aller Macht Bahn. Der rote Mustang. Niemals klingt Ansgars Stimme zärtlicher als bei der Aufzählung der technischen Daten des Fahrklassikers. Doch für die restlichen Go!Dessianer ist das Thema Mustang immer auch ein Zeichen.

Vorsichtig sondiere ich. »Biggi und du, ihr seid jetzt schon fast drei Monate zusammen, nicht?«

Er schüttelt düster den Kopf. »Sie ist weg. Seit fünf Tagen«.

Genau das habe ich vermutet. »Dann musstest du dir wenigstens keine Ausrede für die schmelzenden Polkappen in deinem Wohnzimmer einfallen lassen. Wieso halten deine Beziehungen eigentlich nie länger als ein paar Wochen? Seit ich dich in diesem Leben kenne, ist das bestimmt die achtundzwanzigste Braut an deiner Seite.«

»Die neunundzwanzigste«, murmelt Ansgar. Er wendet sich mir zu. »Und so langsam gehen dieser Gegend die Naturblondinen aus. Demnächst muss ich mich im Nachbar-Landkreis umsehen.«

Ich nicke verständnisvoll.

Ja, Ansgars Frauen müssen echt sein. Gefärbte Haare wittert er sofort, sein Blondinenradar springt da gar nicht erst drauf an.

»Mache ich denn irgendetwas falsch? Das kann doch gar nicht sein. Ich bin intelligent, sogar fast allwissend, ich kann alles, bin solide-maskulin verlässlich, ein Gott und auch noch ein Rockmusiker«, klagt er.

Oje, eine von DIESEN Fragen. Hoffentlich meint er das rhetorisch. Wahrscheinlich will er darauf gar keine Antwort.

Ansgar stupst mich in die Seite. »Nun sag' schon. Du bist doch fast so was wie ein weibliches Wesen. Immerhin besitzt du eins von diesen seltsam verdrehten Gehirnen und reagierst oft vollkommen unverständlich. Was wollen Frauen?«

Ich entscheide mich für eine vorsichtig-positive Antwort. Schließlich habe ich keine Lust, dass die Pfütze im Beifahrerfußraum plötzlich zur Eisbahn mutiert.

»Mmh, vielleicht wäre es mal ein Anfang, wenn du sie nicht immer korrigieren würdest.«

Er sieht mich verständnislos an. »Wenn sie doch aber Dinge verkehrt machen, wie sollen sie denn sonst lernen, wie es richtig geht?«

Ich versuche, so behutsam wie möglich zu sein.

»Weißt du, mein Guter, die meisten Frauen mögen es einfach nicht, wenn man sie in diesen Situationen mit Worten wie: Geh beiseite, sterbliches Weib, ich zeige dir, wie man ein Hemd richtig bügelt, zurechtweist. Vielleicht solltest du ein wenig subtiler vorgehen.«

»Vielleicht sollte ich ganz auf Frauen verzichten. Und mir meinen Mustang anschaffen.« Ansgars Gesicht ist eine Symphonie der Düsternis. »Wozu brauche ich überhaupt eine Frau? Es gibt nichts, was ich allein nicht besser kann. Außer über die Autobahn zu fliegen. Oh, so ein Wägelchen – ja, das ist schon was.« Ansgars Stimmung klart auf. »Hast du mal die elegante Linienführung eines Mustangs bemerkt? Er ist fast perfekt. Zu neunundneunzig Prozent. Das einzige Manko ist, dass man keine drei Gitarren auf den Rücksitz packen kann.« Ansgar holt tief Luft. Dann folgt der obligatorische begeisterte Vortrag über Hubraum, PS, Lackierung, Lederausstattung usw.

Ich atme erleichtert auf. Ansgar ist wieder gut drauf und vollkommen in sein Mustang-Loblied vertieft. So merkt er wenigstens nicht, dass ich mich komplett verfahren habe. Ich hasse Autobahnen. Und Schnellstraßen. Dort herrscht Krieg, das halte ich einfach nicht aus. Je kleiner die Straße, desto sicherer fühle ich mich. Keine Drängler hinter mir, niemand hupt, wenn ich mit dreißig Ka-Em-Ha die Schönheit der Gegend genieße. Daher kenne ich mittlerweile, neben dem Fahrplan der Deutschen Bahn, jeden Waldweg im Umkreis von fünfzig Kilometern. Ich schwöre, es gibt eine bestimmte Strecke, die ich oft fahre, da nicken mir die Wildschweine, die gelegentlich den Feldweg überqueren, wie einem guten alten Bekannten zu.

Die Route nach Fellbach dauert laut Planer über die B 14 eigentlich achtzehn Minuten. Aber was ist schon Zeit? Ich bin ohnehin kein Fan von schneller, höher, weiter. Über meine Schleichwege bin ich fast unwesentlich langsamer, ich schaffe die Strecke in knapp vierzig Minuten.

Theoretisch.

Dummerweise dämmert es und ich kann entweder konzentriert den Weg fahren oder auf irgendwelche blöde gelbe Schilder achten. Beides parallel geht nicht.

Nach einer Stunde ist die Gegend immer noch reichlich grün und waldig für einen Vorort von Stuttgart. Statt Häusern stehen links und rechts überwiegend Bäume. Wenn ich ehrlich bin, stehen da nur Bäume. Nadelbäume. Offensichtlich Fichten, mit hübschen kleinen Zapfen.

»Mia?« Ansgars Stimme klingt ganz ruhig und irgendwie resigniert.

»Ja?«

»Du hast dich mal wieder verfahren, oder?«

»Hab' ich nicht«, entgegne ich fest.

»Doch.«

»Nein.«

»Doch!«

»Nein!«

»Hast du wohl.«

Kleine Pause.

»Eventuell. Ein bisschen.«

Ansgar seufzt leise. »Halt da drüben an«, dirigiert er. Er zieht sein Smartphone aus der Hemdentasche. »Ich geh' mal davon aus, dass du deine Einstellung zu einem Navi immer noch nicht geändert hast«, bemerkt er ganz nebenbei, während er versucht, unseren Standort herauszufinden.

Ich bin eisern. »Kein Navi! Bormo mag sich nichts vorschreiben lassen.«

Ein langer Seufzer aus Richtung Beifahrersitz. »Und mit Streichelphonen kannst du dich auch nicht anfreunden.« Es ist mehr eine Feststellung als eine Frage.

»Nein! Solange es sich vermeiden lässt, kommt mir dieses Ausspioniergerät nicht in die Handtasche.«

In einigen Punkten bin ich sehr konservativ.

Ansgar hat mittlerweile sowohl unseren aktuellen Aufenthalt, als auch den Weg nach Fellbach herausgefunden und dirigiert mich. Er berücksichtigt sogar meine Phobie vor breiten Straßen und lotst mich über kleine Landwege. Manchmal ist er ein Goldstück, auch wenn er das immer wieder gut tarnt.

Nach knapp zwei Stunden erreichen wir Fellbach, umrunden die Lutherkirche, biegen in eine Seitenstraße ein und stehen tatsächlich vor Klaus-Dieter Karim Rotbarts Haus.

Zwanzig Meter vor der Eingangstür finden wir eine Lücke, die groß genug ist, um mit nur vier Anläufen rückwärts einzuparken.

»Und nun?«, frage ich.

»Warte kurz.« Ansgar öffnet die Beifahrertür und steigt aus. Lässig schlendert er auf Rotbarts Haustür zu und sieht sich das Klingelschild an. Dann kommt er gemächlich zurück, angelt seinen Rucksack vom Rücksitz, fischt zunächst einen dicken Packen alte Tageszeitungen heraus, die er unter seine Schuhe legt und bringt dann eine Thermoskanne mit wunderbar heißem Kaffee ans nicht mehr vorhandene Tageslicht. Wir sitzen wortlos da und warten. In den zwei obersten linken Fenstern des Sechsfamilienhauses geht das Licht an und der Rollladen wird heruntergelassen.

»Aha, der Blödmann ist zuhause.« Ansgar nickt grimmig.

Er wird es diesen drittklassigen Terroristen nie verzeihen, dass sie Teile seiner Kultur für Anschläge nutzen. Zwar hat Ansgar durchaus nichts gegen ein kleines Menschenopfer, aber das sollte dann auch zweckgebunden sein. Das Opfer muss wissen, dass es eine heilige Aufgabe erfüllt und nicht willkürlich bei einem feigen Anschlag draufgeht. Und schon gar nicht in diesen Mengen an Menschen. Ein Opfer ist immer ein Einzelwesen, ein Geweihter, oft sogar ein Freiwilliger.

Wenn es nach Ansgar geht: Eine einzelne, geweihte,

freiwillige, blonde Jungfrau, die nach mehrjähriger gründlicher Ausbildung hoch erhobenen Hauptes auf den Opferaltar zuschreitet.

Ein Bombenanschlag hat nichts, aber auch gar nichts Heiliges an sich. Ansgar behauptet, dass keine Gottheit, egal welche auch immer, auf diese Art Massenabfütterung steht. Herumfliegende Fleischfetzen, Knochensplitter, die sich in fremde Körper bohren, das ist einfach nur unästhetisch. Extrem schnelles Fastfood – mein Gitarrist schüttelt sich angewidert. Ich würde zu gerne erleben was passiert, wenn mein nordischer Gott diesen rothaarigen Dilettanten in die Finger bekommt.

Die Zeit verrinnt.

Wir diskutieren über Soundeffekte, alte Bands, neue Bands und natürlich *Bohemian Rhapsody*.

Der Kaffee ist alle und ich merke, wie mir so langsam fast die Augen zufallen. Auch der Olle gähnt herzhaft. Mittlerweile ist es kurz vor fünf Uhr am Morgen.

Ein mitternachtsblauer BMW fährt vor, hält direkt neben uns. Ah, die Ablösung.

Sal und Bimmel übernehmen die nächste Schicht. Wir steigen aus und geben kurz alle Infos weiter. Es sind nicht gerade viele. Dann fahre ich Richtung Heimat.

Ansgar schließt die Augen und lehnt sich zurück.

Nach einer Stunde öffnet er sie wieder.

»Mia?«

»Hmm?«

»Du hast dich schon wieder verfahren.«

»Hab' ich nicht.«

»Doch.«

»Nein!«

»Hast du wohl!«

Ich seufze leise.

»Vielleicht ein bisschen. Aber nicht mehr so sehr wie auf der Herfahrt.«

10.
Love machines in harmony, we hear the engines cry
(Judas Priest: Turbo lover)

Zwei Tage sind schon rum. Zwei endlose Tage mit Überwachungstätigkeit. Und von Karim Klaus-Dieter bislang keine Spur. Noch nicht mal der Hauch eines einzigen hellroten Haares war zu sehen. Wie halten Spione und Privatdetektive das bloß aus? Es gibt nichts Langweiligeres.

Wenigstens in einem habe ich Fortschritte gemacht. Mittlerweile finde ich den Weg zu Rotbarts Wohnung auf Anhieb.

Heute habe ich die Mittelschicht, gemeinsam mit Didi. Ich bin gerne mit meinem Basserdämon zusammen, sein nie endender und abwechslungsreicher Fundus an Frauengeschichten ist amüsant. Was dieser kleine Teufelsbraten im Lauf der Jahrhunderte erlebt hat, würde eine ganze erotische Enzyklopädie füllen. Von A wie Agrippina, der Mutter Neros, bis Z wie Zenobia von Palmyra, die sich 271 zur Kaiserin des Oströmischen Reiches ausrufen ließ. Ganz zu schweigen von den nicht prominenten Damen jeglicher Schicht, Hautfarbe, Bildung und Altersgruppe. Didi ist der toleranteste Mensch, den ich kenne. Er hat überhaupt keine Vorurteile, er legt jede Frau gleichermaßen flach. Für ihn sind alle Frauen schön. Und auch die meisten Männer, aber die nur im Notfall.

Außerdem erzählt er unglaublich lebendig. Er schafft es, die Personen vor meinem geistigen Auge tatsächlich auferstehen zu lassen, egal wie viele Jahrhunderte seine diversen erotischen Abenteuer auch zurückliegen. Wir haben viel Spaß.

Didi genießt meine Gegenwart ebenfalls, denn ich

bin wahrscheinlich das einzige in einem weiblichen Körper steckende Lebewesen, bei dem er sich ausnahmsweise richtig entspannen kann und kein Sukkubus sein muss.

Seit zwei Stunden erzählt mir mein Basser eine Anekdote nach der anderen.

»Und dann habe ich dem Jungen abends die wahre Welt gezeigt. Er war ja erst sechzehn Jahre alt, hatte aber schon die niederen Weihen zum Priester erhalten. Stell dir das mal vor! Sechzehn Jahre alt und die Aussicht auf lebenslange Keuschheit. Was für eine Verschwendung!«

Ich bin neugierig. »War ich damals auch dabei?«

Didi lacht. »Du hast die Nacht mit diesem einheimischen Kunstmaler verbracht. Canaletto. Der stand auf temperamentvolle Sängerinnen. Du hast ihn ziemlich schlecht behandelt und das hat ihn fast verrückt gemacht. Je fieser du zu ihm warst, desto mehr hat er sich in dich verknallt. Er hat, glaube ich, sogar ein Portrait von dir gemalt, nachdem er dir endlich an die Wäsche durfte. Ansgar und Sal soffen in einer kleinen Taverne wie die Löcher und Bimmel war mit einem Arzt unterwegs, der Pestkranke betreute.« Versonnen lächelnd schüttelt mein Basser den Kopf. »Meine Güte, hatte der Kleine Talent. Venedig hat mir zu der Zeit echt gut gefallen.«

»Wann genau war das?«, frage ich.

Didi überlegt kurz. »An einem Samstag, den achtzehnten März siebzehnhunderteinundvierzig.«

Mein Lieblingsdämon hat gelegentlich ein sensationelles Gedächtnis für Details.

Ein kleines Lächeln fliegt über sein Gesicht.

»Einen Tag später sollte der Kleine von der Kanzel predigen. Seine zweite Predigt überhaupt. Wir hatten aber fast die ganze Nacht mit den fünf Töchtern der reizenden Signora Baldarini verbracht. Und natürlich auch mit Signora Baldarini selbst. Was für ein prachtvolles Weib! Unersättlich und erfahren. Hat ihr begnadetes Talent an alle fünf Töchter weiter vererbt. Das artete zu einer echten Herausforderung für einen Sterblichen aus, aber mein Schüler war einfach top. Allerdings am nächsten Tag so ausgelaugt und unvorbereitet, dass jeder in der Kirche gemerkt hätte, dass da was nicht stimmt. Also hat er eine tolle Show abgezogen und sich gleich zu Beginn ganz dramatisch von der Kanzel fallen lassen. Ein Ohnmachtsanfall. Hat ihm damals den niedlichen Arsch gerettet. Und dann begann die Karriere meines lieben Giacomo erst richtig.« Didi grinst von einem Ohr zum anderen.

»Du mochtest den Kleinen wohl sehr, oder?«

Mein Lieblingsdämon nickt heftig. »Ich kannte bereits seine Mutter. Eine Schauspielerin namens Giovanna Farussi.«

Ich überlege. »Farussi? Ich dachte, sie hätte ihren Sohn allein aufgezogen. Wieso hieß Giacomo dann mit Nachnamen Casanova?«

Didi lächelt diabolisch.

»Weil ich mich sechzehn Jahre zuvor seiner Mutter als ihr Bühnenpartner Gaetano Casanova vorgestellt hatte.«

Ich versuche, moralisch empört auszusehen. Aber es hilft alles nichts. Ich muss laut lachen.

»Na, kein Wunder, dass der Kleine eine solche Karriere hingelegt hat. Bei den Genen!«, pruste ich. Didi sieht stolz aus.

Wir packen belegte Brote aus. Immerhin sind wir lernfähig und ein knurrender Magen stört einfach die Konzentration bei einer Überwachung, wie ich festgestellt habe.

Didi kaut gedankenverloren. »Mia?«

»Ja?«

»Sag mal, dieser silberne Kombi da drüben, der irgendwie laut ›Achtung, Zivilstreife‹ brüllt … stand der nicht auch gestern da?«

Ich überlege kurz. »Ich meine ja.«

Didi lässt das halb aufgegessene Sandwich sinken.

»Und die beiden Typen, die gerade aussteigen und auf uns zukommen, wirken die vertraut?«

Ich unterdrücke einen Fluch. »Mist! Die waren auch schon hier. Vielleicht haben sie uns nicht gesehen.« Die Hoffnung stirbt zuletzt.

Die beiden unauffälligen, durchtrainierten jungen Männer in Lederjacken, ein mausblonder mit Bürstenhaarschnitt und ein mittelbrauner mit Sonnenbrille, schlendern wie zufällig auf meinen Chevrolet zu. Ich versuche, ihnen telepathisch zu suggerieren: Lauft vorbei, lauft vorbei, lauft vorbei.

Der Mausblonde klopft an meine Scheibe. Mist! Ich drehe den Schlüssel im Zündschloss und lasse süß lächelnd die Scheibe runter.

»Kann ich Ihnen irgendwie helfen?« Immer freundlich bleiben.

Der Typ hält mir eine Dienstmarke unter die Nase. Doppelmist!

»Steigen Sie bitte aus und zeigen Sie uns Ihre Personalausweise.«

Ich mache auf hilfloses Frauchen. »Aber Herr Kommissar, was ist denn los? Gibt es ein Problem?«

Der Mittelbraune mit der Sonnenbrille hat mittlerweile die Beifahrertür geöffnet und hält seinen Dienstausweis in Richtung Didi.

»Bitte machen Sie keine Schwierigkeiten. Steigen Sie aus, kommen Sie mit zu unserem Fahrzeug und weisen Sie sich aus.«

Er wirkt nicht sehr freundlich. Langsam hieven wir uns aus Bormo.

Der Mausblonde geht voran, die Sonnenbrille bleibt

hinter uns. Wir zücken unsere Brieftaschen, versuchen, dabei hektische Bewegungen zu vermeiden und kooperativ zu wirken. Der blonde Mäuserich nimmt meinen Ausweis und hantiert an irgendwas in seinem silbernen Kombi rum. Sonnenbrille hat sich unauffällig hinter Didi postiert, mit gespannten Muskeln, jederzeit zugriffsbereit. Mann, ist das peinlich! Wie sollen wir das nur Ansgar erklären?

Aus den Augenwinkeln sehe ich eine Bewegung.

Dreidimensionalerdrecksmisthochdrei!

Ausgerechnet jetzt geht die Haustür des Sechsfamilienblocks auf – und ein Typ mit langem rotem Bart und in einem verwaschenen grünen T-Shirt verlässt das Haus.

»Didi.« Ich versuche, so leise wie möglich zu zischen.

Mein Basser blickt kurz an mir vorbei und runzelt die Stirn. Er hat es mitbekommen. Ich lege alle Überzeugungskraft in einen seelenvollen Blick und schaue den besten Dämon aller Zeiten flehentlich an.

Seine Augen weiten sich und er schüttelt energisch den Kopf. Meine rehbraunen Welpenkulleraugen knien bildlich gesprochen mit gefalteten Händen nieder.

Didis aufgerissene Mandelaugen signalisieren: Auf gar keinen Fall! Nicht schon wieder.

Ich ziehe vorsichtshalber noch einen Schmollmund und schaue ihn von unten her an, das wirkt verzweifelt und niedlich zugleich und ist das optische Äquivalent zu einem lang gedehnten: Biiiiiiiittteeeee!

Didi schiebt die Unterlippe vor, will heißen: Kommt nicht in Frage!

Ich verschränke die Arme und werfe den Kopf in den Nacken, was übersetzt bedeutet: Du fliegst gleich aus der Band!

Didi verdreht die Augen in Richtung Himmel und

starrt mich dann böse an. Womit er meint: Also gut. Ich mach's. Aber nur unter Protest und du schuldest mir was und glaub ja nicht, dass du diesmal billig davon kommst.

Ich lege den Kopf schief und blicke seelenvoll. Das heißt: Du bist der Beste.

Sonnenbrille beugt sich zu Didi. »Geht es Ihrer Freundin gut oder bekommt sie gerade einen epileptischen Anfall?«

Didi legt ihm wie zufällig die Hand auf den Unterarm und sieht ihn aus halbgeschlossenen Lidern an. Sonnenbrille öffnet den Mund, schließt ihn wieder, klappt ihn erneut auf. Wie ein hypnotisierter Karpfen. Didi reicht mittlerweile dem Mausblonden im Auto seinen Ausweis und berührt dabei die Hand des Zivilfahnders. Ok, jetzt kann ich mich langsam davonmachen. Ich würde ja mal wahnsinnig gerne meinem Basser bei seinem dämonischen Wirken zusehen, aber meine Neugier muss jetzt erst mal zurückstehen. Es gibt Wichtigeres.

Ich gehe vorsichtig ein paar Schritte rückwärts, drehe mich dann um und versuche, einen Blick auf Rotbart zu werfen. Er ist weg.

Intergalaktischverfluchterschweinemistmitgüllezum quadrat! Wo ist er hin?

Ich renne zur Straßenecke und sehe mich hektisch um. Gerade noch kann ich einen kurzen Blick auf ein verwaschenes grünes T-Shirt erhaschen, das mitsamt seinem ungepflegten Träger circa zweihundert Meter vor mir in die nächste Querstraße einbiegt. Ich haste bis zur Ecke und beuge mich vorsichtig vor. Da läuft Rotbart.

Ich beschatte ihn zwei Straßen lang. Dann eilt Klaus-Dieter über die Straße, winkt und geht zu einem parkenden Auto. Ein blauer Corsa, eine Person sitzt am Steuer, zwei kann ich auf dem Rücksitz erkennen. Rotbart schwingt sich auf den Beifahrersitz. Ich drehe ihm den Rücken zu und betrachte unauffällig und mit äußerstem Interesse das Schaufenster, vor dem ich momentan stehe.

Ein Sanitätsfachgeschäft, die Erwachsenenwindeln sind im Angebot. Ich höre, wie der Corsa startet. Als er an mir vorbeifährt, präge ich mir das Kennzeichen ein.

Endlich eine Spur. Ich murmle das Kennzeichen ein paar Mal vor mich hin und baue mir dann aus der Buchstaben- und Zahlenkombination eine Eselsbrücke. Vielleicht kann Didis Computermaus uns da weiterhelfen und den Halter ermitteln.

Ups! Didi! Ob er wohl Unterstützung braucht? Ich weiß auch nicht so recht, muss ich mich jetzt beeilen oder soll ich meinem Basserdämon noch ein wenig Zeit lassen? Ich entscheide mich für ein langsames Zurückschlendern.

Bormo steht noch immer an seinem Platz.

Schräg gegenüber parkt der silberne Kombi. Die Türen sind zu. Ich nähere mich langsam. Und nun? Was soll ich machen?

Die Scheiben sind seltsamerweise dick angelaufen. Von innen.

Ich umrunde das Fahrzeug. Zweimal. Verdammt, man kann von außen überhaupt nichts erkennen.

Meine Finger greifen langsam nach dem Türgriff. Es gibt ja so etwas wie eine Privatsphäre und die sollte man respektieren, auch wenn man eine Göttin ist. Erst recht, wenn man eine Göttin ist.

Ich ziehe meine Finger ein Stückchen zurück.

Andererseits ist dies ein sterblicher Frauenkörper. Und Frauen sind nun mal neugierig. Ich seufze. Ich habe es mir nicht ausgesucht, ich kann also gar nichts dafür. Dann reiße ich die Tür auf.

Seit zehn Minuten sitzen wir stumm nebeneinander in meinem Chevrolet.

Ich halte das Lenkrad umklammert, obwohl der Motor nicht läuft.

In meinem Kopf dreht sich alles.

Jetzt weiß ich, was Sal meint, wenn er immer »Raus aus meinem Kopf!«, sagt. Ich werde dieses Bild nie mehr loswerden. Dann gebe ich mir einen Ruck.

»Äh ... Didi, wie hast du das fertig gebracht? Ich meine ... die menschliche Anatomie ... äh, sie ist dafür einfach nicht gemacht. Also, nicht unbedingt. Und dann noch mit beiden ... und die ganzen Verrenkungen ...«

Didi sitzt mit verschränkten Armen da.

»Es ist eine Begabung. Und ganz viel Physik mit einem Hauch Magie.«

Ich atme tief ein. »Aber die beiden hatten ... oh du liebe Güte! Sie waren total weggetreten und hatten trotzdem Spaß dabei. Und der eine ... wieso hast du das mit seiner Sonnenbrille gemacht?«

Didi zuckt mit der Schulter.

»Mir war danach. Auch Dämonen wollen manchmal ein bisschen Spaß haben.«

»Oh Mann, ich wünschte, ich hätte das nie gesehen!« Ich beuge mich stöhnend über mein Lenkrad. »Wie soll es denn jetzt weiter gehen?«

Mein Basser grinst.

»Zumindest die beiden werden uns künftig in Ruhe lassen. Ich glaube, die brauchen einen langen Urlaub. Einen sehr langen, bevor sie sich wieder gegenseitig in die Augen blicken können.«

»Aber dann kommen doch bestimmt andere Zivilstreifen.«

Didis Augen funkeln amüsiert.

»Das glaube ich nicht. Du weißt ja nicht, was die in ihren Bericht schreiben werden. Ich schon.«

Ich mustere ihn anerkennend. »Du hast an alles gedacht. Du bist ein Schatz.«
Mein kleiner Dämon strahlt. »Ich weiß.«

Ansgar, Bimmel und Sal liegen vor Lachen fast auf dem Boden. Wir pausieren mit der Überwachung solange bis Didi von seiner Computermaus Näheres über den blauen Corsa weiß und nützen die Zeit zu einer kleinen eingeschobenen Probe. Bevor wir endgültig aus der Übung sind. Natürlich habe ich den anderen detailliert von Didis Heldentat berichtet, der dabei auf einem Barhocker sitzt und vergeblich versucht, bescheiden zu wirken.

Sal wischt sich die Lachtränen aus den Augen.

»Alter, dass du immer noch so gelenkig sein kannst – Respekt!«

Sekt und Bier kreisen. Langsam wird die Stimmung nachdenklicher.

»Wie geht es denn nun weiter?«, frage ich.

Allgemeines Schulterzucken.

»Wir müssen jetzt erst mal abwarten, wem der Corsa gehört, dann haben wir wahrscheinlich wieder einen neuen Ansatz«, antwortet Bimmel schließlich.

Ich bin skeptisch.

»Und was, wenn diese Vollidioten weitere Anschläge verüben?«

Ansgar nickt grimmig.

»Das werden sie wahrscheinlich sogar tun.« Er ballt die Fäuste. »Und alles, um an Thors Hammer zu kommen. Diese Sackgesichter! Wisst ihr, was das einzig Positive ist? Wenn diese sabbernden Eiferer im Jenseits ankommen und feststellen: Es war alles umsonst. Da gibt es keine weiß der Geier wie viele Jungfrauen, die auf die warten. Nur unendlicher Schmerz, weil sie tausendfach zurückbekommen, was sie anderen angetan haben.« Ansgar lächelt düster. »Unendlicher Schmerz. Bis in alle Ewigkeit.«

Sal nickt. »Aber bis es soweit ist, können wir dafür sorgen, dass sie schon zu Lebzeiten einen kleinen Vorgeschmack abbekommen.«

Ich bin leicht schockiert.

»Jungs, ihr seid ganz schön rachsüchtig.«

Sal wendet sich zu mir. »Weil das hier nichts, aber auch nicht das Geringste mit Religion zu tun hat. Diese fanatischen Hohlkörper ruinieren unseren Ruf! Die Gemeinschaft der Götter darf nicht zulassen, dass in ihrem Namen solche Gräueltaten geschehen.«

»Aber gegen ein gelegentliches Menschenopfer hattet ihr alle nichts einzuwenden. Bis auf Bimmel, der steht auf Blumen«, wage ich einen zaghaften Einspruch.

Ansgar schüttelt ungeduldig den Kopf.

»Das habe ich dir schon mehrmals erklärt. Wir reden von einem – ich wiederhole: Einem Opfer – und zwar zur Freude des jeweiligen Gottes, damit er gnädig gestimmt ist. Damit ich mein Volk unterstütze, und Schaden von ihm abwende. Das ist etwas völlig anderes als dieses hirn- und sinnlose Gemetzel. Und das hat nichts mit irgendwelchen Typen zu tun, die Angst und Schrecken verbreiten und den Rest der Menschheit unterjochen wollen. Die sind einfach nur krank! Kranke, feige Versager. Und überhaupt, wie können sich ein paar asoziale Subjekte anmaßen, sie wüssten, was wir von ihnen wollen? Allein schon für diese Frechheit müsste man ihnen sämtliche Gliedmaßen einzeln herausreißen, ihre Wirbelsäule mit flüssigem Blei füllen und ihnen ihre Kronjuwelen mit Hufnägeln …«

»Ist ja schon gut, Oller. Wir verstehen dich.«, besänftigt Bimmel. »Wie wäre es, wenn wir zur Abwechslung mal rübergehen und ein wenig Musik machen? Es tut uns allen gut, auf andere Gedanken zu kommen. Rotbart läuft uns nicht weg. Und ich habe eine tolle Idee für *Bohemian Rhapsody*.«

11.
Another town, another place, another girl, another face
(Motörhead: We are the road crew)

Alle paar Jahre mal unternehme ich einen meist vergeblichen Versuch, die Jungs für eine zweite Sängerin zu begeistern.

Ich bin da sehr praktisch veranlagt. Zwar harmonieren unsere mehrstimmigen Satzgesänge optimal miteinander, aber dieser menschliche Körper ist leider nicht unverwüstlich. Und so erwischt mich immer mal wieder eine böse Erkältung mit Heiserkeit oder ich liege mit einer Grippe flach. Ganz zu schweigen von den seit längerer Zeit auftretenden Nebenwirkungen der obligatorischen Wechseljahre, wo dein Körper sich zur Großbaustelle entwickelt und du selbst fast gar nichts mehr beeinflussen kannst. Wie bei Stuttgart 21 oder dem Berliner Flughafen, nur eben auf hormoneller und emotionaler Basis.

Damit uns lukrative Gigs nicht verloren gehen, wäre eine zweite Sängerin also sinnvoll. Wenn ich dann mal krank bin, brauchen die Jungs keinen Auftritt absagen, sie müssen höchstens das Programm ein wenig umbasteln. Vor zehn Jahren habe ich mit logischer Überzeugungsarbeit angefangen. Also, in diesem Leben. Anscheinend kommt mir der Gedanke in jeder Reinkarnation, zumindest berichten das meine Männer.

Wenn ich von der Idee erzähle, tauschen sie genervte Blicke, tuscheln leise und geben kryptische Sätze von sich, wie zum Beispiel: »Oh je, erinnert ihr euch noch an das Drama mit der singenden Schlangenpriesterin?«

»Die schlafwandelnde Voodootrommlerin sang viel schlimmer.«

»Und dann hat sie bestimmt wieder Mitleid. Wie damals mit dieser trällernden Konkubine von Heinrich dem Achten. Die nur bei uns mitsingen durfte, weil Ansgar wusste, dass sie ein paar Wochen später den Kopf verliert. Wortwörtlich.«

»Oder dieses völlig talentfreie Charleston-Girl während des Ersten Weltkriegs in Paris. Konnte zwar toll tanzen, traf aber keinen Ton.«

Das nervt, weil ich natürlich keine Ahnung habe, von was der männliche Teil von Go!Dessia redet. Meine doofe Amnesie! Was soll ich machen, ich muss meinen Männern einfach glauben.

Ansgar bringt es immer wieder auf den Punkt. »Mia, deine soziale Ader ist schön und gut. Aber musst du eigentlich immer bildlich gesprochen sämtliche streunenden Katzen bei uns aufnehmen? Du wirst so gut wie jedes Mal gebissen und gekratzt oder holst dir Flöhe. Und das nicht nur bildlich.«

»Ich habe keine Flöhe«, stelle ich eingeschnappt fest.

»Heute nicht. 1583 wolltest du unbedingt diese grünäugige Marketenderin bei uns unterbringen, die gerade mal zwei Lieder kannte. Sie schlief nachts zwischen uns am Feuer und hat ihre Flöhe fleißig an uns weitergegeben. Mitsamt den Pesterregern. Und Didi hat sich zusätzlich noch Filzläuse von ihr eingefangen, was aber dann auch egal war, weil wir alle innerhalb kurzer Zeit am schwarzen Tod gestorben sind. Und glaub' mir, das war nicht schön.«

Sal schüttelt sich. »Nö, echt nicht. Igitt!«

»Ich werde mir künftig ein Gesundheitszeugnis vorlegen lassen«, nuschle ich beleidigt.

Es ist wohl wirklich nicht sonderlich angenehm, an Pest zu sterben. Ansgar hat es mir in allen Details erzählt. Der schwarze Tod war eine ziemlich eklige Angelegenheit. Und es ist auch vollkommen egal, ob du an Beulenpest oder Lungenpest krepierst.

Noch nicht mal unser Klugscheißer vom Dienst, unser fast allwissender Nordgott hatte vor über 400 Jahren eine Ahnung, dass die Beulenpest auf dem Umweg von der Ratte auf den Menschen über den Biss von Flöhen übertragen wurden.

Das fiese kleine Bakterium löst im Blutkreislauf eine Blutvergiftung, eine Sepsis aus, und zwar dann, wenn die Biester in uns sterben und ihr Leichengift verbreiten. Was sie fleißig taten.

Bimmel war der letzte, bei dem sich die hühnereigroßen, blauschwarzen Beulen unter den Achseln und in der Leiste zeigten, prall mit Eiter gefüllt. Er hat uns allen die Augen zugedrückt. Was er uns immer wieder unter die Nase reibt. Vor allem mir.

Den Kommentar und die Geschichte dazu muss ich mir seitdem jedes Mal anhören, wenn ich auch nur einen klitzekleinen Vorstoß in Richtung Co-Sängerin mache.

Sal legt mir den Arm um die Schulter. »Mia, versuch dich mal an all die Ladies zu erinnern, die du in den letzten zehn Jahren zum Probesingen angeschleppt hast. Fangen wir mal bei dieser Kleinen mit der Opernausbildung an.«

»Oh wei!« Bimmel schüttelt sich.

Ich erinnere mich. Leider. Wenn ich meine Amnesie mal brauchen könnte, ist sie natürlich nicht da.

Das blonde Wesen war die erste. Sie meldete sich auf einen Aushang von mir, den ich in einem Musikhaus ans schwarze Brett geheftet hatte. Am Telefon sprach sie von jahrelangem Gesangsunterricht im Klassikbereich und dass sie gerne mal was Neues ausprobieren möchte. Also lud ich sie zur Probe ein. Meine Männer waren zunächst nicht begeistert, aber als Inga-Lotta zur Tür hereinkam, lösten sich die Gewitterwolken in den Gesichtern auf.

Ihre zierliche Gestalt weckte den Beschützerinstinkt der Jungs, ein hübsches Lächeln erhöhte ihren Sympathiefaktor und als sie ihre blonde Mähne schüttelte, wanderten auch Ansgars Mundwinkel nach oben. Eine wirklich nette Person. Sie hörte uns zu, als wir uns warm spielten. Dann kam ihr Auftritt. Ich hatte sie gebeten, sich ein paar Rock-Klassiker anzuhören und diese auf ihre Art zu interpretieren, damit wir uns ganz unbefangen ein Bild ihres Könnens machen konnten.

Ich war gespannt. »Und, Inga-Lotta, was hast du einstudiert?«

Die Kleine lächelte mich an.

»Ich hatte ja bisher keine Ahnung von Rockmusik, daher habe ich mich beraten lassen. Mein Nachbar ist Dauergast in der Rockfabrik, trägt lange Haare und schwarze T-Shirts mit Bandnamen drauf. Er meinte, es gibt nur zwei absolute Klassiker, die man unbedingt kennen muss. Also habe ich die geübt.«

Ich nickte aufmunternd. »Welche Songs wirst du uns also präsentieren?«

Inga-Lotta strahlte. »Die erste Nummer ist von einer Band namens Motörhead oder so ähnlich und das Lied heißt *Ace of spades*. Es geht dabei wohl um Kartenspiele.«

Ich sah die Gesichter meiner Männer und blickte in vier geöffnete Münder.

»Und das zweite?«

»Ist was Ethnisches. Die Band kommt aus Brasilien, heißt Sepultura. Sie besingen ihre indiogenen und spirituellen Wurzeln.«

Ich ahnte Schlimmes. »Lass mich raten, ist es *Roots bloody roots*?«

Inga-Lotta nickte begeistert.

Ich schluckte kurz und wandte mich an meine Go!Dessianer.

»Ich denke, wir beginnen mit *Ace of spades.*«

Sal zählte vier vor und los ging's.

Einer der größten Hits von Motörhead. Ich dankte uns im Stillen, dass dieses Lied so kurz ist und dass der gute Lemmy, Motörheads Frontmann, das nicht mitbekam. Der Song war vorbei und meine Jungs blass wie Neuschnee. Ich schwöre, Didi hatte Tränen in den Augen.

Inga-Lotta quietschte entzückt. »Das hat Spaß gemacht. Soll ich jetzt das brasilianische Lied singen?«

Sal machte hinter ihrem Rücken mit seiner Hand heftige Säbelgesten im Halsbereich.

Mein Lächeln sah bestimmt aus wie das fröhliche Grinsen eines Totenschädels. Wir bedankten uns herzlich bei Inga-Lotta und sagten ihr, dass sie von uns hören würde. Glücklich winkend verließ sie unseren damaligen Proberaum.

Ansgar stellte vorsichtig seine Gitarre in den Ständer. »Ich muss mich setzen, ich habe ganz zittrige Knie.«

Sal sah sich mit trüben Augen um. »Ich habe die Passage *I don't wanna live forever* noch nie mit Koloratursopran gehört.« Mit bebender Stimme fügte er hinzu: »Und das möchte ich auch nie wieder.« Mein Drummer schluckte. »Und diese ultrahohen Töne bei *Don't forget the Joker*... das war einfach nur...« Sal suchte nach Worten, »...entsetzlich! Ich glaube, mein Trommelfell ist geplatzt!«

Didi nickte bekümmert. »In meiner Bierflasche ist ein Riss entstanden.«

Oh ja, Inga-Lotta war die erste. Unvergessen. So süß, so sympathisch, so grauenhaft.

Danach folgte die Schwarze Witwe. Ich nenne sie so,

weil ich ihren Namen vergessen habe. Auch sie meldete sich auf einen Aushang. Und versuchte bereits nach einer Viertelstunde, abwechselnd jeden einzelnen meiner Männer zu verführen. Es ist ja nicht so, dass ich den Jungs ihren Spaß nicht gönne, aber die Dame wirkte, als würde sie sämtliche männlichen Go!Dessianer nicht nur gerne vernaschen, sondern wortwörtlich auffressen. Sogar Didi machte fast einen Rückzug. Zumindest dachte er ein paar Sekunden ernsthaft darüber nach. Ansgar und Sal, aber vor allem Bimmel weigerten sich entschieden, die Schwarze Witwe in die Band aufzunehmen. Bimmel drückte es damals sehr deutlich aus.

»So gut kann die Stimme gar nicht sein, dass ich mir eine dritte Hand wachsen lassen muss, um meine Kronjuwelen permanent zu schützen.«

Danach war erst mal Pause für meine Idee angesagt. Die Jungs betonten sehr energisch, dass ich ihnen als Sängerin mehr als genug sei.

Vor vier Jahren schienen wir dann endlich Glück zu haben. Es war eine dieser Zufallsbegegnungen, bei der mein Ich-nehme-alle-streunenden-Katzen-auf-Syndrom mit aller Gewalt durchbrach. Das Mädchen war nett, bescheiden, ein wenig hilflos, Hausfrau und Mutter und offen für alles. Und hatte eine tolle Stimme. Wir arbeiteten fast vier Monate mit ihr im Proberaum und ich investierte auch privat jede Menge Zeit, um ihr Rockmusik näher zu bringen. Dann hatte sie ihren ersten gemeinsamen Auftritt mit uns.

Meine Männer und ich, wir haben nun ja schon seit Jahrzehnten Erfahrung mit Publikum. Und mit der Reaktion der Leute, die nach dem Konzert auf einen zukommen und dich in den Himmel loben. Sie erzählen dir, dass du toll bist, dass niemand so klingt wie du, ja, dass du der – die – das Größte bist. Wir freuen uns dann sehr, genießen das Lob für ein, zwei Minuten und vergessen es sofort wieder. Denn zu dieser Rock'n'Roll-Geschichte gehört auch, dass du auf dem Teppich bleibst. Danach gehst du in den Proberaum, zählst mit deinen Jungs auf, was alles schief gegangen ist und versuchst, es beim nächsten Mal besser zu machen. Nur so wächst man. Indem man selbst sein härtester Kritiker ist.

Und genauso wie du untergehst, wenn du die Story von den andauernden Backstage-Orgien tatsächlich glaubst, genauso wird deine Seele vergiftet, wenn du jedes Lob für bare Münze nimmst. Das Publikum kann furchtbar untreu sein. Heute bist du *Everybodies Darling* – morgen jubeln sie jemand anderem zu. Wie im Text von Marilyn Mansons Song *Dope show*.

Man muss die Leute immer wieder neu erobern.

Tja, unsere wackere kleine Hausfrau bekam direkt nach dem ersten Konzert den Höhenflug. Gleich zur nächsten Probe kam sie eine halbe Stunde zu spät hereingerauscht, erklärte uns, dass sie Angebote von anderen Bands hätte und lieber eine Solokarriere starten würde.

Es folgte ein filmreifer Abgang, wobei sie sich in der Tür noch einmal schwungvoll umdrehte und von oben herab verkündete: »Im Übrigen – ich bin eine Göttin.«

Ich starrte sekundenlang auf die mit Elan zugepfefferten Tür, bevor mich das unterdrückte Kichern meiner Männer aus den Gedanken riss.

»Sie ist eine Göttin«, verkündete Ansgar mit tiefer Stimme.

Ein lautes *Plopp* erklang, als Didi eine Flasche Sekt öffnete.

Sal grinste. »Na dann, Prost auf die Göttin!«

Und damit war das Thema zweite Sängerin gegessen. Zumindest vorläufig. Ich werde den Jungs erst mal ein wenig Zeit zum Erholen geben, bevor ich wieder mit einem neuen Vorschlag ankomme. Aber aufgeschoben ist nicht aufgehoben.

12.
Can I believe that what I saw that night was real and not just fantasy?

(Iron Maiden: The number of the beast)

Es gibt tatsächlich dämonische Tiere. Oder Dämonen in Tiergestalt. Ist zwar nicht ganz dasselbe, aber doch ziemlich ähnlich.

Ich rede jetzt nicht von schwarzen Katzen, Fledermäusen, haarigen Spinnen oder Kröten namens Kühlwalda. Die meisten wären vollkommen erstaunt, wenn sie die wahre Natur dieser üblen Kreaturen mitbekämen. Einhörner sind zum Beispiel boshafte Geschöpfe und haben nicht das Geringste mit diesen edlen, weißen Pferden mit elegant gewendeltem Horn und bodenlanger Seidenmähne aus mädchenrosa Barbie-Geschichten zu tun. Sie sind einfach nur riesengroß, sauschnell, mit einem gewaltigen Raffzahngebiss ausgestattet, sie beißen Fleischfetzen aus ihren Opfern heraus, sind mordlüstern und stinken.

Wenn du auf ein Einhorn triffst, sind die dominierenden Farben weder schneeweiß noch rosenrot, sondern ganz einfach arterienblutrot und eingeweidegrau.

Die angemessene Reaktion auf eine Begegnung mit einem Einhorn sollte nicht der Kommentar »Oh, wie wunderschön!«, sondern der gellende Warnruf »Einhorn! Lauf so schnell du kannst!«, sein. Und jeder, der nicht vollkommen lebensmüde ist, sollte das auch beherzigen. Sonst lauten seine letzten Worte: »Oh, wie wunderaaaaaarrrghhhh!«

Da das letzte Einhorn allerdings bereits 1728 in Rumänien von einem keltischen Halbgott, einem guten Kumpel von Sal, eliminiert wurde, muss die Menschheit bei Waldspaziergängen wenigstens nicht mehr befürchten, aus dem Hinterhalt von suppenschüsselgroßen Hufen niedergetrampelt und danach aufgefressen zu werden.

Der amerikanische Filmkomponist Jimmy Webb ist einem typischen Irrtum aufgesessen, als er 1982 den Soundtrack zum Film *Das letzte Einhorn* schrieb. Oder er hatte einen sehr schrägen Sinn für Humor.

Zwar klingt das gleichnamige Album, das die Band America extra für den Film aufnahm, wunderschön und sehr poetisch. Doch wenn die Musiker jemals eins dieser Biester aus der Nähe gesehen, die Begegnung überlebt und dann den schwefelig-fauligen Gestank des Untiers gerochen hätten, ich glaube, dann hätten sie als nächstes den Soundtrack zu Hellraiser aufgenommen. Und zuvor herzhaft gekotzt.

Enten sind auch ein wenig unheimlich, was aber hauptsächlich an ihren misstrauischen kleinen schwarzen Knopfaugen liegt. Die Jungs behaupten, dass nur ich dieser Ansicht bin, und halten mich in dieser Angelegenheit für leicht paranoid. Richtig dämonisch sind die kleinen Watschler jedenfalls nicht. Aber man weiß ja nie, vielleicht tarnen sie sich einfach nur sehr gut.

Aber die wahrhaften Dämonen in Tiergestalt beherrschen perfekt die Kunst der Täuschung. Sie sind eher klein, tragen wunderschönen Pelz und schnuppern mit ihren niedlichen Näschen in der Luft rum. Man darf sich von ihrem flauschig-hübschen Aussehen jedoch nicht täuschen lassen. Es sind wahre Ungeheuer.

Ansgar kämpft seit ungefähr acht Wochen gegen so ein satanisches Wesen. Wir machen uns mittlerweile doch Sorgen um ihn, der Krieg der übermenschlichen Wesen geht ihm wirklich sehr an die Substanz. Und an den Geldbeutel.

Vor zwei Monaten sprang sein Volvo an einem Samstagmorgen nicht an. Abends zuvor im Proberaum war noch alles in Ordnung. Die obligatorische Elsternkacke lag gleichmäßig auf unsere Autos verteilt auf den Motorhauben. Halb verwilderte Katzen, die sich rund um unseren Proberaum fröhlich vermehren, hatten unsere Karosserien dazu benutzt, mit ihren schlammbedeckten Pfötchen Autogramme zu hinterlassen. Doch auf Ansgars anthrazitfarbenem Volvo waren ein paar Extraspuren zu erkennen. Klein wie Katzenpfoten, aber irgendwie länger gezogen. Und mitten auf der unwettergrauen Motorhaube prangte ein schwungvoll geringeltes, dunkles Kackhäufchen. Ansgar zog angewidert ein Papiertaschentuch hervor und entfernte fluchend den gröbsten Dreck.

Bimmel verzog das Gesicht. »Oje, ein Marder. Ich mag die boshaften Viecher nicht. Die wissen genau, was sie tun.«

Ansgar schickte noch ein paar Schimpfworte in die dunkle Nacht vor unserem Proberaum und fuhr dann nach Hause.

Am nächsten Tag erreichte uns eine Mail. In Großbuchstabe: DAS DRECKSVIEH HAT HEUTE NACHT MEINE ZÜNDKABEL DURCHGEBISSEN!

Unser nordischer Gitarrengott lebte schon zwei Jahre mit einem anderen Marderexemplar unfreiwillig im selben Haus. Bislang war ihm das noch nie negativ aufgefallen. Als allerdings das ansgarsche Haustier die Hinterlassenschaften seines flauschigen Proberaumrivalen in jener Nacht roch, beschloss es, dem seiner Ansicht nach fremdgehenden Gott eine Lektion zu erteilen, die sich gewaschen hatte.

Und so brach mitten in Süddeutschland der Krieg aus.

Ein heiliger Krieg zwischen einer grünäugigen,

Volvo fahrenden, uralten Herrschergottheit und einem, wie Ansgar es formuliert: »Verdammten pelzigen Arschloch.«

Zum jetzigen Zeitpunkt stand es acht zu null für den Pelzträger.

Beispielsweise die Mail in Woche zwei: »Der Drecksack hat meine Antenne durchgenagt.«

Oder das bisherige Highlight in Woche drei. Ansgar wollte zu einem kurzen Wochenendtrip und hatte daher schon am Freitag alles in seinen Volvo gepackt. Sein Hausmarder hatte nicht nur die Lambdasonde, sondern auch die Bremsleitung zerlegt. Zusätzlich war es ihm gelungen, ins Innere des Wagens einzudringen, den Lederbezug des Lenkrades, die Kopfstützen rundum und die Polsterung der Rückenlehne des Fahrersitzes zu verwüsten. Ansgars Wutschrei war durch die Buchstaben seiner Mail laut und deutlich zu hören. »Ich werde das pelzige Arschloch kreuzigen! Ich nagle ihn mit seinen fiesen kleinen Dreckspfoten an die Rathaustür! Nein – an die verfluchte Proberaumtür, damit der andere Mistverfluchtevierpfotendämon mitbekommt, was ihm blüht.«

Dann folgte eine ausgiebige Beschreibung des Missetäters in nicht jugendfreier Sprache. Jedes Wort wäre im Fernsehen mindestens durch zwei Pieptöne akustisch verpixelt worden.

Zu Beginn des Anti-Marder-Kreuzzugs hatte ich es noch gewagt, mich für das arme, nachtaktive Tierchen der Gattung *Mustelidae* einzusetzen.

»Och, er ist doch sooooo niedlich.«

Dummerweise grinsten die anderen Go!Dessianer auch noch.

Ansgars Reaktion war das emotionale Äquivalent eines Erdbebens Stärke Zehn auf der Richterskala.

Heute findet wieder eine Krisenbesprechung im

Proberaum statt. Also nicht wegen des Pelz- sondern wegen des verblödeten Turbanträgers. Eine Stunde vor Beginn geht mein Telefon.

»Mia?« Es ist Ansgar. »Könntest du mich bitte abholen?« Seine Stimme klingt völlig apathisch.

Ich erschrecke kurz. Er hat bitte gesagt!

»Klar. Was ist los?«

Am anderen Ende der Leitung ist es still, dann ein Schlucken.

»Ich weiß nicht, wie er das gemacht hat. Ich weiß es einfach nicht! Aber der Dämon im Fell hat meinen kompletten Motor ausgebaut und in sämtliche einzelnen Bestandteile zerlegt.«

Die Stimme meines geplagten Gitarristen ist nur noch ein Hauch. Ich höre etwas, das wie ein unterdrücktes Schluchzen klingt.

»Und er hat alles hübsch um das Auto verteilt. Richtig dekorativ.«

»Ich hol' dich ab.« Mehr kann ich nicht sagen. Was sollte ihn denn jetzt noch trösten? Ansgar erlebt gerade das Schlimmste, was einer Götternatur wie ihm passieren kann. Er erfährt eine Niederlage. Gegen einen Marder.

Ich düse los und lade nach zehn Minuten meinen völlig deprimierten Gitarristen auf Bormos Beifahrersitz.

»Und nun?«, frage ich. »Wie geht es denn nun weiter?«

Ansgar hebt resigniert die Hände.

»Ich habe vor ein paar Tagen einen Bausparvertrag ausbezahlt bekommen. Den muss ich wohl oder übel in ein neues Auto investieren.«

Ganz vorsichtig taste ich mich vor. »Vielleicht ist das ja auch ein Zeichen. Damit du dir endlich deinen Mustang-Traum erfüllst.«

Ansgar lacht bitter.

»Wozu? Damit das Höllenbiest mich endgültig in die Knie zwingen kann? Wenn es auch noch meinen Traum auseinandernimmt?«

Schweigend fahren wir los. Ich gebe nicht so schnell auf.

»Schau mal, Sal hat sich doch auch erst vor kurzem einen neuen BMW zugelegt. Da kannst du doch nicht nachstehen. Kauf dir deinen Mustang, mein Guter, und lass darin einen Marderschreck einbauen. Es wird alles gut. Irgendwie weiß ich das.«

Ich gebe mir wahnsinnige Mühe positiv und optimistisch rüber zu kommen. Und außerdem bin ich wirklich überzeugt davon, dass der kleine pelzige Nachtschatten unseren Ansgar nun in Ruhe lassen wird.

Mein Gitarrist sagt zwar immer noch nichts, wirkt aber einen minimalen Hauch gelöster.

Wir biegen auf den unbefestigten Parkplatz vor unserem Proberaum ein. Didis Van steht schon vor der Tür. Dann müsste Bimmel auch da sein, die beiden fahren immer gemeinsam. Wir betreten das Gebäude.

Didi und Bimmel sitzen auch tatsächlich bereits an der Theke. Zwischen ihnen öffnet gerade Sal sein zweites Bier.

Ich ziehe die Augenbrauen hoch.

»Woah, mein Lieber, du hast heute ja einen ganz guten Zug drauf. Schon bevor wir mit der Besprechung angefangen haben? Und wieso bist du überhaupt hier? Wo ist dein Auto? Es steht nicht draußen.«

Mein Basser grinst so breit, dass ihm der obere Teil des Kopfes abzufallen droht, während Bimmel mit den Händen ein großes T formt und mir damit heimlich das Zeichen für Stopp gibt.

Sal glotzt uns mit einem echt furchterregenden

Blick an, seine Lippen sind ein schmaler Strich. Langsam verfärbt sich sein Gesicht rot.

»Deckung«, kommentiert Ansgar. »Houston, die Rakete startet in: Drei – Zwei – Eins …«

»Ach, haltet doch alle die Klappe!« Sal explodiert. Er fixiert Ansgar, deutet schwungvoll auf unseren Nordgott und holt tief Luft. »Du! Du hast ihn geschickt, oder?«

Mein Gitarrist ist verdutzt. »Von was redest du?«

Sal wedelt mit dem Zeigefinger in der Luft herum. »Dein dämonischer Kumpel. Der pelzige Arsch! Oder einer seiner Verwandten …« Sal schnappt nach Atem. »Wieso hat mir keiner erzählt, dass auch in meiner Nachbarschaft so ein Drecksvieh lebt, hä? Wo ist deine verfluchte Hellsicht, wenn man sie braucht?« Sal stützt verzweifelt die Stirn in beide Hände. »Mein Auto. Das dämliche Miniungeheuer hat sämtliche Leitungen durchgefressen. An meinem nagelneuen BMW!«

Es ist ganz ruhig an der Theke. Dann verändert sich Ansgars Gesicht. Seine Mundwinkel zucken. Er fängt an zu lachen. Erst ganz leise. Dann lauter. Didi stimmt brüllend mit ein. Bimmel und ich können nicht widerstehen. Liebe Güte, ein Lach-Flash! Dass Sal uns dabei düster anstarrt, macht es nicht besser.

Bimmel sieht zum Fenster hinaus und prustet.

»Da draußen steht eine einzige schwarze Wolke am Himmel. Direkt über euren Autos. Sal hat's also noch drauf!« Dann verschluckt er sich vor lauter Lachen.

Sal murmelt: »Ihr seid alle blöd. Sowas von blöd.«

Didi kniet lachend auf dem Fußboden und hält sich den Bauch, mir laufen die Tränen runter, ich krieg' keine Luft mehr und Ansgar hämmert unter brüllendem Gelächter auf die Theke, wobei er immer wieder die Worte ausstößt »Der pelzige Arsch. Au weia!«

Sal seufzt. »Blöd. Blöd, blöd, blöd. Alle zusammen.« Dann kichert er.

Eine halbe Stunde später haben wir uns alle endlich wieder eingekriegt. Sal und Ansgar tauschen Foltermethoden für Marder aus. Marquis de Sade wäre bei den detailreichen Schilderungen blass geworden. Wir genießen diese typische Go!Dessia-Situation. Bevor es wieder ernst wird, wollen wir noch mal Spaß haben. Denn darum geht es im Leben. Alles hat seine Zeit – und noch war es Marderzeit.

Dann ergreift Didi das Wort.

»Leute, meine Computermaus hat mal wieder einen Treffer gelandet. Ich weiß jetzt, wem der blaue Corsa gehört, den Mia in Fellbach gesehen hat.«

Wir sind alle ganz Ohr.

Didi holt einen kleinen Notizblock aus seiner Tasche. »Der Wagen ist zugelassen auf einen Sabri al Hussein, ein Syrer, der seit circa vier Jahren in Stuttgart lebt. Ein Geschäftsmann, kein Flüchtling.«

Sal pfeift leise durch die Zähne. »Kein Flüchtling? Interessant.« Er beugt sich vor. »Ist euch aufgefallen, dass auch Klaus-Dieter vor ungefähr vier Jahren zu Karim wurde?«

Manchmal hat Sal wirklich ein erstaunliches Gedächtnis.

Didi nickt. »Sabri besitzt einen Teppichhandel, eine GmbH. Er ist einer der beiden eingetragenen Geschäftsführer. Und nun ratet mal, wie der zweite heißt.«

Ich halte die Luft an.

Didi lächelt ironisch. »Fashil bin Macharam.«

Ansgar verzieht grimmig das Gesicht.

»Die Teppich-Geschäfte scheinen ja wohl nicht ganz so gut zu laufen, wenn er einen popligen Corsa fährt.«

»Immerhin bleibt er damit wohl von Mardern verschont.«

Didi kann seine dämonische Natur manchmal einfach nicht verleugnen. Ansgar ignoriert ihn mit stoischer Miene.

Bimmel sieht in die Runde. »Und wie geht es nun weiter? Hat einer von euch eine gute Idee?«

Und da ist er, direkt vor meinen Augen. Der Plan!

Ich rutsche aufgeregt auf meinem Barhocker herum. »Ja, natürlich.«

»Du hast einen Geistesblitz? Dann spuck's aus«, knurrt Sal.

Ich strahle Bimmel an.

»Schatz, wenn wir demnächst in eine neue Wohnung ziehen, brauchen wir doch bestimmt einen Teppich für unser tolles Wohnzimmer.«

Die Jungs sehen mich irritiert an.

»Und da wir niemals die Katze im Sack kaufen, und das gute Stück auch eine Wertanlage sein wird, sollten wir uns ausgiebig beraten lassen. Ich habe gehört, dass es da in Stuttgart einen ausgezeichneten Experten geben soll. Einen Herrn Sabri al Hussein.«

Bimmel wirkt mehr als unglücklich. »Und warum muss ich den Ehemann spielen? Du weißt genau, dass ich nicht sonderlich gut schauspielern kann.«

Ich nicke eifrig. »Genau deswegen. Dir sieht man das Unbehagen an. So sieht jeder schwäbische Mann aus, dessen Frau ihn zwingt, sein sauer erarbeitetes Geld für so etwas Unnützes wie einen neuen Teppich auszugeben. Du wirkst einfach authentisch.«

Ansgar stimmt mir zu. »Das ist ausnahmsweise mal eine gute Idee von dir.«

Großzügig überhöre ich das Wort ausnahmsweise.

»Am besten macht ihr beiden euch gleich morgen früh auf den Weg. Mia, versuch', wie eine seriöse Mittfünfzigerin auszusehen.«

Der Olle mustert intensiv meine Hände mit den hellblau lackierten Fingernägeln. Meine Mittelfingernägel sind neongelb angemalt und mit einem glitzernden aufgeklebten Ausrufezeichen verziert. Unser Nordgott seufzt resigniert. »Versuch's einfach.«

13.
Natural child, terrible child, not your mothers or your fathers child – you're our child
(The Doors: Wild child)

Baby-Alarm!

Bei der Paarung geht es ab und zu ja nicht nur um Sex, sondern auch um Nachkommen. Oh ja, auch wir sind in der Lage, unsere menschlichen Gene weiter zu geben. Gelegentlich rutscht dann bei manchen noch eine kleine Prise Götter-DNA mit. Oder eine etwas größere Menge Dämonen-Erbmaterial. So wie bei Didis Sprössling Giacomo Casanova. Oder seiner Tochter, die er 1876 zeugte. Sie war eine faszinierende Person, eine Verführerin, Nackttänzerin und Spionin, die kleine Margaretha Gertrude. Ein Sukkubus *par excellence*. Obwohl sie erst unter ihrem Künstlernamen Mata Hari richtig bekannt und berühmt wurde.

Didi ist sehr großzügig mit seinem Genpool und freut sich immer über außergewöhnliche Nachkommen. Er redet gern und oft über die Früchtchen seiner Lenden.

Wohingegen Ansgar das Thema stets äußerst diskret behandelt. Sal und Didi versuchen ihn immer wieder mal auszuhorchen, aber unser Oller hat sich noch nie offiziell geoutet. Immerhin ist es Didi gelungen, ein paar aufschlussreiche Übereinstimmungen zu eruieren, die Ansgars Treffen mit einer verheirateten Amerikanerin betreffen. Die Eltern der blonden, sportlichen Margaret stammten ursprünglich aus Baden Württemberg und wanderten in die USA aus. Eigentlich war sie recht glücklich mit ihrem Jack, einem gut betuchten Bauunternehmer, und hatte bereits zwei Kinder.

Auf einer zweimonatigen Europareise begegnete sie im Festsaal des Kreuzfahrtschiffes Ansgar. Die ganze Go!Dessia-Truppe spielte in der Bord-Big-Band mit. Walzer, Shimmi, Jazz – wer gerade nicht auf der Bühne stand, musste mit den Gästen der ersten Klasse tanzen, so stand es in unseren Verträgen.

Bereits am zweiten Abend forderte ein weißblonder Gitarrist, der gerade zwei Songs Pause hatte, die schöne, allein reisende Amerikanerin auf. Didi erzählt von nordischer Leidenschaft, Augen voller brennender Eiskristalle und prickelndem Understatement – die Eisprinzessin und der Göttervater.

Und zum Vater hat sie unseren Nordgott dann wahrscheinlich auch gemacht, denn als Margaret wieder nach Philadelphia zurückkehrte, gebar sie ein außergewöhnlich gut entwickeltes Siebenmonatskind.

Ein Mädchen. Mit eisblauen Augen, hellblonden Haaren. Eine echte klassische Schönheit. Unglaublich sportlich, verantwortungsbewusst und extrem diszipliniert. Die kleine Grace war erschreckend logisch und zielbewusst und plante schon als Kleinkind ihre Karriere. Erst wurde sie als Filmstar durch ihre elegante, kühle Ausstrahlung zur Stil-Ikone, später heiratete sie den Fürsten von Monaco und nahm statt Grace den Namen Gracia Patricia an. Ein Name für eine Herrscherin oder eine Göttin. Grace schien immer genau zu wissen, dass in ihren Adern königliches Blut floss. Mit hoher Wahrscheinlichkeit auch göttliches.

Auch Sal hat den einen oder anderen kleinen illegalen Wonneproppen erschaffen. Die Lage in Europa war vor allem 1912 sehr angespannt. Die ganze Welt spielte verrückt und bewegte sich immer mehr auf einen Abgrund zu. Daher versuchte das Büro der Sozialistischen Internationalen in Brüssel damals, die drohende Kriegsgefahr abzuwenden. Wie wir heute wissen vergeblich.

Hierzu wurde im November ein großer Kongress in Basel veranstaltet. Delegierte der Linksparteien und Gewerkschaften aus dreiundzwanzig europäischen Ländern forderten mit dem Segen der Kirche zum Weltfrieden auf. Unter hunderten politischen Kräften waren damals fast zwanzig Frauen aktiv, was von vielen allerdings mit Empörung aufgenommen wurde.

So ein Kongress zieht natürlich auch immer Menschen des sogenannten Demimonde an: Geschäftemacher, Edelhuren und selbstverständlich Künstler und Musiker.

Die Jungs wissen nicht mehr, warum genau wir uns ausgerechnet in der Schweiz aufhielten. Vielleicht hat uns mal wieder die Gefahr angezogen. Auf jeden Fall lernte Sal eine französische Kommunistin kennen. Sie war von dieser fünfköpfigen Varieté-Musikertruppe allgemein und von deren Schlagzeuger insbesondere total entzückt und lud uns zu sich nachhause ein, nach Courbevoie. Nach Frankreich. In die Nähe von Paris! Gerade mal acht Kilometer entfernt.

Ok, natürlich kann ich mich mal wieder nicht erinnern, aber allein der Gedanke daran, dass ich in einem früheren Leben fast in Paris war, lässt mich hüpfen. Mal ehrlich, wenn man die Wahl zwischen der Schweiz und Gallien hat – welcher Musiker wäre dann so blöd sich für Emmentaler und Berge zu entscheiden, wenn er Paris und Foie gras haben kann?

Eventuell ein sehr, sehr erfolgreicher. Höchstwahrscheinlich. Aus Steuergründen.

Eine abgehalfterte Götterbande, die am Vorabend noch nicht weiß, wo sie das Geld für den Rotwein am nächsten Tag hernehmen soll, sieht das natürlich anders. Wir reisten also mit der Kommunistin ab. Unterwegs brachte sie uns die Internationale bei.

Didi mochte die Textpassage: »*Wacht auf, Verdammte dieser Erde!*«, besonders gern.

Und Ansgar sang die Zeile: »*Unser Blut sei nicht mehr der Raben, nicht der nächt'gen Geier Fraß*«, mit einem seltsamen Lächeln im Gesicht.

So zuckelten wir also singend mit hochgereckter Faust Richtung Norden. Kurz vor Courbevoie wurde die kämpferische, emanzipierte und für freie Liebe eintretende Kommunistin plötzlich auffallend ruhig. Es fiel ihr schlagartig ein, dass ihre Eltern wahrscheinlich nicht ganz so entzückt über den unangekündigten Besuch einer Horde musizierender Vagabunden sein könnten. Ganz vage bestünde auch noch die Möglichkeit, dass ihr Verlobter ein Problem damit haben könnte, seine zukünftige Ehefrau in den Armen eines anderen Mannes zu sehen. Dazu noch die eines Schlagzeugers. Bei der nächstbesten Gelegenheit seilte sie sich heimlich ab.

Wir schafften es, die kommenden vier Tage irgendwie zu überstehen und bekamen sogar einen Job in einem kleinen Etablissement, wo wir zur Kaffeezeit zum Tanz aufspielten. Die Bedienung dort hieß Léonor, eine quirlige, temperamentvolle Spanierin, die acht Jahre zuvor mit ihrem Mann aus Sevilla ausgewandert und sich hier niedergelassen hatte. Sal hatte nur noch Augen für die rassige Dame. Ihr fröhliches, lautes Lachen war so gar nicht damenhaft, steckte aber unwillkürlich an. In Léonors Nähe hatte schlechte Laune keine Chance, und unser knurriger, grundsolider Sal lief den ganzen Tag mit Dauergrinsen im Gesicht herum.

Das Wetter war monatelang außergewöhnlich warm und gut. Wir blieben über ein Jahr und fühlten uns … wie Götter in Frankreich.

Die zarten Gespinste zwischen Sal und Léonor wurden dichter. Trotz allem wäre vermutlich nie etwas passiert, denn Sal hat diesen ganz eigenen Ehrenkodex. Verheiratete oder gebundene Frauen sind für ihn tabu. Doch Europa tanzte mittlerweile hemmungslos auf einem Vulkan, der kurz vor dem Ausbruch stand. Mars, Ares, Camulos und wie sie alle heißen – den Göttern des Krieges wurde in fast allen Sprachen immer deutlicher gehuldigt. Die Stimme der Vernunft war zwar vorhanden, doch niemand der politisch Verantwortlichen hörte ihr mehr zu.

Ansgar begann unruhig zu werden.

Er versuchte uns zu überreden, mehr in Richtung Nordosten zu ziehen, in eine kleinere Stadt, die nicht so schnell zum Ziel eines eventuellen Angriffs würde. Er hatte sich auch schon eine ruhige Ortschaft ausgesucht, die seiner Ansicht nach wesentlich sicherer war als die Gegend um Paris.

Wir diskutierten lange, waren uns dann jedoch bald einig, dass wir dem Ratschlag des Ollen folgen würden.

Im Herbst 1913 brach unsere letzte Nacht in Courbevoie an. Und die erste und einzige Nacht, die Sal und Léonor gemeinsam hatten. Am anderen Tag bestiegen wir den Zug, der uns in die Stadt Verdun brachte.

Dieses eine Mal hätten wir vielleicht besser nicht auf den Ollen hören sollen. Denn kein halbes Jahr später verließen wir alle gemeinsam unter Dauerbeschuss und heftigem Tötungsmaterialeinsatz gezwungenermaßen dieses Leben, um erneut zu reinkarnieren.

Zumindest wir hatten diese Chance. Über 320 000 deutsche und französische Soldaten metzelten sich um Verdun gegenseitig ab. Soweit ich weiß, ist von denen keiner wieder auferstanden. Und wir waren mittendrin. Live und leider in Farbe. Ansgar muss sich das noch heute von den Jungs anhören. Ich hab's natürlich wieder mal vergessen. Manchmal ist postletale Amnesie ganz gut.

Damit war unsere Frankreichepisode allerdings nicht vorbei. Auch 1944 gaben wir dort den Löffel ab. Und immer noch ist das Kapitel *Vive la France* nicht zu Ende.

Ich habe ohnehin eine starke Affinität zu diesem wunderschönen Land und seinen sprudelnden Getränken. Ansgar liebt die wilde Atlantikküste der Bretagne. Bimmel lässt für leckere *Petit Fours* und *Éclairs* alles andere stehen und liegen. Didi hat in seiner Brieftasche heimlich ein Foto von Brigitte Bardot. Und Sal? Steht auf den Komiker Louis de Funès. Er hat sich alle seine Filme mindestens fünfmal angesehen und schmeißt sich jedes Mal dabei vor Lachen fast weg. Sals Parodie von »Nein?! Doch! Oooooh!«, ist unglaublich.

Ich habe vor vielen Jahren die Biografie des 1983 verstorbenen Komikers gelesen, der ganz nebenbei auch noch ein begnadeter Jazzmusiker war. Er kam am 31. Juli 1914 zur Welt. In Courbevoie. Seine Eltern stammen aus Spanien und sind 1904 nach Frankreich ausgewandert. Und seine Mutter hieß Léonor.

Ich glaube nicht, dass ich jemals irgendwelche Kinder haben werde oder hatte.

Die Jungs können sich zumindest nicht daran erinnern. Und ich natürlich auch nicht. Ob ich das bedauern soll? Ich weiß es nicht. Es wird schon einen Grund dafür geben. Im Augenblick vermisse ich das Muttersein nicht. Ich habe ja meine ach so erwachsenen Männer beziehungsweise Götter, da kann ich meine mütterliche Ader zur Genüge ausleben. Und falls ich mal das dringende Verlangen spüre, eines dieser kleinen knuffigen Kacksäckchen knuddeln zu wollen, genieße ich ein großes Privileg: Wir haben ein Band-Baby.

Bimmel ist vor wenigen Monaten Papa geworden. Der kleine Moritz sieht aus wie die Miniaturausgabe seines Vaters. Ein winziges Bimmelchen zum Knuddeln und Liebhaben.

Vor zwei Jahren wechselte Bimmel den Hausarzt, nachdem der bisherige mit seinem Wissen und seiner Geduld am Ende war. Patienten wie Bimmel sind den Göttern sei Dank selten, sonst hätten noch wesentlich mehr Ärzte Nervenzusammenbrüche. Der neue Doktor ist noch jung und belastbar; doch vor allem arbeiten in seiner Praxis zwei hinreißend attraktive Sprechstundenhelferinnen. Eine davon ist Vanessa, ein langbeiniges und extrem warmherziges Geschöpf.

Ein Blick auf das schmerzverzerrte Gesicht meines Gitarre spielenden Schutzgottes und um Vanessa war es geschehen. Leidenschaft ist einer der hervorragendsten Charakterzüge der Süßen. Sie macht Dinge entweder ganz oder gar nicht. Und so verliebte sie sich mit Haut und Haaren in Bimmel.

Eigentlich konnte es kein Go!Dessianer, einschließlich Bimmel, so richtig fassen, dass diese tolle Frau sich unseren geplagten und schuldbewussten Gitarristen als Lebensinhalt auserkoren hat. Aber so ist es. Ich werde den Tag nie vergessen, an dem Bimmel breit grinsend in den Proberaum gehumpelt kam – ok, zumindest in dieser Reinkarnation vergesse ich es nicht – und strahlend verkündete: »Ich bin ein wenig spät dran heute. Vanessa hat gespuckt. Ihr ist schlecht.«

Ein Flutlichtstrahler im Stadion des VfB Stuttgart könnte nicht heller leuchten als das Gesicht meines Gitarristen damals.

Sal war entsetzt. »Wie bist du denn drauf? Das arme Mädchen.«

Bimmel hüpfte wie Rumpelstilzchen um die Theke und sang dabei fröhlich.

»Ihr ist schle-e-echt, ihr ist schle-e-echt, juhu, ihr ist schlecht!«

Bei mir fiel der Groschen zuerst.

»Sie ist schwanger! Schwa-a-anger!«, brüllte ich, umarmte meinen Schutzgott und hopste mit im Kreis herum.

Sal sprang auf, schlug unserem Gitarristen herzhaft auf den Rücken und gesellte sich in unsere bewegte Runde. Bimmel machte immer noch Luftsprünge und trällerte: »Aua! Ihr ist schlecht! Ihr ist schlecht!«

Didi grölte: »Wir kriegen ein Band-Baby!« Auch mein Basser hüpfte nun wie ein Känguru auf Ecstasy und sein Kriegsgesang wechselte zu: »Band-Baby! Band-Baby!«

Ansgar betrat den Raum, warf uns einen schrägen Blick zu und hörte sich unsere gesungen-gestammelt-gerappte Begeisterungsbekundungen einige Sekunden lang an.

Dann legte er stöhnend die Stirn auf die Tischplatte, murmelte: »Du liebe Güte, er vermehrt sich.«

Ansgar ging zum Kühlschrank und öffnete eine Flasche Sekt. Feierlich füllte unser dunkler Nordgott fünf Plastikbecher, vier ganz voll und in den fünften kippte er gerade mal einen Finger breit.

Dann sprach Ansgar ein Machtwort. »Los! Anstoßen! Und zwar alle. Auf das Band-Baby.«

Wie gesagt, Vanessa ist ein echtes Goldstück. Sie akzeptiert die etwas seltsamen Weggefährten ihres Verlobten ohne mit der Wimper zu zucken. Da sie wesentlich jünger ist als Bimmel, glaubt sie wahrscheinlich, dass alle Menschen ab einem gewissen Alter so sind. Vielleicht hält sie es für eine Form der Senilität.

Vor allem jedoch hat sie kein Problem mit mir und

das macht mich echt glücklich. Normal sterbliche Frauen können entsetzlich eifersüchtig reagieren, wenn ihre Männer deutlich mehr Zeit mit einer anderen Frau verbringen. Es spielt da auch keine Rolle, wenn diese eine kurzsichtige Göttin Mitte Fünfzig mit dreißig Kilo Übergewicht und gefärbten Haaren ist. Bei den meisten Frauen hakt da einfach etwas aus. Das logische Denken.

Ihr ganzes Gehirn wird nur noch von einem einzigen Satz dominiert: »Gehört mir! Meiner! Pfoten weg!«, ohne, dass sie sich die Mühe machen, das weibliche Gegenüber genauer zu durchleuchten.

Vielleicht will die andere Frau deinen Mann ja gar nicht? Oder vielleicht hat das Männchen ja sogar ab und zu einen eisernen Willen und liebt sein Weibchen. Schon mal daran gedacht?

Nein. Bei Frauen ist das wie ein Pawlowscher Reflex. Anderes Weibchen taucht auf, erstes Weibchen lächelt falsch erfreut. Potentielles Nebenbuhlerweibchen lächelt genauso falsch zurück und denkt: *Die blöde Kuh denkt bestimmt, dass ich mich an ihren Freund/Mann ranmachen will.*

Erstes Weibchen denkt mantrahaft: *Gehört mir! Meiner! Pfoten weg!*

Vanessa ist da anders. Das erspart uns eine Menge Stress.

Als ich ihr erkläre, dass Oliver bzw. Bimmel mir helfen soll, einen neuen Wohnzimmerteppich auszusuchen, strahlt sie.

»Das ist eine wirklich gute Idee, Mia. Wo Oliver doch so einen tollen Geschmack hat. Er kann dich bestimmt optimal beraten.«

Dann wünscht sie uns noch einen schönen Tag und lädt mich zum Abendessen ein, falls es spät werden sollte. Bimmel wird hingebungsvoll geküsst und mit einem Blick bedacht, als sei er ein Gott.

Im Auto frage ich meinen Gitarristen: »Versteh' das jetzt bitte nicht falsch, mein Guter. Aber was findet sie eigentlich an dir?«

Bimmel lächelt schüchtern und zieht ratlos die Schultern hoch.

»Das frage ich mich selbst.« Er überlegt kurz. »Sie wollte immer Krankenschwester werden. Vielleicht erfülle ich ihr Wunschbild eines idealen Patienten?«

Ich seufze. »Frauen! Wer kann sie schon verstehen – noch nicht mal Götter. Aber du musst gut auf Vanessa aufpassen, damit dir keiner diesen Schatz wegnimmt. Bei jemand wie ihr könnte sogar ich mir überlegen, lesbisch zu werden.«

Wir fahren los.

Stuttgart mit dem Auto – so stelle ich mir die Hölle vor. Eine Baustelle an der anderen. Völlig durchgeknallte Vollpfosten, die unvermutet die Spur wechseln, ein gigantisches Hupkonzert, jede Menge aggressive riesige Daimler, urplötzlich auftretende Staus – armer Bormo! Und noch ärmere Mia.

So einen Höllentrip schaffe ich nur alle vier Jahre einmal. So viel Zeit dazwischen brauche ich jedes Mal, um das Trauma zu überwinden.

Obwohl, es könnte schlimmer sein. Einer der anderen Go!Dessianer könnte neben mir sitzen und Kommentare abgeben. Bimmel ist da recht zurückhaltend. Er kneift im Zehnsekundentakt die Augen zusammen und klammert sich am Türgriff fest, während er mir gelegentlich die Richtung ansagt. Ansonsten redet er nicht viel, wenn er mit mir fährt. Er ist viel zu sehr damit beschäftigt sich abzulenken.

Ich werfe ihm einen kurzen Seitenblick zu. Seine Lippen bewegen sich lautlos.

»Sag mal, betest du etwa?«

Bimmel gibt ein undefinierbares Geräusch von sich.

Ich werde neugierig. »Und zu wem?«

Bimmel schüttelt den Kopf. »Das ist vollkommen egal. Hauptsache, ich erhalte irgendeine Form von kollegialem Beistand.«

»Weißt du, es könnte so einfach sein. Wir hätten mit der S-Bahn oder dem Zug ganz bequem und absolut stressfrei herfahren können.«

Da beiße ich wohl auf Granit. Bimmel presst die Lippen fest zusammen und schüttelt so heftig den Kopf, dass er eine Gehirnerschütterung riskiert. Ich weiß echt nicht, wieso Sal und Ansgar immer behaupten, ich sei seltsam. Immerhin hat Bimmel eine Siderodromophobie, eine panische Angst davor, mit dem Zug zu fahren, und nicht ich.

Er winkt Richtung Windschutzscheibe. »Da vorne musst du nach rechts. Dann kommt das Parkhaus.«

Bormo taucht in die Tiefen der Stuttgarter Unterwelt ein.

Wir steigen aus und machen uns zu Fuß auf den Weg in Sabris Teppichparadies. Keine Viertelstunde später stehen wir vor einem riesigen Schaufenster.

Darin ist einsam ein einziger vier mal fünf Meter großer Teppich drapiert. Als Deko stehen nur ein großer Messingleuchter und ein dunkelrotes Sitzkissen aus Leder daneben. Ich werfe einen Blick auf das kleine cremefarbene Schild mit der Beschreibung und dem Preis. Das edle Objekt ist ein handgeknüpfter Keshan-Teppich aus Persien mit einem dichten Flor aus reiner Wolle mit Seide. Die Farbe changiert zwischen dunkelrot und violett, je nach Blickwinkel. Für mich sieht das Ding ziemlich altmodisch aus mit diesem langweiligen Medaillonmuster im Mittelpunkt. Und benutzt ist es auch. Second Hand. Auf dem Schild steht die nettere Umschreibung dafür: antik.

Dann werfe ich einen Blick auf den Preis. 13 500 Euro. Ein Schnäppchen. Ich merke, wie mein Mund trocken wird. Ich kann gar nicht mehr schlucken, mir bleibt regelrecht die Spucke weg.

Bimmel pfeift neben mir durch die Zähne.

»*Santa Vanitas*! Zahlt man das etwa aus der Portokasse?« Er stupst mich an. »Bereit? Dann lass uns reingehen.«

Ich nicke völlig erschlagen. Von innen entpuppt sich der Laden als weitaus größer wie angenommen. Der vordere Bereich wird von einer auf Hochglanz polierten Mahagoni-Verkaufstheke dominiert. In einer kleinen Ecke daneben stehen ein rehbrauner Ohrensessel und ein Zweisitzer aus dickem Antikleder mit kupferfarbenen Ziernägeln.

Ein nichtssagender junger Mann in einem grauen Anzug kommt uns entgegen und fragt, was er für uns tun kann. Ich erzähle die Story von der neuen Wohnung, dem riesigen Wohnzimmer, das dringend einen Teppich braucht, um gemütlich zu wirken.

Wir lassen uns zunächst zum Schein auf ein Verkaufsgespräch ein. Der Typ taxiert kurz meine Kleidung und versucht dann etwas lustlos, uns Ware auf oberstem IKEA-Preisniveau anzubieten. Was den absolut niedrigsten Preisen hier drin entspricht. Nach einer Viertelstunde aktiviere ich meinen indignierten Göttinnenblick und unterbreche das Jüngelchen energisch.

Schade, dass ich mir die kleinen Ausrufezeichen auf meinen Mittelfingernägeln überlackiert habe, ich könnte jetzt schön symbolisch damit herumfuchteln.

»Junger Mann, ich denke, Sie haben mich nicht richtig verstanden. Mag ja sein, dass manchen Menschen diese sogenannten Orientteppiche gefallen – mir nicht. Ich will etwas Authentisches. Und bin bereit dafür eine fünfstellige Summe auszugeben. Am Geld soll es nicht scheitern.« Ich mustere ihn von oben bis unten mit aller Rockstar-Arroganz, zu der ich fähig bin – und ich kann das gut, wenn es sein muss. »Aber offensichtlich sind sie neu oder nicht in der Lage, Kundenwünsche zu erkennen. Schicken Sie mir sofort Ihren Chef. Ich brauche Fachkompetenz.«

Der Junge wird rot, stammelt eine Entschuldigung und verschwindet in einem Raum hinter der Theke. Die mit weinrotem Samt überzogene Tür öffnet sich fünf Minuten später und ein verdammt attraktiver, schwarzhaariger Mann in einem teuren Maßanzug eilt zu uns. Er lächelt und reicht mir die Hand.

»Guten Tag, *Madame. Monsieur.*« Er nickt Bimmel zu. »Ich bin Sabri al Hussein. Wie kann ich Ihnen zu Diensten sein?«

Ich wiederhole meine Story und füge hinzu, dass ich etwas ganz Besonderes suche. Al Hussein führt uns in den rückwärtig gelegenen Bereich des Ladens. Bimmel spielt den genervten Ehemann perfekt. Er wandert hierhin, sieht sich dort um, trippelt ungeduldig wieder nach vorn und ist immer in Bewegung.

Ich rausche majestätisch auf einen Stapel Nain-Teppiche zu, lasse mir von Sabri einen nach dem anderen herunterlegen und erläutern. Währenddessen inspiziert Bimmel den Laden genau, achtet auf Fenster, Hintertüren und Alarmanlagen. Falls wir dem Teppichhändler unseres Vertrauens einen nächtlichen Besuch abstatten müssen.

Ganz hinten im Laden hängt an der Wand ein hellgrauer Nain aus Wolle und Seide. Ich stürze darauf zu und gebe entzückte gurrende Laute von mir.

»Das sieht doch mal ganz reizend aus! Die kleinen Fransen oben und unten, das zarte Spiel der Farben. So etwas könnte ich mir vorstellen.«

Sabri strahlt. »Ein wunderbares Einzelstück, *Madame*. 500 000 Knoten pro Quadratmeter, Wolle mit Seide, ganz exklusiv.«

Er streicht über den schimmernden Flor. Aus den

Augenwinkeln sehe ich, dass Bimmel zwischenzeitlich hinter der Theke ist.

»Ist das da ein kleiner Fehler?«, frage ich streng und deute auf eine Stelle im Teppichmuster.

Sabri beugt sich vor und mustert den Punkt intensiv. »Nein«, er schüttelt den Kopf. »Schauen Sie, das liegt nur am Lichteinfall.«

Bimmel hat mittlerweile in Rekordgeschwindigkeit in irgendwelchen Papieren herumgewühlt und umkreist einen Stapel kleiner Bilderteppiche.

Ich ertappe mich dabei, wie ich sanft über den silbergrauen Nain streichle. Wieder und wieder.

»Fühlt sich gut an, nicht wahr? Und dieses Meisterwerk der Knüpfkunst kostet nur 68 000 Euro.«

Dieser Sabri al Hussein hat wirklich ein gewinnendes Lächeln. Und wunderschöne samtig-braune Augen. So samtig wie ein dunkler Nain.

Kann so ein gutaussehender Mensch wirklich einen skrupellosen, rasenden Massenmörder in seinem Innersten verbergen?

Ich seufze leise. Er kann.

Ich erinnere mich an einige der attraktiven durchgeknallten Serienkiller der letzten Jahre.

Jeffrey Dahmer, der blonde einsfünfundachtzig große Schwiegermuttertraum mit dem sensiblen Mund und dicht bewimperten blauen Augen. Bis zu seinem einunddreißigsten Geburtstag hatte er siebzehn junge Männer getötet und zerstückelt, teilweise ihr Fleisch gegessen und sich eine hübsche Sammlung an diversen Körperteilen zugelegt. Inklusive eines wahrscheinlich recht erstaunt aussehenden Kopfes, den die Polizei bei Dahmers Festnahme im Kühlschrank fand.

Rodney Alcala sah mit seinen schulterlangen dunklen Locken, dem schneeweißen Lächeln und einem perfekt durchtrainierten Körper wie ein

Filmstar aus. Als er 1978 in der amerikanischen Kuppelshow Herzblatt auftrat und das Fernsehpublikum von seinem Charme total hingerissen war, gingen bereits mehrere Vergewaltigungen mit anschließender Ermordung der Opfer auf sein Konto. Er hatte sogar vor, die Gameshow-Partnerin, mit der er vor einem Millionenpublikum einen Tag in einem Freizeitpark gewonnen hatte, bei dieser Gelegenheit zu töten. Was für eine Selbstüberschätzung.

Mein persönliches Highlight ist aber der legendäre Ted Bundy. Charmant, redegewandt, intelligent, gutaussehend, ein absoluter Frauenschwarm. Die Mädels waren regelrecht verrückt nach ihm. Er erhielt unzählige Heiratsanträge, als er bereits im Gefängnis saß und die Einzelheiten seiner mindestens achtundzwanzig nachgewiesenen und sechzig geschätzten Morde bekannt waren. So nette Kleinigkeiten wie Vergewaltigung mit anschließendem Erwürgen, Zerstückeln der Leichen, mehrere Wochen lang an den Ablageort der Körper zurückkehren und fröhliches Masturbieren auf die verwesenden Kadaver – das scheint manche Frauen richtig heiß zu machen.

Ich verstehe das einfach nicht. Wäre Bundy hässlich wie die Nacht gewesen, kein Hühnchen hätte sich nach ihm umgedreht oder einen zum Scheitern verurteilten Krähversuch gestartet. Aber der Kerl sah unverschämt gut aus. Schöne Augen. Und ein unglaublich gewinnendes, offenes Lächeln.

So wie Sabri al Hussein.

Ich seufze noch einmal lauter.

Sabri zieht die perfekten Augenbrauen hoch. »Ich kann Ihnen natürlich ein wenig entgegenkommen. Für so eine bezaubernde Kundin würde ich einen Preisnachlass von sechstausend Euro in Betracht ziehen. Und hoffen, dass Sie uns öfter beehren und weiter empfehlen.«

Seine samtbraunen Augen schimmern wie der Flor des Nains.

Oooohhh … ich stöhne innerlich. Wenn er nur nicht so schnuckelig wäre. Vielleicht kann man einen Killer ja doch irgendwie bekehren? Mit viel Körpereinsatz?

Ich höre, wie die Ladentür geöffnet wird.

Jemand zieht an meinem Arm.

»Schatz?«

»Mmh?« Ich bin immer noch in Sabris plüschige Augen vertieft.

»Liebling!« Bimmels Stimme klingt energisch.

»Wir haben noch einen Termin beim Juwelier und sollten jetzt gehen. Dringend!«

Ich lächle Sabri zu. »Verkaufen Sie den Nain nicht. Ich komme nächste Woche wieder, dann nehme ich ihn mit.«

Bimmel zieht heftiger an meinem Arm. Als ich mich umdrehe, erkenne ich warum. Vor zwei Minuten hat ein weiterer Kunde den Laden betreten. Er steht mit düsterem Blick an der Mahagoni-Theke, deren warmer Kastanienton sich grauenhaft mit seinen karottenroten Barthaaren beißt. Und dann noch das schmuddelige grüne T-Shirt dazu.

Ich reiche Sabri meine Hand und er haucht einen perfekten Kuss darauf. Hach!

Hinter Bimmel schwebe ich zur Ladentür. Vorbei an Klaus-Dieter Karim Rotbart, der mich seltsam ansieht. Er legt den Kopf schief. Mist! Ich scheine ihm bekannt vorzukommen.

Ich wünschte, alle irren Serienkiller würden aussehen wie Barbarossa. Es wäre so viel leichter. Auch für die Polizei. In der Stadt ist ein Mord geschehen? Kein Problem, Kollegen. Lasst uns einfach nach einem hässlichen Typ mit fusseligem rotem Bart, fiesen kleinen Knopfaugen und hässlicher Reintret-Visage suchen. Der war's!

Bimmel und ich biegen in flottem Tempo um die nächste Straßenecke. Dort bleiben wir stehen.

»Ich glaube, er hat mich erkannt.« Ich spüre, wie mein Herz schneller klopft.

»Woher denn? Du warst doch vorsichtig, als du ihn verfolgt hast.«

»Bei der Bombensache in der Rofa. Da muss er mich nach der Explosion gesehen haben.« Ich atme heftig aus. »Sei's drum. Er weiß ja nicht, wer ich bin. Hast du irgendetwas Interessantes gefunden?«

Bimmel nickt. »Könnte sein. Hinter der Theke lagen ein Auftragsbuch und ein Taschenkalender.«

»Mist! Wir hätten mehr Zeit gebraucht, damit du sie wenigstens mal hättest durchblättern können.« Ich überlege. »Meinst du, wir sollen morgen noch mal hingehen? Unter einem Vorwand? Oder werden die dann misstrauisch?«

Mein Gitarrero nickt. »Das ist zu riskant.« Dann grinst er. »Und außerdem vollkommen unnötig. Ich hab' die beiden Bücher einfach eingesteckt.«

14.
Is this the real life? Is this just fantasy?
(Queen: Bohemian Rhapsody)

»Du hast was!?« Ich brülle Bimmel an. »Bist du noch zu retten? Wenn die das merken!«

Bimmel nickt. »Deswegen wäre es jetzt sehr sinnvoll, zu deinem Auto zu gehen. Oder zu rennen. Und dann nichts wie weg.«

Was wir auch sofort machen. Nachdem wir Bormo fast zwanzig Minuten lang in dem mehrstöckigen, verwinkelten Parkhaus gesucht und dann doch noch gefunden haben. Ich lasse mich aufatmend in den Fahrersitz fallen, lege den Sicherheitsgurt an und gebe Gas. Schweigend düsen wir los.

Nach einer Viertelstunde dreht Bimmel das Radio an. Ein Klavier erklingt und Freddie Mercurys unverwechselbare Stimme. Bimmel seufzt glücklich und ich lasse meine Gedanken fließen.

Warum? Warum ausgerechnet *Bohemian Rhapsody*? Was bei allen Göttern, Dämonen und Höllen spricht uns an diesem Werk, das Freddie mit Queen 1975 geschrieben hat dermaßen an?

Es ist ja noch nicht mal ein typischer Rocksong. Kein Refrain, keine durchgehend treibenden Rhythmen, sechs stilistisch vollkommen unterschiedliche Abschnitte, übertrieben fatalistische Operndramatik, ein chaotischer Text. Und noch dazu ist es fast sechs Minuten lang und schweineschwer zu singen.

Ich weiß noch genau, dass der Vorschlag, dieses Lied ins Programm aufzunehmen, von Didi kam. Und Sal brüllte gleich begeistert hinterher: »Dann machen wir aber eine eigene Version daraus!«

Die Rhythmusfraktion ist also schuld. Basser und Drummer. Immer dann ein Herz und eine Seele, wenn es darum geht, den Rest der Band zu piesacken. Klar, die müssen ja auch keine Kilometer auf den Saiten friemeln, bis die Finger bluten oder sich die Seele dermaßen aus dem Leib singen, dass der halbe Magen gleich mit aus dem Mund hängt.

Ich habe mich zu Beginn massiv darüber beschwert, wie hoch der Song ist.

Ansgar hat sich erbarmt und ihn in eine andere Tonart transponiert. Jetzt ist er allerdings zu tief.

Das Lied führt ein Eigenleben, es lässt sich nicht verbiegen. Ein wahrhaft dämonischer Song. Mist. Mist, Mist, Mist! *Mamma mia, let me go!* Mittlerweile habe ich das Gefühl, dass der Song selbst ein Dämon ist. Nein, ich bin sogar davon überzeugt. Wenn diese Kreaturen aus Feuer, Eis oder dunkler Materie bestehen können, dann existieren sie doch bestimmt auch in Form von Tönen.

Und *Bohemian Rhapsody* ist so ein Wesen.

Daher werde ich auch nicht aufgeben. Ich lass mich doch von einem blöden Musikdämon nicht unterkriegen. Ich bin eine Göttin – und dieses Lied wird besiegt, und wenn es das Letzte ist, was ich in dieser Reinkarnation mache. Unterwirf dich oder stirb, *Bohemian*-Dämon! Noch mit meinem letzten Atemzug werde ich dem Biest entgegenschmettern: »*Goodbye everybody, I've got to go*«, und dann leise röcheln: »*Any way the wind blows*«.

Sal findet, dass ich die ganze Sache viel zu persönlich nehme. Er meint, es sei kein Zeichen geistiger Gesundheit, wenn man einen Song als seinen persönlichen Gegner im Boxring des Lebens betrachtet.

Er war etwas eingeschnappt als ich ihm erklärte, dass ich von einem Drummer keine Ratschläge über geistige Gesundheit annehme. Aber ich bin ja nicht das einzige Go!Dessia-Mitglied, das diesen Song als persönliche Herausforderung sieht. Auch wenn niemand sonst ihn personifiziert.

Bimmel zum Beispiel. Es vergeht kein einziger Freitag, an dem er nicht irgendeine neue Idee dazu hat. Seit fünfzehn Jahren. In seinem Kopf hört sich das alles auch immer grandios an. Auch wenn er uns die Idee vorspielt, klingt es zunächst mal ganz gut. Und dann stimmen alle mit ein – und das verfluchte Lied macht wieder, was es will. Es lacht über uns! Ich weiß es. In den leisen Passagen kann ich es ganz deutlich kichern hören.

Ansgar und Sal sind für jede Inspiration offen, wenn es um *Bohemian Rhapsody* geht. Auch wenn sie noch so seltsam scheint. Vor sechs Jahren haben wir uns ein Theremin besorgt, das einzige Musikinstrument, mit dem man Töne erzeugen kann ohne es zu berühren. Wir hatten einen ganzen Abend lang ungeheuer viel Spaß, doch bei unserem Queensong-Problem kamen wir selbst damit nicht weiter.

1992 sind wir alle ins Kino gepilgert und haben uns den Film Waynes World angesehen. Nur wegen der Headbanger-Szene im Auto, zu der ein ganz bestimmtes Lied läuft. Überflüssig zu erwähnen, welches.

Ansgar hat bloß deswegen sein Flamenco-Talent auf der Gitarre perfektioniert, weil er sich monatelang mit dem Fandango auseinandergesetzt hat, ein Tanz zu andalusischen Melodien. Und weil das Wort Fandango natürlich in Freddies Song vorkommt.

Didi hat sich erst nach mehreren Bandinterventionen abgewöhnt, in jeden zweiten Satz das Wort »*Magnifico*!«, einzubauen.

Ja, dieses Lied hat uns geprägt. Seit fünfzehn Jahren. Es ist unsere Inspiration und unser Fluch. Und deswegen muss es uns gehören, wir müssen es zu einem der unseren machen.

Wobei es eigentlich schon genug abstruse Cover dieses Jahrtausendsongs gibt. Weird Al Yankovic veröffentlichte 1993 eine Polka-Version. Echt rasant. Einschließlich Akkordeon.

Dass die Muppets 2009 eine sehr charmante Hommage an Queen auf YouTube eingestellt haben, damit kann ich leben. Gonzo der Große und sein Hühnerchor eröffnen den Song mehrstimmig – und das Tier am Schlagzeug bringt Leidenschaft ins Spiel. Kermit der Frosch und seine durchgeknallte Truppe dürfen das, sie sind selber Kult.

Das verrückteste überhaupt ist allerdings die Tatsache, dass der Schauspieler William Shatner – WILLIAM SHATNER – dass ausgerechnet er den Song 2011 auf seinem Album Seeking Major Tom interpretiert. Captain James T. Kirk von der USS Enterprise singt, beziehungsweise spricht Freddie Mercurys kunterbunte Hommage an das Leben, den Tod und die Oper. Das macht mich einfach fertig.

Wenn Captain Kirk »*Mamma, I just killed a man*« intoniert erwarte ich jeden Moment, dass Dr. McCoy mit ernster Stimme antwortet: »Er ist tot, Jim.«

Ich habe diese Version meinen Männern vorgespielt – Didi fing fast an zu weinen, Bimmel nahm völlig weggetreten versehentlich einen großen Schluck aus Sals Bierflasche, mein Drummer war beinahe eine halbe Stunde nicht mehr fähig zu sprechen und Ansgar schloss sich auf der Toilette ein.

Tja, in diesem Leben wird *Bohemian Rhapsody* auf jeden Fall unser ständiger Begleiter sein, egal in welcher Version. Kein Go!Dessianer wird jemals die Hoffnung auf eine ultimative Coverversion aufgeben, solange unsere arthritischen Finger noch Saiten zupfen, unsere Rollstühle hinter ein Drumset oder an einen Mikrofonständer geschoben werden und ein einigermaßen tonal korrektes Krächzen aus unseren zahnlosen Mündern kommt. Wir haben nämlich beschlossen, dass wir alle ins gleiche Altenheim einziehen – sofern wir nicht durch widrige Umstände, wie zum Beispiel Fashil bin Macharams kleine Privatschwachkopfarmee, vor Erreichen des Rentenalters zur erneuten Reinkarnation gezwungen werden.

Ich freue mich schon darauf, die jungen Pflegekräfte in den Wahnsinn zu treiben. Wird bestimmt lustig, wenn die mit Ohrenschützern zur Grundpflege in die Zimmer kommen, weil alle Go!Dessianer mittlerweile natürlich schwerhörig geworden sind und ihre Lieblingssongs in Discolautstärke laufen lassen. Den Regler der Stereoanlage um sechs Uhr früh nach rechts bis zum Anschlag drehen und dann *Hells bells* von AC/DC oder *Headless cross* von Black Sabbath als Weckruf – da hüpft mein Herz vor Vorfreude.

Ich hoffe bloß, dass ich in meinen letzten Lebensjahren noch in der Lage bin, meine Wünsche zu äußern. Eigentlich ist das ein grauenhafter Gedanke. Du liegst hilflos da und die nette Pflegekraft möchte dir was Gutes tun. Meistens der Azubi, weil die das gerade in der Schule durchnehmen, Thema Erinnerungsarbeit. Dann informieren sich diese Kinder, was denn in den Jahren 2016, 2017 so an aktueller Musik in den Charts war – und spielen mir freudestrahlend Tag für Tag dieselbe CD von Helene Fischer vor. Einschließlich *Atemlos durch die Nacht*. Jeden gottverdammten Tag! Schluchz! Und ich kann mich nicht dagegen wehren und mein Missfallen nur dadurch zum Ausdruck bringen, dass ich so oft und so viel wie möglich ins Bett mache.

Wenn ich so auf die Playlist meines Lebens zurückblicke, kommt schon eine ganz schön krude Mischung zusammen. Gut, ich kann jetzt nur für dieses Leben sprechen, leider. Denn wenn ich den Jungs manchmal so zuhöre, merke ich, dass ich durch meine blöde Amnesie wirklich viel verpasst habe.

Auf Ansgars Liste steht neben Dream Theater auch Beethoven und ein altes Wikingerlied, das übersetzt bedeutet: Ohne Odem reitet Nòtt auf Hrimfaxi. Die Nordmännerversion von *Atemlos durch die Nacht.*

Sal bekommt immer diesen völlig nostalgischen Blick, wenn er uns auf seiner Stand-Tom ein um das Jahr 100 bei den Jägern von Amida beliebtes Tanzlied vorspielt. Es geht ungefähr so:

Bumm – bumm – bumm– bumm … und dauert fünfundvierzig Sekunden, die einem wie zwei Stunden vorkommen. Es gibt auch einen Text dazu. Er lautet:

Homm – homm – homm – homm – homm …

Didi trällert ab und zu leise ein vertontes Gedicht, das Walther von der Vogelweide wahrscheinlich im Jahr 1220 in Österreich geschrieben hat. Anscheinend hat ihn sein damaliger bester Kumpel Didi dazu inspiriert. »*Was er mit mir tat, das soll nie jemand erfahren, außer er und ich und ein kleines Vögelein, tandaradei.*« Da mein Dämonenbasser den Text in der Originalsprache Mittelhochdeutsch singt, hört es sich natürlich wesentlich besser an. »*Wes er mit mir pflaege, niemer niemen bevinde daz, wan er und ich und ein kleinez vogellin, tandaradei*«.

Bimmel steht außer auf Heavy-Metal noch auf Kirchenmusik von Palestrina und den niederbayerischen Sänger Fredl Fesl, vor allem auf den berüchtigten *Königsjodler*. Meine Männer haben mir jahrhunderte-, teilweise sogar jahrtausendelange persönliche Bekanntschaft mit den Komponisten, Textern und Sängern vergangener Musikwerke voraus. Alles Menschen, die ich wohl auch mal getroffen habe, an die ich mich aber aus den bekannten Gründen nicht erinnere. Das ist einfach nur deprimierend.

Live bleibt mir bloß die Musik dieser jetzigen kümmerlichen Lebensspanne.

Also genieße ich eben ein wenig die späten Sechziger (San Francisco: *Flowers in your hair*), pubertiere mich durch die Siebziger (The Sweet: *Wigwam Bam*), explodiere geradezu in den Achtzigern und Neunzigern des zwanzigsten Jahrhunderts und bin weiterhin neugierig auf alles, was ab dem Jahr 2000 bisher geschehen ist und weiterhin so passiert in der Musikwelt. *Ey, oh, let's go!*

Der finale Gong ertönt aus dem Radio und unterbricht mein gedankliches Philosophieren über den Jahrtausendsong Nummer Eins.

Bimmel seufzt entzückt. »Wundervoll. Immer wieder, nicht wahr?«

Ich nicke. Fünf Minuten genussvolles Schweigen gönne ich uns noch. Dann räuspere ich mich dezent.

»Bimmel? Kommen wir wieder zum Alltag zurück. Du hast also die beiden Terminbücher geklaut.«

Mein Gitarrist nickt eifrig, fasst in die linke Brustinnentasche seiner Jacke und zieht das Diebesgut heraus.

»Werfen wir mal einen Blick rein«, meint er.

Dann ist bis auf raschelndes Umblättern und gelegentliches undeutliches Murmeln die ganze restliche Heimfahrt über kein Ton mehr aus Richtung Beifahrersitz zu hören. Vor Bimmels Haus halte ich an. Er winkt mir zu.

»Komm mit rauf, Mia. Wir sollten erst etwas essen und uns dann gemeinsam die Beweisstücke vornehmen.«

Das lasse ich mir nicht zweimal sagen. Vanessa ist eine hervorragende Köchin.

Strahlend öffnet sie uns die Tür. »Na? Habt ihr was Schönes gefunden?«

Ich nicke. »Zumindest etwas Interessantes.«

Nach dem Essen ziehen wir uns unter dem Vorwand, einen Songtext schreiben zu wollen, in Bimmels Arbeitszimmer zurück und durchforsten gemeinsam zunächst das Auftragsbuch. Seite für Seite.

»Guck mal.« Bimmel tippt auf einen Namen. »Das ist doch dieser Schauspieler, der immer in den Stuttgart-Tatorten dabei ist.« Er pfeift durch die Zähne. »Nicht schlecht! Einen Teppich für 28 000 Euro hat er sich gegönnt.«

Fein säuberlich sind die Bestellungen und Zahlungskonditionen der oft recht prominenten, aber immer reichlich liquiden Kunden von Sabri al Hussein notiert.

Nach einer starken Stunde haben wir das Auftragsbuch durchgeackert, jedoch nichts gefunden, was irgendwie von Interesse für uns sein könnte. Also nehmen wir uns den Terminkalender vor. Der ist etwas schwerer zu entziffern, da die Schrift oft krakelig wirkt und viele Worte abgekürzt wurden. Gelegentlich stehen da auch Begriffe in arabischen Schriftzeichen. Ich wünschte, Ibti wäre jetzt da.

Noch eine Stunde später sind wir auf jeden Fall nicht weiter als bis zum Monat Februar gekommen. Mir raucht der Kopf.

»Warte mal Bimmel, ich denke, wir gehen das falsch an.«

Mein Gitarrist begreift sofort. »Ja, wir sollten erst mal in die Zukunft sehen.«

Er blättert langsam auf die Seiten der kommenden Tage.

»Warte!« Etwas hat meine Aufmerksamkeit geweckt. »Geh' noch mal zwei Seiten zurück, auf übernächste Woche. Hier – was ist das?«

Bimmel zuckt mit der Schulter.

»Sieht wie das übliche Gekrakel aus, wenn man sich

während des Telefonierens langweilt und dabei einen Stift in der Hand hat.«

Ich schüttele den Kopf. »Nein, das bedeutet etwas. Frag' mich jetzt nicht, woher ich das weiß.«

Bimmel zeigt auf das Zeichen. »Das ist bloß eine Raute.« Er sieht mich fragend an. »Sollen wir Ansgar anrufen?«

»Nein, lass' uns googeln.«

»Und wonach?«

»Ich dachte, das sei klar. Nach Runen.«

Bimmel startet seinen Laptop.

»Oh je, da gibt es ja mehr von als ich dachte. Hör dir das mal an: Die älteste Runenreihe Futhark, dann eine angelsächsische und eine altnordische Runenreihe, Besonderheiten, Runen außerhalb Skandinaviens und weiß der Geier was sonst noch alles.«

Ich schüttle den Kopf. »Wir brauchen Bilder. Es muss eine Raute sein.«

Also rufen wir eine Seite nach der anderen auf.

»Da!« Bimmel deutet auf den Bildschirm. Fast hätten wir es übersehen. In der ältesten überlieferten Runenreihe steht ganz klein eine einsame Raute.

Bimmel liest vor. »Das ist die 22. Rune des alten Futhark. Ihr Name lautet Ingwaz und es bedeutet wohl Gott oder Feuer. Oder beides. Hey!« Bimmel hüpft begeistert. »Man sagt auch Yngvi! Wie Yngvi Malmsteen, der schnellste Gitarrist der Achtziger. Das ist ja super, ich lass' mir das Ding auf meinen Gitarrenkoffer malen.«

»Krieg' dich wieder ein«, versuche ich ihn zu beruhigen, aber Bimmel ist vor Begeisterung komplett aufgedreht.

»Da bekommt der Ausdruck Gitarrengott doch eine vollkommen andere Bedeutung. Hör' dir doch bloß mal die Arpeggios von Malmsteen an, wie er klassische Musik im Heavy-Rockbereich einsetzt, was der

Mann alles mit seiner Stratocaster anstellt – er ist immer noch ein Genie!«

Ich winke ab. »Ist ja schon gut. Keiner widerspricht dir, Malmsteen ist ein sensationeller Gitarrist. Aber es heißt nicht Arpeggios, sondern Arpeggien. Und ich respektiere zwar, dass der Moppelschwede ein toller Gitarrist ist und sich nach seinem schweren Autounfall Ende der Achtziger mit anschließend dreiwöchigem Koma wieder zu alter Höchstform aufgeschwungen hat – aber trotzdem ist er menschlich eine launische Diva. Und ohne so erstklassige Sänger wie Joe Lynn Turner, Jeff Scott Soto und viele andere mehr hätte er wohl nur halb so viel Erfolg gehabt. Wer will schon dauernd Gitarrensoli hören?«

Bimmel funkelt mich empört an. »Moppelschwede? Yngvi ist kein Moppelschwede!«

»Er ist Schwede und mittlerweile ganz schön moppelig. Damit Punkt. Und im Übrigen«, hole ich zum ultimativen Todesstoß aus, »im Übrigen heißt er noch nicht mal Yngvi. Und auch nicht Malmsteen. Das ist bloß ein Künstlername. Er heißt Lars oder so ähnlich. Ganz profan Lars. Wie der Schlagzeuger von Metallica. So!«

Wir starren uns beide zurückgelehnt mit verschränkten Armen und schmalen Augen an. Schmollend.

Es klopft an der Tür und Vanessa kommt mit Kaffee und Kuchen herein.

»Ihr Lieben, ich dachte, ich bring' euch mal was zum Abschalten, wo ihr doch so fleißig am Arbeiten seid, als ob es um das Ende der Welt geht.«

»Oh … ach ja, danke Schatz! Äh … das Ende der Welt … ahahaha …«

Bimmel nimmt Vanessa das Tablett ab. Wir bedanken uns bei ihr und werfen uns verlegene Blicke zu.

Ich nippe an meiner Tasse. »Na ja, als Gitarrist ist er immer noch saugut«, nuschle ich in meinen Kaffee.

Bimmel stopft sich ein Stück Kuchen in den Mund und murmelt etwas, das wie ein stark gedämpftes »Seine Sänger haben bestimmt viel Anteil an seinem Erfolg«, klingt. Wir schweigen fünf Minuten, in denen man nur leise Schlürf- und Schluckgeräusche wahrnehmen kann. Dann wische ich mit den Mund ab.

»Kannst du mal nachsehen, an welchem Tag diese Raute in den Kalender gezeichnet wurde?«

Bimmel blättert. »Samstag in zwei Wochen.«

Ich überlege. »Gib bitte mal die Worte Ausstellungen und Wikinger in diesem Zeitraum in Google ein.«

Mein Gitarrist rückt wieder näher an den Laptop und tippt. Eine endlose Auswahl an Seiten erscheint. Die nächsten zwei Stunden verbringen wir mit eingrenzen. Ich werde müde, mir fallen fast die Augen zu.

Bimmel stockt plötzlich. »Mia? Schau mal. Da gibt es ein echt kleines Heimatmuseum, knapp fünfundzwanzig Kilometer von hier. Das Carl-Schweizer-Museum in Murrhardt.«

Bimmel überfliegt die Website.

»Mmh, normalerweise liegt deren Schwerpunkt auf Naturkunde. Allerdings gibt es auch viel über die Regional- und Stadtgeschichte der Stadt Murrhardt, beginnend ab der Steinzeit. Es ist seit über achtzig Jahren ein privates Mehrthemenmuseum.« Bimmel liest weiter, scrollt, öffnet Seiten und wird unruhig. »Ich habe gerade Zeitungsausschnitte gecheckt. Die Familie Schweizer ist immer noch sehr engagiert, die letzte Renovierung liegt gar nicht so lange zurück. Und jetzt kommt's!« Er atmet tief ein. »Die Schweizers haben sich wohl mit dem Thema Kelten befasst und in diesem Zusammenhang eine kleine Sonderausstellung über die Verbindung zwischen Kelten, Wikingern und Germanen zusammengetragen. Alltagsgegenstände, Waffen, Gewänder und Schmuck. Und nun guck dir das mal an.«

Bimmel dreht seinen Laptop in meine Richtung. Ich sehe einen Zeitungsartikel, in dem auf die bevorstehende Sonderausstellung hingewiesen wird. Heimatgeschichtler und Präparator Christian Schweizer äußert in einem Interview seine Freude über die Leihgaben und präsentiert auf dem schwarz-weißen, grobkörnigen Zeitungsfoto ein Kissen, auf dem mehrere Schmuckstücke liegen. Hauptsächlich Gewandfibeln und Armreifen.

Mein Blick wird von einem Gegenstand angezogen.

»Mach das mal größer«, fordere ich Bimmel auf.

Er wirft einen Blick auf meine Arme und meint nur: »Bräuchte ich eigentlich gar nicht. Dein Orakel spricht.«

Ich kann meine Gänsehaut fast schmerzhaft fühlen. Trotzdem vergrößert Bimmel das Bild. Auf einem schmalen, offenen Armreif aus Metall ist auf den beiden knaufähnlichen Kugelenden jeweils eine Rune eingeritzt. Eine Raute.

»Wann öffnet die Sonderausstellung?« Ich flüstere meine Frage, keine Ahnung weshalb. Irgendwie kenne ich die Antwort schon.

Bimmel sieht mich groß an und nickt.

»Übernächste Woche. Samstag. Mia, was machen wir denn jetzt bloß?«

Ich denke kurz nach und verziehe meinen Mund.

»Na ja, ich hätte da schon eine Idee. Aber ich bin mir sicher, dass es dem Rest der Band nicht gefallen wird. Ganz und gar nicht.«

15.
See me and the boys, we don't like it, so we're getting up and going down
(Thin Lizzy: Jailbreak)

»Von allen schwachsinnigen Ideen, die du jemals hattest, ist das wohl die bescheuertste.« Sal schüttelt den Kopf.

Didi sieht mich skeptisch an. »Dir ist schon klar, dass wir die Guten sind, oder?«

Ich werfe meinem Basser einen vielsagenden Blick zu. »Ach, tatsächlich?«

Bimmel wiegt den Kopf hin und her. »Es ist verdammt riskant. Solche Sachen beherrschen wir nicht.«

»Quatsch!«, widerspreche ich. »Wir sind Götter, wir können alles. Theoretisch.«

Sal dreht sich zu Ansgar. »Mensch, Oller, nun sag' doch auch mal was dazu!«

Unser Nordgott sitzt seit einer halben Stunde einfach nur da und lässt sich meinen Vorschlag offensichtlich genau durch den Kopf gehen, während alle anderen vehement abwiegeln.

»Wir sind doch keine Kriminellen!« Bimmel ist empört.

»Ach, aber die Auftragsbücher hast du mal eben einfach so eingesteckt. Ganz zufällig«, kommentiere ich mit einem ironischen Unterton, den er gar nicht zu bemerken scheint. Der ehemalige Schutzgott sieht mich groß an.

»Das ist ja wohl etwas völlig anderes. Hier kann man in keiner Weise von Diebstahl sprechen. Höchstens so eine Art Mundraub. Eigentlich ist es nur eine Informationsbeschaffung durch temporäres Ausleihen. Irgendwann bekommt Sabri seine Unterlagen wieder zurück. Eventuell sogar in diesem Leben«, erklärt Bimmel.

Sal mischt sich energisch ein. »Auf jeden Fall können wir nicht einfach hingehen und dieses Wikingerartefakt klauen. Aus einem Museum!«

Er dreht sich um. »Oller, jetzt sag endlich was!«

Ansgar nickt. »Ja, ihr habt da schon Recht. Das Risiko erwischt zu werden ist nicht gerade gering.«

Ich öffne den Mund um zu protestieren, aber Ansgar deutet mir mit erhobener Hand, dass er noch nicht fertig ist.

»Andererseits – welche Alternative haben wir?«

Er blickt sich um. Alle schweigen.

»So ungern ich eine solche Möglichkeit in Betracht ziehe, uns bleibt gar nichts anderes übrig. Die Schwachmaten um Rotbart und Fashil werden auf jeden Fall versuchen, an das Objekt ranzukommen. Sie brauchen es für ihr Puzzle. Es ist ein Stück von Thors Hammer. Und da keiner von uns weiß, wie viele Teile sie überhaupt noch benötigen um diese Götterwaffe zu aktivieren, sollten wir ihnen keine Chance lassen. Eigentlich bewirkt der Hammer nur in der Hand eines Gottes Verheerendes, was uns beruhigen sollte. Allerdings können auch ganz gewöhnliche Sterbliche damit größere Schäden anrichten. Wenn aber auch nur ein Stückchen fehlt, ist der Hammer jedoch nichts Weiteres als ein gewöhnliches Werkzeug. Zwar ein sehr schön gestaltetes und echt antikes – aber dennoch nur zum Nägel in die Wand klopfen geeignet. Zur Not kann man jemand damit noch den Schädel einschlagen, aber das war's dann schon.«

Sal schüttelt missbilligend den Kopf. »Wir haben doch gar kein Talent zum Stehlen.«

»Außer vielleicht Bimmel«, werfe ich rachsüchtig ein.

Mein Drummer ignoriert mich. »Ich wette, dass wir sofort erwischt werden. Und einen Einbruch brauchen wir gar nicht erst in Betracht zu ziehen. Das Museum ist bestimmt gut gesichert.«

Ich wische seine Bedenken mit einer optimistischen Handbewegung zur Seite.

»Nun macht euch mal nicht vorab ins Hemd. Irgendwie bekommen wir das schon hin. Eigentlich ist es ganz einfach. Wir gehen ins Museum, kriegen raus, wo das Zeug steht, zwei von uns lenken die Aufsicht ab und der Rest schnappt sich das Artefakt.«

Meine Männer stöhnen.

Trotzdem verabreden wir uns für den nächsten Tag am späten Nachmittag zu einem Museumsbesuch, nachdem wir im Internet die Öffnungszeiten nachgesehen haben. Bimmel muss ohnehin mal wieder arbeiten. Wir anderen fahren vorsichtshalber nicht alle in einem Auto. Didi nimmt Sal mit und Ansgar fährt mit mir, nachdem er für Bormo einen ganzen Arm voller alter Zeitungen mitgebracht und im Fußraum der Beifahrerseite ausgelegt hat. Dann geht es auf nach Murrhardt.

Ich fahre hinter Didi und vermeide dadurch irgendwelche Irrwege. So kommen wir relativ zeitgleich an. Wir finden einen recht zentralen Parkplatz an der Stadtkirche und schlendern zu Fuß durch einen sehr hübsch angelegten Stadtgarten Richtung Museum.

Das Gebäude liegt direkt neben dem Feuersee und verblüfft durch seine außergewöhnliche Gestaltung. Ein lang gezogener, efeubewachsener Hauptbau mit eleganten, dominanten großen Rundbogenfenstern und ein kleiner turmartiger Rundbau, der den Eingangsbereich bildet, ergänzen sich zu einem harmonischen Ganzen, umrahmt von einer grünen Wiese. Das Ensemble schmiegt sich förmlich in die Natur, auf den ersten Blick ist das hübsche Gebäude nicht als Museum erkennbar. Es könnte sich genauso gut um eine exklusive Villa handeln. Das schöne Wetter hat außer uns noch einige Besucher hergelockt.

Wir haben uns in zwei Aktionseinheiten eingeteilt und ausgemacht, dass wir einander vorsichtshalber nicht kennen. Unsere Rhythmusgruppe steht drei Meter vor Ansgar und mir an der Kasse an. Zwischen uns unterhält sich lautstark eine fünfzehnköpfige Gruppe japanischer Touristen.

Aktionseinheiten – ein Begriff, den Ansgar in seinem Schlachtplan benutzt. Ich komme mir vor wie im Film *Mission Impossible.*

Dann betreten wir das Museum.

Jede Menge sorgfältig präparierte Tiere starren mich in der Abteilung Naturkunde an. Vom Greifvogel bis zum Hirsch. Die Exponate zur Klostergeschichte des Ortes hätten mich unter normalen Umständen sogar stark interessiert. Doch wesentlich stärker zieht mich ein abgetrennter Bereich an, der mit einem Paravent als Sichtschutz ausgestattet ist.

Die Japaner haben einen Führer, der ihnen auf Englisch die Ausstellungsstücke erklärt. Wir klinken uns akustisch mit ein und werden belohnt. Eine Touristin fragt, was denn hinter dem Sichtschutz sei. Der Guide erläutert, dass in zwei Wochen eine kleine Sonderausstellung geplant ist, und hinter der dünnen Wand bereits die ersten Objekte aufgebaut sind, die endgültige Präsentation allerdings noch nicht stehe. Sal und Didi mustern mittlerweile anscheinend äußerst interessiert eine lebensgroße Sandsteinbrunnenfigur, die irgendeinen mittelalterlichen Herzog darstellt. Didi lacht dreckig, als er die deutlich herausgearbeitete Beule in der Leistengegend des steinernen Adligen kommentiert. Leider kann ich nicht hören, was er sagt – aber ich kann es mir umso besser vorstellen.

Ansgar und ich nähern uns dem Paravent. Ganz langsam schlendern wir immer weiter, während wir anscheinend völlig in die Betrachtung der umstehenden Exponate vertieft sind. Ansgar beugt sich vor und mustert intensiv eine römische Säule, ich bin schon fast am Sichtschutz angekommen.

Ich drehe mich um, damit ich sehe, wo Didi und Sal gerade stehen. Sie bewegen sich gemächlich in unsere Richtung.

Eine neue kleine Besuchergruppe ist mittlerweile eingetroffen, drei Männer in schwarzen Jeans und dunklen, langärmeligen Kapuzenjacken. Sie tragen Baseballmützen. Trotz der Wärme. Verspiegelte Sonnenbrillen runden den Look ab. Und Halstücher, die sie sich jetzt blitzschnell vor das Gesicht ziehen. Die idealen Coverboys für die extremistische Attentäter-Sonderausgabe der Vogue. Mist!

Einer rempelt Sal an, der ins Stolpern kommt, die beiden anderen rennen plötzlich los, mitten durch die Gruppe Japaner und werfen zwei der Touristen zu Boden. Alle drei Vermummten haben mittlerweile Pistolen aus ihren Taschen gezogen. Einer gibt einen Schuss in die Luft ab.

Dann bricht die Hölle los. Die Japaner schreien und kreischen.

Didi brüllt: »Deckung! Die haben Waffen!«

»Hey, das können Sie doch nicht machen! Was soll denn das?«, ruft der Guide.

Ich versuche hinter den Sichtschutz zu hechten, und reiße ihn dabei um, klatsche äußerst schmerzhaft auf den Boden und brülle: »Aua! Meine Hüfte!«

Ein weiterer Schuss fällt und die meisten Japaner lassen sich schreiend auf die Terrakottafliesen fallen.

Einer der Typen setzt mit einem Sprung über mich weg und landet vor der Glasvitrine, die bisher unseren Blicken verborgen war. Er stopft seine Waffe wieder in die Tasche, zieht einen großen Maurerhammer aus dem Hosenbund und schlägt mehrmals mit abartiger Wucht auf die Vitrine ein, die schließlich mit einem hässlichen Klirren zerbricht.

Der Typ greift durch das entstandene gezackte Loch und nimmt einen Gegenstand an sich. Als er sich umdreht, stellt ihm Ansgar ein Bein. Das alles hat sich in nicht mal zehn Sekunden ereignet.

Alles Weitere sehe ich wie in Zeitlupe.

Der Möchtegernterrorist segelt in hohem Bogen fünfzig Zentimeter durch die Luft und landet auf seinem Bauch. Dabei lässt er den kleinen Gegenstand fallen, der auf dem Boden einen knappen Meter weiter rutscht. Der Armreif mit der Yngvi-Rune!

Ich rapple mich hoch, ohne nachzudenken, hechte in Richtung Schmuckstück und grabsche mir noch auf Knien liegend das Artefakt.

Yippieh! Ich bin die Größte. Ich bin eine Göttin. Eine mutige, unerschrockene, heldenhafte Göttin.

Zumindest für circa fünf Sekunden frohlocke ich ausgiebig. Danach blicke ich in die kleine, hässliche, dunkle und wahrscheinlich äußerst effektive runde Öffnung einer Waffe, die sich ungefähr zehn Zentimeter vor meiner Nase befindet. Doppelmist!

Ich habe die beiden anderen Terrorvollpfosten komplett ausgeblendet. Einer zielt auf die Museumsbesucher, der andere direkt auf mich. Der dritte, der eben so schön einen Albatros beim Landen imitiert hat, steht schon wieder und taumelt auf mich zu. Er reißt mir grob Malmsteens Armreif aus der Hand.

Bei dem Sturz hat er seine Sonnenbrille verloren und funkelt mich wütend aus eng beieinander stehenden Augen an. Rotblond bewimperte Augen unter roten Augenbrauen. Sein Tuch ist zwar bis über die Nase hochgezogen, ist aber im Halsbereich verrutscht und lässt ein Stückchen eines langen roten Barts erkennen. Erkennen ist auch das, was ich nun definitiv in den kleinen Rattenaugen des Blödmanns sehe. Sein bewaffneter Kumpel tippt ihn an und macht eine Geste Richtung Ausgang. Dann rennen alle drei davon, doch der Stolperer dreht sich noch mal ganz kurz um und wirft mir einen giftigen Blick zu.

Ich denke: *Den Kollegen sei Dank, dass er seine Waffe nicht schussbereit in der Hand, sondern in der Tasche hatte.*

Ansgar stürzt auf mich zu. »Mia, bist du ok?«

Die Zeit schwappt wieder in normaler Geschwindigkeit wie eine hohe Welle über mir zusammen, der komplette Vorgang hat keine zwei Minuten gedauert. Der Olle hilft mir hoch.

»Scheiße. Ansgar, ich hatte ihn, ich hatte ihn schon in meiner Hand«, flüstere ich. Sal und Didi stürmen heran.

»Alles klar, Süße?« Didi greift nach meiner Hand.

»Rotbart«, wispere ich. »Männer, der Typ, dem Ansgar das Bein gestellt hat, war Rotbart. Und er hat mich diesmal definitiv erkannt.«

Sal legt die Hand auf meine Schulter.

»Hol' jetzt erst mal tief Luft, dann vergeht das Zittern.«

Ich habe noch gar nicht gemerkt, dass ich wie Espenlaub vibriere. Wir geben bestimmt ein seltsames Bild ab. Die üppige dunkelhaarige und nun etwas zerzauste Frau, deren linker Arm von einem schwarzgekleideten Mann untergehakt ist, während zeitgleich ein kahlrasierter, besorgt blickender Typ ihre rechte Hand umklammert und ein großer Kerl mit Igelfrisur den Arm um ihre Schulter gelegt hat. Ich merke, wie das plötzlich aufgetretene Kältegefühl in meinem Bauch verschwindet und einem warmen Gefühl von Geborgenheit Platz macht. Ich könnte zwar noch stundenlang so dastehen, aber wenn das noch eine Minute weiter geht, fange ich an zu heulen.

Also wedle ich meine Männer weg. »Lasst das! Pfoten weg! Es geht mir gut.«

Niemand hat diesen kleinen privaten Moment mitbekommen, denn alle Anwesenden sind viel zu sehr mit ihrem eigenen Entsetzen beschäftigt. Drei japanische Touristinnen heulen, die anderen trösten oder reden aufgeregt durcheinander, mehrere hängen sich sofort ans Handy, vier fotografieren wie verrückt. Der Guide hat mittlerweile die Polizei angerufen.

»Raus hier«, zischt Sal. Wir gehen Richtung Ausgang, Ansgar hat sich immer noch bei mir untergehakt.

»He, Sie, warten Sie doch, bis die Polizei kommt! Sie müssen bestimmt eine Aussage machen«, ruft uns der Guide nach. Das hat uns gerade noch gefehlt.

Didi dreht sich empört um.

»Sind Sie blind? Ich bin Sanitäter! Die Dame steht dermaßen unter Schock, dass sie gleich einen Herzanfall bekommt. Und mein kleiner Bruder hier«, Didi zieht Sal energisch in seine Arme und redet mit der Geschwindigkeit eines Maschinengewehrs, »er hat ein chronisches duodenales Meteorismus-Syndrom und darf keinesfalls psychisch belastet werden, sonst gibt es eine Katastrophe! Ich bringe die beiden sofort ins Krankenhaus und melde mich dann wieder bei Ihnen. Sie wollen doch nicht, dass es hier noch Todesopfer gibt, oder dass jemand wegen unterlassener Hilfeleistung womöglich das Museum verklagt?«

Ich greife mir in einer dramatischen Geste ans Herz und atme hektisch. Ansgar tätschelt meine Hand und ruft laut: »Ruhig, Liebling, wir sind gleich bei einem Doktor. Alles wird gut!«, während er mich immer weiter Richtung Ausgang schiebt.

Didi zieht den gebückt laufenden Sal hinter sich her

und ruft noch einmal in Richtung Guide: »Ich bin so schnell wie möglich wieder da!«

Man sollte ja nicht glauben, dass es möglich ist, mit einem Bluff dieser Größenordnung durchzukommen. Allerdings steht wohl jeder der ungewollten Zeugen des Spektakels unter Schock und ist des logischen Denkens somit nicht fähig. Lange kann dieser Zustand allerdings nicht mehr andauern.

Wir hetzen daher eilig am Kassenhäuschen vorbei. Didi brüllt der entsetzten jungen Dame hinter der Kasse zu: »Schnell, da drin gibt es noch mehr Verletzte! Die brauchen Ihre Hilfe!«

Die Frau rennt ins Museum, wir hasten Richtung Parkplatz.

Von weitem kann man schon die Martinshörner der Streifenwagen hören. Wir beschließen, dass wir alle zunächst losfahren und später auf einem Rastplatz in zehn Kilometern Entfernung anhalten. Was wir auch tun. Wir setzen uns dort alle in Didis Van und schweigen erst mal.

Ich fühle mich mies.

»Ich war so nah dran, Männer. Ich hatte das blöde Ding schon in der Hand.«

»Du kannst nichts dafür, dass diese Vollpfosten aufgetaucht sind«, beschwichtigt Sal.

Ansgar sieht grimmig aus. Noch grimmiger als sonst.

»Diese Drecksäcke. Stehlen Artefakte meiner Kultur für ihre kriminellen Absichten. Wenn ich einen von denen zu fassen kriege ...« Er wendet sich an unseren Basser. »Du hast gut reagiert. Aber mal ehrlich, Duodenales Meteorismus-Syndrom?«

»Was hast du mir da angedichtet?«, fragt Sal streng.

Didi grinst. »Krankhafte Blähungen im Zwölffingerdarm.«

Die Jungs lachen leise.

Ich kann noch nicht gut drauf sein. Erstens mache ich mir noch immer Vorwürfe, dass ich nicht schneller war und den Armreif rechtzeitig verstecken konnte. Zweitens weiß ich nicht, wie es nun weitergehen soll. Und drittens, Karim Rotbart hat mich erkannt. Kein schöner Gedanke.

Zwei Stunden später bin ich immer noch sehr deprimiert. Sitze zuhause, höre mir von Nick Cave die *Murderballads* an, trinke Rotwein und versinke in Selbstmitleid. So nah und doch so fern! Wie die Stimme von Freddie Mercury.

Ich hatte alles in der Hand, wortwörtlich. Ich hätte Fashil bin Macharam und dem blöden Rotbart das Handwerk legen können, wäre ich nur ein kleines bisschen schneller gewesen.

Wieso nur musste ich so grandios scheitern? Ich bin doch eine Göttin. Vielleicht nicht die fitteste, aber immerhin eine Göttin.

Aber was für eine? Der Gedanke drückt sich immer mehr in den Vordergrund, wie ein wackeliger Zahn, an dem man permanent mit der Zunge herumspielen muss, obwohl man das gar nicht will.

Was bin ich? Wer bin ich? Was für eine Göttin bin ich?

Ich hasse Unklarheiten. Seit ich weiß, dass ich ein höheres Wesen bin, grüble ich immer wieder über die Frage nach meinem Daseinszweck. An meiner Göttlichkeit sind mir nie Zweifel gekommen, das ist der einzige Punkt, der immer außer Frage stand. Und der es mir auch so schwer macht, eine dauerhafte Partnerschaft einzugehen. Früher oder später fühlt sich jeder Mann in meiner Gegenwart irgendwie unzulänglich. Ganz zu schweigen davon, dass immer vier andere männliche Wesen in meiner Nähe sind und einer davon ist Didi.

Woher soll mein armer sterblicher, potentieller künftiger Partner auch wissen, dass ich gegenüber meinem Lieblingsdämon in körperlicher Hinsicht völlig immun bin? Wenn doch sogar der heterosexuellste Sterbliche in Versuchung kommt, sowie mein Basser ihm die Hand zum Gruß reicht. Wobei sich Didi mit seinem animalischen Charme gegenüber unseren jeweiligen Partnern gewissenhaft zurückhält. Nie hat er einer von Ansgars zahlreichen Blondinen auch nur einen tiefen Blick zugeworfen. Eigentlich ist Didi ein hochmoralischer Dämon. Irgendwie. Ihm reichen all die restlichen Frauen, die auf diesem Kontinent so rumspazieren, da braucht er nicht auch noch die Gefährten seiner Mitmusiker.

Ich versuche mir vorzustellen, was man mir wohl für Opfer gebracht hat. Vielleicht komme ich so meiner Herkunft näher.

Mal sehen.

Eine frische, saftige Jungfrau ... nein, das törnt mich nicht an. Dasselbe in männlicher Version? Auch nicht. Irgendwie stört mich das Saftige an der Angelegenheit. Ja, Blut ist ein ganz besonderer Saft, wie schon in Goethes Faust zitiert wird, aber ich kann für diese klebrige rote Proteinverbindung nicht dieselbe Begeisterung aufbringen wie zum Beispiel Ansgar. Ich finde es im Großen und Ganzen einfach nur bäh und igitt!

Bimmel liebt Blumen und Früchte.

Was Blumen betrifft, ich brauche nur in die Nähe einer Pflanze zu kommen und schon begeht sie Selbstmord durch Wurzelfäule oder Verdorren. Ich könnte schwören, dass manche Gewächse schlagartig ihre Blüten zusammenklappen, wenn ich ab und zu eine Gärtnerei betrete.

Früchte? Kommt drauf an. Äpfel mag ich ganz gern. Vor allem in Form von Cidre. Und Trauben in jeglichem Zustand, egal ob als Weiß-, Rot- oder Roséwein. Oder Sekt.

Gemüse, alles außer Trauma-Möhrchen, ist ganz lecker. Zum Beispiel Kartoffeln, weiter verarbeitet zu knusprigen Chips. Aber ich wage zu bezweifeln, dass ich die Göttin der Snacks und Knabbereien bin. Wie hätte ich sonst meine Feinde vernichtet? Indem ich ihre Adern mit einer Überdosis Cholesterin zum Platzen gebracht habe?

Sal erhielt Tieropfer. Ok, ich bin kein Vegetarier und der Gedanke an hin und wieder ein zartes Entrecôte vom Rind lässt einen kleinen Teich auf meiner Zunge entstehen. Aber einem niedlichen Zicklein einfach den Hals durchzuschneiden, nein, das fände bei mir genauso wenig Gefallen, wie wenn Sal und Ansgar ihre sadistischen Rachegedanken in Bezug auf die süßen kleinen Marder ausleben würden.

Ich mag Düfte ganz gern. Vor allem Rosen, Zimt und Mandarinen. Auch der Geruch von Lavendel versetzt mich manchmal geradezu in Entzücken. Aber ich kann nicht sagen, ob das an meiner menschlichen oder meiner göttlichen Seite liegt.

Und ich mag Frankreich. Die Jungs erzählen mir, dass ich sie immer wieder mindestens einmal pro Reinkarnation dorthin lotse. Dort sind wir auch ein paar Mal gestorben. Ha! Leben und Sterben wie Gott in Frankreich – der Satz bekommt durch Go!Dessia echt eine völlig neue Bedeutung.

Über Opfergaben komme ich meiner göttlichen Daseinsberechtigung auf jeden Fall nicht näher. Vielleicht hilft mir Musik weiter? Ich wühle in meiner Sammlung, um Songs über Götter zu finden.

Der Klassiker ist natürlich *Venus* von den Shocking Blue. Der Gipfel von Schönheit und Liebe, die mit ihren Kristallaugen jeden Mann verrückt macht, heißt es im Text. Bin ich definitiv nicht. Irgendwie ist das auch ein doofer Text. So pseudofeministisch und bei näherer Betrachtung doch bloß eine Tussi, die den Männern gefallen will. Schauen wir mal, was es sonst so gibt.

Ein weiterer Klassiker ist *Fire* von Arthur Brown. »Ich bin der Gott des Höllenfeuers und ich bringe euch – Feuer!«

Wow, wie überraschend. Und fackel' euch ab. Öh ... nein, lieber nicht. Ich mag nicht nur keine saftigen Opfer, auch knusprige will ich nicht.

Lana Del Rey hat ein Lied namens *Gods & Monsters*. Ein Engel im Land der Götter und Monster, der Sex und Drogen haben möchte.

Ich lehne Drogen ab. Und Sex ... na ja, das ist so eine Sache ... äh ... Themenwechsel!

Ebenfalls keinerlei Hinweis finde ich in Randy Newmans *Gods Song*. Aber der Text ist lustig, ich mag ihn, er bringt mich zum Lachen. Darin wird erzählt, wie die ganze Menschheit sich an Gott wendet und sich beschwert: Herr, auf dieser Welt herrscht eine Plage, kein Mensch ist frei, die Tempel, die wir dir zu Ehren gebaut haben, sind ins Meer gestürzt. Und dieser Gott antwortet: Ich verbrenne eure Städte, ich nehme euch eure Kinder und ihr sagt trotzdem noch, wie gesegnet ihr doch seid. Deswegen liebe ich die Menschheit. Wir im Himmel lachen uns halb schlapp über eure Gebete.

Ich muss sagen, dieser Gott hat einen seltsamen Humor. Na ja, was will man von jemand erwarten, der seinen eigenen Sohn ans Kreuz nageln lässt. Wahrscheinlich genauso viel wie von jemand, der minderbemittelten selbstmörderischen Idioten Jungfrauen im Jenseits verspricht. Hui, langsam wirkt der Rotwein, meine Gedanken werden philosophischer. Ich frage mich: Mit was werden die Mädels eigentlich entjungfert, wenn der Held in sauberen kleinen

Teilen als Gulasch im Paradies ankommt? Und, wo kommen die Girls alle her? Und was passiert mit ihnen, wenn sie keine Jungfrauen mehr sind?

Familiensinn kann wohl in beiden Götter-Fällen nicht vorhanden sein. Wahrscheinlich mochte der eine die langen Haare seines Sprösslings nicht und der andere war generell übel drauf. Da lobe ich mir Ansgar, der hat sein Volk stets beschützt, ihre Feinde zerschmettert, so dass seine Leute aus deren Hirnschalen Met schlürfen konnten. Schade nur, dass heutzutage niemand mehr an ihn glaubt.

Genauso wenig wie an Sal und Bimmel. Bei Didi bin ich mir nicht so sicher, der eine oder andere Satanist hätte bestimmt noch Platz auf seinem Schrankaltar für einen Sukkubus.

Vielleicht ist Didi auch der Schutzpatron der Nymphomanen, Nutten und Zuhälter; zumindest wird seine Religion wohl irgendwie noch zelebriert. Seltsam, die meisten Menschen denken, dass Anhänger eines Dämons oft ein Pentagramm als Amulette um den Hals tragen. Was absurd ist, wenn ich mir Didi so angucke, sollten seine Jünger eher kleine goldene Penisse an einer Kette befestigen. Überhaupt, religiöse Symbole, das ist auch so ein absonderliches Thema. Bekennende Christen müssten eigentlich Herzen tragen. Oder winzige Sandalen.

Stattdessen hängt man sich in unseren Breiten ein Hinrichtungsgerät, das Kreuz, um den Hals. Ist das nicht absurd? Manchmal frage ich mich: Wenn man den armen Kerl aus Nazareth damals aufgehängt statt gekreuzigt hätte, würden dann in allen Kirchen hinter dem Altar Galgen stehen? Oder wenn es vor zweitausend Jahren schon den elektrischen Stuhl gegeben hätte – bekäme man dann als guter Katholik zur Taufe statt eines Kreuzes eine kleine goldene Nachbildung des E-Sitzmöbels geschenkt, das man sich dann um den Hals hängt? Ob Vampire dann wohl mit Sesseln gebannt werden könnten? Oder Barhockern?

Aber jetzt bin ich meiner Bestimmung immer noch nicht näher gekommen. Werde ich es je herausfinden? Die Flasche Côte du Rhône ist leer, ich eher voll, daher vertage ich mein existentielles Problem und gehe ins Bett.

16.
No place to hide for me and the man. Lefts and rights never came in harder
(Nils Lofgren: No mercy)

Ich habe Urlaub und wenn ich schon nicht in Griechenland an einem Strand voller Adonisse liegen darf, dann möchte ich wenigstens mal richtig ausschlafen. Vor allem nach einer ganzen Flasche Rotwein mit 15 % Vol.

Wahrscheinlich war das doch zu viel, denn mein Kopf hämmert und meine Ohren klingeln, als ich irgendwie, irgendwo, irgendwann zu mir komme. Dann stelle ich fest, dass das penetrante Klingeln mein Telefon ist, und bin erleichtert. Ich dachte schon, jetzt hat mich ein Tinnitus erwischt, was ja bei Rockmusikern in reiferen Jahren öfter mal der Fall sein kann. Ich presse ein Kissen auf meinen Kopf und ignoriere das nervtötende Gebimmel. Nach einigen Minuten hört es auch endlich auf – nur um zehn Sekunden später wieder zu klingeln. Diesmal kommt es mir so vor, als ob mehr Nachdruck dahinter steckt. Also krieche ich seufzend und taumelnd aus den Federn und nehme den Hörer ans Ohr.

»Wieso lässt du mich solange warten?«, ertönt Ansgars gereizte Stimme ziemlich laut an meinem empfindlichen Trommelfell.

Ich stöhne ausgiebig. »Wieso heißt das eigentlich Trommelfell?«

»Was?« Ansgar ist kurz aus dem Konzept gebracht. »Sag mal, bist du etwa gerade erst aufgestanden? Mia, werd' wach, es ist wichtig!«

Ich lasse mich gähnend in einen Sessel fallen.

»Was gibt es denn, dass du mitten in der Nacht so einen Terz machst?«

Ich kann das Eis förmlich aus dem Hörer tropfen sehen.

»Es ist fünf Uhr. Am Nachmittag. Und du gehst jetzt sofort unter die Dusche, um deinen offensichtlichen und unüberhörbaren Kater zu verscheuchen und fährst dann umgehend zu Sal. Die anderen sind schon informiert, sie kommen auch gleich.«

Es klickt kurz und energisch, noch bevor ich »Jawohl, mein General!«, antworten kann. Ansgar hat aufgelegt.

Ich wanke unter die Dusche und maule minutenlang über herrschsüchtige, größenwahnsinnige Göttertypen ohne jegliche Manieren.

Anschließend schütte ich eine Flasche Wasser in meinen trockenen Hals. Danach fühle ich mich besser und fahre zu Sal. Die anderen sind tatsächlich schon da. Alle bis auf Ansgar.

»Wo ist denn der Olle? Auch wenn er die nächsten Tage mit den öffentlichen Verkehrsmitteln fahren muss, sollte er doch eigentlich schon seit einer halben Stunde hier sein.« Bimmel macht sich Sorgen.

Ich starre böse auf die Wanduhr in Sals Wohnzimmer.

»Vor allem, nachdem er am Telefon so einen Aufstand gemacht hat und anderen, schwer arbeitenden Leuten weder ihren wohlverdienten Urlaub noch offensichtlich ihren dringend benötigten Gesundheitsschlaf gönnt«, nöle ich leise herum.

Sal hat gerade sein Smartphone gezogen, um unseren Gitarristen anzurufen, da klingelt es an der Tür. Ich öffne und sehe ihn so vorwurfsvoll wie möglich an.

»Da bist du ja endlich, wir warten schon eine ganze Weile.«

Ansgar sagt kein Wort, geht stumm an mir vorbei ins Wohnzimmer und bleibt vor uns stehen.

»Was ist los?« Sal steht alarmiert auf.

»Mir ist heute etwas Seltsames passiert. Auf der Arbeit«, beginnt Ansgar.

Wir tauschen irritierte Blicke.

»Noch seltsamer als die Chorleiterin, die keine schwarze Gitarre kaufen wollte, weil darin der Teufel wohnt?« Didi wirft Ansgar einen fragenden Blick zu.

Seit drei Jahren arbeitet Ansgar in einer großen Musikalienhandlung in Stuttgart. Sein Spezialgebiet sind hochwertige Gitarren und schwierige Kunden.

Bimmel guckt entsetzt. »Etwa noch seltsamer als der Typ, der vor einem halben Jahr diese wundervolle Taylor K24 Westerngitarre für schlappe fünftausend Euro bei dir gekauft und sie dann direkt auf dem Parkplatz zertrümmert und angezündet hat?«

Sal winkt ab.

»Nun lasst den Alten Herrn doch endlich mal zu Wort kommen, ihr Quasselstrippen.«

Ansgar scheint von dem Geplänkel gar nichts mitzubekommen, was mich etwas beunruhigt.

»Hört mir mal bitte alle zu.« Ansgars Stimme klingt leise. Und er hat schon wieder bitte gesagt!

Sal und ich wechseln einen besorgten Blick. Wenn er das noch mal macht, gerate ich in Panik – ich schwöre.

Ansgar runzelt die Stirn, dann beginnt er zögernd zu erzählen.

»Heute Morgen bin ich wie immer zur Arbeit gekommen. Aus gegebenem Anlass zwar nicht mit meinem Volvo, aber ich habe eine passende Busverbindung bekommen, so dass ich wie üblich um 9 Uhr 30 im Laden war. Ihr wisst ja, wie groß das Gebäude ist und meine Abteilung ist im zweiten Stock ganz hinten. Ich gehe also wie jeden Tag durch den Haupteingang an der Kasse vorbei, wo unsere Jasmin schon hinter dem Tresen steht. Aber heute stand neben ihr auch mein Chef, und schien nur auf mich gewartet zu haben.« Ansgar räuspert sich und Sal drückt ihm eine Flasche Bier in die Hand.

»Setz' dich doch endlich, Oller.«

Mein Gitarrist schüttelt den Kopf und stellt das Bier auf den Tisch.

»Hört mir einfach weiter zu, Leute. Mein Chef sieht mich also und kommt hinter der Theke hervorgeschossen. ›Mensch Ansgar‹, ruft er, ›was hast du denn gestern noch mit deiner Abteilung angestellt?‹ Ich habe keine Ahnung, von was er redet, er scheint sehr verärgert. Wahrscheinlich habe ich ihn etwas irritiert angesehen, jedenfalls klopft er mir auf die Schulter und meint: ›Na ja, dir traue ich so einen Blödsinn eigentlich nicht zu, du weißt, was ein gutes Instrument wert ist. Da hat dir wohl einer der Kollegen einen saudummen Streich spielen wollen. Gott sei Dank ist heute Dienstag, da sind morgens so gut wie keine Kunden da und du kannst dich um deine Abteilung kümmern. Tut mir leid! Wenn ich das Früchtchen erwische, gibt's auf jeden Fall eine Abmahnung.‹« Ansgar wendet sich an Sal. »Gib mir bitte mal einen großen leeren Zettel und was zum Schreiben.«

Zweimal das Wort bitte innerhalb von zehn Minuten. Mein Herz schlägt schneller. Es muss etwas wirklich Schlimmes passiert sein.

Sal springt auf, wühlt kurz in einer Schublade und deponiert einen Zeichenblock und einen Malstift vor Ansgar auf den Couchtisch. Nachdrücklich rückt er das Bier daneben. Mein Gitarrist nimmt nun doch einen großen Schluck aus der Flasche, bevor er fortfährt.

»Ich betrete also meine Gitarrenabteilung. Oh Mann! Ihr kennt ja den Laden und wisst, dass an drei langen Wänden jeweils in Zweierreihen übereinander die Gitarren hängen, nach Marken sortiert. Auf der linken Seite die E-Gitarren, an der rechten die Konzertgitarren. An der Kopfwand sind die besonders teuren Modelle präsentiert.« Ansgar schluckt, leckt sich kurz über die trockenen Lippen. Er wirkt mitgenommen. »Ich betrete also den Raum und alle, wirklich alle … jede einzelne Gitarre ist von der Wand genommen und im Verkaufstresenbereich kreuz und quer unsortiert abgelegt oder abgestellt worden. Und zwar so, dass kein Mensch mehr hinter den Tresen kann! Völlig durcheinander. Ein richtiges Chaos. Mein erster Gedanke war: Hoffentlich hat kein Instrument eine Macke abbekommen. Ich war fassungslos. Genauso wie mein Azubi, der mittlerweile hinter mir aufgetaucht war und nur mit offenem Mund das Durcheinander anstarrte.« Ansgar fährt sich übers Gesicht.

Wir sind mucksmäuschenstill.

Er wartet eine Weile, atmet tief ein, dann erzählt er weiter.

»Ich wollte schon losbrüllen, da fiel mein Blick auf die Kopfwand. Dort hatte irgendjemand fünf total unterschiedliche Gitarren ohne System aufgehängt. Darunter lehnten drei CDs. Von Eminem: *The warning*. Das Album von Queensryche: *The warning*. Und eine frühe CD von Green Day mit dem Titel: *Warning*, die übrigens nicht zu ihren besten Alben gehört. Ich fand das zunächst mehr als geschmacklos. Dann habe ich mir die aufgehängten Gitarren genauer angesehen.« Ansgar nimmt den Zeichenblock und malt von links nach rechts kleine gitarrenähnliche Objekte, die er mit den Zahlen 1 bis 5 durchnummeriert.

»Die erste ist eine Fender 1969 Stratocaster für 2900 Euro.« Er notiert Kennung und Preis. »Daneben hing eine einfache Alvarez Westerngitarre für 599 Euro. In der Mitte war eine Schecter Hellraiser aus Mahagoni platziert, die bei uns für 1200 Euro zu haben ist.« Ansgar kniet vor dem Couchtisch und malt und kritzelt wie wild. Sorgfältig erhält jede Kopfplatte sechs Wirbel. Ich denke: *Wenn er jetzt auch noch die Bünde einzeichnet, erwürge ich ihn.* Wir stehen mittlerweile alle neben oder hinter ihm und sehen aufmerksam zu.

»Dann kam eine knallrote Ibanez, Modell Joe Satriani für schlappe 2500 Öcken. Joe Satriani, Leute! Der Mann ist eine Gitarrenlegende. Und ganz rechts hatte der Vandale eine Lakewood J-50 aus fast blondem Riegelahorn befestigt. Kostenpunkt 4400 Euro.« Ansgar schweigt und legt den Stift weg. Müde wirft er einen Blick in die Runde.

Didi schüttelt den Kopf. »Ich wusste nicht, dass es blonde Gitarren gibt.«

Bimmel und Sal sehen sich verwirrt an.

Ich rücke ein Stück näher und betrachte eine Weile die Zeichnung. Blonde Gitarren? Ob Ansgars Hellsicht dann genauso eingeschränkt ist wie bei einer menschlichen Blondine? Ich muss dringend diesen Gedanken aus dem Kopf kriegen und mich auf das Bild konzentrieren.

Also beuge ich mich vor und betrachte intensiv das picassohafte Gemälde meines Gitarristen.

Nichts.

Ich richte mich auf und sehe es mir aus größerem Abstand an. Dann trifft es mich wie ein Hammerschlag.

»Verdammt! Das gibt's doch nicht!«, keuche ich.

Ansgar nickt düster. »Du kannst es also sehen?«

Mir wird ganz schwummerig. »Ja. Oh, verdammt!«

Bimmel sieht von Ansgar zu mir und zurück. »Was denn? Was ist denn da zu sehen?«

Ich deute auf das Bild und antworte leise: »Seht euch die Anfangsbuchstaben der Gitarrenfirmen an.

Fender, Alvarez, Schecter, Ibanez, Lakewood: F-A-SCH-I-L!« Niemand sagt etwas.

Ansgar lässt sich auf das Sofa fallen und greift nach der Bierflasche, die er mit einem Zug leert. Er wirkt vollkommen fertig.

»Männer?«, frage ich leise. »Haben wir in unseren früheren Reinkarnationen eigentlich jemals irgendwen umbringen müssen? Also, so richtig ... so mit eigenen Händen? Weil ...«, zögere ich bei dem Gedanken, »... weil ich denke, diesmal könnte das passieren. Und ich weiß nicht, ob ich so etwas tun kann. Noch nicht mal, wenn das Schicksal der Welt davon abhängt.«

Didi starrt finster auf das gemalte Bild. »Keine Angst, Mia«, meint er mit belegter Stimme. »Wir sind auch noch da.«

Sal nickt. Zum ersten Mal sehe ich einen harten, unversöhnlichen Zug um seinen sensiblen Mund.

Mein Kopf ist ganz leer. Ich habe keinerlei Idee, was das alles soll. So viele Fragen – zu viele. Mir kommt nur immer wieder diese alte Redensart in den Sinn: Was tun?, spricht Zeus.

Ich hab mal nachgeforscht, woher der Spruch kommt. Er ist mittlerweile ja ein geflügeltes Wort und stammt aus dem Gedicht: Die Teilung der Erde von Friedrich Schiller. Es gibt überhaupt erstaunlich viele Redensarten, in denen Götternamen verwendet werden. Von Amors Pfeil getroffen werden. Montezumas Rache erleben. Und viele weitere, die aber im Augenblick völlig bedeutungslos sind, weil ich diesen Blödsinn im Moment nur zum Füllen meiner peinlichen Gedankenpause brauche, damit ich nur ja nicht über das nachgrübeln muss, was gerade in Form von fünf miserabel gezeichneten Gitarren vor uns auf dem Tisch liegt.

Ich fühle mich zum ersten Mal so richtig hilflos und

damit kann ich nicht umgehen. So war das noch nie der Fall.

Den anderen geht es wohl ähnlich, keiner spricht.

Sal geht schweigend in die Küche und kommt mit einer Großpackung Paprika-Kartoffelchips wieder. Wir schieben stumm die kleinen knusprigen Streicheleinheiten für die Seele in den Mund und kauen erst mal.

»Wie oft haben wir nun schon diese Welt gerettet?«, fragt Sal.

»In diesem Leben? Dreimal«, antwortet Didi düster. Alle nicken.

Sal schluckt. »Aber dieses Mal ist die Bedrohung anders.« Er sieht Ansgar in die Augen. »Du vermutest bestimmt dasselbe wie ich, oder?«

Mein Gitarrist sieht heute alt aus. Uralt. Er nickt langsam und sagt mit ungewohnt müder, leiser Stimme: »Fashil bin Macharam ist nicht nur irgendein durchgeknallter Terrorist. Er ist ein ebenbürtiger und somit wirklich gefährlicher Gegner. Weil er einer von uns ist. Ein Gott.«

17.
I lost my soul when I fell to earth. The time has come for me to kill this game.
(Monster Magnet: Space Lord)

Ansgar ist am Boden zerstört.

Ein deprimierter Wikingergott ist ein noch viel schlimmer zu ertragender Anblick als ein tobender. Ich weiß nicht, was ihm mehr an die Nieren geht. Dass der machtgeile Obervollpfosten einer von uns ist oder dass er mit seinen dreckigen Pfoten Ansgars drittliebste Heiligtümer entweiht hat – seine Gitarren.

Didi denkt wie immer praktisch. »Der Typ weiß offenbar genau, wer du bist. Sonst hätte er nicht diese dramatische Gitarren-Schnitzeljagd, dieses schlecht kopierte Illuminati für Arme inszeniert.« Mein Lieblingsdämon stemmt entschlossen die Fäuste in die Seiten. »Und deswegen wird es nun Zeit, einen härteren Kurs zu fahren. Wir müssen wissen, wer der Feind ist. Also, Leute …« Didi wirft einen entschlossenen Blick in die Runde, »… auf nach Fellbach! Was sitzt ihr hier noch wie die Opferlämmer rum? Hopp hopp!« Er klatscht in die Hände. »Wir fahren jetzt zu Barbarossa und nehmen ihn ordentlich in die Mangel. Schluss mit nett und lustig und göttlicher Nachsicht! Zeit, es dämonisch anzugehen.«

Ausgerechnet Bimmel springt als erster auf.

»Jawohl! Der Basser hat recht.«

Sal legt dem noch immer total apathisch dasitzenden Ansgar tröstend die Hand auf die Schulter.

»Komm schon, Oller. Wenn man nach über tausend Jahren mal wieder ein Menschenopfer will, darf man nicht so wählerisch sein. Dann muss man halt auch mal mit einer hässlichen, rothaarigen, männlichen Nichtjungfrau vorlieb nehmen.«

Unser Gitarrist erhebt sich schwerfällig. Er sagt zwar immer noch kein Wort, aber immerhin lässt er sich von Sal zur Tür hinaus – und auf der Straße in Didis Van hineinschieben. Diesmal fahren wir alle zusammen.

»Wartet noch einen Moment.« Sal springt wieder aus dem Wagen und rennt in seine Wohnung. Als er zurückkommt, hat er eine Einkaufstüte in der Hand.

»Man soll nichts verkommen lassen und ich habe schon ein paar gute Ideen, wo ich die Dinger platzieren kann«, meint er mit einem bösartigen Lächeln.

Ich werfe einen kurzen Blick in den Beutel.

»Das sind deine Möhrchen.«

»Genau!«, erwidert Sal und sein Lächeln lässt mich schaudern.

Dann fahren wir los. Wir reden nicht, jeder hängt seinen eigenen Gedanken nach. Ich mache mir im Stillen Vorwürfe. Warum nur musste ich diese Nachricht im Radio hören? Warum ist das Gänsehautorakel wieder aufgetreten?

Mea culpa, mea maxima culpa! Die letzten drei Jahre waren so friedlich. Nur wir, der Proberaum, die Musik und ein paar Auftritte. Und jetzt? Die Welt ist in Gefahr, Sal guckt böse und Ansgar ist apathisch. Ich will meine gepflegte Langeweile wieder zurück! Ich habe keine Lust mehr auf die Rettung der Welt. Das ist immer so anstrengend.

Es ist schon dunkel, als wir in Fellbach ankommen.

Didi parkt den Van um die Ecke und wir gehen die Straße entlang zu Klaus-Dieter Karim Rotbarts Wohnung. Sal stapft grimmig voran, seine Hände umklammern die Möhrchentüte so fest wie ein Katholik den Rosenkranz bei einer Teufelsaustreibung. An der Haustür klingeln wir. Und warten. Nichts geschieht.

»Lass mich mal.« Ich schiebe Sal beiseite und drücke auf zwei Klingelknöpfe der mittleren Wohnungen. Der Türsummer geht los und eine Frauenstimme dröhnt durch die Sprechanlage.

»Ja?«

Ich habe die Tür schon geöffnet und flöte in den Lautsprecher: »Entschuldigung! Falschen Knopf erwischt, tut mir leid.«

Ein verärgertes »Blöde Kuh!«, schallt mir charmant entgegen und ein energisches Klicken.

Wir pilgern die Treppen rauf. Karim wohnt ganz oben, in der linken Wohnung, das wissen wir ja schon durch unsere effektive und professionelle Überwachungsarbeit. Die Jungs stürmen voraus. Ich versuche, die vielen Treppenstufen so elegant und sportlich wie möglich zu nehmen, ohne hinterher komplett außer Puste zu sein. Ich will mir nicht schon wieder einen von Sals Vorträgen über meine körperliche Kondition anhören müssen. Nachdem ich die ganze Bande endlich eingeholt habe, klopfe ich zärtlich an die Wohnungstür. Sicher ist sicher.

»Keiner da«, stelle ich fest.

Sal nickt kurz, schiebt mich wortlos zur Seite und hämmert ein einziges Mal mit der Faust auf das Schließblech. Draußen ertönt ein lauter Donnerschlag vom Himmel. Die Tür springt auf.

Bimmel sieht seinen Drummer anerkennend an.

»Wow, wenn du so richtig sauer bist, kommt der Wettergott in dir aber ordentlich zum Vorschein.«

Wir entern Karims Wohnung.

Ein kleiner Eingangsbereich, in dem ein Schuhschränkchen steht. An der Wand sind zwei Haken befestigt, an einem davon hängt eine dünne, schmuddelige Jacke in Camouflage-Optik. Auf der linken und der rechten Seite ist jeweils eine geschlossene Tür. Wir wenden uns zunächst nach links.

Aha, das Bad des Blödmanns. Minimalausstattung, aber für lebensmüde Terroristenanwärter reicht es. Waschbecken, Dusche und Toilette. Zwei zerknüllte Handtücher liegen in der Duschwanne und im Waschbecken kann ich ein paar rote Haare erkennen. Nichts, was uns weitere Hinweise geben kann. Didi öffnet ein Schränkchen, das unter dem Waschtisch steht. Eine Rolle Toilettenpapier und ein Duschgel. Nichts Revolutionäres.

Wir kehren um und öffnen die Tür auf der rechten Seite.

Ein größerer Raum, ein kombiniertes Wohn- und Schlafzimmer mit einer Kochnische. Hier lebt also Rotbart. Recht spartanisch. Die Kochnische besteht aus einem winzigen Spülbecken, unter dem ein kleines Schrankmöbel angebracht ist. Direkt daneben stehen zwei Kochplatten auf einem circa achtzig Zentimeter hohen Kühlschrank. Zwischen Küchenensemble und Wand sind noch wenige Zentimeter Platz, hier hat Barbarossa einen schmalen Mülleimer deponiert. Didi geht schnurstracks darauf zu, öffnet den Deckel und wirft die vollständige Rolle Klopapier hinein, gefolgt vom zusammengeknüllten Rest, den er fröhlich aus dem Papierhalter im Bad abgewickelt hat.

Er lächelt. »So. Es gibt doch nichts Ärgerlicheres als auf der Schüssel zu sitzen und nach Erledigung des Geschäfts festzustellen, dass das Toilettenpapier alle ist.«

An der Fensterwand steht längs ein großes Sofa, das offensichtlich auch zum Schlafen benutzt wird; ein Kissen und eine dünne Decke sind unordentlich zusammengeknüllt. Am Fußende des improvisierten Bettes steht ein Holzstuhl, darauf ein kleines Fernsehgerät.

Wir betrachten das Kopfende.

Didi nickt. »Offensichtlich ein Mann, der Prioritäten setzen kann.« Die komplette Wand ist mit einer riesigen schwarzen Fahne bedeckt. Am oberen Rand verlaufen schnörkelige arabische Schriftzeichen, im unteren Bereich ist eine leicht unregelmäßige weiße Scheibe zu sehen, in der schwarze Zeichen erkennbar sind.

»Das schwarze Banner des IS«, flüstert Bimmel.

Didi schüttelt den Kopf. »Also noch deutlicher kann es dieser Schwachkopf einem ja wohl nicht unter die Nase reiben.«

Ansgar bleibt mit verschränkten Armen vor der Flagge stehen und betrachtet sie. Wir anderen stellen währenddessen die spärlich möblierte Wohnung auf den Kopf. In einem größeren Karton bewahrt Rotbart wohl alle seine schriftlichen Sachen auf. Rechnungen, Mahnungen, Kontoauszüge – er ist gnadenlos im Soll.

Auf einem Regal über dem TV-Gerät stehen genau vier Bücher. Ein Koran, ein Chemiebuch, das Telefonbuch der Stadt Stuttgart und ein Kochbuch für Singles.

Wir wühlen in Klaus-Dieter-Karims Papieren.

Ansgar scheint noch immer recht mitgenommen von dem Gitarrenmassaker, er rührt sich nicht von der Stelle. Eine dunkle, nachdenkliche Statue mit verschränkten Armen, die stumm mit leicht geneigtem Haupt auf das Banner des IS starrt.

Didi hat auf der Küchenzeile eine Flasche Spülmittel entdeckt und geht damit in Richtung Badezimmer, ein diabolisches Lächeln auf den Lippen. Auf halbem Weg kommt er zurückgeflitzt.

»Pscht, Leute! Ich höre Schritte auf der Treppe. Haltet alle die Klappe. Tür zu und Licht aus.«

Sal betätigt den Lichtschalter, je zwei von uns stellen sich rechts und links von der nun geschlossenen Wohnzimmertür auf. Nur Ansgar nicht. Der verharrt nach wie vor regungslos in derselben Pose, mitten im Raum.

Im Flur ist mittlerweile eine Stimme zu hören.

»Was ist denn schon wieder mit der Scheißtür los?« Rotbart öffnet vier Sekunden später die Wohnzimmertür, macht einen Schritt in den Raum, drückt auf den Lichtschalter und erstarrt, als er Ansgar sieht.

»Was zum …«, flüstert er.

Didi knallt in Windeseile hinter ihm die Tür zu und säuselt: »Guten Abend, Klaus-Dieter.«

»Karim«, verbessert der Hobbyterrorist automatisch und dreht sich um.

»Du!« Er starrt mich an. Seine ohnehin schmalen Äuglein werden noch enger. »Du! Die Schlampe aus dem Museum!«

Bämm! Bimmel klatscht ihm eine, volle Lotte, mitten ins Gesicht, was ihm erstaunte Blicke der restlichen Go!Dessianer einbringt.

»Nenn' sie nie wieder Schlampe!«

Auch Schutzgötter können offenbar ordentlich zuschlagen, denn Rotbart quiekt und reibt seine Wange. Bimmel massiert sich die Hand.

»Wer seid ihr? Was wollt ihr von mir? Das ist Einbruch! Ich gebe euch drei Sekunden, dann seid ihr verschwunden oder ich rufe die Polizei!«

Didi grinst. »Mit *dem* Wandschmuck? Das denke ich nicht.« Er geht näher an Karim heran. »Entspann' dich, Barbarossa. Wir wollen uns nur mit dir unterhalten.«

Didis Lächeln an sich ist schon beunruhigend. Was mir aber im Augenblick viel mehr zu schaffen macht ist Ansgar.

Er rührt sich nicht, hat nicht mal mit der Wimper gezuckt, als Karim die Wohnung betreten hat. Was ist mit ihm los? Steht er immer noch unter Schock wegen der Gitarren? Hatte er einen Herzinfarkt und ist bloß nicht umgekippt? Vielleicht reinkarniert er gerade und wir haben es nur bisher nicht bemerkt. Langsam moonwalke ich seitlich in seine Richtung, habe dabei aber immer ein Auge auf den rothaarigen Jammerlappen.

Sal hat den radikalen Vollpfosten mittlerweile am Hemd gepackt und auf das Sofa gestoßen. Drohend baut er sich vor ihm auf.

»Wer ist Fashil bin Macharam? Wo ist er? Du antwortest besser schnell, wenn du weißt, was gut für dich ist.«

Karim verschränkt die Arme. »Ein Soldat des Dschihad lässt sich nicht einschüchtern, Ungläubiger. Lieber stirbt er!«

Sal beugt sich vor. »Das können wir ja testen, Sackgesicht.«

Rotbart breitet die Arme aus. »Du kannst mich töten, Hurensohn, dann sterbe ich für die wahre Sache. Als Märtyrer. Ich verrate unseren Anführer nicht. Er ist die Quelle der Weisheit und wenn all ihr Heiden und ungläubiges Geschmeiß erst mal von dieser Welt getilgt seid, werde auch ich das Paradies erleben. Töte mich! Ich sterbe gerne. Für Allah und für Fashil.«

Ein leises Lachen ist zu hören. Aus der Mitte des Raums. Ansgar dreht sich langsam in Richtung Sofa. Den Göttern sei Dank, er lebt noch.

Er wirkt amüsiert, die linke Augenbraue ist ironisch hochgezogen. Mit sanfter Stimme fragt er: »Diese Flagge an der Wand – hast du die von deinem Anführer geschenkt bekommen? Von Fashil?«

Karim blickt ihn trotzig an. »Es geht dich zwar nichts an, aber ja. Der Auserwählte hat mich mit dem heiligen Banner belohnt.«

Ansgar deutet mit der Hand zur Fahne. »Weißt du auch, was da steht? Kannst du Arabisch lesen?«

Der Rothaarige wirft den Kopf zurück. »Das muss ich nicht können. Jeder wahre Gläubige weiß, dass oben der erste Teil des Glaubensbekenntnisses steht. Es gibt keinen Gott außer Gott.«

»Da wäre ich mir mal nicht so sicher«, kommentiert Didi grinsend. »Laut meiner Erfahrung rennen da noch jede Menge andere durch die Gegend.«

Ansgar klingt immer noch trügerisch sanft. »Und was steht in dem weißen Kringel?«

»Der zweite Teil: Mohammed ist der Gesandte Gottes.«

Mein Gitarrist hebt die Hand. »Bimmel? Mia? Könnt ihr bitte mal das Ding von der Wand nehmen?«

»Nein!« Karim will aufspringen, aber Sal stößt ihn zurück aufs Sofa. »Nein! Sie soll ihre unreinen Hände davon lassen! Die Schla… die Frau darf das heilige Banner nicht durch ihre Berührung verunreinigen!«

So langsam macht der Trottel mich wütend.

»Ich fasse an, was immer ich will! Und nur damit du's weißt«, fauche ich und lüge gemeinerweise, »ich habe gerade sogar meine Tage.« Der Vollpfosten braucht ja nicht unbedingt zu wissen, dass ich mitten in den Wechseljahren stecke. Karim gibt einen erstickten Aufschrei von sich.

Ansgar lächelt immer noch.

»Das wollte ich zwar auch nicht so genau wissen, aber jetzt hilf' bitte Bimmel dabei. Nehmt das Ding vorsichtig ab, ohne es zu beschädigen.«

Rotbart reißt entsetzt seine kleinen, schlitzigen Rattenäuglein auf, als ich entschlossen einen Zipfel des schwarzen Stoffes packe. Bimmel montiert derweilen auf der anderen Seite die Reißzwecken aus der Wand, mit denen die Fahne befestigt ist. Wenige Sekunden später stehen wir beide erwartungsvoll mit dem Ding in der Hand da.

»Und nun?« Bimmel blickt ungeduldig zu unserem Nordgott.

»Hängt sie wieder auf.«

»Was?! Geht's dir noch gut?«

Ansgar lächelt nach wie vor. Ich frage mich: Können Götter durchdrehen? Vielleicht. Bei besonders traumatischen Ereignissen. Wenn zum Beispiel jemand ihre Gitarren anfasst.

Der Olle macht eine Geste. »Aber diesmal verkehrt herum. Mit der Schriftzeile nach unten.«

Bimmel sieht mich kopfschüttelnd an.

Ich flüstere ihm zu: »Reiz' ihn bloß nicht«, und mache mit dem Zeigefinger der rechten Hand kleine kreisförmige Bewegungen in Höhe meiner Schläfe. Dann tackern wir den IS-Lumpen wieder an die Wand, umgekehrt, so wie Ansgar es will.

Unser Nordgott schnappt sich mit einer überraschend schnellen und geschmeidigen Bewegung Karim, zieht ihn am Ausschnitt seines T-Shirts hoch und dreht ihm den Arm auf den Rücken. Dann platziert er sich mit seiner Beute vor der Flagge. Sein Mund ist direkt neben Karims sicher nicht sehr sauberem rechtem Ohr.

»Sie es dir an, du Armleuchter! Sieh dir genau an, was dein geliebter Führer dir geschenkt hat«, zischt Ansgar.

Wir bauen uns hinter den beiden auf und starren auf das schwarzweiße Gewebe.

Es dauert eine Weile.

Genau wie bei den Gitarren.

Aber dann fängt Bimmel prustend an zu lachen.

»Ihr müsst die Augen etwas zusammenkneifen und euch auf die Zwischenräume konzentrieren. Das sind gar keine arabischen Schriftzeichen! Stellt euch das mit weniger Schnörkel vor.«

Jetzt sehe ich es auch. Ich stelle mich vor die Fahne

und fahre mit dem Finger unter der Schriftreihe entlang.

»Blöde Turbanköpfe, dumm wie Stroh«, lese ich laut vor. »Und in dem weißen Kringel ist ein Smiley versteckt. Seht ihr? Hier! Und daneben stehen vier Worte, hübsch untereinander: Monster – Magnet – Space – Lord.«

Es ist ganz still. Zwei Sekunden lang.

»Waaahhhh!« Didi brüllt laut vor Lachen. »Monster Magnet! Die amerikanische Band. Und ausgerechnet *Space Lord*, der Song wo alle das Wort *Motherfucker* mitsingen!«

Bimmel ist besorgt. »Didi! Pass auf, du erstickst gleich. Du bekommst ja schon gar keine Luft mehr.«

Mein Basser wälzt sich zuckend am Boden. »Waaahhh! Monster Magnet! Fashil ist eher ein Hohlkopf-Magnet! Er zieht diese verblödeten Vollpfosten an wie ein Magnet. Waaahhhhahaha!« Didi ist schon ganz rot vor lauter Lachen.

Ich kichere mit Bimmel um die Wette. Sals grimmiges Lächeln verheißt nichts Gutes. Nur Ansgar lacht nicht. Er hat immer noch Rotbart umklammert, der nonstop den Kopf schüttelt.

»Nein! Das ist nicht wahr! Ihr Schweine! Ihr habt meine Flagge ausgetauscht! Ihr Lügner!« Karim strampelt und schreit.

Ansgar schubst ihn wieder auf die Couch. »Begreifst du endlich? Du bist nichts als ein Opfer. Und noch nicht mal ein leckeres. Fashil lacht über dich!«

Rotbart wimmert, schlägt beide Arme um sich und schaukelt vor und zurück.

»Nein, nein«, winselt er. »Es gibt nur einen Gott, *Allahu akbar*! Und er wird euch vernichten.«

Ansgar baut sich zu voller Größe auf. »Es gibt nur einen? Dann pass mal auf.« Er schließt die Augen und breitet leicht die Arme aus.

»Oh, jetzt kommt wieder der gruselige Teil«, flüstere ich Bimmel zu.

Ansgar zieht die Hellsichtigkeitsnummer ab. Nebel wabert vor Karims Sofa, mein Nordgott öffnet seine komplett weißen, toten Augen und fragt mit seiner hallenden Jenseitsstimme: »Wo ist Fashil?«

Karim starrt ihn an. Dann beginnt er zu kreischen, wie in einem Horrorfilm.

»Aaaah! Dämonen! Aaah!«

Didi wischt sich die Lachtränen aus den Augen, stopft ihm schnell einen Zipfel der Bettdecke in den Mund und legt vorsichtshalber noch seine Hand darauf.

»Pscht! Du weckst ja alle deine Nachbarn.«

Ansgar streckt die Hand aus, zieht Karim am Hemd auf Augenhöhe und starrt ihm mit seinem Grabsteinmarmorblick aus fünf Zentimetern Abstand in die fassungslosen Rattenäuglein. Der grüne Stoff knistert und vereist sofort. Kleine Schneeflöckchen wirbeln in Karims Bart.

Klaus-Dieter würgt an der Bettdecke, ihm quellen fast die Augen aus dem hohlen Schädel. Dann wird er ohnmächtig.

Ansgar lässt ihn los, schüttelt sich kurz und ist wieder mein Gitarrist.

»Wow!« Didi ist mächtig beeindruckt. »Du hast ihn fast zu Tode geängstigt, alter Mann.«

»Das hat der Mistkerl verdient«, knurrt Ansgar. »Er hat womöglich die rote Ibanez angefasst. Die Joe Satriani-Ibanez!«

Didi ohrfeigt den Ohnmächtigen ein paar Mal, aber er kommt einfach nicht wieder zu sich.

»Leute!« Bimmel wird es jetzt zu ungemütlich. »Lasst uns wieder gehen. Hier kommen wir nicht weiter, der Typ ist jetzt wahrscheinlich komplett traumatisiert. Wir haben genug Material, um über unseren kosmischen Spaßvogel nachzudenken. Den Space Lord. Lasst den sterblichen Schwachkopf in Ruhe.«

Ich nicke. »Bimmel hat recht. Kommt, Männer, es ist spät. Irgendwann müssen wir auch mal schlafen.«

Didi und Sal wechseln einen Blick.

»Geht ihr drei schon mal vor und setzt euch in den Van.« Didi wirft Ansgar seine Autoschlüssel zu. »Die Rhythmusfraktion muss nur noch kurz was erledigen. Dann kommen wir sofort nach.«

Wir schleichen so leise wie möglich die Treppe runter und setzen uns in den Wagen. Ich bin ziemlich durcheinander. Da gibt es so vieles, über das wir jetzt nachdenken müssen.

Es ist zum Mäusemelken. Jedes Mal, wenn wir der Sache anscheinend ein Stückchen näher gekommen sind, tut sich ein neues Rätsel auf.

Wer zur Hölle ist denn nun Fashil bin Macharam? Auf jeden Fall ist er eins: ein manipulativer Drecksack mit einem seltsamen Sinn für Humor. Der Space Lord. Ein echter *Motherfucker*!

Sal und Didi kommen aus dem Haus. Mein Basser setzt sich auf den Fahrersitz und Sal rutscht neben mich. Er hat die Einkaufstüte in der Hand. Sie ist leer.

»Wo sind deine Möhrchen?«, frage ich.

»Eingepflanzt«, antwortet Sal lakonisch mit einem grimmigen Lächeln.

Mein Mund klappt auf. »Du hast jetzt nicht wirklich das getan, was ich denke, oder?«, frage ich ungläubig. »Das wäre nämlich irgendwie grausam. Und ich wüsste nicht, weshalb meine Go!Dessianer-Götter zu unnötiger Grausamkeit neigen sollten.«

Didi grinst über die Schulter. »Vielleicht, weil wir nicht alle Götter sind. Ich bin ein Dämon, vergiss das nicht.«

Ich deute mit dem Daumen neben mich. »Und Sal?«
Didi grinst noch breiter. »Ist fast dasselbe. Er ist Schlagzeuger.«

18.
If this world makes you crazy and you've taken all you can bear, you call me up
(Cyndi Lauper: True colors)

Ich bin schrecklich müde. Körperlich und geistig.

So langsam hinterlässt der Weltrettungseinsatz seine Spuren. Wir werden echt zu alt für diesen Scheiß. Auch wenn wir Götter sind, so stecken wir doch ein komplettes Leben lang in sterblichen Hüllen. Und meine Hülle ist nun mal ungeheuer müde und braucht einfach ihre acht Stunden Schlaf, die mir der doofe Ansgar offenbar nicht gönnt.

Heute Morgen habe ich tatsächlich zwei neue Fältchen unter meinen abwechselnd je nach Laune wolfs- oder rehbraunen Augen bemerkt. Beim Gedanken an Ansgar starrt mir aus dem Spiegel ein echter Werwolfblick entgegen. Ich hasse ihn!

Gut, das stimmt so nicht direkt. Eigentlich hasse ich Fashil. Aber Ansgar ist näher und über irgendjemand muss ich ja mosern.

Ich weiß nicht, wie ich die Aktion in Rotbarts Wohnung bewerten soll. Sind wir irgendwie weiter gekommen? Vielleicht. Aber nicht in Richtung Fashil. Karim zumindest konnten wir eventuell bekehren. Oder vielleicht in den Wahnsinn treiben, noch weiter in den Wahnsinn, als es seine ursprüngliche Ideologie bereits getan hat. Aber die Zeit läuft uns davon und echte Resultate haben wir bislang noch keine. Das ist frustrierend.

Mein Handy klingelt, es ist Sal. Auch er hört sich mitgenommen an.

»Hast du Lust, heute Abend irgendwo was trinken zu gehen?«

Ich schüttle deprimiert den Kopf, obwohl er mich ja

nicht sehen kann. »Eigentlich wollte ich heute mal ausnahmsweise früh ins Bett. Die Decke über den Kopf ziehen und mich in Selbstmitleid suhlen.«

»Das hatte ich ursprünglich auch vor«, meint Sal. »Aber das bringt nichts. Komm schon, wir müssen unbedingt den Kopf frei kriegen. Wieder mal was anderes sehen und hören. Lass uns in diese kleine Biker-Kneipe fahren, die ab und zu Live-Musik präsentiert. Das gibt's ja heutzutage nicht mehr so oft.«

»Ach, die!«, nöle ich. »Dort sollen doch angeblich richtig schlechte Bands spielen.«

»Genau.« Sal hört sich schon munterer an. »Ich dachte, wir könnten mal zur Abwechslung wieder Sound-Polizei spielen und uns über jeden kleinen Fehler amüsieren. Ich habe im Programm nachgesehen, heute spielen The Satanic Helldrivers, eine Band aus dem Remstal. Ich war auf ihrer Webseite und habe mir ein paar Songs angehört. Genau das richtige für uns! Das Repertoire reicht von AC/DC über Led Zeppelin bis zu Robbie Williams und Celine Dion. Sie haben eine kleine, quiekende blonde Sängerin und einen wild tätowierten Siebzehnjährigen an der Gitarre, der nur breitbeinig dasteht und böse guckt. Und sie sind wirklich-wahrhaftig schlecht. Es wird bestimmt lustig.«

Ich bin hin- und hergerissen. »Mmh ... eigentlich soll man sich ja nicht über den Nachwuchs lustig machen.«

Sal lacht leise. »Komm schon, Mia. Ich hol' dich ab. Lass uns gemein sein. Das tut ab und zu richtig gut.«

Ich willige ein. »Ok. Aber keine Möhrchen!«

Sal kichert. »Götter-Ehrenwort.«

Als wir jung waren, haben wir regelmäßig Sound-Polizei gespielt. Wie alle Bands in der Gegend. Man ging zu den Konzerten der anderen, stellte sich lässig vor die Bühne, meist mit verschränkten Armen und beobachtete die Kollegen, die sich Mühe gaben, wie Profis zu wirken. Waren sie gut, musste man sich höllisch konzentrieren, um ja nicht mitzuwippen oder sonst wie zu signalisieren, dass es einem gefiel. Und wenn ein Musiker von der Bühne wie zufällig in unsere Richtung sah, beugte man sich ironisch lächelnd zu dem Nebenstehenden und flüsterte ihm auffällig ins Ohr, ohne den Blick dabei von der Bühne zu wenden.

Das passierte auch auf unseren Konzerten.

Immer stand irgendein cool wirkender langhaariger Typ da und beobachtete uns mit verschränkten Armen. Dieses Spielchen zog man solange durch, bis man den ersten Musiker aus der unbekannten Band näher kennenlernte und feststellte, dass die ganz nett waren. Ab da herrschte dann Solidarität, man sang mit, wippte, applaudierte und ging gemeinsam auf Konzerte anderer – fremder Bands – wo man dann wieder mit verschränkten Armen ablästerte und für Verunsicherung sorgte.

Je älter wir wurden, desto seltener zogen wir die Sound-Polizei-Nummer durch. Im Alter wird man großzügiger, man gönnt den anderen mehr. Zumindest als Musiker, speziell im Rockbereich. Und man freut sich über Nachwuchs, der noch richtig echte, handgemachte Musik spielt.

Seit die Anzahl der Castingshows im Fernsehen inflationär ansteigt und es nur noch wichtig ist, wie ein Mensch aussieht, genieße ich auch die jungen Bands, die zwar noch nicht viel von Technik und Sound verstehen, dafür aber mit Herzblut bei der Sache sind.

Am meisten amüsiere ich mich über die Punks, die mich oft mit dieser Ich-weiß-dass-ihr-alle-Spießer-seid-Attitüde mustern. Immer ein Bier in der Hand. Innerlich grinse ich dann und denke: *Ich wette, ihr trinkt lieber Cocktails.* Wenn ihr wüsstet! Man kann die Kinder heutzutage so schnell und leicht verunsichern. Auf einem Festival hat mich letztes Jahr mal ein niedlicher Junge mit sorgfältig gestyltem, rot-grünen Irokesenschnitt gefragt, ob ich einen Euro für ihn hätte.

»Ja, klar«, habe ich geantwortet. »Komm her und gib Mama ein Küsschen auf die Wange, dann bekommst du sogar zwei.«

Worauf er feuerrot anlief und wegrannte.

Das ist der Unterschied zwischen der alten und der neuen Generation Punk. Die Kleinen sehen zwar genauso aus, wie wir früher. Aber ich wäre nicht weggelaufen. Ich hätte mir links und rechts einen Knutscher ins Gesicht gedrückt und dann dafür vier Euro verlangt.

Es klingelt und Sal steht vor der Tür.

»Na, noch alles dran an deinem BMW? Wie geht es deinem Marder?«, begrüße ich ihn.

»Der hat jetzt bestimmt Locken. Ich habe mittlerweile einen Marderschreck mit ordentlich Saft drauf einbauen lassen. Seitdem ist Ruhe. Ansgar muss das unbedingt auch machen, wenn er jemals wieder ein Auto hat.«

Wir fahren los und kommen gegen 21 Uhr in der Biker-Kneipe an.

The Satanic Helldrivers haben gerade mit einer rockigen Version von Robbie Williams *Let me entertain you* angefangen.

Einige Sekunden lang bleibe ich wie angewurzelt in der Tür stehen, dann lächle ich Sal an.

»Ja, doch ... ich denke, das wird ganz lustig heute.«

Die Band ist abgrundtief schlecht, genau das, was wir jetzt brauchen.

Nach drei Songs sind Sal und ich bereits wieder bestens gelaunt. Die kleine Blondine quietscht sich durch *Beast of Burden* von Bette Midler, lässt ihre knabenhaften Hüften in einer eckigen Shakira-Imitation kreisen und schwenkt ihre nicht vorhandenen Möpse. Außerdem improvisiert sie den Text in einer recht freien Fassung und einem ausgefallenen Englisch.

Der Drummer hat streichholzdünne Oberärmchen und eiert leidenschaftlich in den Tempi herum. Anscheinend ist er der Bandleader, er stellt die blondierte Sirene als »Jovanka, die russische Stimme aus der Hölle!«, vor. Aha. Falls die dünne Russin tatsächlich aus der Hölle kommt, hat sie dort wohl die Rolle der Alarmanlage gehabt. In den höchsten Tönen winselt sie sich durch das Lied.

»*Ail nefferrr bi yuuuuhrrrr bisst of burrdonnnn*«.

Wenigstens trifft sie die Töne. Im Gegensatz zum Sologitarristen.

Sal und ich haben wirklich Spaß und lästern, was das Zeug hält.

Das tut so gut! Heut Abend sind Fashil und der IS ganz weit weg. Die Welt ist im Einklang. Ein guter Freund an meiner Seite, grauenhaft süßer Roséwein, schlechte Musik und eine Russin, die gerade »*Chey! Chiiiier kommt Alex!*«, von den Toten Hosen trällert – das Leben ist schön. »*Ain klaines bisschen Chorror-Show*«, das muss ich mir unbedingt einprägen. *Na sdorowje* – wohl bekomm's, Höllenbraut!

Nach der Pause wird es noch lustiger. Der düster guckende, tätowierte Gitarrist singt. Genauer gesagt, bemüht er sich zu growlen. Der Junge gibt sich echt alle Mühe, so richtig böööööse zu klingen. Nach zwei Songs kippt ihm die Stimme und er hört sich an wie ein Grizzlybär beim Sex. Tiefes Knurr! – oh ah, gib's mir Baby – hohes Kieks! – ich komme! Und das ausgerechnet bei einer Hardcore-Version von *Satisfaction* von den Rolling Stones. Ich schmeiß mich fast weg. Diese Band ist schauderhaft und damit nahezu perfekt. Muss ich mir unbedingt merken, falls ich mal wieder schlechte Laune hab.

Musik ist etwas Wunderbares. Sogar richtig schlecht gemacht kann sie deine Stimmung heben. Du musst dich nur darauf einlassen.

Normalerweise bemerkt die Überzahl des Nichtmusiker-Publikums kleinere, mittlere und meistens auch größere Fehler und Dissonanzen nicht. Hauptsache, sie selbst kennen den Song und können mitsingen. Dann ist alles gut und die Band verbreitet tolle Stimmung. Aber The Satanic Helldrivers sind so unterirdisch schlecht, dass bereits die Hälfte der Besucher die Kneipe verlassen hat und der Rest sich laut mit dem jeweiligen Sitznachbarn unterhält, während er sich mit einer Hand das der Bühne zugewandte Ohr zuhält. Als die Band nach zwei endlosen Stunden den letzten Song ankündigt, klatschen die Leute erleichtert.

Sal und ich sehen uns an, wir springen hoch und brüllen wie verrückt nach Zugaben. Ich stelle mich auf die Bank und gröle und klatsche, was das Zeug hält. Sal applaudiert wie ein Gestörter und pfeift gellend durch die Finger. Dann skandieren wir lautstark: »Dri – vers! Dri – vers! Dri – vers!«

Die ganze Kneipe glotzt uns wortlos entsetzt an, als hätten wir nicht alle Tassen im Schrank. Die Band scheint zunächst genauso irritiert, freut sich dann aber und spielt noch mal *Chiiiier kommt Alex!*, und wir genießen die Chorror-Show in den Gesichtern des Publikums. Bevor wir eine weitere Zugabe fordern können, lädt uns ein verzweifelter Biker auf einen Drink an der Bar ein. Alles in allem ein überaus gelungener Abend. Weit nach Mitternacht verlassen Sal und ich die Kneipe. Bestens gelaunt, ein wenig angeschickert und immer noch kichernd.

»Das hat Spaß gemacht«, strahle ich meinen Drummer an und lasse mich auf den Beifahrersitz fallen.

Sal nickt breit grinsend und klickt seinen Sicherheitsgurt fest.

Ich lege meine Hand auf seine.

»Können wir einfach noch ein bisschen so dasitzen? Ich mag noch nicht nach Hause. Da warten bloß kleine Problemchen auf mich, wie zum Beispiel die Rettung der Welt.«

Sals Züge werden weich.

»Soll ich dir eine Geschichte erzählen? Irgendwas Nettes, das uns in einem früheren Leben passiert ist?«

Irgendwie habe ich einen Kloß im Hals, und ich weiß nicht warum.

»Sal?«

Er sieht mich aufmunternd an.

»Ich wünschte wirklich, dass ich mich wenigstens dieses Mal, nur dieses eine Mal hinterher erinnern kann. Weißt du«, ich schlucke, »es gibt hier so großartige Musik. Sie berührt mich irgendwie. Sie macht mein Leben vollkommen. Ich will das alles einfach nicht vergessen. Und wenn Fashil uns zuvorkommt, dann besteht durchaus die Möglichkeit, dass wir diese Sache nicht überleben.« Ich atme tief durch. »Oh, es geht mir nicht um den Vorgang des Sterbens, das werde ich schon irgendwie durchstehen.«

Sal nickt ernst. »Ich weiß. Du hast es oft genug bewiesen.«

Wir schweigen.

Dann räuspert sich Sal. »Mia, du bist durch alle Reinkarnationen hindurch immer diese unmögliche Mischung aus liebenswertem Tollpatsch, *Femme fatale*, bester Kumpel und hoffnungslos unvernünftigem Träumer gewesen. Jemand, den man gleichzeitig an die Wand klatschen und direkt hinterher umarmen möchte. Stur wie ein Esel. Freigiebig mit deiner Zuneigung, hochemotional und absolut unlogisch. Und ein wenig durchgeknallt. Na ja, ein wenig ist stark untertrieben. Aber eines warst du nie: ein Feigling. Und wenn man bedenkt, dass im Gegensatz zu uns anderen der Weg ins Nichts für dich jedes Mal neu ist…« Sal holt Luft, »…dann bist du der mutigste Mensch, den ich kenne.«

Es entsteht eine seltsame Pause. Eine lange Pause.

»Erzähl mir von Frankreich«, flüstere ich. »Am besten irgendwas aus der Zeit der Revolution.«

Sal lacht. »Möchtest du wissen, was Didi mit der Guillotine angestellt hat?«

19.
Now I lay here, owning my life to a stranger
(Thrice: The artist in the ambulance)

Am anderen Tag erwache ich wesentlich optimistischer. Die kleine Auszeit vom Weltenretten am Vorabend hat mir gut getan. Ich mache mir einen Liter schönen starken Kaffee, ertränke ihn mit Vollmilch, lümmle mich auf meine Couch und denke nach. Dabei gehe ich methodisch vor, auch wenn meine Männer das nie erfahren dürfen. Niemals.

Es ist ganz gut, wenn sie mich für einen spontanen gefühlsgesteuerten Totalchaoten halten. Gut für ihren Beschützerinstinkt, gut für ihr Überlegenheitsgefühl. Auch männliche Götter sind und bleiben nun mal Männer. Es reicht ja schon, wenn ich den sterblichen XY-Chromosomenträgern weit voraus bin, da müssen nicht auch noch meine jahrtausendealten Kumpels Minderwertigkeitskomplexe bekommen. Manche behaupten, ich sei mit meinen einsfünfundsechzig klein. Ha! Erstens ist das ganz normaler weiblicher Durchschnitt und zweitens zählen innere Werte. Und innen drin bin ich mindestens drei Meter zehn.

Ich hole meine Pinnwand aus dem Arbeitszimmer und notiere auf kleine, verschiedenfarbige Klebezettel, was wir bisher in Erfahrung gebracht haben. Welche Personen beteiligt sind, die verschwundenen Gegenstände, einfach alles. Grüne Zettel für die Allah-Fraktion, blaue für sämtliche Fakten, die mit Thors Werkzeug zu tun haben, rosa für Dinge, die Erfolg versprechen und gelb für noch Ungeklärtes.

Gelb dominiert.

Dann bringe ich die Notizen zueinander in Relation, bilde Schnittmengen, tausche Zettel aus, verbinde Thesen mit Pfeilen zu Diagrammen.

In der Mitte der Pinnwand hängen zwei leuchtend rote Zettel mit Fragezeichen. Auf einem steht Thors Hammer?, auf dem anderen Fashil? Diese beiden Punkte sind unser Ziel. Wir müssen es nur noch erreichen. Das einzig Schwierige ist der Weg dahin.

Nach zwei Stunden ist alles mit Zetteln übersät. Ich trete ein paar Schritte zurück und betrachte die Angelegenheit aus größerem Abstand.

Mmh ... die Pfeile Richtung Rotbart münden in eine optische Sackgasse. Aber da ... ja, genau! In dieser Konstellation führen mehrere Verbindungen eindeutig zu Sabri al Hussein. Wir sollten uns noch einmal intensiver mit ihm beschäftigen. Und das nicht nur, weil er so unverschämt gut aussieht. Wobei ein erneuter Blick in diese samtschwarzen Plüschaugen durchaus erstrebenswert scheint. Aber immerhin haben wir eine Mission.

Ich starte meinen PC und google Sabris Teppichparadies. Zwei weitere Stunden mit intensiver Recherche vergehen. Dann rufe ich Ansgar an.

»Treffen! In einer halben Stunde bei mir!«, belle ich kurz angebunden in den Hörer und lege auf.

Was für ein herrliches Gefühl. Himmlisches Frohlocken! Ich kann dem Nordgott eine telefonische Retourkutsche verpassen, yes!

Ich grinse genau eins Komma fünf Sekunden lang, dann bimmelt mein Handy.

Ansgar klingt stark unterkühlt.

»Hast du gerade einfach aufgelegt?«

»Nö«, lüge ich. »Wir wurden unterbrochen.«

»Aha.« Ansgar legt auf. Einfach so. Dieses arrogante Sackgesicht!

Nachdem ich alle Go!Dessianer erreicht habe, pflücke ich schleunigst meine Klebezettel von der Pinnwand und hole das Gästebier aus dem Kühlschrank. Meine Männer trudeln ein.

»Leute, ich habe nachgedacht und nachgeforscht«, beginne ich die Diskussion.

Natürlich folgt das übliche Gestöhne. Aber das ist reine Gewohnheit, ein Reflex, jedes Mal, wenn der Satz: Ich habe nachgedacht, aus meinem Mund kommt. Sie hören mir dann trotzdem zu, obwohl jedem einzelnen bewusst ist, dass mit einer Wahrscheinlichkeit von einhundert Prozent etwas auf sie zukommt. Etwas, das ihren gewohnten Alltag durchbricht. Etwas, das sie von sich aus höchst ungern tun würden.

»Wir können davon ausgehen, dass Klaus-Dieter erst mal jegliche Lust auf seinen geliebten Führer abhandengekommen ist. Nach der Enttäuschung mit der Flagge. Und nach dem massiven Einsatz an biologischen Kampfstoffen in Form von Möhrchen. Ich denke, er wird sich in nächster Zeit nicht mehr freundschaftlich mit Fashil in Verbindung setzen.«

Didi lacht. »Apropos, vermutlich wird er sich so schnell nirgendwo mehr setzen.«

Ich überhöre das geflissentlich. »Damit ist allerdings unser Hauptangriffspunkt weggefallen. Doch es gibt da noch einen Kontakt: Sabri al Hussein. Auf den sollten wir uns konzentrieren. Noch weiß er ja nicht, wer wir sind. Ich bin nach wie vor die reiche Kundin, die diesen traumhaften Teppich kaufen möchte und sich von Sabris Charme einwickeln lässt. Natürlich nur *pro forma.*«

»Natürlich«, kommentiert Sal halblaut.

»Ja, aber wie oft willst du denn noch in den Laden gehen, ohne etwas zu kaufen? Das fällt doch irgendwann mal auf«, gibt Bimmel zu bedenken.

Ich beuge mich vor. »Das ist ja das Gute, Leute. Wir müssen gar nicht ins Teppichparadies! Ich habe ein wenig recherchiert. Sabri al Hussein ist seit drei Jahren Vorsitzender eines interkulturellen Vereins, der immer wieder Ausstellungen und Vernissagen vielversprechender Künstler aus dem arabischen Raum organisiert. Er führt sie in die deutsche Kunstszene ein, betätigt sich als Mäzen und alles unter dem Mäntelchen des Respekts für die gegenseitige Kultur. Ein echter Wohltäter und Förderer des Weltfriedens.« Ich lehne mich zurück.

»Und?« Ansgar wird ungeduldig. »Dann verdient er halt nicht nur mit vollkommen überteuerten Webwaren seine Kohle, sondern zockt die Stuttgarter Schickeria auch noch mit irgendwelchen Gemälden von klecksenden Ziegenhirten aus dem Dschebel ad-Duruz Gebirge ab.«

»Was für ein Gebirge?«, fragt Sal.

Ich winke ab. »Ach, lass ihn. Er wird dir seine Erdkundekenntnisse über Syrien bestimmt gegen später noch näher erläutern. Nein, Ansgar, es geht um mehr. Ich bin da auf etwas gestoßen, schau mal.« Ich gehe zu meinem PC, der auf dem Schreibtisch in der Wohnzimmerecke steht und entsperre den Bildschirm. »Hier, lies selbst!«

Ansgar kramt seine Brille aus der Hemdentasche und überfliegt den Bericht. Mittlerweile erkläre ich den anderen, was dort steht.

»Ich bin irgendwann auf der Webseite des Kulturvereins gelandet und habe mal herumgeblättert, was die bisher so alles gemacht haben. Ist ganz nett. Aber am interessantesten ist die Ausstellung am kommenden Wochenende in einer angesagten Galerie in Stuttgart. Eröffnung ist am Freitag um 17 Uhr. Fünf Kunstmaler und Bildhauer aus Syrien, Libyen und Deutschland stellen aus. Ansgar, mein Lieber, liest du bitte mal das Thema der Ausstellung vor?«, säusele ich süßlich.

Die Stimme meines Gitarristen klingt angespannt. »Zwischen Mondsichel und Runenkreuz – göttliche

Werkzeuge in der darstellenden Kunst. Ein west-östlicher Dialog in Farbe.«

Meine Männer starren mich an.

Ich lächle in die Runde.

»Ich hoffe, ihr habt wenigstens ein sauberes Sakko zuhause, vielleicht sogar einen Anzug. Immerhin gehen wir zu einer Vernissage, meine Lieben. Sekt und Bier umsonst, so viel das Herz begehrt. Sabri zahlt, wir erhalten im Idealfall ein paar Antworten – und bekommen als kleine Entschädigung für die bisherigen Schwierigkeiten auch noch Gratis-Drinks.« Ich verkneife mir diesmal ein genießerisches Lächeln. »Ach ja, Sal – der Dialog in Farbe beinhaltet keinerlei Karottenrot, damit das klar ist.«

»Was ist denn mit dir passiert? Man erkennt dich ja kaum wieder.« Didi starrt mich mit aufgerissenen Augen an.

Ansgar murmelt: »Nicht schlecht.«

Sal verzieht den Mund zu einem teils amüsierten, teils anerkennenden Lächeln.

Die Jungs stehen geschniegelt und gebügelt vor meiner Wohnung, um mich abzuholen.

Ich habe mich für die Vernissage ordentlich aufgebrezelt. Um mal so richtig anzugeben. Und ein kleines bisschen auch zur Tarnung. Als Vorlage für mein Outfit diente ein Foto von Liz Taylor auf einer Gala aus dem Jahr 1985. Ein enges babyblaues Seidenkleid mit glitzerndem Bolero-Jäckchen, auftoupierte Haare mit einer silbergrauen künstlichen Strähne im Stirnbereich, Perlenkette, ein fetter Klunkerring und babyblaue Seidenpumps, die jetzt schon drücken wie die Hölle. Nun nur noch mit erhobenem Kopf den richtigen Blick, taxierend unter halbgeschlossenen, hellblau geschminkten Lidern, ein perlmuttrosa angemalter Schmollmund – und fertig ist die Diva. Ach ja, ich habe sogar die Nägel passend lackiert – diesmal sind alle Details sorgfältig berücksichtigt.

Die Jungs tragen tatsächlich durch die Bank dunkle Anzüge.

Ansgar natürlich einen schwarzen mit schwarzem Hemd darunter und einem tiefdunkelroten Seidentuch im Ausschnitt.

Sal hat sich für mitternachtsblau entschieden, passend zu seinem BMW und sieht mit seiner Fliege am Hals wie James Bond aus. Na ja, ein kleines bisschen.

Bimmel erinnert an einen Kunststudenten im Abschlussjahr, der noch in seinen Konfirmandenanzug aus Samt passt. Er hat einen weißen Seidenschal lässig um den Hals geschlungen. *Bohème* pur.

Didi ist mal wieder der Hammer. Unter seinem glänzenden, schwarzen Seidensakko trägt er ein violettes Hemd, das fast bis zum Bauchnabel aufgeknöpft ist. Auf seinem schwarzen Brusthaar schimmern zwei fünf Millimeter dicke Goldketten, an denen ein vier Zentimeter großer Löwenkopf mit Rubinaugen und ein riesiges goldenes Kreuz mit einem Diamanten hängen. Am kleinen Finger der linken Hand trägt er einen fetten Siegelring mit einem verschnörkelten D. Lackschuhe und eine Heartbeat Sonnenbrille von Louis Vuitton runden seinen Edelzuhälter-Look ab.

»Meine Fresse«, knurrt Sal. »Wo hast du denn das ganze teure Zeug her?«

Didi zeigt sein unverschämtes Lächeln. »Manche Damen sind halt sehr dankbar und wollen es unbedingt beweisen.«

Sal kneift die Augen zusammen und mustert irritiert das Gesicht seines Bassers. »Bist du etwa geschminkt?«

»Nur eine leichte Tönungscreme.« Didi zuckt mit

den Schultern. »Was denn? Dämonen sind nun mal ein wenig eitel. Und es schmeichelt meinem olivfarbenen Teint. Sagt zumindest die Kosmetikerin, die in der Wohnung über mir wohnt. Sie würde wahnsinnig gerne mal eine Komplettanalyse meiner Haut machen, sagt sie. Überall.«

Sal murmelt: »So müde … einfach nur müde«, dreht sich um und bietet mir tatsächlich seinen Arm. »*Madame*, darf ich bitten?«

»*Mais oui!*«, hauche ich und hake mich bei ihm ein.

Wir fahren heute mit Sals BMW bis zur Stadtmitte von Stuttgart, dort werden wir den Wagen in einem Parkhaus abstellen und dann mit zwei Taxis bei der Galerie vorfahren. Es ist immer gut, wenn im Ernstfall niemand dein Kennzeichen notieren kann. Bis dahin klappt alles reibungslos.

Wir steigen aus und sammeln uns drei Meter vor dem Eingang. Ich fische einen hellblauen Seidenfächer mit Spitze aus meiner Tasche und fange an, damit herum zu wedeln. Dann flaniere ich an Sals Arm Richtung Galerie-Eingang.

Vor der Tür steht ein groß gewachsener, durchtrainierter und sehr muskulöser Typ in einem schwarzen Anzug.

Ich mustere ihn von oben herab.

»Guten Tag, mein Guter. Ist Sabri schon da? Das will ich doch hoffen. Er wird ja wohl Lydia nicht warten lassen.«

Da ich die quiekende Blondine der Satanic Helldrivers nicht vergessen habe, ziehe ich eine kleine Chorrorshow ab und spreche meinen Text mit stark russischem Akzent.

Ansgar beugt sich lächelnd vor und tönt lautstark: »Aber Darling, niemand lässt Lydia warten. Und da es immerhin schon eine halbe Stunde nach Eröffnung der Ausstellung ist, warten wohl alle auf Lydia, oder?« Er wirft dem Bodybuilder an der Tür einen fragenden Blick zu.

»Die haben noch nicht mit der Vorstellung der Künstler angefangen, im Augenblick läuft noch der Tee-Empfang«, knurrt der.

Ich schenke dem Türsteher ein strahlend-künstliches Filmstarlächeln und tätschle mit meinem Fächer seinen Arm.

»Gutterr Maaann! Los, mach Türrr offen! Chopp chopp!« Mit steinerner Miene hält uns der Panzerschrank die Tür auf. Dann rausche ich mit meiner *Entourage* in die Galerie.

»Lydia?«, flüstert Sal.

»Ein blöderer Name ist mir auf die Schnelle nicht eingefallen«, hauche ich zurück und knipse ein Lächeln für die nicht vorhandenen Fotografen auf dem nicht vorhandenen roten Teppich an.

Die eigentliche Galerie besteht aus drei Räumen. Im Eingangsbereich befinden sich eine mickrige Garderobe und ein Tresen aus schwarzem Resopal. Links davon gehen zwei Türen ab, auf denen das Symbol für Männlein und Weiblein abgebildet ist. Hinter dem Tresen ist eine Tür, an der *Privat* steht. Rechts kommt man in einen kleinen, blendend weiß gestalteten Saal, an dessen Wänden übergroße gerahmte Fotografien und Drucke hängen. Mitten im Raum steht eine schneeweiße, mannshohe abstrakte Figur. Hohe Bistro-Stehtische mit weißlackierten Metallfüßen und runden Platten aus Carraramarmor sind darum gruppiert. An der rechten Wand verläuft ein fünf Meter langer, mit strahlenweißem Damast gedeckter Tisch, auf dem Platten mit Fingerfood und Kanapees arrangiert sind. In der Mitte des Tisches ist eine riesige Silberschale mit einer Eisskulptur aufgestellt, auf die kleine Schälchen mit reichlich Belugakaviar drapiert wurden.

Auf der gegenüberliegenden Seite stehen Getränke. Aromatisiertes Wasser mit Rosenblättern in großen Kristallkaraffen, Kaffee in ziselierten silbernen Kännchen und große Mengen Eistee.

Der Raum ist gut gefüllt, aufgedonnerte alte Schachteln, überstylte Mittdreißigerinnen, ein lesbisches Pärchen in identischen Armani-Anzügen, jede Menge Herren in dunklen Einreihern, zwei Jeansträger, die offensichtlich der Vertreter der Presse und sein Fotograf sind. Alle halten edle Kristallkelche in den Händen. Hauptsächlich mit Eistee.

Sal fragt einen älteren Herrn, der sich gerade erneut sein Glas von einer der zahlreich herumstehenden hübschen Kellnerinnen nachfüllen lässt.

»Verzeihung, aber gibt es hier auch was Richtiges zu trinken?«

Der Mann blickt sich kurz um und seufzt dann.

»Leider nicht, junger Freund. Die deutschen Mitglieder des Kulturvereins haben darauf bestanden, dass im Rahmen des gegenseitigen Respekts vor den jeweiligen Kulturen heute keinerlei Alkohol ausgeschenkt wird.« Der Mann beugt sich verschwörerisch zu Sal vor. »Obwohl der Bildhauer aus Libyen sich schon dermaßen auf ein schönes Bierchen gefreut hat. Und nicht nur der.« Dann prostet er uns mit unglücklicher Miene zu und verschwindet in der Menge.

»Au weia«, murmelt Ansgar und sieht unseren Drummer von der Seite her an.

Sals Gesichtsausdruck ist versteinert.

»Möchtest du ein Glas Gratis-Wasser? Mit Rosenblüten? Richtig echten Blümchen – und völlig umsonst?«, fragt er mich tonlos.

»Später«, winke ich ab.

Wir schlendern weiter, durch eine drei Meter breite

Rundbogenöffnung in den eigentlichen Ausstellungsbereich. Im hinteren Bereich des kleinen Saals steht ein Klavier, ein gelangweilter Musikstudent klimpert irgendwelche Jazz-Standards.

Auf einem dreißig Zentimeter hohen Podest sind diverse runde Stelen unterschiedlicher Höhe arrangiert, laut Beschilderung das Werk des Libyers.

»Stilisierte Biergläser«, murmelt Didi lächelnd.

Aus Syrien kommt ein Künstler-Trio, das aus zwei Bildhauern besteht, die mit Metall und Schrott aus Kriegsgebieten in Schweißtechnik dramatische Objekte kreieren, die dann von einem Maler mit traditionellen, uralten syrischen Mustern versehen werden. Und als Abrundung stellt ein noch unbekannter deutscher Kunstmaler sein neuestes Bild vor. Zweieinhalb Meter hoch, vier Meter breit nimmt es einen Großteil der Wand ein und trägt den kryptischen Titel: Halbmond-Pfingsten bringt *Niflheim* zum Schmelzen. Wie dramatisch!

Die Künstler selbst kann man schnell identifizieren. Der Libyer trägt ein graues Sakko, ein weißes T-Shirt und Jeans und sieht irgendwie wahnsinnig dünn und deprimiert aus. Und durstig.

Alle drei Syrer stecken in hellbraunen Overalls, wie Mechaniker oder Handwerker, und wischen mit Papiertüchern vorsichtig die letzten unsichtbaren Staubflusen von ihrer Metallkunst.

Der Deutsche fällt durch einen silberweißen Vollbart, ein geschnürtes Hemd aus grobem Leinen und ein mittelalterliches Barett auf, unter dem lange graue Locken hervorquellen. An der Kopfbedeckung aus dunkelblauem Samt steckt seitlich eine vier Zentimeter durchmessende Schmuckspange.

»Eine Scheibenfibel«, murmelt Ansgar mir ins Ohr. »Sieh an! Scheint sogar echt zu sein. Auch wenn der Typ ein aufgeblasener Weinsack ist.«

Wenn man die roten Bäckchen und die knubbelige, erdbeerfarbene Nase des Künstlers so betrachtet, könnte Ansgar Recht haben.

Und da ist auch Sabri, dunkel und elegant, umringt von ungefähr zwei Dutzend aufgetakelten angeblichen Kunstkennern. Bei seinem Anblick spüre ich einen klitzekleinen elektrischen Impuls in gewissen Regionen meines Körpers. Mit einem silbernen Kaffeelöffel klopft er an sein Glas und bittet um Aufmerksamkeit. Die Gespräche verstummen und der Ausstellungsraum füllt sich. Ich muss sagen: Es wird ganz schön eng.

Sabri betritt das kleine Podest mit den libyschen Stelen und hält mit seiner melodischen Stimme eine reichlich verschwurbelte, aber glücklicherweise kurze Eröffnungsrede, in welcher er die Künstler und ihre Inspiration vorstellt. Dann gibt er bekannt, dass die Herren nun sowohl der Presse, als auch den Privatbesuchern für Fragen zur Verfügung stehen. Vor allem die Damen stürmen vor, der schmale Libyer mit dem unglücklichen Welpenblick hat es ihnen angetan. Von allen Seiten rempeln sich die Leute an, um möglichst dicht bei den Künstlern zu stehen.

»Sal, das ist mir hier zu voll, lass uns rausgehen.«

Ich schnappe mir den Arm meines Drummers, der zustimmend nickt. Ansgar steht direkt hinter mir und macht keinerlei Anstalten, sich zu bewegen. Ein Teil der Gäste versucht, dem Maler nahe zu kommen, während andere sich in die entgegengesetzte Richtung drängen, weil sie höchstwahrscheinlich an das verwaiste kalte Büffet und den Kaviar denken. Und schlagartig herrscht Chaos.

Ich kann aus den Augenwinkeln sehen, dass eine ältere Dame das Gleichgewicht verliert und vor dem deutschen Maler ins Stolpern gerät. Silberlocke greift beherzt zu und verhindert so einen Sturz, wobei ihm das Barett vom Kopf fällt. Die Dame geniest es wohl, in den starken Händen eines sensiblen Künstlers zu liegen, denn es vergeht einige Zeit, bis sie wieder im Lot ist. War vielleicht doch keine so schlechte Idee, hier keinen Alkohol auszuschenken. Sabri eilt zur Hilfe und nimmt dem Maler seine unfreiwillige Beute ab, sieht ihr tief in die Augen – hach, mit diesem wunderbaren dunklen Samtblick! – drückt ihr einen Handkuss auf die Finger und führt sie behutsam in eine Ecke. Die alte Schachtel braucht kein Rouge mehr, ihre Wangen glühen jungfräulich und sie kichert. Blöde Kuh.

Silberlocke schüttelt grinsend den Kopf und macht sich auf die Suche nach seinem Barett, das mittlerweile von den Füßen der hin und her strömenden Besucher quer durch den Raum getreten wurde. Eine der süßen Bedienungen entdeckt das blaue Samtteil und hebt es auf. Dann kämpft sie sich zum angehenden Shooting-Star der bildenden Kunst vor und überreicht ihm seine Kopfbedeckung. Er bedankt sich lächelnd bei der hübschen jungen Dame und seine Äuglein glitzern erfreut. Aber nur kurz. Dann betrachtet er das weiche Etwas in seinen Händen, dreht es, wieder und wieder, reißt die Augen auf.

»Wo ist die Fibel?«

Der Aufschrei ist laut genug, um sämtliche anderen Geräusche zu übertönen. Der Pianospieler unterbricht sein Geklimper. Ansgar drängt mich beiseite und geht auf den Maler zu. Auch die anderen Künstler und Sabri werden aufmerksam. Im allgemeinen Durcheinandergerede verstehe ich nicht jedes Wort, nur soviel: Die Fibel, die beim Sturz wohl abgefallen sein muss, ist eine Leihgabe und wertvoll.

Ansgar beginnt mit der Suche, etliche Gäste schließen sich an, während der Musikstudent grinsend Humor beweist und das ganze Szenario mit dramatischer Musik aus einem Stummfilm untermalt.

»Komm, Mia«, meint Sal. »Wir müssen hier nicht auch noch im Weg herumstehen. Die machen das schon.«

Wir pilgern zunächst zur Wasserstelle; anders kann man die Getränkebar wohl nicht bezeichnen. Höchstens noch als Tee-Oase. Nur ist dort mittlerweile der Andrang so groß, dass man erst mal keine Chance auf etwas Flüssiges hat. Ich werde ungeduldig. Es ist heiß, es ist nervig, meine Pumps drücken und ich brauche eine Abkühlung. Die Toilette!

Entschlossen bahne ich mir meinen Weg Richtung Tresen und WC.

Mehrere Damen haben wohl die gleiche Idee und während ich in einem Pulk schnatternder Edelgänse auf die Tür mit der Aufschrift Damen zugeschoben werde, höre ich aus Richtung der geöffneten Eingangspforte erst den Türsteher mit Nachdruck sagen: »Auf gar keinen Fall. Verschwinde!« Gefolgt von einer hysterisch klingenden, mir mittlerweile bekannten schrillen Stimme. »Ich weiß, dass er da ist! Lass mich in Allahs Namen endlich zu ihm, er ist ein Betrüger. Und er muss dafür büßen!«

Ich versuche, einen Blick nach draußen zu erhaschen, werde jedoch von der Matrone hinter mir, die mindestens doppelt so viel überzählige Kilos mit sich herumschleppt wie ich, in die sich öffnende Toilettentür gedrängt. Sie walzt mir gleich hinterher, so dass ich nicht umdrehen kann. Mist!

20.

There's too many men, too many people, making too many problems

(Genesis: Land of confusion)

Es dauert mehrere Minuten, bis ich mich aus meiner misslichen Lage befreit habe und die Toilette verlassen kann. Allein, bis ich die See-Elefantenkuh umrundet habe! Und dann ist sie mir auch noch auf meine ohnehin schmerzenden Füße getreten. Ich war kurz davor, einen Mord zu begehen!

So schnell es geht humple ich zum Ausgang und werfe einen Blick in den angebrochenen Stuttgarter Abend. Niemand da. Auch kein Türsteher.

Also wieder zurück in den Saal, Richtung Eistee.

Beim Eintauchen in die Menge versuche ich meine Männer zu sichten.

Zu viele Köpfe. Wenigstens schaffe ich es, an ein Glas Rosenwasser zu kommen. Ich sehe mich erneut um und entdecke Sal, der am Eingang zum Ausstellungsraum steht und mir über die Häupter der anderen Gäste hinweg hektisch zuwinkt. Ich winke zurück und drehe mich um. In der Nähe des Tresens erscheint eine gewagte Farbkombination. Karottenrotes Haar und olivfarbenes Camouflage-Oberteil. Allerdings von hinten und nur für eine Sekunde, bevor mir wieder der Blick versperrt wird. Eine Hand landet auf meiner Schulter. Genervt zucke ich zusammen.

»Sal! Ja, ich weiß, es ist nur Wasser, aber es schmeckt ganz lecker.«

Ich schüttle seine Finger ab und stelle mich auf die Zehenspitzen, um besser über die Köpfe vor mir sehen zu können.

Sal zieht an meinem Ärmel.

»Lass das! Ich beobachte gerade was Wichtiges«, wehre ich ab.

Wieder stelle ich mich auf die Zehenspitzen, um erneut das kurze Aufblitzen eines karottenroten Haarschopfes zu erkennen.

»Mann, jetzt hör schon auf mit dem Blödsinn«, raunze ich meinen Drummer über die Schulter an, der immer wieder an meiner Bluse zieht.

»Hey! Lass das doch!«

Sal packt mich am Oberarm, dreht mich energisch zu sich herum und deutet verzweifelt auf seinen Mund. Die Lippen sind fest aufeinander gepresst.

Mein Drummer fuchtelt heftig herum, reißt die graugrünen Augen weit auf und macht immer wieder die Geste des Trinkens. Mir war nach all der Zeit noch nie bewusst, dass er fast dieselbe Augenfarbe wie Ansgar hat, nur irgendwie zwei Schattierungen mehr ins Graue gehend.

»Du bist der nachtragendste Kerl, den ich kenne. Es gibt nichts anderes zu trinken, versteh' das doch!«

Dann kapiere ich endlich. Mist! Seine Fähigkeit! Unser Wettergott kann das wahre Wesen jeder Kreatur erkennen, doch ohne Alkohol in seinem Körper kann er nicht darüber reden, seine Lippen sind versiegelt. Und seit gestern hat Sal nur Kaffee und Wasser getrunken.

»Sal, ist es die Sache mit dem wahren Wesen?«, frage ich leise. Er nickt.

»Ist es wichtig?«

Sal nickt so heftig, dass er sich bestimmt eine leichte Gehirnerschütterung zuzieht.

Ja toll! Wo soll ich denn hier Alkohol her bekommen? Meine Gedanken rattern wie ein ausnahmsweise pannenfreier Intercity. Dann ziehe ich Sal in eine Nische.

»Warte mal«, flüstere ich und wühle hektisch in

meiner Handtasche. Hustenbonbons, Handy, Kamm, Geldbörse, Ballerinas, Make-up, ein eingewickelter, vertrockneter, angebissener alter Schokoriegel – bäh! Muss ich gleich entsorgen! – Notizbuch, ein Schraubenzieher, Taschentücher, Büchereiausweis – ah, hier steckt er also! – mein Ersatzmikrofon … wo? Wo ist es?

»Verdammt, wo zur Hölle ist es?«, flüstere ich. Sal breitet fragend die Hände aus. »Ah! Hab's gefunden. Mach den Mund auf!«, weise ich ihn an.

Sal wirft einen Blick auf meine Hand und bewegt diesmal energisch den Kopf in horizontaler Richtung.

»Stell dich bitte nicht so an, das ist auch Alkohol. Jede Menge. Und es war teuer!«

Ein kurzes Blickduell folgt.

Ich gewinne.

Sal lässt die Schultern sinken, ergreift den kleinen Flakon, zieht den Deckel ab, öffnet brav den Mund und schließt nach einem kurzen Blick zum Himmel die Augen. Dann schüttet er sich fast die Hälfte meines Lieblingsparfüms in den Mund.

Ich warte ab.

Er öffnet die Augen. Zieht zischend die Luft ein. Läuft tomatenrot an. Und atmet heftig und lange wieder aus. Es duftet richtig gut.

»Fashil«, röchelt mein Drummer und krümmt sich, »er ist hier! Ich kann seine Anwesenheit fühlen. Die Schwingungen kommen von nebenan, aus der Gruppe um die Künstler. Bloß ist da gerade …«, er hustet heftig, »… gerade die Hölle los.«

»Mist! Mist! Mist!«, stöhne ich. »Karim ist auch eben gekommen und in die andere Richtung verschwunden. Dorthin, wo die Büroräume sind. Und nun?«

Sal hechelt noch immer wie ein asthmatischer Cockerspaniel in der Sahara und verbreitet Wolken aus Rosen- und Sandelholzduft. Mit einer Kopfnote Lavendel.

»Die anderen drei sind zur Künstlergruppe rüber, da können wir beide uns erst um Karim kümmern und dann dazu stoßen«, presst er mit krächzender Stimme hervor.

Nachdem Sal sich in rasender Geschwindigkeit drei Gläser Eistee einverleibt hat, schlendern wir also ganz harmlos den Raum entlang und nähern uns der im hinteren Bereich des Tresens gelegenen Bürotür. Schon aus zwei Metern Entfernung hören wir Karims keifig-hysterische Stimme.

»Dann töte ich dich! Du bist genauso ein Ungläubiger wie dieser verräterische Bastard! Du steckst da mit drin!«

Eine andere Stimme versucht den durchgeknallten Rotbart zu beschwichtigen, eine ursprünglich farblose, langweilige, jetzt aber ziemlich hilflose, aufgeregte Stimme.

»Karim! Leg' das hin! Mach' keinen Unsinn, du weißt nicht, was du tust. Bitte … red' doch erst mit Sabri, bevor du etwas Unüberlegtes machst.«

Bevor mein Schlagzeuger mich daran hindern kann, reiße ich die Tür auf und betrete kurz entschlossen den Raum.

»Hallöchen«, flöte ich Lydia-haft. »Wo ist die Damentoilette?«

In der Mitte des Raums kniet der fade junge Mann, der mich in Sabris Teppichgeschäft so miserabel und lustlos beraten hat. Er hat die Hände gehoben und starrt mit riesigen Augen ängstlich auf Karim, der sich vor ihm aufgebaut hat. Klaus-Dieter trägt seine angeschmuddelte Camouflage-Jacke und hat die rechte Hand unter den Stoff im Brustbereich geschoben. Dort sieht man eine Wölbung. Der Typ ist also bewaffnet.

Sal drängelt sich im Bruchteil einer Sekunde hinter mir ins Zimmer.

»Tach zusammen!« Er ist wieder voll bei Stimme.

Rotbart dreht sich zu uns. Er sieht Sal. Dann quellen ihm die Augen aus den Höhlen. Ein gellender, verzweifelter Schrei kommt aus seinem Mund.

»Die Dämonen! Aaaaah! Da sind die Dämonen wieder!«

Ich wusste gar nicht, wie schnell ein Mensch sein kann.

Laut kreischend stürzt Karim aus der Bürotür Richtung Ausgang. Niemand hält das karottenrote Paranoia-Bündel auf, das uns fast umrennt, sämtliche Geschwindigkeitsrekorde bricht und dabei in schriller Frequenz immer wieder brüllt: »Dämonen!«

Ich wende mich mit einem strengen Blick an das noch immer kniende Jüngelchen.

»Was ist denn hier los? Ist das etwa auch einer von Ihren Angestellten? Ich dachte, dies sei eine seriöse Firma! Pflegen Sie hier ständig dieses seltsame Geschäftsgebaren? Dann stornieren Sie unverzüglich meinen Auftrag!«

Dann rausche ich, gefolgt von Sal, wie eine Königin aus dem Raum.

Rausrauschen kann ich gut, das habe ich stundenlang vor dem Spiegel geübt. Wenn wir *Bohemian Rhapsody* endlich beherrschen, will ich danach so von der Bühne schreiten. Königlich – als Hommage an Queen.

Mein Drummer und ich drängen uns durch das mittlerweile noch größere Chaos in den Ausstellungsräumen. Rotbarts Abgang ist natürlich nicht unbemerkt geblieben und hat zur erweiterten Verwirrung beigetragen.

Der deutsche Maler steht kurz vor einem Nervenzusammenbruch und wird von den Kollegen umringt, die ihn alle zeitgleich in unterschiedlichen Sprachen lautstark zu trösten versuchen. Neben ihm steht Bimmel, der mit besorgter Miene den Puls des Barett-Trägers fühlt und ihm den Rücken tätschelt. Die Gäste rennen einerseits völlig unkoordiniert wie aufgescheuchte Hühner rum, andererseits stehen manche in ratlosen Grüppchen beieinander. Männer in dunklen Anzügen, die hin und her laufen. Bunt gekleidete Frauen, die in lauter, hysterischer Tonlage diskutieren.

In einer Nische redet der leicht ramponiert wirkende Türsteher, der seltsamerweise nun ein Veilchen unter dem rechten Auge trägt, wild gestikulierend auf Sabri ein, zwei Kellnerinnen telefonieren offenbar gerade mit der Polizei, Ansgar krabbelt mit mehreren Gästen unter den Tischen herum, auf der Suche nach der Fibel. Der Pianist spielt mittlerweile Ragtime.

Ich sehe mich nach meinem Basser um.

Didi steht am Büffet, schaufelt sich tonnenweise Kaviar auf mehrere Scheiben Toastbrot und flirtet mit einer solariumgebräunten, hennagefärbten mindestens Siebzigjährigen, die an jedem Finger zwei Ringe mit protzigen Steinen trägt und deren lilagemustertes bodenlanges Kleid einen Ausschnitt bis zum Bauchnabel zeigt. Auf den ersten Blick sieht es aus, als ob sie ein braunes Unterhemd mit reichlich Rüschen darunter anhat. Eine Fehlinformation, wie ich beim Näherkommen feststelle.

Didi ist komplett fasziniert. »Verucca sagt, dass dies höchstwahrscheinlich ein geplantes Happening ist und es davon in den Sechzigern jede Menge gab.« Er wirft der überreifen Hippiebraut einen verklärten Blick zu. »Verucca ist Spontanevent-Künstlerin.«

Ich nicke der Dame zu »Angenehm!«, und schnappe mir Didis Arm.

Sal legt beide Hände auf den Rücken seines wie

hypnotisiert auf Verucca starrenden Bassers und gemeinsam schieben und zerren wir den besten aller anwesenden Dämonen aus der weiblichen Gefahrenzone.

»Wo ist Ansgar?« Ich blicke mich suchend um.

Ah ja, ich sehe den unteren Teil meines Gitarristen hinter dem Getränketisch knien, der Oberkörper ist unter dem weißen Damasttuch verschwunden. Den Knackhintern erkenne ich überall. Er ist wohl noch immer auf der Suche nach der Fibel.

Sal hebt die Tischdecke an. »Komm raus, Oller, wir haben Fashil!«

Ansgar schießt in die Höhe. »Wo? Wo?« Ein wilder Blick durch den Raum.

Ich wende mich an Sal. »Ja, mein Guter. Wo ist er?«

Sal konzentriert sich. Seine Schultern sacken herab. »Er ist weg. Ich kann ihn nicht mehr spüren.« Er packt Ansgar am Arm. »Aber ihr müsst ihn doch gesehen haben. Ich konnte seine Anwesenheit genau dort drüben wahrnehmen.« Sal zeigt Richtung Podest. »Dort, direkt bei den Künstlern. Ihr habt ihn gesehen, ihr wisst wie er aussieht! Wer ist dort alles rumgestanden?«

Unser Nordgott schüttelt verzweifelt den Kopf. »Außer den Künstlern? Ich weiß es nicht. Es waren lauter Männer in dunklen Anzügen. Ich könnte dir nicht sagen, ob die alle noch hier sind. Oder wer fehlt. Für mich sahen die alle ähnlich aus. Ich war nur auf die blöde Fibel konzentriert. Verdammt!«

»Und du?« Ich wende mich an Didi.

Mein Basser zuckt mit den Schultern. »Wenn ich den Sausack erwartet hätte ... ja, dann könnte ich ihn bestimmt beschreiben. Aber da standen so viele interessante Frauen rum. Und Verucca.«

Sal stöhnt laut. »Ihr seid direkt neben Fashil gestanden – und habt ihn nicht gesehen. Oh, Mann!«

Didi schnuppert. »Alter, du riechst verdammt gut.«

Sal unterdrückt sichtlich den Wunsch, seinen Rhythmuspartner zu würgen.

Ansgars Gesicht ist zu einer wütenden Fratze verzerrt.

»Wo wart ihr beiden überhaupt? An der nicht vorhandenen Sekt-Bar?«

Ich baue mich ganz nah vor ihm auf – in voller Größe – stelle mich auf die Zehenspitzen und starre ihm von unten fest in die Augen.

»Wir beide, Sal und ich, wir haben mittlerweile verhindert, dass dein Freund Karim, der hier unangemeldet aufgetaucht ist, A diesen langweiligen Teppichverkäufer erschießt und B unsere Identität auffliegen lässt. Alles klar?«, fauche ich.

Ansgar nickt langsam. »Dann ist gut.«

Didi stupst mich an. »Sollten wir nicht zusehen, dass wir hier so schnell wie möglich rauskommen? Wir haben einiges zu besprechen.«

Ich nicke. »Ja, lasst uns Bimmel holen und dann nichts wie heim.«

Bimmel hat mittlerweile den weinenden Maler in die stabile Seitenlage verfrachtet und lässt sich nur mit sichtlichem Widerwillen von seinem Schützling abziehen.

Sal kämpft sich zu ihm durch, murmelt irgendwas von einem weiteren Notfall und zieht seinen Gitarristen an der Hand hinter sich durch die Menge.

An der Tür befreit sich Bimmel mit Nachdruck und fragt irritiert: »Was ist denn nun schon wieder los? Der arme Mann dort drinnen braucht meine Hilfe, der hat einen schweren Nervenzusammenbruch!«

»Den krieg' ich auch gleich, wenn wir nicht schleunigst von hier verschwinden, bevor die Polizei kommt. Mal wieder«, knurrt Sal.

Wir hasten zum Eingang hinaus und biegen bei der

nächstmöglichen Seitenstraße ab, wo wir unseren ehemaligen Schutzgeist schnell über den laufenden Stand der Ermittlungen aufklären. Bimmel bleibt verärgert stehen.

»Soll das jetzt dauernd so weitergehen? Bin ich jetzt auf ewig in einem Fluchtmarathon gefangen? Ich komme mir vor wie in einem dieser Zeitschleifenfilme. Wir spazieren wo rein, versuchen an Informationen zu kommen, dieser Fashil ist schneller, irgendein alter Gegenstand wird geklaut und wir müssen abhauen, bevor die Polizei kommt. Bin ich etwa Richard Kimble – Auf der Flucht?«

»Du hast Fashil dort auch nicht gesehen, oder?«, wage ich einen letzten Versuch. Bimmel schüttelt den Kopf.

»Natürlich nicht. Wenn irgendwo ein Mensch in Not ist, geht das hilflose Wesen immer vor, das wisst ihr doch.«

Insgeheim wage ich zu bezweifeln, dass der erdbeernasige Maler so ein zartes Rehkitz ist, aber vielleicht muss man die Augen eines ehemaligen Schutzgottes, haben um wahre Hilflosigkeit zu erkennen.

Geknickt machen wir uns auf den Weg zur Tiefgarage. Meine Männer gehen schweigend voran, ich humple mit schmerzenden Füßen und gesenktem Kopf hinter ihnen her.

»Wie viel zu Null steht es eigentlich mittlerweile für diesen kranken Spaßmacher?«, fragt Didi grantig.

Sal bleibt so abrupt stehen, dass Ansgar ihn fast umrempelt. Mein Schlagzeuger dreht sich um.

»So, ihr hört mir jetzt mal alle zu. Und du, Mia, heb' gefälligst den Kopf! Du bist eine Göttin. Wir alle sind Götter und mir scheint, dass ihr das gerade ein wenig vergessen habt. Wir dürfen Bedenken haben. Wir dürfen zweifeln. Und wir dürfen während dieser

Halbzeit einige Gegentore kassieren. Aber das Spiel ist noch nicht zu Ende! Und wenn der Schlusspfiff ertönt ist es völlig egal, ob es im Augenblick für uns zu Null steht. Nach dem Schlusspfiff gehört uns der Pokal. Klar?«

Wir nicken alle und gehen weiter.

»Seit wann hält er Motivationsreden an das Team?«, frage ich Didi leise.

Mein Basser zieht die Augenbraue hoch. »Er hat gestern noch das Länderspiel gesehen. Das hat ihn inspiriert.«

21.

You start to freeze as horror looks you right between the eyes – you're paralyzed

(Michael Jackson: Thriller)

Was für ein Abend gestern!

Und vor allem: Was für Nachwirkungen. Ich glaube, meine Adrenalindrüsen – oder wie auch immer die Dinger heißen – arbeiten noch immer Akkord.

Ich kann nicht schlafen und wälze mich im Bett herum. Eigentlich sollte man doch problemlos in Morpheus Arme gleiten, wenn man völlig gedankenfrei ist. Und mein Kopf ist leer. Absolut. Zudem bin ich nach der fatalen Ausstellung komplett erschöpft.

Stundenlang habe ich mir das Weltrettungsproblem von allen Seiten betrachtet, es seziert, neu zusammengesetzt, es unter die Lupe jedes einzelnen Neurons meines göttlichen Gehirns genommen. Aber eine Lösung? Davon bin ich so weit entfernt wie die nächste Galaxie. Und nachdem alles zerdacht ist, kann ich überhaupt keinen klaren Gedanken mehr fassen. Mein Kopf beherbergt eine atomgetriebene Achterbahn, die durch ein brennendes Vakuum rast.

Also versuche ich zu schlafen, was um ein Uhr nachts auch das Sinnvollste ist. Es geht nicht. Na toll. Die nächsten Falten sind also schon vorprogrammiert. In meinem Alter reagiert die Haut sehr sensibel auf jede emotionale Störung.

Ich stehe auf, mache mir eine Tasse Lavendeltee, löse drei harmlose Kreuzworträtsel und lese dann ein paar Seiten in meinem ultimativen Langweilbuch: Das Kapital von Karl Marx. Normalerweise funktioniert das immer, noch bevor ich Seite sieben erreiche, schnorchle ich schon sanft hinüber. Aber heute bin ich bereits bei Seite zehn und zeige keinerlei Tendenz zu sich schließenden, schweren Augenlidern. Schnell weg mit dem Wälzer, bevor ich noch zum überzeugten Kommunisten werde.

Verdammt! Das muss doch irgendwie anders gehen, zumal ich Tabletten strikt ablehne und ohnehin keine im Haus habe.

Letzter Versuch. Entspannungstechnik und Selbsthypnose. Das werde ich ja wohl noch hinbekommen. Ist eigentlich ganz einfach und wenn ich andere manipulieren kann, müsste das bei mir selbst erst recht klappen.

Ich liege also auf dem Rücken mit geschlossenen Augen und versuche mir vergeblich eine kleine, friedliche Waldlichtung vorzustellen.

Ein Wald ... mmh, Laubbäume oder Nadelgehölz? Im Sommer oder im Winter? Europäisch? Tropischer Regenwald? Mit oder ohne Umweltschäden? Oje, es scheitert also schon an der passenden Location. Viel zu viele Grundvoraussetzungen, es würde die ganze Nacht dauern, um die idealen botanischen Voraussetzungen zu schaffen.

Ok, dann vielleicht die Handlung eines durch und durch langweiligen Films. Das friedliche Wäldchen könnte ich ja integrieren. Zum Beispiel Blair Witch Project. Ein paar junge Leute rennen achtzig Minuten lang durch einen dunklen Wald und verschwinden. Ein leises Seufzen kommt aus meiner Kehle.

Und wenn es mir nun gelingt einzuschlafen, wer sagt denn, dass ich nicht einen schrecklichen Albtraum bekomme? So wie die Kids in den guten alten 80er-Jahre Horror-Filmen *Nightmare on Elmstreet*. Und dann taucht darin womöglich tatsächlich Freddy Krueger auf, der irre, brandnarbige Schlitzer mit dem Rasiermesserhandschuh. Wie ging noch mal das nette Liedchen, das die gruseligen, seilspringenden kleinen Mädchen aus den Träumen singen? Ach ja, jetzt fällt es mir ein. »*Eins, zwei, Freddy kommt vorbei … neun, zehn, du sollst nicht schlafen gehen.*« Ich merke, Filme funktionieren heute nicht bei mir.

Ich sollte mich eher auf entspannende Musik einlassen.

Da fällt mir ein uralter Song ein, von 1975. *Only women bleed* von Alice Cooper. Ein schönes Lied. Ich summe es leise vor mich hin.

Von welchem Album war der Song gleich noch mal? Ich grüble. Müsste eigentlich vom Konzeptalbum *Welcome to my nightmare* sein. Das, wo der großartige Horror-Darsteller Vincent Price mit seiner artikulierten britischen Theaterstimme im wundervollen Einführungs-Monolog über die Schwarze Witwe erzählt. Derselbe Vincent Price, der sieben Jahr später ein gefühlvolles Gedicht, das hauptsächlich von verrottenden Körpern und kriechenden Kreaturen handelt, mit eben dieser Stimme sanft zwischen den Parts von Michael Jacksons *Thriller* in die Gehörgänge des Publikums gleiten lässt.

Ohne Übergang löst der Megahit *Thriller* Alice Cooper in meinem Kopf ab. Ich höre in Gedanken die Synthie-Bläserfanfare, die abgestoppte Basslinie und das für Jackson typische Kieksen. Eine Tür öffnet sich knarrend im Song. Dann eine zweite. An die ich mich nicht erinnern kann.

Seltsam, hört sich fast wie meine Wohnungstür an. Schritte, die sehr leise und äußerst langsam näher kommen. Hui, bin ich gut, ich kann mir sogar einen total realistischen Dolby-Surround-Effekt vorstellen! Ein kaum wahrnehmbares Atmen in der Dunkelheit. Äh … das erscheint mir jetzt doch eine Spur zu realistisch.

Ich öffne die Augen.

Neben meinem Bett steht eine dunkle Gestalt. Sie trägt eine tief ins Gesicht gezogene Kapuze und hält vor der Brust mit beiden Händen einen seltsam geformten, sehr schwer wirkenden Hammer. Soweit ich das in der Dunkelheit beurteilen kann.

Langsam hebt der ungebetene Gast das Werkzeug hoch über die Stelle, an der mein hübsches Köpfchen auf einem Kaltschaum-Nackenkissen liegt. In letzter Sekunde springe ich keuchend, auf der dem dunklen Werkzeugschwinger abgewandten Seite, aus dem Bett.

Ich hechte zur nächsten geöffneten Tür, mein Badezimmer, werfe die Tür mit aller Kraft hinter mir ins Schloss und drehe den Riegel. Kurze Verschnaufpause. Und nun? Was mach' ich denn jetzt bloß? Außer hektisch zu atmen.

Bleib ruhig, Mia, du schaffst das!

Ich schalte das Licht ein und sehe mich um. Das Fenster direkt neben der Toilette! Ich wohne im ersten Stock, es müsste also möglich sein, hier einigermaßen unbeschadet rauszukommen. Aufgeregt nestle ich an der Verriegelung herum. Wieso bewegt sich jetzt der Toilettendeckel? Was ist das denn?

Eine kleine Schnauze schiebt sich unter dem Toilettensitz hervor. Gefolgt von einer katzengroßen, tropfnassen und zerzausten Ratte. Die kleinen schlitzigen Äuglein funkeln mich bösartig an. Das Vieh kommt mir bekannt vor. Dann sehe ich, dass es ein rotes Fell hat. Zeitgleich ertönt von außerhalb der Tür ein gewaltiger Schlag gegen das Holz.

Gaaaah! Wenn jetzt noch einer »*Here is Johnny!*«, ruft, verliere ich den Verstand.

Die Ratte faucht mich tatsächlich an. Ich schnappe mir mit der einen Hand die einzig greifbare Waffe, ein Handtuch, während ich zeitgleich hektisch versuche, mit der anderen das Fenster zu öffnen. Und das ganze möglichst, ohne das kleine Biest aus den Augen zu lassen.

Das Handtuch ist violett, die Farbe der Esoterik und der Göttlichkeit und es ist mein Lieblingshandtuch und … gaah, wieso ist das denn jetzt wichtig, du dumme Kuh? Vielleicht, weil ich sonst durchdrehe?

Die Hammerschläge gegen die Tür werden heftiger, das hört sich schon verdammt nach splitterndem Holz an. Mist! Mist! Mist! Der Riegel klemmt.

Endlich geht das verfluchte Fenster auf. Ich werfe mein Handtuch auf die Ratte und schwinge meine Beine, die nicht ganz so lang sind, wie ich es gerne hätte, auf den Sims. In dem Augenblick gibt die Badezimmertür nach und schlägt krachend gegen die Wand.

Die dunkle Gestalt geht wortlos mit erhobenem Hammer auf mich zu. Ich werfe einen Blick über meine Schulter und erstarre.

Der Mann … das Wesen … es hat kein Gesicht! Unter der Kapuze ist nur ein schwarzes Loch erkennbar. Ich starre ungläubig und bekomme aus den Augenwinkeln mit, wie sich eine sehr wütende, rot-befellte Ratte unter dem Handtuch vorarbeitet und zum Sprung auf mich ansetzt.

Ein Teil von mir tritt mich mental in meinen metaphorischen Hintern und brüllt in meinem Kopf: »Spring' endlich! Du doofe Nuss!«

Ich will mich gerade abstoßen, da seilt sich direkt vor mir an der Außenwand eine Spinne ab. Ein Riesenvieh! Wirklich, ohne Übertreibung.

Circa ein Meter achtzig groß, ihre acht Beine enden in Handschuhen, an denen Messerklingen befestigt sind. Ein diabolisches hohles Lachen schallt durch die Luft, die Spinne grinst mich an – keine zwanzig Zentimeter von meinem Gesicht entfernt.

Sie hat den Kopf von Alice Cooper, einschließlich Bühnen-Make-up.

Und während ich den Atem des Gesichtslosen im

Nacken spüre, zischt die Spinne: »*Welcome to my nightmare!*«

»Gaaaahhhh!«

Schweißgebadet und kurz vor einem Schlaganfall schrecke ich hoch. Mein Herz tanzt Tarantella und Polka wie *Lord of the Dance* auf Speed. Ich knipse meine Nachttischlampe an, hechle sekundenlang mit der Intensität eines Jagdhunds und leere die Flasche stilles Wasser, die neben meinem Bett steht, fast in einem Zug. Ganz langsam stehe ich auf und inspiziere meine Wohnung. Die Tür ist abgeschlossen. Im Bad alles in Ordnung, meine violetten Handtücher liegen sauber gefaltet im Regal. Ich sehe auf den Wecker – gerade mal eine Viertelstunde habe ich geschlafen. Länger hätte dieser absolut gruselige Albtraum auch nicht dauern dürfen, sonst wäre ich tatsächlich vor Schreck gestorben. Echt, ich bin zu alt für diesen ganzen Scheiß!

Langsam, wie die Untoten in Michael Jacksons Video, schlurfe ich ins Schlafzimmer zurück und lasse mich auf die Bettkante sinken. Am liebsten würde ich jetzt weinen. Ich hasse es, mich dermaßen hilflos zu fühlen.

Wie kann es sein, dass ein einziger bösartiger Unsterblicher, ob er ein Gott oder ein Dämon ist sei mal dahingestellt, also wie kann es sein, dass dieser Space Lord uns immer einen Schritt voraus ist? Wie hat er es geschafft, mich – in Großbuchstaben mit Ausrufezeichen – MICH! – dermaßen einzuschüchtern, dass ich einen Albtraum bekomme?

Ich habe nur eine Erklärung dafür: Ich bin ein Musiker und damit ein sensibler Mensch. Er nicht. Wahrscheinlich kann der machtgierige Pseudo-Witzbold nicht mal Dur von Moll unterscheiden und bestimmt besitzt er das Rhythmusgefühl einer mit Valium getränkten Nacktschnecke.

Ich bin Musiker, mit ganzer Seele, gefühlvoll, empathisch, friedlich und sanft und ich würde dem Sausack am liebsten eine Cabasa in den Allerwertesten schieben und zu einem Techno Beat rumdrehen.

Ich kauere im Schneidersitz und denke wehmütig darüber nach, wie schön es doch wäre, einen Hauch weniger sensibel zu sein. Nur weil ich so eine empfindsame Musiker-Seele bin, ist ein gewisses Drama in meinem Leben scheinbar vorprogrammiert. Das ist dermaßen unfair! Das Leben ist generell unfair. So wie bei meinem klassischen Lieblingskomponisten Robert Schumann, der 1856 mit gerade mal 46 Jahren starb. Im Augenblick fühle ich mich Schumann mehr als verbunden.

Was hat der arme Kerl nicht alles mitgemacht! Fast so viel wie ich. Eigentlich war er ein herausragender Pianist, aber nach immer wieder auftretenden Lähmungserscheinungen der Hand konnte er eine Karriere in diesem Bereich knicken. Also verlegte er sich aufs Komponieren. Dann verliebte er sich in ein Dienstmädchen, mit der er mehrere Jahre eine Affäre hatte. Und ein Kind. Er beendete die Beziehung und stellte dann fest, dass sie ihm auch noch eine ordentliche Syphilis als Abschiedsgeschenk hinterlassen hatte. Parallel dazu versackte der gute Robert in eine heftige Depression mit Wahnvorstellungen, wurde Mitglied in einem Geheimbund, verlobte und entlobte sich wieder und verknallte sich dann heftigst in seine 16-jährige Klavierschülerin Clara. Deren Vater war keineswegs begeistert und tat alles, damit die beiden nicht zusammenkommen. Die zwei Turteltäubchen klagten sogar vor Gericht ihre Eheerlaubnis ein und heirateten nach fünf Jahren harten Kampfes schließlich doch noch. Ah, *l'amour* überwindet alle Grenzen. Seufz!

Eigentlich hätte Robbie nun ja mal Glück haben können, aber wie es halt so ist – Musiker, die von ihrer Leidenschaft leben können gibt es nicht viele. Das gilt seit tausenden Jahren. Und so kamen die obligatorischen Geldprobleme ins Haus Schumann. Seine Frau Clara galt in der europäischen Musikszene als Star, als der heißeste Feger, der zu der damaligen Zeit am Klavier saß. Sozusagen die Lindsey Stirling oder Vanessa Mae der Tasten. Dass sie die nötige Kohle ranschaffte, trieb ihren Mann weiter in die Depression. Wenn er seine manisch-depressiven Schübe hatte, komponierte er allerdings die schönsten Werke. Ein sensibler Musiker halt.

Vielleicht sollte ich auch mal wieder einen Song schreiben? Jetzt wäre die richtige Zeit dazu. Gut, ich habe keine Syphilis und auch nicht vor, mich umzubringen. Robert hat es versucht, als er zwei Jahre vor seinem Tod von einer Brücke in den Rhein sprang und nach seiner Rettung in der Klapse landete. Für den Rest seines Lebens. Ich habe nur den Neckar vor der Tür und in Anbetracht der Wasserqualität möchte ich mich dort lieber nicht hineinstürzen. Ob Robert Schumann auch von einem irren Space Lord getrieben wurde? Wer weiß.

Auf jeden Fall bin ich froh, dass ich geistig völlig gesund bin. Total normal.

Dass es in meinem Kopf gelegentlich zugeht wie in einem Bienenstock, und mich jeder einzelne Gedanke zu einem neuen führt, bedeutet nicht, dass ich sprunghaft bin, sondern nur, dass ich die Dinge nicht nur drei- sondern auch vier- und fünfdimensional hinterfrage. Und dass ich die Dinge bis ins letzte Atom hinterfrage und mich über Sachen wundere, die andere als gegeben hinnehmen, ist meines Erachtens sogar ein Zeichen von übermäßiger geistiger Gesundheit.

22.
It's a nice day for a white wedding, it's a nice day to start again
(Billy Idol: White wedding)

»Das Gyros ist für mich!«

Dimmi nickt lächelnd und stellt einen Teller mit den leckeren Fleischstreifen und einer doppelten Portion Pommes vor mir auf den Tisch. Wenigstens ein Grund zur Freude. Go!Dessia sitzen mal wieder gemeinsam beim Lieblingsgriechen. Sal hat beschlossen, dass die Truppe auf andere Gedanken kommen und etwas sinnlichen Spaß haben muss. Genau das, was wir gerade am dringendsten brauchen.

Nach der Albtraumnacht bin ich am Boden zerstört. Wir reden über das Essen, den Wein und nach einem kurzen Umweg über das Thema *Bohemian Rhapsody* ganz allgemeine, unverfängliche Dinge. Alles, nur nichts über Terroristen und Werkzeug. Bloß nicht. Irgendwann gehen uns tatsächlich die Themen aus. Wir schweigen uns vielsagend an.

Dann seufzt Didi. »Was Rotbart jetzt wohl gerade macht? Irgendwie fehlt er mir.«

»Was?« Ansgar verschluckt sich und hustet, bis er fast violett anläuft.

Didi nickt. »Ja, denn wenn er jetzt hier wäre, könnten wir unseren Frust an dem Loser auslassen.«

»Mann, der Typ ist echt ein aussichtsreicher Bewerber um den Darwin Award.« Sal schüttelt den Kopf.

Bimmel sieht auf. »Was ist der Darwin Award? So was wie der Nobelpreis?«

»So ähnlich. Er wird seit 1994 vergeben.«

»In Stockholm?«

»In Kalifornien.«

»Und weshalb hat dann ausgerechnet der Hohlkopf ihn verdient?«

»Weil er ein geeigneter Kandidat ist. Der Preis wird jährlich an Menschen verliehen, die auf idiotische Weise ums Leben gekommen sind und daran selbst Schuld haben.«

Mein Mund klappt auf. »Das hast du dir ausgedacht!«

»Nein, echt nicht. Das ist so was ähnliches wie die Goldene Himbeere, nur dass es eben statt um schlechte Filme um schlechte Abgänge geht. Abgänge aus dem Leben.«

»Sal, veräppel' mich nicht!« Ich werfe ihm einen kritischen Blick zu.

Mein Drummer grinst. »Tu' ich nicht! Menschen kommen immer wieder unter dämlichen Umständen ums Leben. Und, so unsensibel das jetzt auch klingen mag, manchmal ist das sogar lustig oder zumindest so skurril, dass man nur den Kopf schütteln kann.«

»Ach, komm.« Ich lass mich doch nicht einfach so auf den Arm nehmen.

Sal überlegt kurz. »Du kennst doch den amerikanischen Schriftsteller Tennessee Williams. Er war 68 Jahre alt, als ihn – den bekennenden Homosexuellen – eine Bande von Jugendlichen zusammenschlug und übel verletzte. Sie waren zuvor durch die Antischwulenkampagne eines Predigers dazu angestachelt worden, die Sausäcke. Die Attacke hat der alte Herr überlebt, aber drei Jahre später wollte er sich ein Medikament in die Augen tröpfeln, öffnete das Fläschchen und nahm dabei die Verschlusskappe zwischen die Zähne. Das machen ja viele so. Blöderweise verschluckte er das Ding. Und ist daran erstickt. Tja, *shit happens.*«

Ich bin entsetzt. »Das ist nicht komisch!«

»Mag sein. Williams war ja auch nicht als Kandidat

nominiert. Es gibt bessere Beispiele für den Darwin Award. Typen, die auf Starkstromleitungen pinkeln. Leute, die einen geladenen und entsicherten Revolver in den Hosenbund stecken, weil das cool wirkt. Wenn du mal herzhaft lachen willst, dann sieh' dir die Webseite der Darwin Awards an und lies die Geschichten der Preisträger. Eine Chronik der menschlichen Dummheit. Du glaubst gar nicht, wie oft die Kombination Mann-Bier-Wasser-Strom-tot auftaucht. Oder Mann-Bier-Kumpels-Wette-tot. Ich persönlich mag am liebsten eine Story vom November 1999 über eine Gruppe Hardcore-Christen aus Kalifornien, die in einem Bibelcamp das Gehen auf Wasser übten. Ihr Anführer setzte das Training zuhause in der Badewanne fort und verunglückte tödlich, als er dabei auf einem Stück Seife ausgerutscht ist.« Sal lacht. »Wenn es um einen Nachfolger für seinen Sohn geht, kennt der alte Rauschebart da oben wohl kein Pardon.«

Ich bemühe mich wirklich, ihm einen strafenden Blick zuzuwerfen, muss aber selber meine Mundwinkel kontrollieren. Deshalb simuliere ich einen Hustenanfall und frage dann: »Und inwiefern ist der rotbärtige Vollpfosten nun ein Anwärter für die Kandidatenliste 2017?«

»Tja, für den Posthum-Award hat er sich schon dadurch qualifiziert, dass er sich mit uns angelegt hat. Aber es gibt noch einen Zusatzpreis in einer anderen Sparte, der recht selten belegt wird, weil er tatsächlich an einen Lebenden geht. Einen Überlebenden. Die Gesellschaft ehrt ja die Kandidaten deshalb, weil sie Charles Darwins These respektieren und den menschlichen Genpool dadurch verbessern, dass sie ihre Dummheitsgene nicht weiter verbreiten. Indem sie sich eben selbst töten. Oder aber …« Sal macht eine dramatische Pause und schmunzelt. »Indem sie durch eigenes Verschulden ihre Fortpflanzungsfähigkeit verlieren.«

Ich hebe die Hand. »Stopp. Sal, darüber möchte ich keinerlei Details hören.«

Sals Themenwechsel hat zumindest dafür gesorgt, dass die Runde nun ein bisschen fröhlich dreinblickt. Man kann förmlich sehen, wie die kleinen und großen Zahnrädchen in den Gehirnen arbeiten und jeder von uns in Gedanken ein paar außergewöhnliche Unfälle für Fashil und Konsorten durchdenkt.

Bimmel kramt in seiner Hosentasche und fischt eine handvoll Pillen raus.

»Was ist das denn?« Sal verzieht angewidert das Gesicht.

»Meine neuen Medikamente. Muss ich nach dem Abendessen nehmen«, murmelt unser Schutzgott und breitet circa acht unterschiedliche Tabletten vor sich auf dem Tisch aus.

»Die beiden sind neu, die habe ich noch nie bei dir gesehen«. Didi tippt mit den Fingern auf eine längliche, hellgrüne Pille und ein riesiges, rosafarbenes Dragee.

Bimmel nickt. »Ja, das ist noch in der Erprobungsphase. Mein Arzt hat mir seine Muster mitgegeben. Hat er erst letzte Woche von seinem Pharmavertreter bekommen.«

»Und für, beziehungsweise gegen was sind die Dinger?« Ansgars Interesse ist geweckt.

»Die Grüne wirkt gegen LSED und die Große hilft anscheinend bei PASP.«

Ich bin verwirrt. »Kannst du das mal übersetzen?«

»LSDE steht für latent schwankende emotionale Dysfunktion und PASP für partiell auftretende soziale Phobie.«

Leise flüstere ich die Begriffe vor mich hin, übersetze sie und seufze.

»Bimmel, ist dir eigentlich klar, dass du ein Versuchskaninchen bist? Du bist das ideale Opfer für *Disease mongering.*«

»Und was soll das nun schon wieder sein?«, fragt Sal.

»Begriffe, die von Pharmafirmen erfunden werden, indem sie ganz normale Symptome zu Krankheiten stilisieren. Modekrankheiten. Es wird sozusagen erst das Medikament hergestellt und dann die passende Krankheit dazu erfunden.«

»Und das funktioniert?« Ansgar scheint skeptisch.

Ich nicke. »Sogar sehr gut. Denk bloß mal an all die lebhaften Kinder, die wirklich kindlich sind. Also oft verträumt. Sich nicht lange auf etwas Langweiliges konzentrieren können oder einen ganz normalen Bewegungsdrang haben, und mit stundenlangem Stillsitzen Probleme haben. Kinder eben. Und nun taufe dieses Verhalten mit dem Begriff ADHS, erkläre es zur Krankheit – und schwupps! – kannst du jede Menge Kohle mit einer Tablette dagegen machen. Denn man hat uns ja in den letzten dreißig Jahren eingeredet, dass es gegen alles eine Pille gibt.«

Didi nickt. »Ritalin. Wird bei ADHS verschrieben.« Er grinst. »Anstatt dem Kleinen ein Schlagzeug zu kaufen, womit er seinen Bewegungsdrang kreativ ausleben könnte! Und wenn es dein Kind nicht mehr braucht, kannst du Ritalin in Diskotheken als Speed verticken. Es steigert die Euphorie, führt zu einem Rauschzustand und man tanzt die ganze Nacht. Ein Amphetamin. Irre, oder?«

»Genau«, stimme ich unserem Basserdämon zu. »Aber es gab diese Modekrankheiten schon früher. Im 19. Jahrhundert diagnostizierte man bei Frauen oft Hysterie, eine Krankheit, die durch eine Störung der Eierstöcke und Gebärmutter begründet wurde und teilweise mit Elektroschocks behandelt wurde.

Immer dann, wenn eine Frau keine Lust hatte, sich wie ein zahmes, scheues Haustierchen zu verhalten oder vielleicht sogar Lust an Sex verspürte, gab es die Modediagnose Hysterie.« Ich nehme einen Schluck Wein und genieße es ganz kurz, dass sogar Ansgar mir mal ausnahmsweise schweigend zuhört. »Und wenn ich Bimmels Diagnosen übersetze, dann komme ich auf Folgendes: Latent schwankende emotionale Dysfunktion ist nichts anderes als gelegentlich wechselnde Laune. Und partiell auftretende soziale Phobie ist einfach manchmal schüchternes Verhalten in Gesellschaft.« Ich beuge mich zu meinem Gitarristen über den Tisch. »Bimmel, du bist nicht krank. Meine ganz persönliche Meinung ist: Du bist einfach nur manchmal übel drauf, gelegentlich traurig und du hast immer noch ein schlechtes Gewissen wegen Pompeji. Und basta.«

Bimmel schiebt nachdenklich seine Tabletten auf der Tischdecke hin und her.

»Vielleicht hast du sogar recht, Mia.« Er lächelt. »Aber es kann ja nicht schaden und die Dinger haben mich schließlich nichts gekostet.« Dann häuft er alle Pillen in seine linke Hand, wirft sich das unappetitliche Gemisch auf einen Schlag in den Mund und spült mit einem großen Schluck Wasser nach. Er nickt. »Disease mongering. Das muss ich mir merken, das ist interessant.«

Ich atme laut aus. »Wie zur Hölle kommst du auf die Idee, dass das Zeug dir nicht schadet? Verdammt, Bimmel, das hier sind immer noch menschliche Körper!« Manchmal fasse ich es einfach nicht, meine Männer treiben mich noch irgendwann in den Wahnsinn.

Sal nickt ernst. »Wir sind nicht unverletzbar und schon gar nicht unsterblich. Das solltest du nach zweitausend Jahren langsam wirklich wissen.«

Mein Drummer hat Recht. Zwar sind wir alle etwas robuster gegenüber Erkrankungen, aber gegen Schnupfen und Grippe sind selbst wir Götter nicht gefeit. Oder gegen Vergiftungen. Oder Revolverkugeln.

Bimmel schaut uns aus seinen großen blauen Augen treuherzig an.

»Aber das sind doch Medikamente.«

Wir verdrehen kollektiv die Augen. Gott sei Dank kommt da der Nachtisch, Joghurt mit Honig und Walnüssen, eine leckere Ablenkung.

Alle Go!Dessianer löffeln schweigend. Ab und zu ertönt ein wohliges »Mmmmh!«, und ein kratzendes Geräusch, als wir mit den Dessertlöffeln auch noch die letzten Mikroreste aus der Schale schaben.

Irgendwann räuspert sich Didi.

»Leute, ich gebe jetzt mal eine Runde Sekt aus. Es gibt etwas zu feiern.«

Wir sehen uns überrascht an, während unser Basser die perlende Köstlichkeit bestellt.

Didi hebt sein Glas. »Lasst uns anstoßen.«

Ich zucke mit den Schultern. »Gerne, wenn du meinst. Und danke. Aber jetzt spuck's aus. Was gibt es für einen Anlass?«

Die Gläser klingeln fröhlich und wir beugen uns neugierig vor.

Didi senkt den Blick. »Ich habe nachgedacht. Seit 3000 Jahren verläuft mein Leben nun in immer gleichen Bahnen. Jeder von euch war irgendwann mindestens einmal verheiratet – nur ich nicht. Bisher ist einfach nie die Richtige gekommen, der ich mein Herz komplett schenken konnte. Ich wusste gar nicht, wie einsam ich bislang war. Bis jetzt.« Er lächelt scheu.

»Nee jetzt, Alter! Sag nicht, dass du heiraten willst.« Sal verzieht den Mund zu einem breiten Grinsen.

Didi blickt auf. »Doch! Ich habe mich verlobt. Und nächsten Monat wollen wir es durchziehen. Ich werde heiraten!«

Ein Wirbelsturm an Gratulationen bricht über unseren kleinen Dämon herein, alle reden gleichzeitig, lachen, stoßen an. Sal, der neben ihm an der Längsseite des Tisches sitzt, hämmert ihm begeistert auf die Schulter. Ansgar lächelt überrascht, prostet ihm von gegenüber zu. Bimmel ruckelt hektisch auf seinem Stuhl hin und her und ruft: »Super! Ich freu' mich so für euch!«

Und ich bin ganz gerührt.

»Didilein, mein Süßer, das ist ja wunderbar. Oh, ich kann's kaum erwarten, deine wunderschöne Ibti im Brautkleid zu sehen! Mit der honigfarbenen Haut wird sie in Weiß einfach unwiderstehlich sein.«

Didi nickt eifrig. »Ganz bestimmt! Sie sieht ja wirklich klasse aus. Eines Tages wird sie mal eine bezaubernde Braut abgeben.«

Am Tisch wird es still.

»Äh ...« Ich bin etwas irritiert. »Was meinst du mit eines Tages? Hast du nicht gerade von nächstem Monat gesprochen?«

Mein Basser reißt die Augen auf. »Oh! Jetzt versteh' ich! Das ist ein Missverständnis, ich heirate nicht Ibti. Mit ihr habe ich Schluss gemacht«.

Es wird noch ruhiger am Tisch, was eigentlich kaum möglich scheint.

»Ja, wen denn dann?«, will Ansgar schließlich wissen.

Didis Gesicht leuchtet auf. »Verucca.«

Die Zeit scheint einzufrieren.

Ich sehe Ansgar an; er erinnert mich irgendwie an eine Bowlingkugel. Drei kugelrunde große Löcher – Augen und Mund. Also habe ich mich doch nicht verhört.

Mmh, vielleicht erlebe ich ja gerade eine andere Form von Realitätsverlust.

Ganz vorsichtig versuche ich mir meine Gabel in den Oberschenkel zu rammen, es könnt ja sein, dass ich gerade schlafe und schon wieder einen Albtraum habe. Aha … nein, offensichtlich nicht. Es tut weh und einer der Außenzinken hat ein winziges Loch in meine Lieblingshose gebohrt. Ein mikroskopisch kleines Tröpfchen Götterblut versaut den Stoff. Ich bin also wach.

»Verucca«, murmelt Sal nach endlos erscheinenden fünf Minuten.

Didi strahlt. »Ja! Ich bin noch nie einer Frau wie ihr begegnet. Sie ist …«, er fuchtelt mit den Händen in der Luft herum, »… sie ist einfach … einfach unbeschreiblich!«

»Verucca«, wiederholt Sal tonlos.

»Wann um alles in der Welt hast du dich mit ihr verlobt?« Ich bin fassungslos.

»Gestern. Wir waren Enten füttern, und einen Cocktail trinken«, erzählt Didi fröhlich.

»Verucca.« Sals monotone Einwürfe machen mir langsam Sorgen.

Ich sitze an der Stirnseite des Tisches, zwischen Ansgar und Sal und stupse meinen Drummer vorsichtig an. Er dreht langsam den Kopf zu mir hin. Seine Pupillen sind riesengroß.

»Verucca«, kommt es erstickt von seinen blassen Lippen.

Ich bestelle bei Dimmi schnell zwei Gläser klaren, hochprozentigen Schnaps, die ich meinem Schlagzeuger vorsichtig in beide Hände drücke.

»Er steht unter Schock«, erkläre ich. Dann wende ich mich dem immer noch verklärt lächelnden Vier-Saiten-Dämon zu. »Wie oft hast du diese Frau denn überhaupt gesehen?«

»Du meinst, seit wir vorgestern bei Sabris Ausstellung waren?« Didi überlegt. »Also, die Ausstellung mitgezählt waren es mit gestern genau zwei Mal.«

»Verucca. Zwei Mal«.

Sal hat mittlerweile den Schnaps geleert, er klingt immer noch nicht besser, aber sein Wortschatz hat sich zumindest etwas vergrößert.

Durch Didis rosarote Wolkenwand scheinen nun doch langsam die intensiven Blicke seiner Bandkollegen durchzudringen.

»Was denn? Geht euch das etwa zu schnell? Manchmal trifft man eben die eine, von der man im Bruchteil einer Sekunde genau weiß: Die ist es! Man muss nicht unbedingt jahrelang zusammenleben, bevor man die Entscheidung fürs Leben trifft«, verteidigt er sich prophylaktisch.

»Didi, Schätzelein«, beginne ich behutsam, während ich nebenbei mit der rechten Hand Sals Unterkiefer nach oben klappe, bevor ein weiteres »Verucca«, seinen Mund verlassen kann.

»Mal ganz abgesehen davon, ob es Liebe auf den ersten Blick geben mag – denkst du nicht, es wäre sinnvoll und ratsam erstmal einen zweiten oder gar dritten Blick auf Verucca zu werfen? Ich meine, äh, sie ist ja wohl doch kein so, äh, wie soll ich sagen, kein so junger Hüpfer mehr?«

Didi sieht mich fragend an. »Und? Verucca ist eine reife, erfahrene Frau.«

Ansgar murmelt leise irgendeinen unverständlichen Satz, in dem die Worte überreif und Mumie vorkommen.

»Sie hat Woodstock miterlebt! Als süßes, 24-jähriges Mädchen. Stellt euch mal vor, sie hat am ersten Tag Richie Havens orangefarbene Tunika für seinen Auftritt ausgesucht. Und am zweiten Tag mit der halben Rhythmusgruppe von Carlos Santana direkt hinter der Bühne ein Quickie gehabt. Eigentlich war sie als Au-pair-Mädchen in England, wo sie die Keef Hartley Band kennenlernte. Die waren gerade auf dem Weg zu ihrem ersten Auftritt in den USA, um dort ihr Debütalbum zu promoten und das ausgerechnet in Woodstock! Verucca ist eine Legende unter den Groupies und mittlerweile selbst eine Künstlerin. Eine Spontan-Eventkünstlerin.« Didi platzt fast vor Stolz auf seine Zukünftige. »Meine baldige Ehefrau. Das Star-Groupie!«

Ansgar beugt sich vor. »Das mittlerweile 72-jährige, ehemalige Woodstock-Groupie«, versucht er vorsichtig einige Fakten metaphorisch auf den Tisch zu legen.

»Der Hammer, nicht wahr?«, strahlt Didi. »Sie ist eine echte Veteranin.«

Ansgar seufzt. Er senkt die Stimme um eine volle Oktave und spricht ganz langsam und deutlich.

»Didi, hast du mir nicht zugehört? Sie ist zweiundsiebzig! Und du ...«

»Ich bin über dreitausend Jahre alt«, fällt ihm unser Basser energisch ins Wort.

»Ja, aber doch nicht am Stück!,« wage ich einzuwenden. »Hast du denn bei der Ausstellung nicht genau hingesehen, Didi? Ihr Kleid war bis zum Nabel ausgeschnitten und darunter trug sie – nichts! Nur diese solariumsgegerbte, ledrige Haut, die aussah, als hätte sie ein Unterhemd mit ganz vielen Rüschen an.«

Didi lächelt sehnsüchtig. »Ihr habt ja keine Ahnung, wie sich das anfühlt, all diese niedlichen kleinen Flatterfältchen an denen man stundenlang rumspielen kann. Und wenn ihr erst wüsstet, wie sich ihr ...«

»Stopp!« Sal ist wieder im Diesseits angekommen und greift energisch in die Unterhaltung ein. »Kein

Wort mehr über irgendwelche Körperteile deiner ach so spontanen Eventkünstlerin!« Er fixiert Didi starr. »Ich fasse jetzt mal zusammen. Du willst heiraten. Eine Frau, die beim gemeinsamen Entenfüttern ja gesagt hat.«

»Nein«, unterbricht Didi. »Da habe ich ihr den Antrag gemacht. Ja hat sie erst nach drei Stunden Bedenkzeit und zwei Cocktails in einer wahnsinnig schnuckeligen Schwulenbar gesagt.«

»Von mir aus«, winkt Sal ab. »Auf jeden Fall willst du die Frau, die du erst zweimal gesehen hast, heiraten. Und den Rest deines jetzigen Lebens mit ihr verbringen, in guten wie in schlechten Tagen und angesichts der Tatsache, dass sie die Hochzeitsnacht und die nachfolgenden Erfüllungen der ehelichen Pflichten in ihrem Alter mit einem Sukkubus wohl nicht lange unbeschadet übersteht.«

Didi nickt.

Sal fährt fort. »Und du hast deswegen mit Ibti Schluss gemacht. Lass uns mal angesichts ihres ausgiebigen Trainings davon ausgehen, dass deine Verucca noch ungefähr acht Jahre gelenkig bleibt. Das heißt, du willst die nächsten acht Jahre lang nur noch mit dieser Frau Sex haben?«

Didi sieht ihn erstaunt an. »Wie kommst du denn auf so was?«

Sal wendet einen etwas vernebelten Blick in die Luft.

»Weil verheiratet sein nun mal ein gewisses Maß an Treue einschließt?«

Mein Basser schüttelt den Kopf. »Darüber haben wir uns schon unterhalten. Verucca will zwar heiraten, aber trotzdem in Sachen Sex eine offene Beziehung. Sie langweilt sich sonst so schnell. Sie ist der Ansicht, dass wir uns gegenseitig zwar unsere Herzen schenken sollten. Andere Körperteile dürfen jedoch gerne ausgeliehen werden.« Didi setzt seinen Bitte-Bitte-Blick auf. »Ihr spielt doch für uns an der Hochzeit, nicht wahr? Ihr seid meine Freunde, meine Familie.« Er wendet sich an den Ollen. »Ansgar, würdest du mir die Ehre erweisen und mich zum Altar begleiten? Wie es ein Vater sonst tut?«

Ansgar wird bleich. »Du willst kirchlich heiraten?«

Didi hebt die Hände. »Meine Süße ist eben romantisch. Ich kann diese wundervolle Frau nur halten, wenn ich sie heirate.«

»In einer Kirche«, stöhnt Ansgar und klatscht seine Stirn auf den Tisch.

»Ganz in Weiß, mit tiefem Ausschnitt«, schluchze ich und lasse mein Haupt ebenfalls auf die rotkarierte Tischdecke sinken.

»Und wir sollen auf der Hochzeit von Harold und Maud spielen«, antwortet Bimmel ungewohnt düster. Sein Kopf fällt mit einem heftigen Knall auf die Platte.

»Aaaaarghrrmmknrrrrrwwaaaa«, tönt es aus Sals Richtung, gefolgt von einem lauten Rumms-rumms-rumms.

»Wollt ihr noch was zu trinken?« Dimmi, der Wirt ist neben meinem Stuhl aufgetaucht.

Vier Köpfe bleiben auf dem Tisch, während vier Hände je zwei Finger hochrecken.

»Ok, acht Schnäpse.« Dimmi eilt davon.

Ich liebe Menschen mit einer raschen Auffassungsgabe, die keine unnötigen Fragen stellen.

23.
Let us rejoice and let us sing and dance and ring in the new Hail Atlantis!
(Donovan: Atlantis)

Die nächsten Tage sind verdammt stressig. Ich weiß gar nicht, wie ich alles unter einen Hut bringen soll. Mein Job, das Rätsel um Fashil, die Rettung der Welt, das Programm für Didis Hochzeit zusammenstellen – und dazu noch meine völlig geschockten Männer in Einzelgesprächen aufmuntern. Mir bleibt überhaupt keine Zeit, mich um meinen eigenen Geistes- und Gefühlszustand zu kümmern.

Ich fühle mich wie ein knuffiges Glücksbärchen in einem Hamsterrad. Gedrückt und gehetzt.

Einen entscheidenden Vorteil hat das Ganze. Fashil ist zwar noch präsent, allerdings wird er in die hinterste Ecke meines Gehirns gedrängt. Und wenn man es genau nimmt, ist die Ausgangssituation nur positiv. Sollte der Space Lord den Untergang der Welt für die nächsten Tage geplant haben, dann bleibt uns wenigstens diese Hochzeit erspart. Und wenn nicht, dann ist immer noch Zeit genug, dass wir uns um den Durchgeknallten kümmern. Also, um den Irren mit den Welteroberungsplänen. Der Irre mit dem Hochzeitswunsch beansprucht im Augenblick weit mehr von unserer Hingabe.

Es wird Zeit, Prioritäten zu setzen.

Also mache ich mich zuerst an die Setliste für Didis Hochzeit. Wenn wir da schon auftreten müssen, soll es wenigstens nicht unvorbereitet sein. Theoretisch könnten wir einige schöne alte Rockklassiker zusammenstellen.

Leider hat auch Verucca ihre ganz persönlichen musikalischen Favoriten und ich bringe es einfach nicht übers Herz, diese nicht mit einzubeziehen. Vor allem, nachdem ihr Herzenswunsch nach einer kirchlichen Trauung nicht erfüllt wird.

Didi muss umdisponieren. Auf dem Standesamt gibt es keine Probleme, doch kein Pfarrer will ihn und Verucca trauen. Was genau genommen kein Wunder ist, da weder Didi noch sein Veteranengroupie getauft oder Mitglied einer christlichen Kirche sind. Verucca hat dies bislang nicht sonderlich gestört. Sie war und ist der Ansicht, Liebe findet einen Weg. *Love is all you need.*

Das Vorgespräch bei einem katholischen Geistlichen, und drei Stunden später bei seinem evangelischen Kollegen, verlief frustrierend und endete beide Male mit einer wütenden Braut, die den armen Priester einen verklemmten Sklaven des Establishments nannte und in seinem Büro ein Protest-Sit-in veranstalten wollte. Die Priester standen kurz vor einem Nervenzusammenbruch.

Während Verucca tobte, saß Didi strahlend da und freute sich über seine temperamentvolle Braut. Irgendwie scheint mein kleiner Lieblingsdämon selbst wie besessen. Allein der Gedanke an die Hochzeit mit dieser Frau lässt ihn wie auf einem Dauertrip durch den Tag schweben. Er bekommt das selige Grinsen überhaupt nicht mehr aus dem Gesicht. Die vollreife Liebesjüngerin hat Glück, dass sie nicht im Mittelalter lebt, mit ihrer Einstellung und ihren hennarot gefärbten Haaren, dazu noch die intensive Beziehung zu einem Sukkubus – der Scheiterhaufen wäre ihr so sicher gewesen wie das Amen der Inquisition.

Seit drei Tagen habe ich Ansgar nicht mehr gesehen. Der Schock sitzt wohl tief.

Er hat sich in seiner Wohnung verbarrikadiert und hadert mit dem Schicksal. Ich habe schon mehrfach vergeblich versucht ihn anzurufen und bin froh, dass er schließlich doch noch ans Telefon geht. So kann ich ihm die gute Botschaft überbringen: Die christlich-kirchliche Hochzeit ist gecancelt.

Ansgar kommentiert es nur mit einem trockenen »Aha!«, dann legt der Saftsack einfach auf. Mal wieder.

Irgendwann, ich schwöre, irgendwann treibt dieser Mensch, Gott oder was auch immer er sein mag, also irgendwann treibt mich dieses Wesen dazu, einen ganz besonders scheußlichen Mord zu verüben!

Aber jetzt ist erst mal die Setliste für Didis Hochzeit dran. Mordpläne müssen warten.

Wir schaffen es tatsächlich, zwei komplette Probentermine einzuschieben und die musikalische Untermalung für die Hochzeitsfeier ist damit in trockenen Tüchern, worüber ich mehr als froh bin. Die Zeit verfliegt viel zu schnell, die Nerven liegen blank. So viel zu tun – und nur ein Leben dafür.

Es gilt, Prioritäten zu setzen.

Ich habe beschlossen, dass Didi definitiv vorgeht. Fashil kann warten. Bis zum Weltuntergang haben wir noch knapp vier Monate Zeit, da können wir die Hochzeit noch locker zuvor über die Bühne bringen. Und so schlimm wird die Vermählungsfeier zwischen Dämon und Groupie ja wohl nicht werden. Na ja, anscheinend vergesse ich wohl immer wieder, dass Murphys Gesetz auch für Götter gilt. Wie mir noch deutlich klar werden soll.

Heute ist der große Tag.
Unser Didi heiratet.

Nach dreitausend Jahren ist er endlich bereit, sich zu binden. Lebenslänglich. Zumindest gilt das für Verucca, denn wenn es biologisch einigermaßen normal zugeht, wird mein kleiner 49-jähriger Dämon wohl etwas länger auf diesem Planeten verweilen als seine 72-jährige künftige Angetraute.

Der Tag beginnt recht harmlos.

Ich wache ausgeruht und voller guter Hoffnung auf, trinke erst mal einen Liter starken Kaffee und beginne dann mit meiner optischen Transformation. Seufzend betrachte ich mich anschließend im Spiegel. Na ja, es ist nur ein einziger Tag, tröste ich mich, solange halte ich dieses ungewohnte Outfit schon aus. *Wird garantiert nicht so schlimm werden, Mia*, muntere ich mein Spiegelbild auf, werfe mir ein Kusshändchen zu und mache mich auf den Weg.

Um zehn Uhr am Vormittag treffen wir uns alle vor dem Standesamt. Es ist schon ziemlich warm um diese Uhrzeit. Und ich muss meine Hoffnung begraben, dass es wohl nicht so schlimm werden kann. Es ist schlimmer.

Ich komme mir echt albern vor in meiner furchtbar unbequemen, orange-lila gemusterten Schlaghose, den gelben Plateau-Sandalen und dem grell neongrünen Baumwollshirt mit Paisleymuster und Trompetenärmeln. Aber Verucca wurde nostalgisch und wollte eine Motto-Hochzeit. Alle Gäste sollen entsprechend gekleidet sein. Thema: 1969 – *Summer of love*.

Und ich sehe auch nicht als einzige so blöd aus. Veruccas Freunde könnten ganz locker auf jeder Anti-Vietnamkriegs-Demo mitmarschieren.

»Hey, Chefin! Du siehst irgendwie süß aus.«

Bimmel klatscht mir fröhlich auf die Schulter. Ich betrachte meinen Gitarristen, mustere ihn von oben bis unten.

Er trägt ausgefranste Jeans mit einem 50-cm-Schlag ab Kniehöhe, der mit bunten Schmetterlingen bestickt ist. Ansonsten: Nichts. Keine Schuhe, keine Socken, an seinem zugegeben gut gebauten nackten

Oberkörper baumelt nur eine lange Kette mit einem riesigen *Peace* Symbol-Anhänger.

»Wo ist dein Hemd?«, frage ich streng.

»Freiheit und Liebe, Schwester. Soll ich dir eine Tüte drehen?«, säuselt mein Schutzgott und macht mit den Fingern das V-Zeichen für Frieden.

»Bimmel!«

Er grinst. »Na, wenn schon abgedreht, dann richtig, oder? Es wird für uns alle schwierig genug werden, diesen Tag heute ohne kompletten Dachschaden durchzustehen, da können wir genauso gut ein wenig Spaß haben, denkst du nicht?«

Ich nicke seufzend.

»Wo ist Sal?«

Suchend blicke ich mich um.

»Bin hier«, nuschelt es neben mir.

Ich gucke mir den Kerl genau an.

Er ist so groß wie Sal, hat Sals Hände und seine Nase. Mehr kann ich nicht erkennen. Der Typ steckt in weißen Leinenpluderhosen, er trägt Jesuslatschen und eine knielange, orangefarbene Tunika mit besticktem Nehru-Kragen umwallt seine Figur. Seine fast hüftlangen, braunen Haare werden von einem giftgrünen Stirnband leicht gebändigt und gehen nahtlos in einen auf die Brust fallenden, dichten Vollbart über, in dem ein paar halb vertrocknete Gänseblümchen stecken. Eine lila getönte John-Lennon-Sonnenbrille mit kreisrunden Gläsern tarnt auch noch den letzten identifizierbaren Rest meines Schlagzeugers.

Ich öffne den Mund, bekomme aber zunächst nur ein undefinierbares Geräusch heraus.

»Wrgzgtwtfk?« Langsam hole ich wieder Luft. »Sal? Warum um alles in der Welt siehst du aus wie Cousin Itt von der Addams Family? Und dazu noch wie Itt auf LSD! Was soll die Kopf- plus Gesichtsperücke?«

»Ich will nicht, dass mich jemand erkennt«, knurrt Sal. »Das ist alles so dermaßen demütigend und peinlich. Wenn dieses Happening hier vorbei ist, muss ich mal ein ernsthaftes Wort mit unserem Basser reden.« Sal scheint mich zu mustern. »Obwohl, du siehst irgendwie süß aus.«

Er sieht sich immer wieder verstohlen um und zieht den Kopf ein, wie eine sehr plüschige Schildkröte.

Mittlerweile hat sich vor dem Standesamt eine beachtliche Menge an interessierten, grinsenden Zuschauern eingefunden. Handys werden gezückt. Die Leute fotografieren und filmen die knallbunte Hochzeitsgesellschaft. Und kriegen sich fast nicht mehr ein.

Ja ja, amüsiert euch nur, ihr Hohlköpfe! Ich wünsche insgeheim allen Zuschauern üblen Ausschlag. An Stellen, wo sie sich nicht kratzen können. Oder zumindest fette Hämorrhoiden und stundenlanges Sitzen auf harten Bänken.

»Das werde ich der kleinen Höllenkreatur so schnell nicht verzeihen«, flüstert Sal böse. »Dämon hin oder her – aber alles hat seine Grenzen.«

»Es könnte schlimmer sein«, versuche ich ihn zu beschwichtigen.

»Was zur Hölle ist denn schlimmer als das hier?«, motzt Sal und deutet mit beiden Händen auf sein Hare-Krishna-Outfit.

»So einiges. Stell' dir bloß mal vor, er hätte sich in eine Pornodarstellerin verknallt. Und wir wären jetzt dort auf der Feier. Mit *Dress Code* – oder *Undress Code*.«

Sal schüttelt bekümmert den Kopf. »Mia, ich glaube, wir müssen uns irgendwann mal ernsthaft über deine Art der Aufmunterung unterhalten. Könntest du wenigsten heute, wenigstens einen einzigen Tag lang, Rücksicht darauf nehmen, dass ich meinen Kopf nicht gegen irgendeine Tischplatte knallen kann, weil sonst meine Tarnung verrutscht? Und bei deinen Beispielen habe ich normalerweise keine andere Alternative, um all die schrecklichen Bilder aus meinem Gehirn zu entfernen.«

Bimmel hüpft aufgeregt um uns herum und posiert dabei fröhlich für die Kameras der ungebetenen Zuschauer.

»Also ich finde es mittlerweile ganz nett. Die vielen bunten Blumen! Groovy! Und die bunten Leute. Eigentlich ist es fast wie früher. Zuhause. Alles so schön bunt! Ich bin mal gespannt, wie Ansgar aussieht.«

Lautstark stimmt unser hyperaktiver Gitarrist Scott McKenzies Hit *San Francisco* an.

»*... be sure to wear some flowers in your hair ...*«

Unter Sals aufgeklebter Gesichtsbehaarung zeichnet sich ein kleines, böses Lächeln ab. »Oh ja! Der Olle mit Blumengirlande auf dem Kopf! Ich denke, das wird meine Laune schlagartig bessern.«

Ich sehe mich ungeduldig um.

»Wo bleibt Ansgar denn überhaupt? Er wird die Sache ja wohl hoffentlich nicht boykottieren.«

Allein schon der Gedanke macht mich nervös.

Wir warten.

Nach zehn Minuten fährt ein Taxi vor. Wie in Zeitlupe öffnet sich die Beifahrertür und Ansgar steigt aus.

Wir sehen erst nur seine schwarzen Cowboystiefel. Dann eine tiefschwarze, seitlich geschnürte Lederhose. Ohne Schlag. Eine Motorradjacke aus tiefschwarzem Leder über einem schwarzen T-Shirt, auf dem Steppenwolf steht. Und eine nachtschwarze Sonnenbrille. Langsam schreitet der Olle auf uns zu. Nicht ein Tropfen Schweiß steht auf seiner Stirn. Er nickt allen einen wortlosen Gruß zu.

»Hui.« Bimmel verzieht anerkennend den Mund.

Das ist ja wohl der Gipfel an Arroganz! Ich bin sprachlos und empört.

»Ansgar! Das ist Didis Hochzeit. Wieso ignorierst du seinen Motto-Wunsch?«

Ansgar steckt beide Daumen lässig in die Schlaufen seiner Hose, wirft einen langen Blick auf die Hochzeitsgesellschaft und zieht einen Mundwinkel hoch.

»Meines Wissens lautet das Thema 1969, *Summer of Love*. Und hättet ihr in Geschichte besser aufgepasst, dann wüsstet ihr, dass 1969 der Film Easy Rider herausgekommen ist. Uraufführung in den USA am 14. Juli. Der Sommer der Freiheitsliebe, der Rocker und der Rebellion.«

Er mustert uns mit amüsierter Arroganz. Typisch Nordgott eben.

»Und dann würdet ihr jetzt auch nicht wie die Volltrottel übelgelaunt und reichlich bunt zwischen all den Pseudo-Blumenkindern herumstehen.«

Ich funkle ihn an. Dann hole ich tief Luft.

»Und wenn du nicht manchmal so ein dermaßen arrogantes, selbstgefälliges mmpppffmmpffmppff...«

Sal hält mir mit beiden Händen von hinten den Mund zu.

»Sommer der Liebe. Sommer der Liebe«, zischt er.

Es gelingt mir erst nach einigem uneleganten Gestrampel, mich aus der Umklammerung herauszuwinden.

»Lass mich sofort los!«, fauche ich meinen Schlagzeuger an und versuche, wieder einen kleinen Rest meiner Würde zurückzubekommen. Ich mache einen Schritt nach vorne und baue mich vor dem Ollen auf.

»Ansgar, du ... du ... du dämliches Sackgesicht! Du hättest uns ja auch was sagen können.«

Mein Gitarrist grinst bloß. »Beruhigt euch. Immerhin habe ich auch eine Blume am Revers.«

Ich schaue genau hin. »Ja. Aber sie ist schwarz!«

Der Olle lacht. »Jeder, wie er kann. Übrigens, du siehst irgendwie süß aus. Ein wenig wie Janis Joplin.«

Ich brauche demnächst unbedingt einen Spiegel. Dringend.

Ansgar sieht sich um.

»Und? Wo ist das nicht ganz so junge Glück?«

Jetzt, wo er es sagt: Didi und Verucca sind tatsächlich noch nicht aufgetaucht. Eigentlich wird es langsam höchste Zeit, in fünf Minuten soll die Trauung losgehen. Eine von Veruccas Freundinnen, eine Ausdruckstänzerin in nicht ganz so reifen Jahren, schwebt mit einem Weidenkorb auf uns zu.

»Greift zu, Freunde! Wenn die beiden kommen, soll ihr Weg mit Rosen gepflastert sein.« Sie hält uns den geflochtenen Korb unter die Nase.

Ich fasse beherzt hinein und ziehe eine Handvoll Wiesenblumen hervor, die direkt unterhalb des Kopfes abgeschnitten wurden. Lauter kleine, bunte, leicht angewelkte Marie Antoinettes.

»Rosen?«

Ich betrachte skeptisch die Löwenzahnköpfe, Rotklee und die Gänseblümchen. Das ätherische Wesen nickt entrückt.

»Rosen sind teuer. Es geht mehr um die Geste und das damit verbundene positive Denken. Auch die einfachste Wiesenblüte ist ein Geschenk Gottes.«

»Aha.« Sal stopft sich mehrere Hände voll symbolischer Rosen in die Tunika, die er vor seinem Bauch zu einer orangefarbenen Tasche improvisiert hat.

»Da sind sie!«

Ein jubelnder Aufschrei ertönt aus der Mitte der wartenden Hippie-Meute; zeitgleich erklingt ein grauenhaftes Geschepper und völlig dissonantes Gequäke. Acht kahlköpfige Chinesen oder Mongolen oder was weiß ich auch immer für asiatische

Landsleute in buddhistischen roten Mönchskutten bilden eine zweireihige, lautstarke Parade mit kleinen Gongs und Zimbeln. Zwei von ihnen pusten kräftig in seltsam geformte Tröten.

Ansgar schiebt seine Sonnenbrille zurück.

»Oh, Dung!«

Ich bohre ihm meinen Ellenbogen in die Rippen. »Du darfst ruhig Scheiße sagen, bei dem Lärm hört dich ohnehin keiner.«

Er schüttelt den Kopf. »Nein, diese Dinger dort, die Blasinstrumente. Das sind rituelle tibetische Trompeten. Man nennt sie Dung.«

Sal stöhnt leise die übliche Bemerkung. »Klugscheißer«.

Zwischen den beiden Mönchsreihen, die sich gemächlich trötend auf uns zu bewegen, schreitet das Brautpaar Hand in Hand.

Didi trägt einen weiten, schneeweißen Kaftan und strahlt mit der Sonne um die Wette. Verucca ist in einen Hauch von weißer Spitze mit dünnen Spaghettiträgern gehüllt. Sie ist barfuß, um ihre schrumpeligen Fußknöchel sind dünne Goldkettchen mit glückbringenden Anhängern geschlungen. Auf ihren Fußrücken prangen magische Henna-Ornamenten. Ein Kranz aus weißen Blüten sitzt auf ihren rotgefärbten langen Haaren. Auch sie strahlt, aber da der gesamte Körper dieser Frau aus Lachfältchen besteht, kann man es nicht sofort erkennen.

Das nervige Getröte verstummt und die Mönche setzen sich mitten auf den Gehweg. Nun bilden die bunten Gäste ein Spalier, durch das Didi und Verucca ins Standesamt schreiten. Dabei streuen die Hochzeitsgäste die mit viel Fantasie als Rosen erkennbaren Wiesenblüten mit eleganten Armbewegungen vor ihre Füße, so dass die Frischverliebten auf einem Blumenteppich zur Eheschließung schreiten.

Alle außer Sal. Der pfeffert leise vor sich hin fluchend mit voller Wucht mehrere Hände Grünzeug dermaßen heftig gegen Didis Hinterkopf, dass mir allein vom Zusehen ganz schwummerig wird. Hinter dem Brautpaar schließt die Gesellschaft auf und quetscht sich ins Trauzimmer.

Die Standesbeamtin ist jung, hübsch, sehr blond und sehr überrascht.

Sie sieht sich kurz im Raum um, wahrscheinlich vermutet sie, dass ihre Kollegen ihr einen Streich spielen und sie mitten in eine Sendung mit versteckter Kamera geraten ist. Als Didi und Verucca vor dem Schreibtisch Platz nehmen, weiten sich die ohnehin schon großen blauen Augen der jungen Dame. Ansgar lässt sich langsam auf den Stuhl neben Didi sinken und schiebt seine Sonnenbrille zurück. Die Blondine sieht ihn erschrocken an.

»Ich bin so was wie der Vater des Bräutigams und eine Art Trauzeuge«, stellt unser Nordgott energisch klar, während er die Standesbeamtin mit Nachdruck fixiert.

»Oh … äh …«, stottert die junge Frau. Und hat die … die Braut … äh, haben Sie auch jemanden, der hier neben Ihnen Platz nehmen möchte? Familie? Oder Trauzeugen?«

Verucca lacht tief und kehlig. »Die Kraft der Liebe und Jim und Joe sind hier bei uns, Schätzchen, das reicht.«

Die Blondine sieht sich suchend um. »Wer?«

»Jim Morrison und Joe Cocker, Liebes. Sie sind nicht tot, ihre Energie ist direkt hier, ich kann sie fühlen und sie sind jetzt bei mir.« Verucca strahlt und hebt beide Handflächen Richtung Himmel. »*Love and Peace, that's all we need*«, skandiert sie.

Didi platzt fast vor Stolz. »Meine Frau war bei Woodstock live dabei«, erklärt er.

Die Standesbeamtin klammert sich fest an ihre Unterlagen und beginnt dann mit der Trauung. Ich muss sagen, sie macht es ganz ordentlich für jemanden, der zum ersten Mal im Mittelpunkt der Aufmerksamkeit eines Sukkubus, seiner reichlich angeschrumpelten künftigen Ehefrau und von circa dreißig knallbunt angezogenen Blumenkindern steht, die meisten davon schon deutlich im Alter der Braut. Nicht zu vergessen, dass die junge blonde Frau von einem tiefschwarz gekleideten nordischen Gott in Grund und Boden gestarrt wird, der dabei den Gesichtsausdruck eines völlig ausgehungerten Fenriswolfs hat.

Huh, wie heißt es in der Edda? Es ist Schwertzeit, es ist Wolfszeit. Ich könnte schwören, ich höre Ansgars Magen knurren.

Die Blondine biegt verbal in die Zielgerade, beschleunigt nun beim Sprechen.

Es geht verdammt eng zu in dem kleinen Trauzimmer, das eigentlich nur für die Hälfte der Anwesenden ausreicht. Zwar ist die Tür in den Flur geöffnet, doch die Hochzeitsgäste versuchen immer wieder hereinzudrängen, und etwas von der Traurede mitzubekommen.

Außerdem riecht es nach wenigen Minuten seltsam. Irgendwie krautig. Aus den hintersten Reihen steigt Zigarettenrauch auf und ich höre Gekicher, darunter ganz klar Bimmels Stimme.

Das haarige Geschöpf neben mir, in dem sich mein Drummer versteckt, hält die Arme verschränkt und schüttelt permanent den Kopf.

Dann stellt die Standesbeamtin die alles entscheidende Frage.

Zweimal ertönt das Wort »Ja«, klar und deutlich.

Gefolgt von Sals Stöhnen, genauso laut. Und sehr deutlich.

Das glückliche Brautpaar unterschreibt die Eheurkunde. Ansgar setzt seine Unterschrift als Trauzeuge darunter, wobei er die ganze Zeit nicht auf das Papier, sondern in die schreckgeweiteten kornblumenfarbenen Augen der Standesbeamtin blickt, die mich an ein Kaninchen erinnert. Ein süßes, flauschiges, ausgesprochen hübsches, hypnotisiertes Häschen, das sich plötzlich Auge in Auge mit der Midgardschlange konfrontiert sieht. Ansgar sagt irgendetwas zu ihr, aber leider höre ich nichts, es geht im allgemeinen Jubel unter.

Jeder stürmt ins Zimmer, Tränen fließen, die Eheleute werden geküsst, gedrückt, geherzt. Ein paar Gäste improvisieren einen Chor und singen inbrünstig: *Let the sunshine in.*

Sal bahnt sich dauerstöhnend den Weg nach draußen, ich bleibe ihm auf den Fersen. Vor der Tür sehen wir uns um.

»Wo ist dein Gitarrist?«, frage ich.

Sal sieht mich müde durch seine lila getönten Gläser an. »Welcher?«

»Der Hungrige.«

Erneut ein tiefes, kehliges Stöhnen seitens meines Drummers. Dann ein resigniertes »Ich hol' ihn.«

Er kämpft sich wieder zurück.

»Und hör' endlich mit dem Gestöhne auf, ich komm' mir auch so schon wie in einem Softporno vor«, rufe ich ihm nach.

Ein Kopf legt sich auf meine Schulter.

»Chefin, ich hab' euch alle so lieb. Und ich bin total ausgehungert.«

Oh je, der andere! Bimmel wirkt selig relaxt.

»Pizza! Das wäre jetzt toll. Und dann noch Schokoriegel. Ganz viele.« Er lächelt verklärt.

Ich verdrehe die Augen. Irgendetwas muss ich in meinem früheren Dasein furchtbar falsch gemacht haben – und nun erhalte ich immer wieder die Quittung dafür.

Sal quetscht sich mit Ansgar im Schlepptau durch die Gratulanten.

»Ich weiß echt nicht, wie der Olle das macht. Ich bin gerade dazugekommen, wie er zu der Standesbeamtin in diesem typisch herablassenden Gitarristenton gesagt hat: ›Du! Blondes Weib! Gib mir deine Handynummer.‹« Sal schüttelt fassungslos den Kopf. »Und weißt du was? Sie hat sie tatsächlich für ihn aufgeschrieben.«

Ansgar lächelt wie ein Fuchs, dem die Hühner nicht nur bereitwillig ihren Stall öffnen, sondern sich davor in Reih' und Glied mit nach hinten gebogenen Hälsen aufstellen. Na, wenigstens ein Go!Dessianer hat Spaß.

Eigentlich zwei, wenn ich den glücklichen Bräutigam mitrechne. Ach nein, es sind drei. Bimmel ist von seinem allerersten Zug an einem Joint bereits von unendlicher Glückseligkeit erfüllt. Er umarmt alle, die nicht schnell genug aus seiner Reichweite flüchten.

Wir pilgern ins Freie. Ich freue mich auf die anstehende Feier in einer gerade mal fünf Gehminuten entfernten Kneipe. Zumindest hebt die Aussicht auf etwas Flüssiges meine Stimmung. Ich bin schon total ausgetrocknet.

Veruccas Freundin, die Ausdruckstänzerin, hüpft in ihrem wallenden Gewand heran. »Ihr lieben Kinder der Sonne, stellt euch dort drüben hin. Für die heilige Zeremonie.« Sie managend wohl den Ablauf der Party.

»Äh, was für eine Zeremonie, liebe … wie ist gleich noch mal dein Name?«, frage ich.

Sie strahlt. »Ich bin *Starflower*.« Verschwörerisch senkt sie ihre Stimme. »Eigentlich haben mich meine

Eltern Brigitte getauft, aber nach meiner Erleuchtung habe ich den wahren Namen meines Selbst angenommen.«

»Aha«, kommentiert mein Schlagzeuger düster. »Schön dich kennenzulernen. Ich bin Sal und mein indianischer Name heißt übersetzt: Der-sich-gleich-die-Kugel-gibt.«

»Bri… ich meine, Starflower, was für eine Zeremonie?«, insistiere ich, mittlerweile etwas beunruhigt.

»Oh, wir hatten ja bisher nur die profane, weltliche Trauung. Jetzt kommt das göttliche Element dazu. Der Segen des Himmels.«

Starflower bugsiert uns schön in eine Reihe; wir bilden mit den anderen Gästen erneut ein Spalier, während die rot gekleideten Mönche mittlerweile einen kleinen weißen Pavillon aus Bambusstangen und Stoffbahnen errichtet haben und diesen laut und grauenhaft näselnd singend auf der mit Hochzeitsgästen gesäumten Allee entlang ans andere Ende tragen.

Starflower hat sich zwischen Sal und mich gedrängt und nimmt unsere Hände. Die Mönche beenden ihren Singsang und ein alter Mann mit einem schmuddeligen Turban stellt sich in die Mitte der Wegstrecke. Zwei junge Männer wuchten einen verdammt schwer aussehenden Felsbrocken vor seine Füße.

»Es handelt sich um ein hinduistisches Ritual«, zwitschert Starflower fröhlich. »Braut und Bräutigam vollziehen nun das Shilarohan. Verucca klettert über diesen Stein, als Symbol, dass sie künftig alle Hindernisse in ihrer Ehe überwinden wird, auch wenn sie noch so schwer erscheinen.«

»Entschuldige bitte.« Behutsam mache ich meine Hand aus Brigittes Umklammerung frei. »Das ist ein hinduistisches Ritual? Sind das da vorne nicht buddhistische Mönche?«

»Oh, ja«, die Ausdruckstänzerin nickt heftig. »Die sind danach dran. Vor dem hawaiianischen Muschelblasen. Und bevor der Rabbi spricht.« Sie strahlt mich an. »Schließlich sollen sämtliche Himmel dem Brautpaar wohlgesonnen sein.«

Sal grinst angestrengt. »Ich denke nicht, dass Ansgar darüber so glücklich sein wird.«

»Ansgar? Das ist der stellvertretende Vater des Bräutigams, nicht?«, fragt das ätherische Wesen an meiner Seite.

Ich nicke.

Sie klatscht freudig in die Hände.

»Keine Sorge! Didi hat mit soviel Respekt und großer Zuneigung von seinem Alten Herrn und dessen nordischer Religion gesprochen, dass wir einen freien Redner der Wikingergemeinde gebeten haben, zum Abschluss noch ein Extra-Ritual zu vollziehen.«

Ich starre sie entsetzt an. Und sehe mich dann wild um. Kein Opferstein weit und breit. Aber wer weiß …

»Geht es dabei irgendwie um Jungfrauen?«, presse ich krampfhaft hervor.

»Jungfrauen?« Starflower kichert. »Na, wenn du hier welche entdeckst, bist du gut!« Der Turbanträger hat mittlerweile ein kleines Lagerfeuer auf der Straße entzündet und Didi umrundet mit Verucca vorneweg dreimal die Flammen. Dann werfen beide eine Handvoll Körner ins Feuer.

»Eigentlich sollte das Brautpaar traditionell Gerste opfern. Wir haben auf die Schnelle aber nur Mais bekommen, da es mal wieder nicht klar war, wer für was bei der Organisation der Feier zuständig ist. Ich musste improvisieren«, erläutert Starflower.

Während Didi seiner Frau ein seltsames Farbpulver

auf den Scheitel reibt, ploppen hinter ihm die Maiskörner und es riecht wie im Kino.

Das junge Glück tänzelt Hand in Hand Richtung Pavillon. Unterwegs kommen ihnen halbnackte Männer in Baströckchen entgegen, die auf großen Tritonsmuscheln immerhin recht harmonisch tröten und damit sogar Sals Stöhnen übertönen, das mittlerweile eine überragende Lautstärke erreicht hat. Ich fühle mich, als würde ich neben einem röhrenden, stark depressiven Hirsch stehen.

»Nein, nein!« Starflower winkt hektisch. »Die musikalische Untermalung aus Hawaii sollte doch erst später stattfinden.«

Das Brautpaar kämpft sich strahlend weiter vorwärts und erreicht die Mönche.

Diese hängen den beiden zunächst je eine weiße Blütengirlande um den Hals und malen dann jedem drei Punkte auf die Stirn. Didi und Verucca entzünden Kerzen und Räucherwerk. Zum Abschluss singen Mönche und Brautpaar minutenlang das Mantra »*Om mani padme hum*«. Die Gäste singen mit. Außer zwei sehr unglücklichen Gottheiten. Wo ist eigentlich der Rest der Truppe? Ich sehe mich um.

»Wo ist Ansgar?«, flüstere ich über den Kopf der Ausdruckstänzerin Sal zu.

Der zuckt nur mit den Schultern.

»Und Bimmel?«

Er deutet schweigend Richtung Hindu-Feuer, wo Bimmel verzückt mit den hawaiianischen Muschelbläsern im Kreis hüpft.

Nach dem letzten »*Hum*« tritt ein Mann mit einem Weinglas in der Hand vor den Pavillon. Der Rabbiner. Er verliest sieben Hochzeits-Segenssprüche, wie uns Starflower erklärt. Dann trinkt das Brautpaar aus dem Kelch.

Oh, Mann! Wie ich die beiden beneide.

Ich bin am Verdursten. Wie lange dauert das denn alles noch?

Der Rabbi fasst sich kurz – preist die Götter, Leute! Didi zertritt symbolisch das Weinglas. Wir stehen jetzt schon seit über einer Stunde in der Sonne und ich kann förmlich sehen, wie Sal sich Strafen für seinen Basser ausdenkt, während der Schweiß unter seiner Kopf- und Gesichtsperücke in Strömen fließt. Oh ja, mein kleiner Dämon, diesmal wird sich auch deine Sängerin etwas genauer mit dir auseinandersetzen, ich schwöre. Notfalls mit einem Kilo Möhrchen.

Der Rabbi geht und es wird plötzlich still.

Ein Mann stapft unter dem Pavillon hervor. Er trägt Hosen aus geschnürtem Leinen, einen grob gewobenen Kittel und darüber ein Lederwams. Um die Handgelenke sind breite Lederbänder gewunden. Auf dem Kopf steckt ein Helm. Mit Hörnern.

Und in der Hand hält er tatsächlich ein Breitschwert.

Er greift sich Verucca und stößt den permanent grinsenden Didi zu Boden. Dann bläst er in ein Horn, ein lang gezogener, qualvoll tiefer Ton vibriert in unseren Ohren und der Schwertträger brüllt: »Wo isch die Sippe dieses Kriegers?«

»Hier!«

Ein Raunen geht durch die immer noch Spalier stehenden Gäste. Ansgar schreitet durch die Gasse aus Menschenleibern. Und er schreitet wortwörtlich. Seine Augen blitzen.

»Wie isch dein Name?«, will der Pseudokrieger wissen. Es wäre eindrucksvoller, wenn er beim Sprechen nicht diesen starken schwäbischen Akzent hätte.

»Ansgar, vom Geschlecht der Wanen«, erwidert mein Gitarrist von oben herab.

Der Schwertträger mustert ihn leicht irritiert.

»Bisch du bereit, den Brautpreis für dess, ähm, für die... Jungfer zu bezahlen und sie deim Sohn damit zum Weib zu schenken?«

Ansgar hat mittlerweile die Gruppe erreicht. Er starrt den schwäbelnden Wikingerpriester an.

»Du machst das nicht richtig. Her mit dem Schwert. Und dem Frauenzimmer!«, knurrt der Olle.

Der Pseudo-Nordmann reißt die Augen auf.

»Äh, eigentlich läuft dess anders ab. Du muasch nun ... äh ...«

Er starrt in Ansgars Augen. Ich weiß nicht, was er dort sieht, aber nach zwei Sekunden kiekst das gestandene Mannsbild nur.

»Huch! Äh ...« Dann packt er Verucca, stößt sie Richtung Ansgar und überreicht diesem hektisch das Schwert. »Hier, nemm's!«

Ansgar drückt das Veteranen-Groupie neben Didi auf die Knie und schwingt das Breitschwert über die beiden Köpfe, hin und her. Schneller und schneller. Senkt es ab. Immer tiefer.

Verucca und Didi lächeln sich dabei selig an. Das Schwert surrt über ihren Köpfen. Dann berührt die Klinge Didis Kopf. Und verharrt.

»Schwöre bei diesem Schwert, welches historisch vollkommen falsch gestaltet ist, dass dir die Verbindung zwischen euch heilig sein wird.« Ansgars Stimme klingt feierlich.

»Ich schwöre«, beteuert Didi treuherzig.

Das Schwert wandert auf Veruccas Kopf.

»Und du, überreifes Weib, schwöre auch du, dass du den Bund ehren wirst.«

Verucca strahlt. »Ich schwöre!«

Ansgar nickt düster. »Hatte ich befürchtet«, murmelt er. Dann streckt er die Hand aus, Richtung Wikingerpriester.

»Reich mir die Schädelschale mit dem Opferblut, auf dass wir die Eheleute damit besprengen und segnen.«

Der entnervte Darsteller piepst nur noch. »Mir henn koi Blut. Mir nemmet immer Bier.«

Ansgar verdreht die Augen. »Dann reich' mir halt das Opferbier.«

Er betrachtet seufzend die kleine grüne Flasche, die mit rasanter Geschwindigkeit den Weg in seine Hand gefunden hat.

»Na dann«, der Alte Herr hebt das Opferbier. »*Skål!*«

Ansgar leert es mit einem Zug. »Und nun: Auf geht's! Los, alle in die Kneipe!«

Man soll seinen Göttern gehorchen und daher stürmen nun sämtliche Gäste los. Sal und ich vorneweg. Vorbei an der ätherischen Tänzerin Starflower, die sich vor Rührung in ein Damasttaschentuch schnäuzt und immer wieder stammelt: »Das war so wundervoll. So wundervoll.«

Sal schubst die Mönche zur Seite und ich bohre den halbnackten hawaiianischen Muschelbläsern beim Überholvorgang meine Ellenbogen in die Rippen.

Endlich. Die Kneipe! Kühles Nass! Wir sind in Sicherheit.

24.
I need a drink, I need it now – last call for alcohol!
(Hardcore superstar: Last call for alcohol)

Die Kneipe hat ein riesiges Nebenzimmer, das sich hervorragend für Feiern aller Art eignet. Starflower hat sich um das leibliche Wohl gekümmert und ein quietschbuntes, reichhaltiges veganes Büffet richten lassen. Schwamm drüber, das wird durch die reiche Auswahl an diversen Alkoholika wieder wettgemacht. Noch nicht mal Sal beschwert sich.

Nachdem wir uns alle an Tofuschnitzel und kandierten Lauchblüten gestärkt haben, beginnt der musikalische Teil. Go!Dessia lassen es krachen.

Wir versuchen es zumindest.

Natürlich lag uns im Vorfeld bereits eine Wunschliste von Verucca vor, worauf sich so ultrabrutale Heavysongs wie *Blowing in the wind* oder *Morning has broken* tummelten. Zu unserem Entsetzen stand auch DER Dancefloor-Track des Jahres 1968 darauf: *In A Gadda Da Vida.* Zum Glück gibt es hier nicht viel Gesang und Sal hat sich als Hochzeitsgeschenk doch noch dazu entschlossen, das eigenartige Drum-Solo in voller Länge zu spielen. Siebzehn Minuten lang schütteln Veruccas Freunde ihre Langhaarperücken, greifen mit Tempeltänzerbewegungen nach dem armen Mond, der hilflosen Sonne und den unschuldigen Sternen. Bimmel spielt heute mit Sender an der Gitarre und tanzt wie verrückt mitten unter den Feiernden, wirft sich auf die Knie und hat immer noch dieses blöde Dauergrinsen im Gesicht. Dann ist in Sachen Live-Musik endlich genug für heute.

Allerdings haben wir noch eine Überraschung für das Brautpaar. Eine Go!Dessia-Version von *With a little help from my friends.* Inbrünstig und aus tiefstem

Herzen röhre ich die Textzeile: *I'll get by with a little help from my friends.* Ansgar nickt dazu hoffnungsvoll. Das Fazit des Tages. Dann können auch die ausgezehrten Musiker endlich feiern.

Während der Soundtrack von Woodstock über die Lautsprecherboxen der Kneipe ertönt, bestelle ich mir als Aperitif einen kleinen Sekt. Ich stehe an der Theke, als Verucca an mir vorbei tänzelt und zunächst auf den Barhocker steigt. Wortwörtlich. Barfuß. Sie bewegt sich im Rhythmus des Songs und klettert dann, aufgeputscht von Jimi Hendrix' *Purple haze* auch noch auf die Theke. Dort tanzt sie mit gerafftem Kleid, schüttelt die hennarote Mähne. Über den Rand meines Glases werfe ich ihr einen Blick zu, dann einen zweiten und verspüre plötzlich den dringenden Wunsch, meinen Kopf gegen die Theke zu hämmern. Stattdessen seufze ich tief, was eigentlich Sals Text wäre. Dann kippe ich schleunigst noch einen Sekt auf Ex und schnappe mir ein Tablett mit vier großen Cocktailgläsern. Jedes einzelne ist mit einer anderen, leuchtend bunten Flüssigkeit gefüllt und wunderhübsch mit Obst, Glitzer-Chichi und Schirmchen dekoriert. Mein Tablett und ich, wir flüchten gemeinsam schleunigst vor die Tür. Dort setze ich mich auf die Steinstufen und betrachte das erste Glas.

Der Drink ist weiß wie die Unschuld. Mit einem kleinen, blutroten Wölkchen in der Mitte. Symbolisiert wahrscheinlich die Hochzeitsnacht. Ich koste vorsichtig. Wunderbar! Ein Cocktail mit mindestens einem Drittel Sahne, damit sich die zwei Drittel Wodka nicht so alleine fühlen. Das liebe ich. Sahne – mmh! Proteine sind abends gesund.

»*Skål*, Mia!«, proste ich mir zu und schlürfe langsam das köstliche Nass.

Der Trank gleitet über meine Zunge wie flüssige Wolken.

Der nächste Drink ist rubinrot und perlt. Ein French Kiss. Gesunder Granatapfelsaft, der freien Radikalen entgegenwirkt. Und ein wenig Wodka. Mit Sekt aufgefüllt. Ein rotes Juwel im Glas.

Eine Stimme unterbricht meinen philosophischen Genuss.

»Mia, was machst du denn so alleine hier draußen?«

Sal setzt sich neben mich auf die Treppe.

Ich leere das funkelnd-rote Getränk mit einem Zug und greife nach dem nächsten.

Das dritte Glas enthält eine zweifarbige Flüssigkeit, in der eine kandierte Kirsche und ein pinkfarbenes Papierschirmchen schwimmen. Vorsichtig koste ich und nicke, angenehm überrascht.

»Ich musste schnell den Platz an der Theke evakuieren. Bin sozusagen auf der Flucht.«

»Vor wem?«

»Die Frage lautet: Vor was.«

Wie soll ich meinem äußerlich gerade verdammt haarigen und tief im Inneren recht sensiblen Drummer mein augenblickliches Dilemma erklären, ohne dabei seine Gefühle zu verletzten? Andererseits, nachdem ich den vorletzten bunten Drink zur Hälfte geleert habe, fühle ich mich ziemlich tiefenentspannt und bin überzeugt, dass ich die rechten Worte finden werde. Ich beuge mich vor und versuche, Sals Augen mit meinem Blick zu fixieren. Das ist etwas beschwerlich, denn er trägt immer noch diese lila John-Lennon-Brille.

Hui, er scheint auch noch ordentlich geladen zu haben, denn er schwankt hin und her.

»Es liegt an Veruccas Haaren. Sie sind mit signalrotem Henna gefärbt.«

Sal wirkt besorgt. Er klopft mir leicht auf die Schulter.

»Ok, Süße, ich kann ja verstehen, dass du nach all den traumatischen Erlebnissen mit Karim mittlerweile ein Problem mit dieser Haarfarbe hast. Aber glaub' mir, auch wenn ich die Wahl unseres Bassers nicht gerade bejuble, Verucca gehört garantiert nicht zu Fashils verrückter Truppe. Dafür ist sie viel zu freiheitsliebend.«

»Du hascht ja keine Ahnung, wie freiheitsliebend«, unterbreche ich ihn. »Und ich fürschte misch auch nicht vor ihrer hennarot gefärbten Mähne. Mein Problem liegt weniger an der Oberfläsch ... der, äh ... also, es liegt tiefer.«

Ich muss kurz kichern. Du liebe Zeit, was ist denn bloß in diesen hübschen bunten Getränken? Meine Zunge räkelt sich bei jedem S-Laut wohlig in meinem Mund und schmiegt sich liebesbedürftig an meine Vorderzähne.

»Sie hat sisch nischt nur die Kpfhre gefärbt«, murmle ich.

»Die was?« Sal sieht mich besorgt an. Sein Blick wird streng. »Bist du betrunken? Jetzt schon? Los«, er wird energisch, »sag das Testwort. Jetzt!«

Ich schüttle den Kopf. »Schpäter. Isch sagte ...« *Los, Mia, tief einatmen und äußerste Konzentration, vielleicht merkt er dann nichts,* weise ich mich in Gedanken selbst zurecht. »Ich sagte: Kopfhaare«.

»Woher willst du das so genau wissen?« Sal scheint indigniert.

Ich nippe wieder an meinem den Göttern sei Dank hochprozentigen Drink und zeige mit dem Daumen über meine Schulter.

»Sie tanzscht gerade dahinten auf dem Tresen. Und sie trägt keine Unterwäsche.« Sal springt auf, überlegt, dann lässt er sich wieder schwer neben mich auf die Treppenstufe fallen, mit dem Rücken zum Saal. »Hast du noch so ein buntes Zeug im Glas übrig? Oder dein Parfüm in der Tasche? KO-Tropfen wären auch ganz nett. Ooooh …« Er verschränkt die Arme über seinen Knien und vergräbt das Gesicht darin. Ich höre seine halb erstickten Worte. Sein Mantra. »Raus aus meinem Kopf, raus aus meinem Kopf, raus aus meinem Kopf.«

Ja, denke ich, während ich meinem guten alten Freund mitleidig die Schulter tätschle und seine nun doch verrutschende Perücke zurechtzupfe, ich wünsche mir auch, dass ich manche Dinge im Leben nicht zu sehen bekommen hätte.

Allerdings bin ich froh, dass Sal die Sache mit dem Testwort offenbar vergessen hat. Vor ein paar Jahren haben wir es anlässlich einer überaus unerfreulichen Situation festgelegt. Es ging darin grob zusammengefasst um die Rettung der Welt vor besessenen Politikern, in die der Geist eines Menschenfleisch fressenden Ghouls gefahren war, Organhandel und eine gestohlene Westerngitarre und wir hatten danach ausgemacht, dass Sal meinen Kopf sofort unter einen eiskalten Wasserstrahl steckt, sowie ich das Wort Wildschweinschinken nicht mehr ordentlich aussprechen kann. Und ich befürchte, dass ich heute Abend sehr nass werden könnte.

Wirklich sehr nass.

Mein Schlagzeuger ist ohnehin der Ansicht, dass ich zu viel trinke. Was nicht stimmt. Es geht mir nicht um den Alkohol, ich bin einfach fasziniert von allem, was blubbert und bunt ist. Ich kaufe manchmal sogar ein Fläschchen Seifenblasenlösung, weil sich auf den zerbrechlichen Gebilden so schöne Regenbogen bilden. Es ist seltsam, kurz bevor eine Blase zerplatzt habe ich jedes Mal das Gefühl, mich an etwas zu erinnern. Ganz wage. Etwas sehr Altes und Wunderschönes. Und die kleinen Blubberbläschen im Sekt bringen mich zum Nachdenken.

Die zwar noch recht warme, aber frische Abendluft tut gut, mein Alkoholpegel senkt sich leicht. Ich bin wieder in der Total-Relaxed-Phase, in der die Aussprache der Buchstabenkombination sch problemlos möglich ist. Und mein Kopf funktioniert auch wieder.

Eigenartig, irgendwie habe ich schon seit einigen Stunden das absonderliche Gefühl, dass ein winziges Vernunftsneuron in meinem Gehirn herumhüpft und verzweifelt mit einer großen neongelben Fahne wedelt, um Aufmerksamkeit zu erhaschen. Es hämmert metaphorisch an meine Großhirnrinde und signalisiert immer wieder: Wichtig, rede mit Verucca. Rede mit Verucca!

Nur, warum? Es ist schwierig, auf die Stimme der Vernunft zu hören, wenn man seit Stunden im Hochzeitsschock und alkoholbedingt in einem mentalen Ausnahmezustand existiert.

Warum sollte ich mit der sonnengegerbten Liebesveteranin ein Pläuschchen führen? Um sie in die Geheimnisse der Hochzeitsnacht einzuweihen? Ich kenne die Frau doch gar nicht richtig. Wie gut kann man jemanden denn schon kennen, der einem vor einem Monat auf einer Ausstellung zugelächelt und seinen Rüschenhautausschnitt präsentiert hat?

In meinem Gehirn tobt mittlerweile das einsame Neuron berserkerhaft, springt wie ein Jo-Jo auf und ab und hämmert seinen mikroskopischen Kopf gegen meinen Frontallappen. Ich höre förmlich, wie es die Worte "Ausstellung" und "Verucca" brüllt.

Ausstellung ... mmh ... Ausstellung. Die Ausstellung bei Sabri.

Und plötzlich wird es mir klar. Das Glas mit *Piña colada*, an dem ich gerade nippe, fällt zu Boden und zerspringt in dutzende Scherben.

Ich vollkommen verblödeter Schwachkopf! Vor lauter Woodstock und fehlender Unterwäsche habe ich doch tatsächlich das Wesentlichste übersehen.

Ich flitze an meinem wortlosen Drummer vorbei zurück in die Kneipe und schaue mich um. Didi sitzt noch immer stolz grinsend an der Theke.

Ich schnappe mir seinen Oberarm. »Wo ist deine Frau?«

Er lächelt wie hypnotisiert und murmelt selig: »Sie ist toll, nicht?«

»Didi!« Ich schüttle ihn, bis seine Zähne klappern. »Wo ist sie?«

»Sie tanzt. Auf der Wiese hinter dem Haus. Weil Vollmond ist.«

Ich hechte zum Hinterausgang. Ein Dutzend vollreifer Blumenkinder summt »Om«, und schwebt zu unhörbaren Klängen barfuß über das Gras. Ihre ausgestreckten Arme bewegen sich wie Schmetterlingsflügel oder sanft im Wind schaukelndes Schilf. Mittendrin Verucca.

Ich walze durch die Gruppe, wie ein Panzer auf dem Platz des himmlischen Friedens in China im Juli 1989. Verucca wiegt sich mit geschlossenen Augen unter dem Licht des Vollmonds.

»Du musst mitkommen«, zische ich und ziehe die holde Braut an der Hand hinter mir her, zurück in die Kneipe; in die Damentoilette. Verucca kichert und macht mit den Fingern ihrer linken Hand das V-Zeichen.

»*Peace*, Schwester!«

»Ja, ja.« Ich winke ab. »Hör zu, Verucca ich brauche dringend etwas von dir.«

Sie strahlt mich an. »Ich hatte schon lange kein Quickie mehr auf der Damentoilette.«

»Was?!« Ich weiche ihren gespitzten Lippen aus, die meinem Mund bedrohlich näher kommen. »Nein!

Zumindest nicht jetzt. Oder irgendwann sonst in diesem Leben. Hör zu, ich brauche eine Information.«

Verucca schwankt leicht, scheint ansonsten aber ansprechbar. Neugierig blickt sie mich an. Ich schiebe sie ein kleines Stückchen von mir weg. Es ist verdammt eng hier drin.

»Du kannst dich doch bestimmt noch an die Ausstellung bei Sabri al Hussein erinnern. Wo du Didi gesehen hast.«

»Ja, klar«. Sie strahlt.

»Warst du zum ersten Mal dort?«

Verucca schüttelt die hennagefärbte Mähne.

»Nö. Ich geh' da regelmäßig hin. Gratis Essen und Trinken, Kunst und schöne Menschen. *Good vibrations.*«

»Das heißt also, du kennst Sabri näher?«

Sie überlegt. »Na ja, was heißt schon näher. Wir hatten keinen Sex. Anfangs schien er ja total charmant, so mit seinen Samtaugen und dem orientalischen Gehabe. Aber der Junge ist langweilig. Er ist süß, aber mehr so wie ein Hustenbonbon. Nichts Besonderes.«

Sie zuckt mit den Achseln und dabei gleiten ihre Spaghettiträger von den mageren Schultern. Ich bemühe mich höllisch, meinen Blick oberhalb ihres Kinnbereichs zu lassen.

Sie lächelt. »Kein Vergleich zu seinem Kompagnon.«

Ich halte die Luft an. »Verucca, hast du Sabris Geschäftspartner kennengelernt?« Kleine Hügelchen bilden sich auf meinen Unterarmen. Die holde Braut macht eine elegante Geste mit der Hand. Das komplette Oberteil des weißen Sommerkleidchens rutscht bis auf ihre Hüften.

»Fashil? Ja. Er hat mich mal zum Essen eingeladen.«

Ich kann es kaum glauben. »Du weißt also, wie er aussieht?«

Sie nickt so heftig, dass sie das Gleichgewicht verliert und in dem engen Waschraum fast umkippt. Ich fange sie auf, sie schlingt ihre Arme Halt suchend um meinen Hals. Die Tür geht auf und Starflower steht in der Tür. Amüsiert mustert sie uns von oben bis unten und kichert. Dabei lässt sie die Tür sperrangelweit offen.

Sal und Ansgar, die ausgerechnet in diesem Augenblick die genau gegenüberliegende Herrentoilette betreten wollen, starren mich an. Ein paar sehr stumme und vor allem sehr peinliche Sekunden vergehen.

»Öh, wäre es glaubwürdig, wenn ich euch erkläre, dass es bei weitem nicht so ist, wie es gerade aussieht?«, frage ich meine Männer und versuche behutsam, mich aus der Umklammerung der halbnackten Woodstock-Ikone zu lösen.

Ansgar zieht die Augenbrauen hoch und geht kopfschüttelnd aufs Klo.

Sal murmelt: »Ich bin blind. Ihr Götter, ich glaube, ich werde nie wieder sehen können«, dreht sich um und klopft sanft mit der Stirn an den Türpfosten.

Ich werde mir was Besonderes einfallen lassen müssen, um aus dieser mehr als peinlichen Nummer wieder heraus zu kommen. Doch die Wiederherstellung meines ramponierten Rufs muss warten, es gibt gerade weit Wichtigeres.

»Sal!«, rufe ich energisch, während ich Veruccas Kleid zurechtrücke. »Hör' mit dem Blödsinn auf und hol sofort Ansgar da raus. Didis Frau kennt Fashil.«

Mein Drummer wirft mir einen seltsamen Blick zu.

»Ich hätte nie gedacht, dass du so skrupellos sein kannst, um an Informationen zu kommen.«

Dann geht er aber brav in die Herrentoilette und kommt nach erstaunlich kurzer Zeit mit Ansgar zurück.

Unser Nordgott zieht energisch seinen Reißverschluss zu und sieht sich wild um.

»Wo? Wo ist der Gitarren ruinierende Drecksack?«

Ich schiebe die mittlerweile wieder vollständig angezogene Braut vor mir her.

»Sie kennt ihn.«

Ansgar stürzt vor und packt das Groupiewunder an den mageren Schultern, schüttelt sie wie wild.

»Wie sieht er aus? Wie sieht Fashil aus?«

Sal hebt warnend die Hand. »Pass auf, Alter, so voll wie die ist, könnte es bei dem ganzen Geschüttle gleich ein Unglück geben.«

Mein Gitarrist, vollkommen in Rage, schüttelt weiter.

»Wie sieht er aus?«

Spaghettiträger und Kleidoberteil wandern erneut ein ganzes Stockwerk tiefer. Und genau diesen Augenblick sucht sich Didi aus, um ebenfalls auf die Toilette zu gehen.

»Was machst du denn mit meiner Frau?«

Er wirft Ansgar einen verdatterten Blick zu.

Schnell klinke ich mich ein. »Es ist nicht so, wie es aussieht. Verucca weiß, wer Fashil ist.«

»Echt?« Didi strahlt schon wieder. »Sie ist toll, nicht?«

»Wie zur Hölle sieht Fashil aus!«, brüllt Ansgar und rüttelt Verucca durch wie Mürbeteig in einer Küchenmaschine.

Das jungfräulich-weiße Sommerkleidchen rutscht nun vollends zu Boden. Sal und ich halten uns zeitgleich die Augen zu, Ansgar stockt, dreht sich abrupt um und Didi schnappt hörbar nach Luft.

»Hui«, meint Verucca und kichert.

Und dann kommt auch noch Bimmel um die Ecke getänzelt.

»Hui!«, antwortet er. »Ein Happening! Ja, Freiheit

für alle!« Bimmel öffnet den Reißverschluss an seiner Hose.

»Er kann doch unmöglich von einem Zug solange stoned sein«, bezweifelte ich, während ich mich an Bimmels rechten Arm klammere.

Sal, der sich energisch um die linke Seite seines Gitarristen kümmert, seufzt.

»Das ist eben Bimmel. Ich weiß nicht, wie Drogen auf Schutz- und Heilgötter wirken.«

Didi legt zärtlich den Arm um seine nackte Frau.

»Liebling, du siehst zum Anbeißen aus! Wollen wir unsere Hochzeitsnacht nicht gleich hier abhalten?«

Ansgar fährt herum. »Lass uns erst eine Chance zum Flüchten!«

Er schluckt, dann zwingt er sich, Didis Traumfrau anzusehen.

»Wie sieht Fashil aus?«

Verucca schmiegt sich an ihren Gatten.

»Mmh, mal überlegen. Zwischen 1,75 bis 1,85 groß. Dunkle Haare. Normale Figur. Eigentlich ist er sehr unauffällig. Bis er dich ansieht.« Sie kichert wieder. »Er hat Sternenaugen. Dunkel wie der Himmel und tausend Kometen blitzen darin. Und er scheint sich immer über alles und jeden lustig zu machen.«

»Und weiter?« Ansgar wird ungeduldig.

Verucca schüttelt den Kopf. »Nichts weiter.«

Wir sehen uns an.

Mist.

Es schien so vielversprechend.

Verucca zieht Didi in eine Nische und wir wenden uns Richtung Tür. Wir hören ein gehauchtes: »*Come on, Baby, light my fire*«, und beschleunigen unsere Schritte. Keiner von uns hat Lust, beim Vollzug der Ehe anwesend zu sein und Bimmel schleifen wir einfach mit.

»Ach ja.« Verucca zieht ihre Zunge aus Didis Mund

und ruft uns mit halberstickter Stimme nach: »Da ist noch was. Er hat eine Tätowierung am linken Handgelenk. Irgendein Fisch. Eine Forelle oder ein Lachs.«

25.
All I ever wanted, the secrets that you keep
(Linkin Park: Final Masquerade)

Es ist vollbracht! Wir haben es überstanden, ohne erneute Reinkarnation. Allerdings brauche ich ganze vier Tage, um mich von dieser Hochzeit zu erholen.

Die ersten beiden verbringe ich mit heftigen Kopfschmerzen im Bett, mein Handy ist ausgeschaltet. Im Augenblick ertrage ich einfach keinen anderen Go!Dessianer. Keine lauten Geräusche. Und keine Farben. Und vor allem keinen Alkohol. Ich werde nie wieder in meinem Leben auch nur einen Tropfen anrühren! Nie!

Soll Fashil doch die Macht an sich reißen. Von mir aus kann diese ganze Welt untergehen und sämtliche Wein-, Sekt- und Wodkaflaschen gleich mit ihr. Und das komische, höllisch schmerzhaft pochende graue Ding in meinem Kopf ebenso.

Manchmal, ganz ganz leise, höre ich irgendwo in den Tiefen meines theoretisch hochentwickelten Gehirns ein mikroskopisches Stimmlein flüstern: »Mia, kann eventuell der Hauch einer Möglichkeit bestehen, dass du es gelegentlich mit dem Alkohol übertreibst?« Während ich nach einer innigen Umarmung der Toilettenschüssel die kühle Berührung meiner Badezimmerfliesen an meiner pochenden Stirn genieße, denke ich ernsthaft darüber nach. Einerseits weiß ich genau, dass ich diese Hochzeit ohne die vielen bunten Getränke nicht ohne geistigen Schaden überstanden hätte. Andererseits – können Haare weh tun, Fingernägel pochen und Augenbrauen dermaßen verkatert sein, dass sie auf meiner Stirn das Wort "Miau" formen?

Wieso zur Hölle habe ich überhaupt je mit dem

Zeug angefangen? Ist das eigentlich nicht reichlich Klischeedenken. Musiker und Alkohol. Die dämonisch-dynamische Symbiose.

Wobei, nicht jedes alkoholische Getränk hat die gleiche Durchschlagskraft. Geschweige denn, den gleichen Zuspruch.

Bier – bäh, ich weiß beim besten Willen nicht, was meine Männer an dem Gebräu finden. Mag ja sein, dass es eines der ältesten flüssigen Kulturgüter der Welt ist, aber ich kann mich nur schlecht damit anfreunden.

Außerdem, genau betrachtet ist es ohnehin nur mal wieder ein chinesisches Low-Budget-Produkt, denn die erste überhaupt überlieferte Rezeptur für das Gesöff ist fünftausend Jahre alt und kommt aus dem Reich der aufgehenden Sonne.

Im Kodex Hammurapi, einer fast viertausend Jahre alten babylonischen Gesetzsammlung, werden sowohl die Höhe des Bierpreises als auch die Menge und der Anspruch der unterschiedlichen Bevölkerungsschichten darauf festgelegt. Hohe Priester durften maximal fünf Liter am Tag trinken. Na ja, die mussten wohl auch ein Keuschheitsgelübde ablegen und das kühle Nass wirkte da in doppelter Hinsicht: Einmal als Trost und zum zweiten lassen nach fünf Litern Bier täglich Libido und Potenz irgendwann mal deutlich nach.

Das Zeug diente definitiv auch der Unterdrückung des Proletariats. Im Mittelalter war in Deutschland eine Biersuppe oder einfach ein Schoppen Bier als Frühstück geläufig. Damit konnte man die Bevölkerung schön friedlich halten.

Was sich nach der Entdeckung des Kaffees dann gewaltig geändert hat. Die Leute wurden wach.

Nein, Bier ist definitiv nichts für mich. Es ist eher so ein Männerding. Sogar im Tierreich. In Australien gibt es einen Käfer, der lateinische Name lautet *Julodimorpha bakewelli.* Die kleinen Biester fahren dermaßen auf Form und Farbe von braunen Bierflaschen ab, dass sie glauben, es handle sich um riesige paarungswillige Weibchen. Und da Bierflaschen sich selten wehren oder zieren, fallen die Lustmolchkäfermännchen über sie her und paaren sich. Mit den Bierflaschen. Igitt!

Bei Wein sieht das schon ein wenig anders aus. Vielleicht liegt es an der Poesie des Getränks. Rot wie Liebe und Blut, golden wie Mond und Sterne oder zartrosa wie ein Sonnenaufgang. Man kann einfach kein romantisches Lied über Bier schreiben. Griechisches Bier ist so wie das Blut der Erde – das klingt nicht sonderlich poetisch. Und hätte Dracula in Bram Stokers Roman den Satz »Ich trinke niemals … Bier«, gesagt, schwupp, wäre die ganze subtile Erotik beim Teufel gewesen. Bei Wein funktioniert das hingegen problemlos.

Aber am besten ist Sekt. Oder Champagner. Oder Cava, Spumante, Crémant, ach egal – hauptsache was mit schönen Blubberbläschen.

Sekt ist sowohl romantisch als auch sexy. Man kann ihn stilvoll aus edlen, geschliffenen Pokalen genießen, aus roten Lackleder-Stilettos schlürfen oder ganz einfach dekadent darin baden. Und natürlich der Klassiker: aus einem Bauchnabel gesaugt oder von einem schönen Körper geleckt.

Schon der Vorgang des Sektmachens – nein, man sollte hier eher von Sektkreieren sprechen – schon die Vorbereitung hierzu hat etwas ausgesprochen Sinnliches. Für Champagner erfolgt die Lese von Hand. Die zarte Haut der edlen Trauben gleitet durch die warmen Hände der Leser. Dann die Vereinigung, die Assemblage, wo mehrere Grundweine sich vermischen. Es wird gerüttelt, degorgiert, wonach die angelagerte Hefe mit Druck aus der Flasche schießt. Zur Belohnung wird die Flasche dann mit einer meist süßen Dosage aufgefüllt und darf sich dann erholen. Und wieder war es mein geliebtes Frankreich, das der Welt diese köstlichen Perlen im Glas bescherte.

Und, wie sollte es auch anders sein, wieder hatten erneut die Klöster den Löwenanteil der Arbeit erledigt. Dem Benediktinermönch Dom Pérignon wurde völlig zu Recht ein Denkmal gesetzt. Auch wir Mädels haben uns immer um den edlen Trank verdient gemacht, die Kunst der Champagnerherstellung ist einer der wenigen Bereiche, in dem die Namen der Pionierinnen nicht totgeschwiegen wurden. Die Witwe Clicquot, Madame Pommery, Madame Perrier – was wäre die Getränkewelt heute ohne diese Frauen? Zumal auch in vielen Cocktails Sekt oder Champagner zur Abrundung nicht fehlen darf.

Ah ja, die bunte Welt der Cocktails! Auch sie eine Wohltat, ein Trost und ein ewiger Quell der Inspiration. Nur nicht in meinem momentanen Zustand. Denn ich habe den flüssigen Dämonen ab sofort abgeschworen, für immer! Ich schwöre.

Allein der Gedanke an Alkohol, bunte Farben oder, noch schlimmer, die Kombination von beidem bewirkt bei mir seit Tagen eine ständig wiederkehrende innige Umarmung meiner Badezimmerkeramik. Nie mehr Alkohol, ich bleibe dabei. So schlimm das auch sein wird. Ich bin eisern. Ich bin eine Göttin.

Bis zum Freitag habe ich mich dann wenigstens soweit aufgerappelt, dass ich zumindest wieder in den Proberaum gehen kann. Vielleicht schaffen wir es, ein oder zwei schöne harte Rocksongs zu spielen. Zur Entspannung.

Sal und Ansgar sehen ebenfalls reichlich mitgenommen aus. Blass und mit dunklen Augenrändern dekoriert sitzen sie bereits an der Theke im Proberaum. Ich murmle einen Gruß, Sal hebt nur leicht die Hand. Dann warten wir. Kollektiv schweigend. Oh, das tut so gut!

Die Tür wird aufgerissen. Bimmel stürmt fröhlich pfeifend ins Zimmer, er ist unerträglich gut gelaunt.

»Hey, ihr Lieben! War das nicht eine tolle Feier?«

Er schwingt sich auf einen Barhocker. Ansgar blickt ihn aus müden, blutunterlaufenen Augen an.

»Sag mal, warst du eigentlich auf der gleichen Party wie wir anderen? Oder überhaupt auf demselben Planeten?«

Bimmel lacht entzückt.

»Ich kann mich zwar kaum noch richtig erinnern, aber die vielen bunten Farben – die werde ich nie vergessen. Wo Verucca bloß diese sagenhaft leuchtende Dekoration her hatte? Die vielen unglaublichen Rottöne! Und all das strahlende Gelb! Und ist euch dieses magisch schimmernde, wabernde Blau aufgefallen? Man hätte den ganzen Abend hineinstarren können.«

»Bimmel?«, unterbreche ich ihn leise. »Wenn du in den nächsten zwei Stunden noch irgendeine Farbe außer Schwarz erwähnst, reiße ich dir den Kopf ab.«

Unser Heilgott betrachtet uns der Reihe nach, sieht genauer hin und kommentiert dann: »Oh … euch scheint es nicht so optimal zu gehen.«

Drei rötliche Augenpaare starren ihn müde an und Bimmel hält die Klappe.

Wir sitzen alle einträchtig vor Mineralwasser. Ohne Kohlensäure.

Plötzlich geht die Tür wieder auf und Didi kommt summend hereinspaziert. Er trägt eine Jutetasche bei sich, in der es verdächtig scheppert. Wortlos zieht er drei Flaschen gut gekühlten Champagner heraus und stellt sie uns breit lächelnd vor die Nase. Vorsichtig schaue ich in die Runde. Oh, gut! Die anderen können ihn also auch sehen. Dann ist er folglich keine Halluzination.

Wir starren ihn an.

»Alter, was machst du hier?«, fragt Sal vorsichtig.

»Mit euch ganz privat auf meine vollzogene Hochzeit anstoßen«, freut sich Didi und platziert Pappbecher auf dem Tisch.

Sal nickt. »Ja. Aber, ich meine – was machst du hier? Hier? Im Proberaum? In dieser Stadt, in diesem Land. Solltest du nicht in den Flitterwochen sein?«

Unser aller Überraschungsdämon winkt ab.

»Verucca ist allein geflogen. Sie besucht Freunde in den USA. Und ich dachte, ihr braucht mich, wenn wir das Problem mit Fashil lösen wollen.« Er öffnet die erste Flasche. »Und außerdem will meine Kleine sich erstmal ein wenig austoben, Spaß haben.« Er schenkt die Becher voll. »Sich ein wenig die Hörner abstoßen. Da kann sie natürlich nicht immer einen Ehemann um sich herum brauchen.«

Alle Go!Dessinaer sehen mich an. Ich öffne den Mund. Klappe ihn wieder zu. Überlege. Dann schnappe ich mir kopfschüttelnd den ersten vollen Becher.

»Ach, wisst ihr was? Scheiß drauf! Und Prost!«

Alle stoßen mit Didi an und trinken schweigend. Und vor allen Dingen langsam. Sehr langsam.

»Wir werden uns noch mal Sabri vornehmen müssen«, unterbricht Ansgar das allgemeine Grübeln.

Sal nickt düster. »Wie wäre es diesmal mit Salatgurken statt Karotten?«

»Kein Gemüse! Damit das ganz klar ist, es kommt keinerlei wie auch immer geformtes Gemüse zum Einsatz!«, werfe ich energisch ein.

»Ich habe überhaupt keine Lust, ständig die Welt zu retten«, murmelt unser Basser.

»Ich auch nicht«, bestätigt Ansgar.

Wir nicken. Ganz vorsichtig. Schweigen mehrere Minuten.

»Warum eigentlich immer wir?« Bimmel klopft heftig mit der geballten Faust auf den Tisch.

Wieder nicken wir reihum. Allgemeines Seufzen. Wir schweigen.

Bimmel lässt den Kopf hängen. »Ich weiß. Wenn nicht wir, wer dann?«

Er sieht so bekümmert aus, dass ich weich werde. Ich klopfe ihm auf die Schulter.

»Wenn du dich dadurch besser fühlst – dann darfst du gerne ein zartes Rosa erwähnen. Oder ein dezentes Lindgrün.«

Nachdem der erste Becher Sekt durch unsere teilabstinenten Kehlen geflossen ist, wirken alle etwas wacher.

»Ich habe die letzten Tage sämtliche verfügbaren Adressdateien durchgesehen. Dann einen Auszug aus dem Handelsregister angefordert. Irgendwo muss Fashil ja wohnen«, eröffnet Ansgar schließlich den ernsten Teil.

»Und?« Ich bin gespannt, obwohl ich mir die Antwort fast denken kann.

»Auf der Gesellschafterliste für Sabris Teppichparadies ist tatsächlich Fashil bin Macharam aufgeführt. Als Geburtsdatum hat er den 01.04.1875 angegeben.« Ansgar verdreht die Augen. »Und ihr werdet es nicht glauben, niemand ist das aufgefallen. Für seine 142 Jahre ist der Typ recht agil und munter.«

»April, April«, murmelt Sal.

Mein Gitarrist lacht kurz und bitter auf. »Aber das ist natürlich noch nicht alles.«

»Wieso habe ich mir das schon gedacht?«, flüstert mein Drummer.

Ansgar nimmt einen großen Schluck Sekt.

»Als Geburtsort steht hier Greenwich. Und als

hiesigen Wohnort hatte er ursprünglich in Stuttgart den Wikingerweg angegeben. Allerdings ist er vor kurzem umgezogen. Laut diesem Auszug wohnt er nun Im Himmel.«

»Was?«, prustet Didi los.

Ansgar schüttelt düster den Kopf. »Die Straße gibt es wirklich. Sie heißt tatsächlich Im Himmel. Ich war dort und habe mir die Häuser angesehen. Jedes einzelne Türschild. Kein Fashil weit und breit.«

Ich bin beeindruckt. »Du warst ja extrem fleißig die letzten Tage, mein Lieber.«

Er nickt versonnen. »Oh, das war eine gute Therapie. Irgendwie musste ich das letzte Wochenende ja verarbeiten.«

Wir schielen vorsichtig in Richtung Didi, der aber bestens gelaunt gerade ein Bier öffnet und sich nicht im Geringsten angesprochen fühlt.

Ansgar holt Luft. »Dann habe ich mir die Daten noch mal genauer betrachtet und aus meiner göttlichen Eingebung heraus das Geburtsdatum in Kombination mit dem Geburtsort gegoogelt.«

Bimmel wird schon wieder total hibbelig. »Und? Was kam raus? Außer, dass der erste April natürlich nur ein Scherz sein kann. Lass dir doch nicht alles aus der Nase ziehen!«

»Edgar Wallace.«

Sal und ich wechseln irritierte Blicke.

»Du meinst Edgar Wallace – so wie der englische Krimiautor? Dessen Bücher in den Sechzigern verfilmt wurden und die mittlerweile so kultig sind, dass man nicht weiß, ob das absoluter Mist oder Kunst ist?«, hake ich nach.

»Yep. Genau der.« Ansgar nickt mit finsterer Miene. »Geboren am 01.04.1875. In Greenwich.«

Bimmel ist fassungslos. »Der Typ verarscht uns. Schon wieder!«

Sal schüttelt den Kopf. »Au Mann! *Der Hexer. Das Gesicht im Dunkeln. Die Bande des Schreckens.* Und natürlich: *Das Rätsel des silbernen Halbmonds.* Lauter Filmtitel. Wie passend. Und wie grauenhaft subtil.«

Ich bin beeindruckt. »Wow! Du kennst dich aber aus. Ich dachte, du magst nur Komödien.«

Sal nickt. »Eben.«

Didi schüttelt ungläubig den Kopf. »Eigentlich ist der Typ schon fast genial. Regelrecht diabolisch. Wenn er kein so Riesenangeber wäre, könnte man ihn glatt bewundern.« Er wendet sich an Ansgar. »Und nun? Wie geht es jetzt weiter?«

»Uns bleibt nur die zweite Spur.« Unser Nordgott zeigt auf mich. »Mia wird sich noch mal für Teppiche interessieren. Und dabei ein klein wenig mit diesem Sabri flirten.«

Ich bemühe mich um einen empörten Gesichtsausdruck, aber meine Mundwinkel führen irgendwie ein Eigenleben und wandern beim Gedanken an samtbraune Männeraugen automatisch nach oben.

»Na ja, wenn ich euch und der Menschheit damit einen Gefallen tue, dann zwinge ich mich halt dazu«, antworte ich bescheiden.

26.
I'm a picker, I'm a sinner, I'm a lover, I'm a grinner
(Steve Miller Band: The Joker)

»Bist du eigentlich noch zu retten oder schon vollkommen übergeschnappt?« Ansgar tobt. »Was zur Hölle macht der hier? Du zitierst uns mitten unter der Woche in den Proberaum und dann bringst du diesen, diesen ... das hier mit? Genauso gut kannst du hier drin gleich selber eine Bombe zünden! Und komm mir jetzt bloß nicht wieder mit dieser üblichen Kumpel Zufall-Erklärung!«

Meine Männer haben sich mit verschränkten Armen vor mir aufgebaut und starren mich ausnahmslos alle in Grund und Boden.

»Ich kann nichts dafür. Echt nicht!«

»Wie immer«, grummelt Sal.

Ich wedle abwehrend mit beiden Händen. »Er ist mir einfach so zugelaufen. Und jetzt weicht er mir nicht mehr von der Seite.«

Au Mann und Mist, das ist genau eine von diesen Situationen, wo ich mich frage: Wie bin ich da wieder reingerutscht?

Da war mal wirklich mein berühmter Kumpel Zufall im Spiel. Auch wenn die restlichen Go!Dessianer das nicht so gerne hören, ich weiß einfach, dass er existiert. Das Prinzip Zufall sieht in meiner Realität ein wenig anders aus, als es die Wissenschaft für gewöhnlich definiert.

In meinen diversen Leben, und besonders in diesem, habe ich unsagbar viele Pläne geschmiedet. Alltägliche Pläne, wie zum Beispiel: Heute gönne ich mir ein Stück leckere Sahnetorte bei meinem Lieblingskonditor. Banale Pläne: Ich kaufe mir das rosa Shirt und nicht das graue. Weitreichende Pläne: Nach dem Abitur studiere ich in München. Existenzielle Pläne: Mit diesem sterblichen Mann werde ich den Rest meiner momentanen Reinkarnation verbringen. Gravierende Pläne: Färbe ich mir die Haare blond? Spontane Pläne: Ach, heute geh' ich mal zu Fuß.

Doch ganz egal, wie diese Pläne auch immer aussehen – in achtzig, ach was, neunzig Prozent aller Fälle kommt irgendetwas dazwischen. Mein Lieblingskonditor hat Urlaub, das rosa Shirt gibt es nur noch in Kindergröße, in München bekomme ich weder einen Studienplatz noch eine Unterkunft, der Mann meines Lebens erleidet einen Herzinfarkt, meine Haare werden kupferrot statt blond und auf dem Fußgängerüberweg fährt mich ein Radfahrer über den Haufen.

Ich habe gelernt: Sicherheit ist eine Illusion und Pläne funktionieren nicht. Oder nicht so, wie ich es mir vorstelle.

Denn es gibt einen ganz großen Faktor, den niemand unterschätzen darf: den Faktor Zufall. Ich nenne ihn meinen Kumpel Zufall. Denn ich kann ihn sehen. Und anscheinend nur ich.

Er ist eine anthropomorphe Personifikation all dessen, was dazwischen kommen kann. Ich habe mich mit den Jahren an ihn gewöhnt. Kumpel Zufall trägt eine Art Eulenspiegel-Kostüm, mit einer dreizipfligen Kappe, an der kleine Glöckchen befestigt sind. Kleidung und Kappe sind zweifarbig, grellrot und tiefviolett, und aus Samt. Mein Kumpel erinnert an den Jolly Joker der Kartenspiele oder an einen Hofnarr. Und genauso verhält er sich auch.

Manchmal bemerke ich ihn gar nicht. Dann wieder höre ich das leise Klingeln seiner Glöckchen. Gelegentlich schlage ich einen bestimmten Weg ein und Kumpel Zufall schubst mich plötzlich in eine andere Richtung, die sich zu guter Letzt als interessanter oder erfolgreicher erweist. Ab und zu stellt er mir ein Bein, dann wieder reicht er mir einfach so die Hand und hilft mir auf. Wenn er übel drauf ist, schleicht er sich von hinten an mich an und klatscht mir so richtig heftig eine.

Seine wahrhaft böse, gemeine Seite habe ich bislang allerdings erst wenige Male zu spüren bekommen. Meistens spielt er mir nur scheinbar einen üblen Streich und im Rückblick merke ich dann, dass es ganz gut war, wie er meine Pläne durchkreuzt hat.

Kumpel Zufall ist extrem launisch. Wenn ich ihn erwarte, ist er verschwunden und hüpft dann völlig unvermutet ins Bild. Er ist mein ständiger Begleiter, ob ich will oder nicht. Also kann ich mich ebenso gut mit ihm arrangieren und ihn akzeptieren. Meine Männer sehen mich immer leicht besorgt an, wenn ich ihnen von meinen Begegnungen mit Kumpel Zufall berichte. Als hätte ich nicht alle Tassen im Schrank.

Doch er existiert und ich begegne ihm täglich.

So war es auch vor zwei Tagen. Ich wollte vorab noch mal die Lage sondieren, bevor ich Sabris Teppichparadies erneut einen Besuch abstatte. Und bei der Gelegenheit auch ein wenig in Stuttgart shoppen gehen.

Ich schlenderte also gemütlich durch die Königstraße, klebte mit der Nase an den Schaufenstern von Cartier und Tiffany, wühlte in Buchhandlungen und schwebte schnuppernd an den Gewürz- und Spezialitätenständen der Markthalle vorbei.

Bummeln strengt an und so überlegte ich vor der Eingangstür eines Cafés, ob ich mir zur Stärkung einen Cappuccino gönnen sollte.

»Äh, Verzeihung, darf ich Sie auf einen Kaffee einladen?«

Die Stimme kam mir vage bekannt vor und daher

drehte ich mich um. Vor mir stand das langweilige Jüngelchen aus Sabris Teppichparadies. Huch!

Ich starrte ihn an, während meine Gedanken panisch in alle Richtungen davonrannten, auf der Suche nach einem verbalen Notausgang. Leider war weit und breit noch nicht mal eine Katzenklappe in Sicht. Also fixierte ich ihn schweigend.

Der Bengel lief feuerrot an.

»Bitte entschuldigen Sie, ich wollte nicht aufdringlich sein. Bestimmt sind Sie in Begleitung unterwegs, mit Ihrem ... äh ... Mann? Freund? Öh, ich ... äh ...«

Milchbubi hatte mittlerweile die Farbe einer sonnengereiften San Marzano Tomate angenommen. Ich starrte ihn weiter in Grund und Boden.

Er atmete heftig durch. Dann ratterte er ohne Punkt und Komma mit der Geschwindigkeit eines Formel 1 Boliden los.

»Sie haben mir das Leben gerettet! Bei der Ausstellung, als Sie Karim vertrieben haben und wo Sie dieses hinreißende Ensemble aus blauer Seide trugen und jetzt stehen Sie hier in Jeans und einem schwarzen Shirt mit einem Totenkopfmotiv und sehen immer noch hinreißend aus und ich habe noch nie zuvor eine dermaßen wandlungsfähige und selbstbewusste Frau getroffen und ich weiß nicht, irgendetwas ist an Ihnen, ich kann Sie einfach nicht vergessen und ich glaube ich bin verliebt und es ist doch bestimmt kein Zufall, dass wir uns ausgerechnet vor diesem Café begegnen und ich weiß nicht wie ich jetzt aus der Nummer wieder rauskomme und rede einfach weiter, weil ich nicht weiß, ob gleich irgendwo Ihr Begleiter auftaucht oder ob Sie mir eine scheuern, aber es wäre schön wenn Sie einen Kaffee mit mir trinken und mich bitte nicht schlagen oder zumindest nicht sehr stark, weil ich gleich keine Luft mehr zum Reden habe ...« Das Bürschchen atmete laut ein und flüsterte nur noch. »Oder einen Cappuccino?«

Was sollte ich nun tun?

Hier bietet sich eine ausgezeichnete Gelegenheit, auf Fashils Spur zu kommen, flüsterte mir mein innerer Detektiv zu.

Ja, aber was, wenn es eine Falle ist?, hauchte die paranoide Seite meines Ichs.

Oh wie süß, er hat sich verknallt!, meldeten sich meine XX-Chromosomen. *Und er ist bestimmt zwanzig Jahre jünger als du. Wie lange ist eigentlich dein letzter Sex her?* Meine Chromosomen hatten irgendwie logische und schlüssig überzeugende Argumente. Also nickte ich.

»Ich denke, wir sollten uns mal unterhalten. Am besten bei einem Kaffee. Aber zuerst: Wie heißt du überhaupt?«

»Roland«, flüsterte der Jüngling.

»Und dein Konvertitenname?«, hakte ich energisch nach.

»Bitte?« Er schien leicht verwirrt. Dann riss er die Augen auf und winkte energisch ab. »Oh, nein! Ich gehöre nicht zu Karim und denen. Ich bin Katholik.«

»Auch nicht besser«, murmelte ich leise.

Roland lächelte mich scheu an. »Und wie heißen … wie heißt du? Der Türsteher sagte Lydia.«

Ich verdrehte die Augen.

»Fürs Erste ist das mal ok. Nenn' mich Lydia, solange, bis ich dir was anderes sage.«

Verdammt! Wieso war mir bei dieser bescheuerten Ausstellung ausgerechnet der Name über die Lippen gekommen? Wieso war mir nicht etwas Raffiniertes, wie z. B. Marilyn, Deloris oder Shakira eingefallen?

Wir betraten das Café. Roland rückte mir den Stuhl zurecht und ließ sich unsicher und mit immer noch reichlich geröteten Wangen auf dem Platz gegenüber nieder.

Er räusperte sich. »Und wie geht es jetzt weiter?«

Ich fixierte ihn immer noch abwartend. »Vielleicht fangen wir mal mit der Stelle an, wo du geäußert hast: Ich glaube, ich bin verliebt?«

Roland lief zwei Farbnuancen röter an.

»Ich bin eigentlich keiner, der so einfach über seine Gefühle reden kann. Aber ...« Es folgte ein 35-Minuten-Monolog über meine Qualitäten.

Ich wollte den armen Kerl nicht unterbrechen und hörte schweigend zu, er sollte sich ruhig mal so richtig aussprechen dürfen. Roland hatte die Hände gefaltet, und sein stockend vorgetragenes Loblied auf mich bekam dadurch fast etwas sakrales, als würde er beten. Mich anbeten. Ich fühlte mich wie eine Göttin. Was ich ja auch bin. Ich gebe zu, ich genoss jedes einzelne Wort.

»...hätte mich das sonst nie getraut, aber irgendwie scheint das ein Zeichen zu sein, dass wir uns öfter über den Weg laufen. Und dann noch ausgerechnet während meiner Mittagspause. Und nun sitze ich tatsächlich mit der interessantesten Frau der Welt hier, seit über einer halben Stunde und sie hat mir weder den Kaffee ins Gesicht geschüttet, noch nach mir geschlagen. Das muss Schicksal sein!«, beendete Roland seinen Vortrag.

»Zufall«, murmelte ich und hörte schon wieder ganz leise die Glöckchen einer violett-roten Narrenkappe klingeln. Vielleicht wollte mein launischer Kumpel ja auch nicht, dass die Welt untergeht und hatte daher dafür gesorgt, dass mir dieser linkische Jüngling in die Quere kam.

Ich sollte ein wenig netter zu dem Bürschchen sein. Zum Wohle der Zivilisation. Schließlich tragen Götter ja auch eine gewisse Verantwortung.

Ich beschloss daher, diese Bürde auf mich zu nehmen und mich für die Menschheit sogar so weit zu opfern, dass ich Roland nach einer angemessenen Wartezeit als Sexobjekt zur Verfügung stehen würde. Ich kann manchmal sehr selbstlos sein.

Also lächelte ich mein verliebtes Gegenüber an.

»Na ja, ich will nicht behaupten, dass ich nicht auch sofort beim ersten Blick ein gewisses Prickeln gespürt hätte«, log ich. »Aber wie soll ich mich auf jemand einlassen, der sich in denkbar schlechter Gesellschaft bewegt? Der Umgang mit Kriminellen hat?«

Roland sah mich verdutzt an. »Umgang mit Kriminellen? Ich?«

Ich warf ihm einen tiefen Blick zu. »Sabri und sein Geschäftspartner.«

»Herr bin Macharam?« Roland schüttelte ungläubig den Kopf. »Erstens sind das meine Chefs. Ich arbeite erst seit ein paar Monaten im Teppichparadies und privat haben wir keinen Kontakt. Zweitens habe ich selten Menschen mit besseren Manieren kennengelernt. Und drittens: Ok, mag sein, dass meine Chefs als leidenschaftliche Kunstsammler nicht immer so genau nachfragen, wo die Objekte herkommen, die ihnen zum Kauf angeboten werden. Aber Kriminelle?« Roland lachte. »Mörder, Diebe, Terroristen – das sind für mich Kriminelle. Aber doch nicht Herr Sabri und Herr bin Macharam.«

»Kunstsammler?«, hakte ich nach.

Er sah mich offen an und nickte.

»Ja. Meine Chefs sind große Liebhaber nordischer Kunst. Dieser durchgeknallte Rothaarige, Karim, der kam in letzter Zeit immer mal wieder mit Objekten an, er scheint wohl eine Art Zwischenhändler zu sein. Allerdings befürchte ich, dass er wohl etwas fanatisch ist, was Religion betrifft. Er hat mir vor einiger Zeit mal einen Vortrag über den wahren Glauben gehalten, wollte mich überreden, mit ihm in die Moschee zu gehen, oder noch besser, am besten gleich zu seinem privaten kleinen Club der Koran-Ausleger. Er meinte, die Leute in der Moschee hätten keine richtige Ahnung vom Islam. Herr Sabri hat ihm dann gesagt, dass er mich in Ruhe lassen soll.«

Jetzt wurde es interessant.

»Diese nordischen Kunstgegenstände, was weißt du darüber?«

»Nicht viel.« Roland zuckte mit den Schultern. »Karim hat immer im Büro mit den Chefs verhandelt. Ich bekam nur im Vorbeigehen das eine oder andere Wort mit oder habe einmal gesehen, wie Karim einen großen Barbetrag erhielt. Aber das ist ja nun auch vorbei. Seit seinem durchgedrehten Auftritt und dem unmöglichen Benehmen bei der Ausstellung hat er sich nicht mehr blicken lassen. Ich bin sehr froh darüber, in seiner Gegenwart hatte ich immer den Eindruck, neben einer hochexplosiven Maschine zu stehen. Fast wie eine tickende Zeitbombe.«

Wenn du wüsstest, dachte ich.

Roland schmachtete mich wieder mit Blicken an.

»Oh ja, diese Ausstellung, die hat so einiges verändert. Wie du in den Raum gerauscht bist, als ich bedroht wurde, wie ein Schutzengel – und du hattest überhaupt keine Angst! Du bist wundervoll.«

Er legte vorsichtig seine Hand über meine.

»Hat der deutsche Künstler mit der Erdbeernase seine nordische Fibel wieder gefunden?«, fragte ich und zwang mich, meine Hand auf dem Tisch liegen zu lassen.

Rolands Finger machten mikroskopisch kleine Streichelbewegungen.

»Nein, die blieb verschwunden. Die Polizei hat dann eine Diebstahlsanzeige aufgenommen. Das war ein turbulenter Abend!« Er schüttelte lachend den Kopf. »Und wenn Sabri nicht erst so spät bemerkt hätte, dass auch etwas aus seiner privaten Kunstsammlung verschwunden ist, hätte er das der Polizei gleich in jener Nacht ebenfalls mitteilen können.«

Ich lächelte weiter, wie erstarrt. Auf meinen Unterarmen bildeten sich winzige Höckerchen.

Um Beiläufigkeit bemüht fragte ich ganz harmlos: »Ach, was du nicht sagst. Weißt du auch, was da verschwunden ist?«

Roland schüttelte den Kopf. »Nein. Aber Fashil bin Macharam war sehr verärgert. Er hat das Büro verwüstet.«

»…und seitdem läuft er mir nach«, beende ich meinen Bericht.

Ansgars Miene ist zwar immer noch nicht freundlich, aber zumindest hat er mir interessiert zugehört, so wie auch die anderen Bandmitglieder. Sal überlegt angestrengt und Didi lässt keinen Blick von Roland, der stumm und verwirrt neben mir steht. Bimmel unterbricht das Schweigen.

»Na ja, zumindest hat die Chefin wichtige Informationen erhalten, oder?«

Ansgar nickt widerwillig. »Aber du hättest ihn trotzdem nicht hierher in unseren Proberaum mitbringen sollen.«

Roland wird rot.

»Verzeihung, ich weiß, dass Musiker sehr sensibel sein können, ich wollte ja auch nicht stören. Ich setze mich einfach da in die Ecke und bin ganz leise, wenn Sie proben.« Er klettert auf einen Barhocker.

Sal sieht ihn streng an. »Wie alt bist du?«

»Neunundzwanzig«, wispert Roland.

Mein Drummer fährt herum und hebt anklagend den Zeigefinger in meine Richtung.

»Seid ihr jetzt alle durchgedreht? Didi heiratet seine Großmutter und du machst mit einem Typen rum, der dein Sohn sein könnte!«

»Also, ich versteh' euch nicht! Permanent liegt ihr mir in den Ohren, dass ich mir so was Ähnliches wie eine feste Beziehung aufbauen soll, weil mir das angeblich gut täte. Und nun, wo sich endlich mal ein Typ für mich interessiert, da ist es euch auch nicht recht.«

Ich hatte einige Beziehungen. Nicht so viele wie Ansgar, aber trotzdem eine nette Anzahl. Und sie sind immer schief gegangen. Aus mir vollkommen unerfindlichen Gründen.

Natürlich habe ich mich dann jedes Mal bei meiner Band-Familie ausgeweint und von dort jede Menge Trost und Tipps bekommen, wie ich es das nächste Mal besser machen könnte.

Meine Go!Dessianer haben mir zum Beispiel mit Nachdruck erklärt, dass kein männliches Wesen es sonderlich schätzt, wenn seine primären Geschlechtsmerkmale mit den Adjektiven "niedlich" oder "schnuckelig" bezeichnet werden. Laut ihrer einhelligen Meinung ist es auch nicht ratsam, beim ersten Mal mit einem beschnittenen Mann das Objekt der Begierde in die Hand zu nehmen, kritisch zu begutachten und es dann womöglich noch persönlich mit folgendem Satz anzusprechen: »Ooooch – du armes Würmchen! Hast du deine Kapuze verloren?«

Auch, wenn man sich hinterher korrigiert und den Begriff Würmchen durch: »Ich meinte natürlich Prachtwurm. Großer großer Prachtwurm!«, relativiert. Männer können da sehr schnell äußerst schreckhaft reagieren.

Sal schüttelt fassungslos den Kopf. »Einen Mann in dein Leben lassen, ja, jederzeit. Aber doch nicht …« Er deutet auf Roland und flüstert: »Du denkst an die Sache mit dem Werkzeug? Und dem Space Lord?«

»Klar«, nicke ich.

»Aber mal ehrlich, guckt euch den Jungen doch mal an«, wende ich mich an meine Männer. »Er wirkt doch völlig harmlos. Und wahrscheinlich ist er auch nicht der Hellste.«

Roland hebt schüchtern die Hand. »Lydia? Äh, du weißt schon, dass ich hier sitze und dich hören kann?«

»Alles gut, Schatz.« Ich tätschle seine Wange. »Ist alles rein metaphorisch.«

Didi meldet sich zu Wort. »Immerhin wissen wir jetzt, dass auch für Mister Space Lord *Motherfucker* Fashil die Dinge nicht immer nach Plan laufen. Das gibt uns etwas Zeit. Wenn ich es richtig verstanden habe, sind ihm ja wichtige Bestandteile seiner Superwaffe abhandengekommen.«

Didi grinst. »Und ohne die funktioniert das Teil eben nicht.»

Ansgar lächelt endlich. Sal nicht. Er deutet auf Roland.

»Und was machen wir nun mit dem?«

Mein *Toy Boy* guckt immer noch völlig verwirrt in die Runde. Er hat kein Wort von dem verstanden, was wir bisher gesagt haben. Nun gut, die Worte vielleicht schon, aber der Sinn, der hat sich ihm wahrscheinlich komplett entzogen. So geht es zwar vielen Leuten, die uns Go!Dessianern das erste Mal begegnen, aber Roland sieht aus, als würde er gleich in Tränen ausbrechen. Zumal Sal sich nun mit verschränkten Armen direkt vor ihm aufbaut und ihn finster fixiert.

»Eigentlich müssten wir dich jetzt töten.«

»Sal!« Ich knuffe meinen Drummer heftig auf den Oberarm. »Hör auf, den Leuten Angst zu machen. Roland denkt womöglich noch, dass du das ernst meinst.«

»Wer sagt, dass ich scherze?«, knurrt Sal leise.

Bimmel schüttelt den Kopf. »Lasst mich das machen.« Er legt Roland den Arm um die Schulter. »Hör zu, Junge, ich werde dir die Sache jetzt mal so einfach wie möglich erklären. Du arbeitest für eine Verbrecherbande, die im großen Stil internationale Kunstwerke stiehlt und Geldwäsche betreibt. Und Bordelle. Mädchenhandel. Drogengeschäfte. Ganz ganz böse Menschen. Wir hier sind eine Sondereinheit des BKA und unsere Aufgabe besteht darin, die Oberbosse zu fassen, die Hintermänner.«

Während Bimmel meinem kleinen Glücksbringer ausgiebig eine fantasievolle Story verklickert, ziehen wir anderen uns in den Vorraum zurück, um das weitere Vorgehen abzustimmen.

Didi zaubert ruckzuck einen Plan aus dem Hut.

»Vielleicht ist es gar nicht mal so schlecht, dass Mia ihren neu entdeckten Trieb ausgerechnet mit diesem Bürschchen auslebt. Wenn Bimmel mit ihm fertig ist, ist der Kleine bestimmt ein perfekter Helfer. Wir sollten uns wirklich mal bei Nacht in Sabris Teppichladen umsehen. Und dein Roland hat garantiert einen Schlüssel.«

»Neu entdeckter Trieb?« Ich bin empört.

»Dann sollten wir aber so schnell wie möglich handeln«, drängt Ansgar.

»Wieso neu entdeckter Trieb?«

Sal nickt. »Am besten gleich heute Nacht.«

»Ich habe genauso ein Anrecht auf ein erfülltes Sexualleben wie jeder einzelne männliche Gott, damit das klar ist! Neu entdeckter Trieb, pah!«

»Und diesmal gehen wir alle gemeinsam rein, keine Ausreden, ist das klar?«, fordert Ansgar.

»Im Übrigen bin ich noch nicht mal zum Ausleben meines sogenannten Triebs gekommen.«

»Ja, je mehr wir sind, desto weniger entgeht uns«, stimmt Sal seinem Gitarristen zu.

»Und wieso überhaupt neu entdeckt? Glaubt ihr echt, eine Frau in den Wechseljahren ist ein asexuelles Wesen?«

»Dann sind wir uns einig. Heute Nacht statten wir den Teppichen einen Besuch ab. Wer bringt es dem Jungen bei?« Didi blickt sich fragend um.

»Das ist meine Aufgabe«, knurre ich. »Vielleicht kann ich dabei ja meinem neu entdeckten Trieb folgen.«

Ansgar nickt. »Prima. Mach das.«

Wir wandern wieder in den Nebenraum zurück und platzieren uns an der Theke. Bimmel hat immer noch seinen Arm um Rolands Schulter gelegt und beendet gerade seinen Vortrag.

»Und deswegen ist es wichtig, dass ein anständiger Kerl wie du nicht korrumpiert wird und sich nicht in diese üblen Machenschaften mit hineinziehen lässt.« Bei Roland wirkt die Bimmel-Magie ganz deutlich.

Ganz entspannt und glücklich sitzt er da, nickt eifrig und scheint völlig im Gleichgewicht. Bimmel zieht seinen Arm zurück und wir sehen hinter Rolands Schultern kurz eine kleine leuchtende Funkenspur glitzern, wie ein winziger Kometenschweif.

Didi zieht die Augenbrauen hoch. »Also, dein Spezial-Effekt gefällt mir jedes Mal wieder besonders gut. Schade, dass bei mir nichts glitzert.«

»Oh, ich denke, das ist ganz gut so. Wer weiß, wo bei dir die Funken sprühen würden«, murmelt mein Drummer.

Ich setze mich neben Roland und ergreife seine Hand.

»Engelchen, du würdest deinem Land, der Regierung und besonders mir einen riesigen Gefallen tun, wenn du uns heute Nacht Zugang zum Teppichparadies gewährst. Du hast doch bestimmt einen Schlüssel, oder?«

Roland nickt. »Natürlich. Und nachdem ich nun weiß, worum es geht, werde ich euch selbstverständlich unterstützen.« Er wirft mir einen tiefen Blick zu und seufzt. »Ich wusste ja, dass du eine außergewöhnliche Frau bist. Aber dass du sogar eine Agentin im Dienst der Bundesrepublik Deutschland bist – also, echt! Ich bin mit einer Lara Croft zusammen!« Roland strahlt.

Meine Männer grinsen.

Ich fixiere sie reihum mit meinem absolut ernst gemeinten Wehe-wenn-Blick, daher verkneifen sie sich auch jeden Kommentar. Aber sie schweigen ganz schön unverschämt.

Ansgar sieht auf die Uhr. »Also gut, Leute. Bimmel fährt mit Sal, ich mit Didi. Lara natürlich mit Roland. Wir sehen uns in exakt drei Stunden in der kleinen Nebenstraße beim Teppichparadies.«

Bimmel ruft: »Uhrenabgleich!« Er grinst. »Gute alte Agententradition.«

Roland sieht sich neugierig um. »Seid ihr auch bewaffnet?«

Sal lächelt hinterhältig. »Oh, das ist nicht nötig. Dafür haben wir ja unsere Lara Croft. Sie hat Meistergürtel in *Jiu-jitsu*, beherrscht *Krav Maga* und *Post cenam stabis*. Bei ihr sind wir alle in guten Händen.«

Roland sieht mich an, mit Herzchen in den Augen.

Er bekommt gar nicht mit, wie Didi leise seinen Drummer fragt: »*Post cenam stabis*?«

Und auch nicht Sals Antwort: »Nach dem Essen ruhen.«

27.
Be the hunter and the hunted, keep your target in your sight

(Twisted Sister: Stay hungry)

Mitternacht in Stuttgart.

Abnehmender Mond – eine magische Phase, wie geschaffen für neue Unternehmungen, Zukunftspläne und frische Projekte. Oder Einbrüche. Ok, eigentlich sollte man diese Dinge an Neumond tun, damit sie größere Erfolgsaussichten haben. Aber wir sind Götter. Für uns sind alle Mondphasen variabel einsetzbar. Fünf harmlose, dunkel gekleidete Bürger folgen auf ihrem vollkommen unschuldigen Abendspaziergang einem hypernervösen jüngeren Mann. Das Nervenbündel umrundet einen Häuserblock und betritt den reichlich düsteren Innenhof. Es klingelt leise, als er einen großen Schlüsselbund aus der Jacke zieht. Seine Hände zittern dermaßen, dass er das Schlüsselloch nicht findet.

»Hat denn niemand an eine Taschenlampe gedacht«, mosert Sal. »Hier ist es ja so dunkel wie im tiefsten Tartaros.«

Didi holt schweigend sein allzeit präsentes Smartphone aus der Tasche und leuchtet die Szenerie aus.

Roland hat mittlerweile ins Schwarze getroffen und dreht den Schlüssel im Schloss.

»Kommt rein, aber leise«, flüstert er.

Wir huschen nacheinander ins Haus und mein *Toy Boy* schließt hinter uns sorgfältig wieder zu.

»Dies ist der rückwärtige Notausgang, wenn wir durch die nächste Tür gehen, sind wir im Laden.« Roland blättert sich durch seinen Schlüsselbund. »Ah, hier ist der Büroschlüssel. Denkt daran, keinen Lichtschalter anfassen!«

»Gibt es hier keine Alarmanlage?«, fragt Sal.

»Doch, aber wenn die Tür per Schlüssel geöffnet wird, geht diese hier nicht los. Anders bei der nächsten, die in den Verkaufsraum führt, da muss man einen Nummerncode eingeben.«

Roland drängelt sich an uns vorbei und fingert an einem kleinen Kästchen herum, das neben dem Notausgang des Ladens an der Wand befestigt ist. »Zwei, zwei, vier, fünf, sieben, eins …«, murmelt er deutlich hörbar.

Ansgar zieht die Brauen hoch. »Wie sinnig. Das Geburtsdatum des Propheten Mohammed.«

»Ach komm, das hast du dir doch gerade eben ausgedacht! Niemand weiß so etwas einfach so. Bestimmt noch nicht mal Sabri«, reagiert unser Drummer genervt.

Didi hat ohnehin sein Smartphone in der Hand und googelt die Zahlenkombination. Stumm hält er Sal das Display vor die Nase.

Ansgar blickt an die Decke und versucht zu pfeifen, was aber kläglich misslingt. Niemand kann gleichzeitig pfeifen und triumphierend-überheblich grinsen, noch nicht mal ein Gott.

»Eines Tages werden manche Leute feststellen, dass Drumsticks durchaus als Waffen taugen. Mit der nötigen Wucht kann man sie gewissen besserwisserischen Individuen von hinten in ihren Brustkorb rammen und ihr schwarzes Herz damit pfählen.« Manchmal ist Sal ein wenig nachtragend.

Bimmel stupst mich lächelnd an. »Wir sollten verhindern, dass unser Drummer in nächster Zeit spitze Gegenstände in die Finger bekommt. Drumsticks, angespitzte Holzpflöcke, Möhrchen …«

Ich kichere leise.

»Ich bin ohnehin dafür, dass er mehr mit den Bömmeln spielt. Ich liebe Bömmel. Das gibt so einen mystischen Sound. Mit diesen niedlichen runden Bällchen an der Spitze.«

»Nenn sie nicht immer Bömmel!«, knurrt Sal. »Die Dinger heißen Klöppel. Wenn dich jemand hört, kann das sonst leicht missverstanden werden. Vor allem die Satzkombination Sal spielt mit Bömmeln.«

Endlich gelingt es Roland, die Tür zum Verkaufsraum zu öffnen. Es ist dunkel, aber da direkt vor dem Schaufenster eine Straßenlaterne steht, sehen wir genug, um nicht über die gestapelten Teppiche zu stolpern. Wir schleichen Richtung Büro. Roland sucht mit zittrigen Fingern nach dem richtigen Schlüssel.

»Mann«, grummelt Didi. »Dein Boss ist ja ganz schön paranoide. Jede Tür ist abgeschlossen. Als ob hier permanent eingebrochen würde.«

Das Büro entpuppt sich als fensterloser Raum, eingerichtet mit mehreren billigen Schränken, zwei Stühlen, einem kleinen Schreibtisch und in der Ecke dahinter steht ein ziemlich großer Tresor. Ansgar schließt die Tür und betätigt den Lichtschalter.

»Es werde künstlicher Tag – und es ward!«, lacht Bimmel.

»Ihr beiden nehmt euch die Schränke vor«, dirigiert Ansgar seine Rhythmusgruppe. »Bimmel, du untersuchst den Schreibtisch. Und du, junger Mann«, mein Gitarrist wendet sich an Roland, »du schließt mir den Tresor auf.«

Roland ist entsetzt. »Aber das geht doch nicht! Da sind womöglich wertvolle und wichtige Sachen drin.«

»Liebelein«, seufze ich, »darum geht es ja gerade. Um wichtige Dokumente, Adressen, Namen oder so.«

Mein *Toy Boy* ist wirklich nicht das leuchtendste Sternlein am Himmel.

»Und was mach ich?«, wende ich mich an meinen Nordgott.

Ansgar senkt die Stimme. »Mir wäre es sehr recht,

wenn du mit einem Ohr an der Tür aufpasst, dass wir keinen ungebetenen Besuch bekommen. Und mit deinem restlichen Körper auf das Nervenbündel Acht gibst. Nicht, dass er uns noch in Ohnmacht fällt.« Mein Gitarrist schüttelt den Kopf. »Ich bin immer noch nicht so richtig davon überzeugt, ob es eine gute Idee war, deinen Quasi-Lover dermaßen in die Sache mit hineinzuziehen, Mia.«

Während alle sich wie wild an die Arbeit machen, schließt Roland den Tresor auf. Dann rückt er zu mir rüber.

»Ich dachte, du heißt Lydia. Oder Lara. Wieso nennt der Mann dich jetzt Mia?« Der Junge scheint verwirrt.

»Alte Gewohnheit. Durch die vielen Tarnnamen beim Geheimdienst weiß keiner mehr so richtig, wie ich eigentlich heiße und daher gibt mir jeder einen Namen, der ihm gut gefällt«, improvisiere ich schnell. Manchmal ist eine überbordende Phantasie nicht schlecht, es hilft bei außergewöhnlichen Ausreden, die so absurd sind, dass sie wiederum wahr sein müssen.

»Darf ich mir dann auch einen für dich aussuchen?«, fragt Roland schüchtern.

Ich hebe die Hände. »Nur zu, auf einen mehr komm es auch nicht an.«

Roland lächelt zaghaft. »Dann bist du meine Godiva«.

Irritiert ziehe ich die Brauen hoch. »Wieso das denn?«

Hinter mir werden die Suchgeräusche meiner Männer leiser und ich fühle, wie vier Ohrenpaare deutlich wachsen.

»Kennst du die Geschichte nicht?« Roland wird munter. »Ich hab das mal in einem Film gesehen. Godiva war eine Adlige im 11. Jahrhundert und nicht nur wunderschön, sondern auch mit einem empathischen Charakter und einem guten Herzen ausgestattet. Ihr Mann verlangte viel zu hohe Steuern vom geknechteten Volk und sie ertrug das Leiden nicht. Daher bat sie ihn um eine Senkung. Er wollte das einerseits nicht, andererseits hatte er aber auch keine Lust auf Stress mit der Gattin, daher stimmte er zu. Jedoch unter einer Bedingung: Nur wenn Godiva nackt durch den Ort ritt. Und diese tolle, mutige Frau hat es tatsächlich getan. Ich bin überzeugt, dass so eine außergewöhnliche Frau wie du, damit auch keine Probleme gehabt hätte.« Roland strahlt mich an. »Meine Godiva!«

»Ich kann euch hören, auch wenn ich mit dem Rücken zu euch stehe«, presse ich zwischen zusammengebissenen Zähnen hervor und versuche die halberstickten Gackergeräusche hinter mir zu ignorieren. »Wenn ich mich in zwei Sekunden umdrehe und auch nur den Hauch eines Grinsens auf irgendeinem Gesicht sehe, dann ist Fashil euer kleinstes Problem.«

Zufrieden stelle ich kurze Zeit später fest, dass meine Männer ausnahmslos alle mit gesenkten Köpfen, zusammengepressten Lippen und rosigen Wangen in den Inhalt der jeweils vor ihnen geöffneten Schublade vertieft sind.

»Ich hab' was!« Bimmel blättert in einem grünen Schnellhefter. »Seht euch das an, lauter Zeitungsausschnitte. Schön chronologisch sortiert und abgeheftet.« Er klatscht die Mappe auf den Schreibtisch. »Die Erfolgssammlung des IS, Abteilung Stuttgart, Unterabteilung Fashils Truppe, Spezialeinheit Vollpfosten.«

Ansgar schnappt sich den schmalen Ordner und blättert darin herum. Wir werfen einen Blick auf die Artikel. Sie sind aus verschiedenen Zeitungen. Manchmal sind es nur ganz kleine Randnotizen, drei- oder viermal handelt es sich um einen größeren Bericht. Ich erkenne einen Artikel über den Überfall im Schweizer-Museum in Murrhardt.

Ansgar blättert weiter.

»Hier ist auch die Notiz über den Anschlag auf die Rockfabrik.«

Mein Gitarrist dreht die Seite um.

»Seht mal, da ist eine handschriftliche Anmerkung auf der Rückseite. Das steht das Wort Wiederholen mit einem Fragezeichen.«

»Diese verdammten Saftsäcke wollen ihre mörderischen kleinen Pfoten einfach nicht von der Rockfabrik lassen! Wieso widmen die Ludwigsburg so viel Aufmerksamkeit?« Didi zeigt deutliche Anzeichen von Verärgerung.

»Weil es schief gegangen ist. Das erträgt schon ein ganz gewöhnlicher Terrorist nicht. Was denkt ihr, wie das erst einem Typ wie Fashil sauer aufstößt. Er dürfte zutiefst in seiner göttlichen Eitelkeit gekränkt sein«, erläutert Ansgar.

Wir nicken verständnisvoll. Wenn jemand das nachvollziehen kann, dann unser Nordgott.

Sal sieht sich noch einmal ausgiebig um.

»Leute, ich denke, mehr werden wir hier nicht finden. Ich hatte mir ein paar deutlichere Hinweise erwartet, allerdings wissen wir jetzt zumindest, dass der Space Lord es erneut in Ludwigsburg versuchen wird. Es ist echt spät, ein paar Stunden Schlaf schaden keinem von uns. Lasst uns morgen Abend bei Dimmi essen und das weitere Vorgehen besprechen.«

Erneut einhelliges Nicken.

Ansgar runzelt die Stirn. »Aber erst müssen wir hier wieder alles in den Ausgangszustand zurückversetzen.«

Ich melde mich spontan, selbstlos und freiwillig.

»Ach, das können Roland und ich doch allein. Macht

ihr euch mal ruhig auf den Heimweg. Ich werde heute Nacht in Stuttgart bleiben.«

Roland bekommt rote Ohren, als ich ihm einen seelenvoll-unauffälligen Blick zuwerfe und strahlt dann wie ein Weihnachtsbaum. Während sich meine Männer grinsend verabschieden, fixiere ich den superweichen, samtigen und extrem teuren silbergrauen Nain-Teppich, mit dem ich mich bei meinem Besuch angefreundet habe. 68000 Euro ... allein die Vorstellung erzeugt bei mir ein wohliges Kribbeln.

»Roland, Darling«, säusele ich nachdenklich. »Wir haben bestimmt noch ein halbes Stündchen Zeit, bevor wir uns ans Aufräumen machen müssen.« Ich lächle ihn hintergründig an. »Was hältst du davon, wenn wir diese Pause auf einem besonders edlen Stück verbringen?« Sanft streichle ich durch Rolands Haar und flüstere meinem *Toy Boy* ins Ohr: »Das ist nämlich ein magischer Teppich. Ich kann ihn unter dir zum Fliegen bringen.«

Und dann geben wir uns erst mal hemmungslos meinem neu entdeckten Trieb hin.

Auf dem Nain.

28.
Bleed for me, I've bled for you – embrace me, child
(Black Label Society: Bleed for me)

Was für eine Nacht! Meine Hormone schnurren wie zwanzig bengalische Tiger, die den Bauch gekrault bekommen. Es war einfach sensationell! Das Sinnlichste, was ich je erlebt habe. Eine einmalige Erfahrung. Ich habe noch nie so einen weichen, seidigen Teppich auf meiner Haut gefühlt. Das gute Stück ist seine 68000 Euro wirklich wert. Roland hat sich vor Angst fast in die Hose gemacht, als ich das Prachtexemplar von der Wand nahm. Das Entspannen fiel ihm zudem nicht ganz so leicht, weil er mit seinen Gedanken permanent bei seinem Boss war. Na ja, ich habe mein Möglichstes getan und der *Toy Boy* war ganz niedlich. Aber dieser Teppich … oh ja, den werde ich für den Rest dieses Lebens nicht mehr vergessen.

Selbstverständlich haben wir ihn in den frühen Morgenstunden wieder ganz brav und ordentlich an der Wand befestigt. Niemand wir je von diesem kleinen Geheimnis erfahren. Nur ich, Roland und der Wunderteppich. Es bleibt unter uns dreien.

Roland und ich waren anschließend am Stuttgarter Hauptbahnhof frühstücken, wobei seine Hände noch immer dermaßen zitterten, dass er fast seinen kompletten Kaffee verschüttete. Die jungen Leute heutzutage – keinerlei Sinn für ein kleines Abenteuer. Die reinsten Nervenbündel.

Ich habe ihn noch zur S-Bahn begleitet.

»Wann seh'n wir uns wieder, Lady Godiva?« Mit weit aufgerissenen Augen hauchte er mir atemlos die Frage entgegen.

»Ich melde mich, sowie ich von diesem Einsatz zurück bin, Schatz. Es kann allerdings eine Weile dauern. Roland, mein Süßer, eventuell werde ich dir in nächster Zeit undercover über den Weg laufen.« Ich warf meinem Verehrer einen ernsten Blick zu. »Dann darfst du allerdings keinen merken lassen, dass wir uns kennen. Du weißt ja, die nationale Sicherheit hängt davon ab.«

Womit ich nicht direkt gelogen habe. Ich war stolz auf diesen genialen Einfall, der mir den Jungen zumindest für eine gewisse Zeit vom Hals halten würde. Problem erst mal elegant gelöst, Mia.

Roland nickte traurig.

Ich setzte meinen *Toy Boy* in die S-Bahn, warf ihm noch eine dramatische Kusshand zu und atmete erleichtert auf, als sich die Türen schlossen und das Gefährt in Richtung Sonnenaufgang davon fuhr.

Entspannt machte ich mich auf den Heimweg und legte mich noch ein wenig aufs Ohr. Ruckzuck fiel ich in einen tiefen, angenehmen, traumlosen Schlaf.

Mein Telefon weckt mich gegen Mittag.

»Hey, Chefin! Na? Alles wie … geschmiert gelaufen?«

Ich kann Didi durch den Hörer grinsen hören.

»Was willst du, Ausgeburt der Hölle?«, lache ich.

»Ich wollte dir nur Bescheid geben, dass ich dich heute Abend zuhause abhole.«

»Didi, du bist ja nur neugierig, was heute Nacht passiert ist.«

»Klar!« Mein Basser lacht laut und dreckig. »Ich will alle Details wissen.«

Wir verabreden uns für neunzehn Uhr.

Ich habe gerade einen Fuß vor die Haustür gesetzt, als auch schon Didis Van um die Ecke biegt und eine Vollbremsung hinlegt. Ich kann allerdings nicht erkennen, ob mein Basser tatsächlich darin sitzt. Hinter den Scheiben wabert undurchdringlicher

Nebel. Ich muss an die Überwachungsepisode mit den beiden Zivilbeamten denken und nähere mich ganz behutsam dem Fahrzeug. Extrem vorsichtig öffne ich die Beifahrertür.

»N'Abend, Chefin!«

Didi sitzt bestens gelaunt in einer gigantischen Nebelwolke. Es duftet nach gebrannten Mandeln. Fröhlich nuckelt mein Basser an einer kleinen Metallröhre und pustet wie eine menschliche Dampflok.

»Was ist das denn?«, frage ich entgeistert.

»Gut, nicht? Ein Geschenk von Sal. Eine E-Dampfe. Sal macht sich immer noch Sorgen um unsere Fitness und ist der Ansicht, dass ich mit den Zigaretten-Gebeten aufhören soll. Allerdings respektiert er meine Tradition und findet es gut, wenn ich hin und wieder auf meine Art bete. Und die Dinger hier…« Didi schwenkt das kleine Gerät, »… die produzieren Dampf, keinen Rauch. Mann, hätte ich das damals schon gehabt, dann wäre mir der Aufenthalt in der persischen Hölle erspart geblieben.«

Ich steige misstrauisch in den Wagen und schnuppere. Ok, wenigstens stinkt das Zeug nicht. Und es kratzt auch nicht im Hals, wie ich nach kurzer Zeit merke. Immerhin eine kleine Verbesserung. Wenngleich Didi den Wagen sozusagen im Blindflug steuert, weil der Nebel im Wageninneren dick wie Kartoffelbrei ist.

Wir fahren los und kommen nach ein paar Minuten vor Dimmis Kneipe an. Ich torkle mit zittrigen Knien ins Freie. So muss sich jemand fühlen, der aus einer Parallelwelt kommt. Ein Zeitreisender. Gefangen in den Nebeln der Zeit.

Sal und Bimmel haben bereits Plätze besetzt. Mein Schlagzeuger mustert mich von oben bis unten.

»Was macht dein jugendlicher Lover?«

Ich zucke mit der Schulter.

»Er verzehrt sich vermutlich gerade nach seiner Geheimagentin.«

Die Jungs versuchen mit allen Tricks mich auszuhorchen. Doch manchmal kann ich auch schweigen. Eine mittlerweile überaus zufriedene und tiefenentspannte Mia beteiligt sich gelassen an der Diskussion.

Flapsige Bemerkungen fliegen über den Tisch, wie kleine bunte Zwergpapageien.

»Wo bleibt eigentlich Ansgar? Er weiß doch, dass wir heute eine wichtige Besprechung haben.« Bimmel sieht besorgt auf die Uhr.

Seit einer halben Stunde sitzen vier hungrige Go!Dessianer nun schon in Dimmis griechischer Kneipe und unser Oller lässt auf sich warten.

»Keine Sorge, der hat heute noch einen Termin im Autohaus«, beruhigt uns Sal.

»Oh, hat er doch endlich entschieden, sich einen neuen fahrbaren Untersatz zuzulegen?«, will ich wissen.

»Er hat so langsam die Nase voll davon, immer mit den öffentlichen Verkehrsmitteln zu fahren oder einen von uns um eine Mitfahrgelegenheit anzuschnorren.« Sal grinst. »Sein pelziger kleiner Arschmarder ist mittlerweile entweder verhungert oder ausgewandert. Da kann er mal wieder ein Fahrzeug riskieren.«

»Hast du denn gar kein Herz?« Didi lacht laut. »Da hat der arme Kerl endlich mal ein Haustier, einen süßen kleinen flauschigen Freund – und du lästerst.« Unser Basserdämon legt denn Kopf schief. »Wobei, wenn wir schon mal beim Thema tierische Freunde sind …« Er fixiert Sal mit einem diabolischen Lächeln. »Erinnert ihr euch an Martha?«

Sals Miene verdüstert sich.

Bimmel pufft seinen Basser in die Rippen. »Nun

hör' schon auf in seinen Wunden zu wühlen!« Dann brechen auch Bimmel und ich in Gelächter aus.

Martha und Sal, das war vor einigen Jahren Liebe auf den ersten Blick. Eine Liebe jenseits aller Konventionen, geschaffen für einen großen Roman und mit einem tragischen Ende. Der ideale Stoff für einen Film.

Irgendjemand hatte uns von einem Gasthof erzählt, der in einem winzigkleinen Kaff vor den Toren Stuttgarts von einem Biobauern betrieben wurde. Man bekam dort einen wundervollen Wein und die leckerste Hausmannskost zu fairen Preisen serviert. Alles aus eigener biologisch-dynamischer Produktion. Mit ganz viel Liebe und handwerklichem Können hergestellt.

Es gibt keinen Go!Dessianer, der nicht gerne isst und so machte die komplette Truppe an einem schönen Herbsttag einen Ausflug in dieses Schlemmerparadies.

Der Tippgeber hatte nicht übertrieben. Noch nicht mal Ansgar fand einen Kritikpunkt an Speis und Trank. Von der Rinderkraftbrühe mit Flädle über einen butterzarten Rostbraten bis hin zum knusprig-fluffigen Ofenschlupfer mit Vanillesauce, es war alles ein Gedicht. Und erst das selbstgebrannte Schlehenwässerchen zur Verdauung!

Wir haben heute alle noch Pfützen von atlantischen Ausmaßen auf der Zunge, wenn wir an diesen Tag zurückdenken.

Während Sal kurz zur Toilette hinter dem Haus ging, tranken wir anderen noch eine Kostprobe des Kirschwassers. Der Bauer hatte eine Genehmigung zum Brennen edler Destillate und auch der Birnengeist besaß durchaus internationales Niveau. Als wir nach einem Umweg über Pflaumenbrand bei einem wahrhaft göttlichen Marillengeist gelandet waren, fiel uns auf, dass Sal immer noch nicht zurück war. Didi und ich gingen nachsehen, wobei wir ein kleines bisschen wankten.

Kein Sal weit und breit, weder auf der Toilette noch im Obstgarten hinter dem Haus. Jetzt waren wir doch ein wenig besorgt. Wir kehrten zu den anderen zurück, zahlten und machten uns gemeinsam auf die Suche.

Hinter dem Haus erstreckte sich eine große Wiese, darauf stand ein Stall. Wir pilgerten auf das Gebäude zu und umrundeten es. Und dort fanden wir unseren Drummer, auf dem Rücken ausgestreckt.

Wir konnten Sal nur von der Hüfte abwärts sehen. Auf seiner Brust saß ein riesiger Vogel, die Schwingen ausgebreitet, und verhüllte komplett den oberen Teil meines allerliebsten Wettergottes.

Ich hielt den Atem an. Das Vieh hatte sehr lange und sehr scharfe Krallen, mit denen es auf Sals Bauch einen langsamen Tango tanzte. Rück, vor, Wechselschritt. Vielleicht war es auch ein Cha-Cha-Cha. Dann beugte sich die hässliche Kreatur vor, drückte ihren langen, hochroten Hals an Sals Kehle und gab zirpende Geräusche von sich.

Wir hörten Sal unter dem Federberg lachen.

»Ist ja schon gut, mein Mädchen!«

Dann kamen die schlanken Hände meines Drummers zwischen den riesigen Flügeln vor und kraulten das Ungetüm, während Sal mit lieblicher Stimme die dämlichsten Worte gurrte, die ich je gehört habe.

»Wo ist das liebe Mädchen? Ja, wo ist es denn? Wo ist mein schönes Mädchen?«

Ich machte energisch einen Schritt vor.

»Sal, das Biest sitzt genau auf dir drauf! Wieso musst du da noch fragen?«

Mein Schlagzeuger richtete sich auf, was angesichts des schweren Federbündels über ihm nicht so einfach war. Das Vieh wandte sichtlich verärgert den Kopf in meine Richtung und sah mich griesgrämig an.

»Und über den Begriff schön kann man zwar streiten, in diesem Fall ist er jedoch völlig unangebracht.« Ich deutete auf den Vogel. »Sal, das ist ein Truthahn! Ein riesiger, verflucht hässlicher Truthahn. Wieso liegst du auf einer Wiese und knuddelst mit einem mindestens zehn Kilo schweren potentiellen Braten? Der zudem auch noch ein Männchen ist.«

Sal streichelte den roten Kehllappen des *Meleagris gallopavo*. Selbst mit der lateinischen Bezeichnung wurde das Vieh nicht hübscher.

Wir sahen kopfschüttelnd auf unseren Drummer hinab, der seine Arme um das riesige lebende Federkissen legte.

»Truthähne sind sehr soziale Tiere und sie schmusen gern«, nuschelte Sal zwischen den Schwingen durch und spuckte eine Feder aus. »Wusstet ihr, dass sie genau wie wir alle Farbe sehen können?«

»Hauptsache er erkennt Rot, denn wenn er mit diesen Krallen auf deinem Brustkorb Tic-Tac-Toe spielt, wird es reichlich Rot geben«, kommentierte Ansgar kopfschüttelnd.

»Martha ist sehr vorsichtig. Nicht wahr, meine Süße?«, hauchte Sal und streichelte den nackten Kopf, worauf das Tier fast ein Singen von sich gab.

»Martha? Sal, bist du blind? Sie ist ein er!« Ich fasste mir an die Stirn.

»Warum muss denn immer alles in Schubladen und Kategorien gesteckt werden?« Sal sah mich herausfordernd an.

Ich stöhnte. »Das glaube ich jetzt nicht. Eigentlich ist das mein Part, ich bin hier schließlich die Unvernünftige. Zumindest aus eurer Sicht. Und nun? Mein Drummer hat ein Transgender-Haustier!«

»Ihr seid alle blöd!« Mit gerunzelten Brauen erhob

sich Sal endlich, streichelte noch mal den hässlichen roten Kopf seines gefiederten Kumpels und machte sich mit uns auf den Heimweg.

In der Folgezeit besuchte er Martha regelmäßig einmal die Woche, brachte ihr Leckerlis und schmuste mit dem Vogel. Das ging fast drei Monate so. Bis mein Schlagzeuger eines Tages völlig aufgelöst in den Proberaum gestürmt kam. Der Bauer hatte Martha verkauft. Als Festtagsbraten.

Sal war wochenlang untröstlich, wir konnten ihn nur mit Mühe davon abhalten, den Bauernhof in einem Dauerregen versinken zu lassen. Es war auch nicht gerade sehr hilfreich, dass Didi einen Song über tragische Liebespaare verfasste, in dessen Text er Romeo und Julia, Tristan und Isolde, Siegfrid und Kriemhild und Sal und Martha erwähnte. Seitdem hat Sal nie mehr den Versuch unternommen, sich ein Haustier zuzulegen. Und wir lachen heute noch über den Transgender-Truthahn.

Ansgar kommt mit fast einstündiger Verspätung.

Kiki, die neue Bedienung von Dimmi strahlt ihn an. Ihr hellblondes Haar ist zu einem weichen, absichtlich nachlässigen Knoten hochgesteckt und zwei kleine weißgoldene Löckchen umrahmen ihr schmales, ebenmäßiges Gesicht. Mit ihrer fast durchscheinend weißen Haut und den großen, eigenartig dunklen Augen sieht sie aus wie eine Porzellanpuppe.

»Und, was darf es für dich sein?« Ihre Stimme klingt melodisch und rauchig.

»Ein Bier«. Ansgar wirft ihr noch nicht mal einen kurzen Blick zu.

Ich warte, bis die süße Bedienung hinter der Theke verschwunden ist und wende mich dann kopfschüttelnd an unseren Nordgott. »Äh, hallo? Du wurdest soeben von einer zauberhaften Blondine angesprochen und zuckst nicht mal mit der Wimper?«

Ansgar fixiert kurz das hinreißende weibliche Wesen und schüttelt dann den Kopf.

»Gefärbt«, kommentiert er. »Und außerdem ist sie ein Vampir.«

Ich bin froh, dass ich meinen Rotwein gerade eben hinuntergeschluckt habe, denn sonst hätte ich den wunderbaren Naoussa über den ganzen Tisch gespuckt.

»Was?!«

Sonderbar – außer mir scheint niemand überrascht.

Ich blicke in die Runde.

Alle männlichen Go!Dessianer sind mit irgendetwas anderem beschäftigt. Biergläser in der Hand drehen, unschuldig in die Luft gucken, Fingernägel betrachten.

»Männer? Habt ihr das etwa alle gewusst?«

Ich kann genau sehen, wie sie Blicke austauschen und schließlich alle Bimmel ansehen.

Bimmel wirkt nicht sehr glücklich. Er atmet kurz durch, dann nickt er.

»Ja, Kiki hat es mir vor ein paar Wochen erzählt, als sie bei uns zuhause abends mal bei Moritz zum Babysitting war.«

Ich starre. Sekunden verrinnen. Dehnen sich zu Minuten. Irgendwann finde ich meine Sprache wieder.

»Ihr verarscht mich, oder? Fast wäre ich drauf reingefallen.«

Bimmel schüttelt energisch den Kopf. »Mia, nun sei doch mal ein wenig offen. *Free your mind – and the rest will follow.*«

»Ein Song von der Girlsgruppe En Vogue aus 1992«, rattere ich automatisch ohne nachzudenken herunter. »Wusstet ihr, dass die Zeile aus einem viel älteren Song stammt? Eigentlich heißt es: *Free your mind and your ass will follow* und wurde bereits in den Siebzigern von der Band Funkadelic ...«

»Ansgar!« Irgendwie habe ich gerade keinerlei Kontrolle über den Lautstärkeregler meiner Stimme, die durch die ganze Kneipe hallt. Mein Gitarrist sieht mich verdattert an.

Ich reiße mich mit größter Mühe zusammen. Eines Tages, ich weiß es genau, eines gar nicht mal so fernen Tages wird eine mir sehr vertraute Göttin Amok laufen.

»Es ist mir vollkommen schnurzpiepwurstegal, wie der dämliche Song wann tituliert war und von wem er im Original ist! Habt ihr eigentlich gerade alle nicht zugehört?«, fauche ich leise und senke meine Stimme nun doch beachtlich ab. »Männer, ich habe gerade das Wort Vampir im Zusammenhang mit Babysitting bei unserem Band-Baby gehört. Und hoffe schwer, dass ich mich da verhört habe.«

Sal tätschelt meine zittrigen Hände. »Beruhige dich. Wir können ihr vertrauen.«

»Wem? Nosferatu?« Ich schlage meinen Blusenkragen hoch und werfe einen nervösen Blick Richtung Theke. Dann erfasse ich erst, was meine Männer so von sich geben. »Ihr Säcke! Ihr habt es mir absichtlich verschwiegen!«

»Na ja, was manche Themen betrifft, da regst du dich immer gleich so auf«, murmelt Sal.

»Iiich? Ich bin die Ruhe in Person!«, fauche ich meinen Drummer an. »Nur scheint bei euch allen der kollektive Wahnsinn ausgebrochen zu sein. Vampir ist nicht – ich wiederhole – nicht, niemals, auf gar keinen Fall das Synonym für Mutter Theresa.«

»Kiki ist sehr nett. Eigentlich war sie früher mal eine Harpyie. Eine geflügelte Tochter der griechischen Meeres-Titanen. Aber man muss mit der Zeit gehen und die alten Berufe kamen ein paar tausend Jahre später nicht mehr so an. Daher entschied sie sich zu einer moderneren Ausbildung zur Vampirin und war eine Zeit lang auch sehr erfolgreich. Bis die osteuropäischen Billigländer wie zum Beispiel Rumänien auf den Markt drängten und mit ihren machohaften Grafen die ganze Szene in Verruf gebracht haben.« Bimmel nickt bekümmert.

»In Verruf gebracht?« Ich fasse es nicht. »Leute, kann mir einer von euch mal das Wort Vampir genauer definieren? Ich habe so dunkel etwas von wegen Blutsauger, Untoter oder Pestbringer im Hinterkopf. Der Schwerpunkt liegt aber eindeutig auf Blutsauger.« Ich wappne mich für das Schlimmste. Und tatsächlich holt Ansgar auch schon Luft.

»Nuuuun«, beginnt mein Nordgott mit seiner von uns allen gefürchteten Ich-werd-jetzt-gleich-episch-und-zwar-in-voller-Bandbreite-Stimme. »Die Figur des Vampirs kommt in den unterschiedlichsten Kulturen vor. Auf allen Kontinenten. Die obligatorischen Untoten, wie zum Beispiel der bulgarische *Zburător* der rumänische *Varcolac,* die *Sundal Bolong* aus Java, die indische *Rakshasi, Lamaschtu* aus Mesopotamien oder die schöne *Jiang Shi* aus China, sie alle saugen das Blut der Menschen.«

Ich beiße die Zähne zusammen. Das kann ja dauern.

Ansgar unterbricht seinen Vortrag durch eine dramatische Kunstpause und fährt dann fort.

»Jedoch muss das nicht zwangsläufig so sein. In Ghana und Togo führen zum Beispiel die *Adze* ihr untotes Dasein. Das sind vampirische Zwerge, die natürlich Blut trinken, allerdings mögen sie auch Kokosmilch. Und sie können sich in Glühwürmchen verwandeln.«

»Das ist total bescheuert und du hast es dir gerade ausgedacht! Du verarscht mich tatsächlich«, falle ich ihm fassungslos und verärgert ins Wort.

Ansgar nickt Bimmel zu. Dieser zieht stumm sein obligatorisches Smartphone hervor und googelt *Adze.*

»Afrikanische Vampirzwerge, die alternativ Palmöl und Kokosmilch trinken«, liest er vor.

Mein Puls rast. »Aaargh! Bin ich hier eigentlich der einzige vernünftige Mensch Schrägstrich Gott am Tisch?« Ich raufe mir die Haare. »Bimmel, hast du der Blondine etwa ein Schälchen Kokosmilch angeboten und sie dann mit deinem kleinen Sohn den ganzen Abend allein gelassen?«

»Natürlich nicht!« Bimmel ist empört. »Hörst du eigentlich nie zu, wenn man dir etwas erklärt? Kiki kommt aus Griechenland, nicht aus Togo. Was soll sie also mit Kokosmilch?«

»Mit einem ordentlichen Schuss Ouzo schmeckt das Zeug bestimmt sehr lecker«, meldet sich nun auch mein Basser zu Wort.

Ich bin am Verzweifeln. Wie gerne würde ich jetzt meinen Kopf gegen die Tischplatte hämmern. Oder die Köpfe meiner Männer, reihum, systematisch, gründlich und vor allem mit voller Wucht.

»Leute, hallo! Wieso macht sich außer mir scheinbar niemand Sorgen? Seit wann steht das Wort Vampir als Synonym für liebenswerter Babysitter?«

Bimmel lächelt milde. Ich kämpfe gegen den heftigen Drang, ihm einen der Kerzenleuchter über den Schädel zu ziehen, die auf den Tischen stehen.

»Manchmal bist du echt viel zu misstrauisch, Mia. Kiki ist froh, dass sie sich bei uns nicht verstellen braucht und einfach sie selbst sein kann. Sie ist mit Moritz im Arm ein wenig an der Zimmerdecke entlang geflattert und der Kleine hat es richtig genossen. Wir haben alle sehr gelacht. Natürlich außer Vanessa, die hatte Spätschicht und war nicht da. Außerdem soll Vanessa ja das ganze Götter- und mystische Wesen-Gedöns nicht mitkriegen. Kiki liebt Kinder, kein Grund zur Sorge, Mia. Sie ist froh, dass sie zu uns ganz offen sein kann. Und ich bringe ihr aus dem

Krankenhaus immer wieder ein paar Beutelchen Blut mit, damit sie an die guten alten Zeiten erinnert wird. Darüber freut sie sich ganz besonders. Im Übrigen kommt Kiki die meiste Zeit wunderbar mit rohem Steak klar, sie braucht so gut wie kein Menschenblut.«

»Kann ich euch noch was zum Trinken bringen?«

Ich zucke zusammen. Die blonde Bedienung steht neben mir. Das Biest ist vollkommen lautlos herangeschlichen.

Sal nickt. »Noch eine Runde Ouzo!«

Ich fixiere Kiki mit meinem schärfsten Blick. »Und für mich eine dreifache Portion Zaziki. Mit extra viel Knoblauch.«

Kiki lächelt mich an, wobei sie beunruhigend weiße Zähne zeigt. Heimlich greife ich unter den Tisch und massiere mein Schienbein, dem mein Schlagzeuger einen heftigen Tritt versetzt hat. Wieso verpasst mir dieser Kerl eigentlich immer wieder blaue Flecken? Ich muss echt mal ein ernstes Wort mit ihm reden. Schließlich sind wir ja nicht verheiratet.

»Wieso wisst ihr überhaupt, dass diese Kiki ein …« Ich mache mit Zeige- und Mittelfinger ein umgekehrtes V-Zeichen vor meiner gekräuselten Oberlippe und bewege die Finger schnell auf und ab.

»Bravo, Mia. Diskret und absolut unauffällig«, murmelt Sal.

»Sie ist vor ein paar Wochen bei uns im Krankenhaus aufgetaucht und Didi hat sofort bemerkt, was sie in Wirklichkeit ist. Ihr Hausarzt hat sie wegen akuter Anämie überwiesen. Unser kleiner Sukkubus hat ihr dann eine Extraportion Spenderblut in die Handtasche gesteckt und seitdem ist Kiki uns sehr dankbar für gelegentliche Snacks.«

Bimmel tut so, als ob es die normalste Sache der Welt sei, mit einem Blutsauger befreundet zu sein.

»Und wieso ist sie jetzt hier bei Dimmi?«

»Weil Bimmel ihr den Job verschafft hat«, erläutert Didi.

Ich bin immer noch stinksauer.

»Ohne weiter darauf herumzureiten, aber findet ihr es fair, dass ihr alle davon gewusst habt? Alle außer mir?«

Bimmel windet sich.

»Na ja, es ist halt ... weißt du, manchmal hast du schon gewisse Vorurteile.«

»Iiich?« Ich fasse es nicht.

»Verzeihung, darf ich mal?« Kiki stellt meinen Zaziki auf den Tisch. Sie beugt sich vor und ich klappe den Kragen meiner Bluse etwas höher.

»Seid ihr noch länger da?«, flüstert die Kreatur der Finsternis. »Ich habe nämlich was läuten hören. Nur so ein Gerücht, über jemand, der die Grundfeste der Macht erschüttern will. Mit einem göttlichen Werkzeug.«

Ansgar blickt elektrisiert auf.

»Kiki, wenn du irgendetwas über den Kerl weißt, musst du es uns sagen!«

Die blonde Untote nickt. »Wartet, bis wir schließen.«

Also mümmeln wir langsam an unseren köstlichen griechischen Speisen und nippen an Bier und Rotwein. Die Stunden verrinnen und wir sitzen wie auf Kohlen. Die Jungs halten Smalltalk über irgendeine angesagte Band, aber ich bin viel zu nervös und angesäuert, um mich an dem Gespräch zu beteiligen. Außerdem behalte ich die Vampirin im Auge. Meine Männer sind manchmal viel zu vertrauensselig, vor allem, wenn eine einigermaßen hübsche Frau im Spiel ist. Oder etwas, dass sich mit einem Frauenkörper tarnt.

Unauffällig tauche ich den Zeigefinger in den Zaziki auf meinem Teller, und verreibe kleine Mengen des

Knoblauchquarks an meinem Hals, in der Halsschlagadergegend. Typisch triebgesteuertes maskulines Verhalten. Wenn sie mich nicht hätten!

Ich passe immer dann auf meine Go!Dessianer auf, wenn ihre Hirnzellen ein Stockwerk tiefer rutschen. Frauen sind da einfach logischer, die lassen sich nicht so einfach zum Sklaven ihrer Hormone machen. Daher rege ich mich auch ganz besonders über eine Werbung auf, die Sexspielzeug verkaufen möchte. Angeblich sind diese Werbespots frech und hip. Ich finde sie einfach nur doof. Eine dämlich kichernde, gerade frisch durchgenudelte Tussi liegt neben einem leicht beschränkt wirkenden jungen Adonis im Bett und lispelt eine Lobeshymne über ein Sex-Toy. Es hätte sich angefühlt, als ob gaaanz viele Schmetterlinge in sie reingeflattert seien. Und die waren alle bunt. Wer schreibt eigentlich solche bescheuerten Texte? Jedes Mal, wenn der dämliche Werbespot läuft, widerstehe ich nur mit Mühe der Versuchung, bei der Agentur anzurufen, die das Werk verbrochen hat. Ich würde den Menschen dort gerne erklären, dass Frauen keine Insekten in ihrem Unterleib schätzen. Außerdem ist es dort drin ja wohl dermaßen dunkel, dass es piepwurstegal ist, ob die Dinger bunt sind – eine Gebärmutter hat keine Augen. Zumindest nicht meine.

Am allerdämlichsten ist dann noch der Schlusssatz: Die Schmetterlinge explodieren nämlich. Igitt! Ich möchte wirklich nicht dutzende knallbunte Bomben legende Insekten in diesen Regionen meines Körpers haben. Bäh! Lauter kleine Selbstmordattentäter. IS-Mitglieder mit Flügeln. Erinnert mich an Rotbart. Ich will wirklich keinerlei Bezug zwischen dem IS und bestimmten sensiblen Regionen meines Körpers herstellen – allein schon der Gedanke an Karim bewirkt bei mir einen Temperatursturz in arktische

Gefilde. Wobei – wenn ich dann wieder an Sabris samtbraune Augen denke, setzt schlagartig Tauwetter ein. Ich ermahne mich, nicht an ihn zu denken. Schließlich bin ich auf einer Rettungsmission. Meine Männer müssen vor ihren Hormonen gerettet werden.

Es ist bereits nach dreiundzwanzig Uhr. Langsam leert sich das Lokal. Wir bestellen noch eine Runde Getränke. Dimmi zieht seine Kellnergeldbörse und macht Anstalten abzukassieren. Kiki erscheint neben ihm.

»Hey, Chef, du wolltest doch heute mal früher gehen. Ich übernehm' das Kassieren und Abschließen für dich.«

Dimmi strahlt, drückt ihr Schlüssel und Geldbörse in die lackierten Klauen und macht sich vom Acker. Die manipulative Kreatur der Nacht schließt hinter ihm sorgfältig die Tür ab.

Ich werde nervös.

»Euch ist schon klar, dass wir hier eingesperrt sind«, flüstere ich. »Ganz allein. Mit einem …«, erneut hacke ich mit zum umgedrehten V-Zeichen gespreizten Zeige- und Mittelfinger vor meinem Mund in der Luft herum.

»Mia, bitte.«, flüstert Bimmel und verdreht die Augen.

»Keine Angst«, haucht etwas Eiskaltes direkt an meinem Ohr. »Du wärst mir viel zu zäh.«

Ich mache mitsamt meinem Stuhl einen Satz nach hinten und lande fast auf dem Holzboden. Liebe Güte, fast hätte mich ein Herzschlag zur Reinkarnation gezwungen!

Meine erste Reaktion besteht aus einem ziemlich würdelosen, heftig ausgeatmeten »Hrgrmph!«, dann springe ich auf, fasse mir ans Herz und überzeuge mich davon, dass es noch schlägt. Was es tut; mit der

Geschwindigkeit eines Formel 1 Boliden. Schön, ich lebe noch. Gut, das ist sehr gut, denn jetzt kann ich so richtig wütend werden. Ich hole tief Luft.

»Habt ihr gehört, wie mich die blondierte Nachteule genannt hat?« Empört funkle ich die Vampirin an.

Sie funkelt zurück. »Ich könnte dich auch ganz anders nennen.«

»Ach ja? Wie denn?«

»Frühstück«, knurrt Kiki. »Oder Mitternachtssnack.«

»Und ich könnte dir einen hübschen Holzpflock in den silikonveredelten Busen und dein darunter liegendes rabenschwarzes, verdorrtes Herz jagen. Oder noch besser: eine dicke, fette angespitzte Möhre!«

»Silikon? Die sind aber gut gemacht und sehen richtig echt aus«, kommentiert Didi versonnen und betrachtet mit schräg gelegtem Kopf Kikis Oberweite.

»Ihr hört jetzt sofort auf. Und zwar alle!« Sal klopft energisch auf den Tisch. »Als ob wir keine anderen Probleme hätten.« Er deutet in meine Richtung. »Mia, hinsetzen. Ohne Kommentar für die nächsten fünf Minuten. Du …«, ein genervter Blick trifft Didi, »… du hörst auf, dir Gedanken über Silikon zu machen. Und du …«, er deutet auf Kiki, »… du kommst hierher, an meine Seite. Und dann erzähl uns, was du weißt.« Sal schweigt kurz. »Bitte«, fügt er dann hinzu.

Das blonde Gift nimmt schweigend Platz und ich verschränke schmollend die Arme.

»Also.« Ansgar übernimmt die Initiative. »Was hast du gehört?«

Die Vampirin fixiert ihn. Wenn sie sich nicht genug konzentriert, vergisst sie zu blinzeln. Es sieht fast so gruselig aus wie Ansgars Hellsichtblick. Richtig unmenschlich. Sie ist ja auch kein Mensch, weise ich mich in Gedanken zurecht.

»Normalerweise kümmern wir uns nicht um die

Angelegenheiten der anderen Nichtmenschlichen.« Kiki dreht den Kopf seitlich und richtet ihre starren dunklen Augen auf Sal. »Aber diesmal spüren auch wir, dass etwas vor sich geht. Etwas, das Auswirkungen auf alle Kreaturen dieser Welt haben wird. Und darauf haben wir keine Lust. Wir finden es gut, wie es im Augenblick läuft.«

»Wer ist *wir*?«, fragt Ansgar.

»Na ja, wir halt. Wir, die nicht so offensichtlich atmen oder permanent ins Solarium gehen«, antwortet Kiki und lächelt.

»Die Untoten. Die Nachtwandler. Die blutsaugende Sippschaft von Vampiren, Nachtmahren und Werwölfen«, grummle ich leise mit düsterer Stimme.

Sal verdreht die Augen. »Au Mann!«

Ansgar macht eine energische Handbewegung.

»Klappe, ihr zwei. Los, erzähl' weiter, Kiki.«

Die Vampirin nickt.

»Wir haben mitbekommen, dass eine Wesenheit aus einer anderen Dimension hier ihr Unwesen treibt. Ein starkes, mächtiges Wesen. Ein Gott. Und irgendwie ist er ein wenig ...«, sie macht mit dem Zeigefinger kreisende Bewegungen neben ihrer Schläfe.

»Erzähl' uns was Neues«, knurre ich. »Soweit waren wir auch schon.« Ich ignoriere Sals strafenden Blick und fixiere die Blondine. Sie nickt wieder.

»Irgendetwas ist schief gegangen. Der verrückte Gott ist verärgert. Mehr als verärgert. Und daher wird er ein Exempel statuieren. Einer unserer Brüder hat mitbekommen, dass der Irre etwas zu Ende bringen will. Er will in Ludwigsburg ein Gebäude dem Erdboden gleich machen.«

»Verdammte Scheiße!« Didi explodiert förmlich. »Der Sausack hat es also tatsächlich schon wieder auf die Rockfabrik abgesehen. Er will den Anschlag wirklich wiederholen. Das dürfen wir nicht zulassen!«

»Aber das ist doch nach unseren Recherchen in Sabris Teppichladen nichts Neues«, werfe ich ein, »das haben wir selbst schon rausbekommen. Ganz ohne irgendwelche Hypnosetricks oder was die Brut der Finsternis üblicherweise so treibt.« Ich werfe der untoten Blondine einen kurzen frohlockenden Blick zu.

Die Vampirin zeigt so etwas wie ein kühles Lächeln.

»Und wisst ihr auch, dass dieser Durchgeknallte morgen Abend höchstpersönlich in der Rockfabrik vorab die Lage sondieren wird? Wenn ihr ebenfalls dort aufkreuzt, könnt ihr euren Kollegen zur Rede stellen.«

Man könnte eine Stecknadel fallen hören.

»Woher weißt du das?«, flüstert Ansgar.

Kiki wirkt nun ein bisschen verlegen. »Einer aus unserer Bruderschaft war in Stuttgart unterwegs und hatte Appetit auf orientalisches Essen.«

»Ihr habt Islamisten ausgesaugt?«, brülle ich los.

Die Kreatur der Nacht wehrt ab. »Oh nein, Singular, nicht Plural, und zwar in beiden Fällen. Einer unserer Brüder hat einen einzigen, mickrigen Afghanen gebissen. Und er hat ihn auch nicht komplett leer gemacht. Nur als leichten Aperitif genossen.« Sie schielt verstohlen in meine Richtung.

»Aha!« Ich gebe mir große Mühe, nicht zu triumphierend zu klingen.

Kiki seufzt. »Es ist so. Wenn wir – also jetzt nicht ich, weil ich das nicht mehr mache – aber wenn einer von uns jemanden anknabbert und ein klitzekleines bisschen was von ihm trinkt …«, sie ringt sichtlich um die richtigen Worte. »Also, im Augenblick des Saugens entsteht eine Verbindung. Auch mental. Wir können dann die Gedanken der Mahlz… ich meine, des Menschen lesen. Unser Bruder ist noch sehr jung, ein Teenager eben. Die lieben Junkfood. Er hatte Lust auf was richtig gut Gewürztes und nuckelte an einem Afghanen. Wahrscheinlich in der Hoffnung, dass zwischen all den Proteinen auch noch ein paar interessante Chemikalien herumschwimmen. Manche lesen beim Essen Zeitung, das erübrigt sich bei uns. Unser Bruder konnte eine außergewöhnliche Story aufschnappen, über den IS, eine Superwaffe in den Händen eines gewissen Fashil, der wohl im Augenblick sehr verärgert ist, weil eine Gruppe von komischen Typen ihm die Suppe versalzen hat. Und zum Frustablassen wird Fashil, den der Afghane bewundert, sich höchst persönlich um einen Racheplan kümmern. In dessen Mittelpunkt die Vernichtung der Rockfabrik steht. Und ich habe jetzt schon viel zu viel erzählt. Eigentlich hätte ich mich auch nicht eingemischt, aber Bimmel und Didi sind echte Freunde und mir passt dieser abgedrehte irre Gott nicht. Das sind die Infos, die ich für euch habe. Ihr seid Götter – macht was draus.«

Ansgars Lippen sind zusammengepresst. Er nickt dem blonden Geschöpf der Nacht zu.

»Danke, Kiki. Wir schulden dir was.«

Ich lächle zuckersüß. »Ja, Ansgar, am besten legst du schon mal deinen Hals frei.«

Kiki lächelt genauso lieblich zurück. »Oh, meine Liebe du bist bestimmt die letzte, die sich vor mir fürchten muss. Fettes Essen ist doch ungesund«.

Eins muss man meinem Schlagzeuger lassen, Sal hat erstaunlich schnelle Reflexe. Und ordentlich Kraft in seinen schlanken Händen, die innerhalb einer Viertelsekunde auf meinen Schultern liegen und mich energisch wieder auf den Stuhl zurückdrücken. Zeitgleich aktivieren sowohl Bimmel als auch Didi ihren Schütze-deine-Sängerin-vor-sich-selbst-Radar und klammern sich mit Schallgeschwindigkeit an meine rechte und linke Hand.

Die Vampirin starrt mich verächtlich an. »Götter schmecken nicht. Zuviel Harz und Weihrauch im Blut. Das mag keiner von uns«. Sie fährt mit dem Zeigefinger in meinen nicht ganz aufgegessenen Zaziki und leckt die cremige weiße Masse genussvoll ab. »Im Gegensatz zu Knoblauch«, lächelt sie.

29.
We said we would return and here we are again
(Manowar: Warriors of the world united)

Ich bin immer noch reichlich angesäuert. Da denkt man, nach fast dreitausend Jahren kann man jemand vertrauen und dann stellt sich raus, dass Götter auch nur Männer sind. Kaum wedelt eine dahergelaufene, blondierte Kreatur der Nacht mit ihren falschen Möpsen, schon bist du als treue Freundin abgeschrieben. Und musst dir auch noch vorwerfen lassen, du hättest Vorurteile.

Diese testosterongeschwängerte Bande kann einfach keinen klaren Gedanken fassen, sowie ein Weibchen am Start ist. Und egal ob Nord-, Wetter- oder Heilgott, irgendwie verhalten sie sich alle, als hätten gewisse Körperteile die Funktion ihres Gehirns übernommen.

Von Didi bin ich das ja gewöhnt, mein Basser kann einfach nicht anders. Er hat mir mal ausgiebig von seiner Dämonenausbildung in der persischen Hölle erzählt. Anfangs war das kein Zuckerschlecken, es sollte eine zwar grausame, aber gerechte Bestrafung für das Auspinkeln der heiligen Flamme sein. Und so fuhr seine arme Seele erst mal in die Folterkammer von Ahrimans Reich. Unaussprechliche Qualen bis in alle Ewigkeit warteten auf ihn, ein ganzes Heer gut geschulter Dämonen wechselte sich in Rund-um-die-Uhr-Schichten bei der Bestrafung der Sünder ab.

Aber Didi war schon immer ein cleveres Kerlchen. Stets charmant. Und manchmal ganz schön raffiniert. Die Situation schien zwar hoffnungslos, aber das damals lockenköpfige Bürschchen war eben ein Optimist. Er war überzeugt, dass alles nur besser werden konnte. Didi brauchte nur Zeit und Geduld – und von beidem war in Ahrimans Reich im Überfluss vorhanden.

Eines Tages, er lag gerade angekettet auf einem glühenden Eisenrost, inspizierte die Dämonin Agash das Territorium. Agash, die Herrin des bösen Blicks, die Verkörperung des Verderbens. Ein Blick von ihr genügte, um unendliches Leid und eine gewaltige Pechsträhne zu bewirken. Didi, der in den letzten 200 Jahren vom lockigen Knaben zu einem zwar geplagten, aber dennoch ganz ansehnlichen jungen Mann gereift war, starrte die Dämonin an. Sie war seit Anbeginn seines höllischen Aufenthalts das erste weibliche Wesen, das ihm vor die Augen kam. Agash trug die neueste Mode für Kreaturen der Unterwelt: schwarz, sexy, durchsichtig, gewagt. Und der ätherische, pubertierende Körper des jungen Mannes reagierte auf einmal ganz schön heftig, als würden sämtliche hypothetischen Hormone auf einen Schlag explodieren. Glühender Rost hin, neunschwänzige, dornengespickte Katze her – irgendetwas anderes, viel Mächtigeres drängte sich in Didis Bewusstsein und lies seinen zwar geschundenen jedoch großartig proportionierten Körper automatisch visuell schnurren. Heftig.

Agash wandte ihren stechenden Blick von Didis Augen auf seinen Mund. Zu ihrem grenzenlosen Erstaunen sah sie dort ein immer breiter werdendes Lächeln. Das unwiderstehliche, typische Didi-Grinsen.

Dann wanderte ihr Blick tiefer. Noch tiefer. Und blieb hängen. Im übertragenen Sinn.

Zum ersten Mal in ihrer unsterblichen Existenz war die Dämonin fassungslos. Ihre fahlen Wangen überzog ein rosiger Schimmer. Unbewusst fuhr sie sich gedankenlos durch die Haare. Didi grinste noch strahlender und zwinkerte ihr zu. Agash schnappte nach Luft. Keine gute Idee in einer Umgebung voller Rauch, Feuer und Schwefel. Nach einem ausgiebigen Hustenanfall lies die Dämonin zitternd vor Verlangen Didis jungfräuliche Seele in ihr privates Boudoir bringen. Und traf auf das zweite, viel größere Problem.

Wie gesagt, Didis Seele war noch Jungfrau. Und somit gab es keine gespeicherte Erinnerung an eine körperliche Erfahrung im sexuellen Bereich. In diesem Zustand war er für Agashs physische Bedürfnisse zwar theoretisch schön anzusehen, allerdings in der Praxis völlig unbrauchbar. Was immer sie auch anfasste, sowie ihre Hände tiefer als bis zum Bauchnabel glitten, griff sie ins Leere. Immerhin in eine äußerst imposante Leere. Die bislang ungenutzten Körperteile existierten nur visuell und auf metaphorischer Ebene. Dieser Teil von Didis Körper hatte schlicht nie die Möglichkeit gehabt, Erinnerungen abzuspeichern. Agash tobte. Sie hatte bislang immer genau das bekommen, was sie wollte. Mit einem unerfüllten Wunsch konnte sie nicht umgehen. Wie ein tobendes Kind stampfte sie mit den Füßen auf, brüllte und zertrümmerte die Einrichtung. Dann setzte sie sich und begann inmitten ihres verwüsteten Schlafzimmers endlich nachzudenken.

Es gab nur einen Weg. Didis unwiderstehlich charmante Seele musste in einem sehr erfahrenen Körper reinkarnieren.

Agash überlegte nicht lange. Sie wusste genau, wer dafür in Frage kam.

Ein untergeordneter Sukkubus bekam den Befehl, sich augenblicklich im Boudoir der edlen Herrin zu melden. Arglos schlenderte das höllische Geschöpf mit entblößter Brust und wiegenden Hüften ins Schlafzimmer und sah sich seiner leicht nervösen Gebieterin und einer sehr breit grinsenden, nackten menschlichen Sünderseele gegenüber. Allerdings nur kurz, denn ein pentagrammgeschmücktes silbernes Messer mit einer fünfzig Zentimeter langen Obsidianklinge schuf in Herzhöhe sehr schnell eine geeignete Öffnung, damit das Leben aus dem und Didis Seele in den Körper des Sukkubus gleiten konnte.

Und da stand er nun – mein künftiger Basser.

Mit breiten Schultern, schmalen Hüften, kleinen, elegant geschwungenen Hörnern, scharfen Klauen und Lederflügeln. Eine außergewöhnlich lange Zunge und gewisse Details, die ebenfalls etwas mächtig geraten waren, brachten Agash zu einem ersten zufriedenen Seufzen, dem im Laufe der Jahre noch viele folgen sollten. Dann weihte sie Didi in den Gebrauch seines Sukkubuskörpers ein. Der Jüngling erwies sich als Meisterschüler, der sogar freiwillig Überstunden machte.

Nach einigen Jahrzehnten im Bett widmete sich die pflichtbewusste Agash erneut ihrem Job und Didi durfte als Belohnung künftig immer wieder in einem menschlichen Körper reinkarnieren.

Als er mir die Geschichte erzählte, fragte ich ihn: »Bist du froh, dass du das gruselige Dämonenaussehen los bist?«

Didi wiegte nachdenklich den Kopf hin und her.

»Na ja, einerseits schon. Es ist einfach praktischer, in einem menschlichen Körper herumzulaufen. Es erregt weniger Aufsehen und es gefällt den Frauen besser. Meistens. Andererseits haben Klauen und Flügel manchmal ihre Vorteile. So durch die Lüfte zu gleiten, das hat schon was. Zumal, wenn du dabei dein eigenes Ledercape trägst. Wie ein Superheld. Und irgendwie sah es auch ganz schön cool aus.«

Ich lachte. »Kann ich mir vorstellen. An Halloween wärst du bestimmt auf jeder Kostümparty die absolute Nummer Eins.«

Ich seufzte sehnsüchtig. »Schade, dass ich dich damals nicht gesehen habe.«

Didi lächelte. »Oh, das ist kein Problem. Wenn wir in diesem Leben wieder mal einen Ausflug nach Paris machen, dann schau dir die Kathedrale von Notre Dame ganz genau an. Vor allem die *Galerie des Chimères,* die Gargoyles, die ganz oben auf der Fassade sitzen und aus sechzig Metern Höhe über die Stadt blicken. Einer davon streckt der Welt die Zunge raus.«

»Und das bist du als Dämon?« Ich war entzückt.

»Yep!« Didi warf sich stolz in die Brust. »Ich war damals eine große Inspiration für den Steinmetz. Mann, feierten wir tolle Parties mit den Damen der Pariser Unterwelt. Aber das ist eine andere Geschichte.« Dann grinste er mich an. »Übrigens, es gibt noch ein anderes Bild von mir. Du weißt doch, als Sukkubus kann ich manchmal auch in die Träume der Menschen eindringen. Sofern es sich um ein paar unanständige handelt. Ein bisschen feucht, leicht schmutzig und so.«

»Bitte keine Details«, wehrte ich rasch ab.

Didi nickte. »Im Gegensatz zu dir kann ich mich ja jedes Mal ganz gut an meine vorangegangen Leben erinnern. Bei jeder Reinkarnation. Ich weiß schon als kleiner Junge, dass ich was Besonderes bin und so mit fünf, sechs Jahren kommt fast immer die gesamte Erinnerung bei mir auf einen Schlag zurück. Es ist ganz schön schwer, sich kindlich zu verhalten, wenn du gegenüber deinen menschlichen Eltern einen jahrtausendelangen Vorsprung an Wissen hast. Und ich sollte ja auch so lange wie möglich der unschuldige kleine Junge bleiben, den ich verkörpere.« Mein Basser lächelte in Erinnerungen versunken. »Einmal reinkarnierte ich als Sohn eines Predigers. Oh Mann, das war richtig hart, als dann die Erinnerungen über mich hereinbrachen, wie ein nächtlicher Feuchttraum. Hihi!«

Ich war mehr als neugierig. »Und du kannst diesen Unwiderstehlichkeitstrick dann bereits als Kind, von Anfang an?«

Didi nickte. »Teilweise. Allerdings muss ich meine Fähigkeiten dann jedes Mal neu trainieren. Sie sind anfangs, wie ein Muskel nach langer Trainingsabstinenz, irgendwie verkümmert. Es funktioniert alles noch nicht so hundertprozentig.«

Ich sog seine Worte auf wie ein Schwamm. So sah das Leben also für meine Männer nach der Reinkarnation aus. Bisher hatte mir keiner so detailliert darüber erzählt, die machen da immer so ein Geheimnis draus, sowie es um ihre Kindheit geht. Und ich lerne sie erst kennen, wenn sie zumindest körperlich schon erwachsen sind. Aber Didi ist einer der offensten Menschen bzw. Lebewesen, die ich kenne.

Mein Lieblingsdämon fuhr mit seiner Erzählung fort.

»Ich habe Musik schon immer geliebt. Wie jeder von euch. Anfang der Siebziger war ich noch ganz klein, kurz vor der Einschulung, als ich eines Tages im Radio eine noch unbekannte Band hörte. Aus New York. Meine menschlichen Eltern waren entsetzt über diesen Krach, wie sie es nannten. Aber ich konnte gar nicht mehr weghören und auch nicht stillstehen. Au Mann, der Bass – Mia, du hättest den Bass-Sound hören sollen! Voll, laut, saftig und wummernd. Das war geradezu genial. Der ging nicht nur in den Magen, sondern mitten in die Kronjuwelen und ließ dort alles vibrieren. Nie zuvor hatte ich so eine Musik gehört.« Didi lächelte versonnen. »Ich wusste, diese Band muss es schaffen, die müssen einfach berühmt werden! Mit so einem Bass-Sound dürfen die nicht untergehen. Also konzentrierte ich mich, vor allem nachts, und drang in die Träume der Bandmitglieder ein. Nachdem ich endlich herausgefunden hatte, wer sie waren und den Zeitunterschied zwischen New York und Stuttgart berücksichtigt hatte.«

Ja, auch Götter und Dämonen sind überwiegend an die Naturgesetze gebunden. Meistens jedenfalls.

»Heutzutage ist so eine Aktion wesentlich einfacher, dem Internet sei Dank. Aber damals war es ganz schön aufwendig, auch nur die Namen und die Heimatstadt der Bandmitglieder herauszukriegen. Ich konzentrierte mich dann auf den Basser und schickte ihm genügend Selbstbewusstsein und ein paar zündende, musikalische Ideen. Und Tipps für ihr Band-Outfit. Der Basser war ein cleveres Kerlchen und vertraute seinem angeblichen Unterbewusstsein, daher setzte er alle meine Ideen um.«

Ich war atemlos. »Und? Haben sie es geschafft? Sind sie berühmt geworden?«

Didi sah mich erstaunt an.

»Ja, logisch. Ich hab' mir dann natürlich auch erlaubt, einen kleinen Hinweis auf meinen Beitrag anzubringen. So ein optisches Aufkleberchen, das besagt: *Made by Didi.* Der Basser trägt auch heute noch zwanzig Zentimeter hohe Plateaustiefel, die in Krallen enden. Und hat Flügel aus Leder am Kostüm. Und malt sich immer eine Dämonenfratze auf. Und er hat eine wundervoll lange Zunge.«

Bei mir machte es laut und deutlich *klick*.

»Lass mich raten – du hast sie auch zu ihrem größten Hit inspiriert. Da du ein Sukkubus bist, lautet der Text garantiert: *I was made for loving you*, oder?«

Didi strahlte. »Gut erfasst, Goldkehlchen.«

Bei der Erinnerung an dieses Gespräch kommt fast meine gute Laune wieder. Schnell mache ich mir klar, dass ich eigentlich übelst drauf bin, was allein die Schuld meiner triebgesteuerten Männer ist. Die einfach relevante Dinge vor mir verheimlichen, wie zum Beispiel blonde Blutsaugerinnen in griechischen Lokalen.

Ah, es funktioniert! Ruckzuck ist meine schlechte Laune zurück. Den Göttern sei Dank.

Zudem bimmelt schon wieder in aller Herrgottsfrühe mein Telefon. Ich sterbe noch an Schlafentzug.

»Hier in Guantanamo, Abteilung verschärfte Folter«, melde ich mich mit düsterer Stimme.

Bimmel ist am anderen Ende. »Mia, wir treffen uns in einer Stunde bei Ansgar.«

Das trägt natürlich keineswegs dazu bei, meine Stimmung aufzuhellen.

»Was will denn die diktatorische Nervensäge jetzt schon wieder? Und natürlich mal wieder fast mitten in der Nacht.«

»Krisensitzung und Rettungsplan für die Rockfabrik.«

»Ach, dafür braucht ihr mich also doch? Obwohl ich weder blond, noch blutsaugerisch veranlagt bin?«

Ironie prallt an Bimmel meistens ab, wie Regen an einer Lotosblüte.

»Ich mag deine Haarfarbe. Und deine Essgewohnheiten haben mich auch noch nie gestört.«

Wenn ich mir jetzt noch Bimmels treuherzigen Blick aus frühlingshimmelblauen Augen vorstelle, dann kann meine schlechte Laune auch gleich kapitulieren.

»Ok«, seufze ich. »Ich bin unterwegs.«

Bimmel zögert. »Äh, noch was. Kann ich bei dir mitfahren, Mia?«

»Klar. Soll ich dich abholen?«

»Das wäre nett. Mein Wagen ist in der Werkstatt.«

»Oh. Was Größeres defekt?«

Ich kann es förmlich durch den Hörer sehen, wie Bimmel sich verlegen windet.

»Nö. Nur ein paar angefressene Bremsleitungen.« Leise fügt er hinzu: »Marderschaden«.

Eine knappe Stunde später sacke ich Bimmel vor seinem Haus ein. Dann fahren wir erst zu einer nahe gelegenen Pizzeria und besorgen eine Familienpizza. Es ist gerade mal Mittag, eine völlig ungöttliche Zeit für eine Besprechung und bei Ansgar gibt es erfahrungsgemäß nur Rohkost zu Mittag. Die Gier nach dunkelrosa gebratenem Steak, Blutwurst, frischer Leber Berliner Art und saurem Nierenragout erwacht bei ihm seltsamerweise nur abends. Da man schlecht nachdenken kann, wenn fünf laut knurrende Mägen sich immer wieder in die Unterhaltung einmischen, muss erst eine vernünftige Basis für das Meeting geschaffen werden. In Form einer gigantischen *Quattro Stagioni.*

Wir quälen uns mit dem duftenden, heißen Karton die unzähligen Stufen zu Ansgars Wohnung hoch. Sal öffnet die Tür und schnuppert.

»Oh, ihr seid die Besten!«

»Ich weiß«, antworte ich und kann es mir einfach nicht verkneifen hinzuzufügen: »Und das, obwohl ich dunkelhaarig bin.« Nicht, dass ich sonderlich nachtragend bin. Aber manche Kränkungen sitzen eben tief.

Einige Minuten später erscheint auch unser Basserdämon.

Und wieder mal halten wir Kriegsrat. An Ansgars Esstisch, bei Pizza und billigem Rotwein versuchen wir, einen Schlachtplan zu entwickeln. Die Vernichtung der altehrwürdigen Rockfabrik können wir unmöglich zulassen. Über eins sind wir uns alle klar: Wir müssen nach Ludwigsburg, zumal sich nun die

Gelegenheit ergibt, diesem völlig durchgeknallten Fashil endlich von Angesicht zu Angesicht gegenüber zu treten. Ich bin jetzt schon ganz hibbelig.

»Wenn wir den Typ erst mal haben, dann können wir ihn auch außer Gefecht setzen. Schließlich sind wir zu fünft«, wende ich mich begeistert an meine Männer.

»Wir sollten trotzdem äußerst vorsichtig sein, Mia. Mit dem Kerl ist nicht zu spaßen. Und er ist ein Gott, dessen Fähigkeiten wir nicht kennen. Bislang war er uns stets einen Schritt voraus«, warnt Bimmel.

Sal nickt. »Allerdings haben wir dieses Mal einen entscheidenden Vorteil. Der Kerl rechnet nicht damit, dass wir dort auftauchen. Und sicherheitshalber werde ich schon vorab ein, zwei Kurze kippen, damit ich euch rechtzeitig Bescheid geben kann, wenn ich sein wahres Ich spüre. So ein Fiasko wie bei der Ausstellung wird mir nie mehr passieren. Ich bin künftig für alle Notfälle gerüstet.« Sal wühlt in seiner Jacke, die über dem Stuhl hängt und zieht mit triumphierendem Blick einen kleinen, silbernen Flachmann heraus, den er stolz lächelnd präsentiert.

»Gut mitgedacht, Alter«, nickt Didi anerkennend.

Wir entwerfen die unterschiedlichsten Szenarien, verwerfen sie wieder, diskutieren, werden laut, beruhigen uns, wägen Pro und Contra ab; es geht heiß her.

Irgendwann fällt mir auf, dass unser Nordgott erstaunlich schweigsam ist. Er hat auch kaum etwas zu essen angerührt, mümmelt geistesabwesend seit einer halben Stunde am selben Stück Pizza herum. Etwas, das mir besonders Sorgen macht, denn normalerweise inhaliert Ansgar Mahlzeiten in Rekordgeschwindigkeit. Er wirkt üblicherweise wie ein menschlicher Staubsauger:

Teller vor Ansgar – schwupp – Teller leer.

Am schlimmsten ist aber, dass er sich noch gar nicht zu Wort gemeldet hat. Ich stupse ihn an.

»Was ist los? Bist du krank?«

Didi lächelt hintergründig. »Ich glaube eher, dass der Alte Herr verliebt ist.«

»Was?! In wen? Wann ist das passiert?« Sofort ist Fashil aus meinem Kopf verschwunden.

»Blödsinn!«, schnaubt Ansgar, wirkt aber leicht unsicher.

»Sag schon.«, dränge ich. »Ist es Didis blonde Standesbeamtin?«

Ansgar schüttelt den Kopf. »Quatsch, die ist schon lange wieder Schnee von gestern. Genau wie ...« Er beißt sich auf die Lippe.

»Genau wie wer?« Wow, ein perfekter Chor aus vier absolut synchronen Stimmen antwortet ihm.

»Niemand. Und im Übrigen war es nur Sex. Und auch nur einmal. Und es gibt mildernde Umstände, weil ich unter Schock und Alkohol stand.«

Didi legt nachdenklich den Kopf schief. »War das vielleicht auf meiner Hochzeit?«

Ansgar nickt kaum merklich.

Ich überlege.

»Da waren keine Blondinen.«

Ansgar wirkt verlegen. »Doch. Eine. Die hatte allerdings ihre Haare mit Henna übertüncht.«

Ich schüttle energisch den Kopf. »Ne, ne. Außer Verucca gab es nur eine Hennarote und das war diese Brigitte. Starflower.«

Wir schweigen. Dann klopft Didi seinem Gitarristen auf die Schulter.

»Ach deswegen hat sie vorgestern bei mir angerufen und wollte unbedingt deine Nummer.«

Ansgar zuckt zusammen. »Du hast sie ihr hoffentlich nicht gegeben!«

Sal wirkt völlig entgeistert.

»Was willst du denn mit diesem Blumenkind?«

»Nichts. Also genauer: nichts mehr. Es war ein einmaliger Ausrutscher. Einfach nur ein Trost in dunklen Stunden. Viel zu viel Fremdreligion um mich herum und dann erscheint da dieses weibliche Geschöpf und strahlt mich an, als wäre ich ein Gott. Was ich ja auch bin. Also habe ich ihr stummes Gebet erhört. Eine einzige Nacht lang.« Ansgar nickt entschlossen. »Und dabei bleibt es auch.«

»Also müssen wir uns nicht darum kümmern?«, hakt Bimmel nach.

Unser Nordgott reißt erschrocken die Augen auf.

»Nein! Im Übrigen habt ihr mir nach dem letzten Mal hoch und heilig versprochen, dass ihr euch nie mehr um mein Sexleben kümmern würdet. Das war ja wohl peinlich genug.«

Die restlichen vier Go!Dessianer tauschen leicht verlegen-amüsierte Blicke. Ach ja. Ansgars Liebesleben. Das ist auch so ein Thema bei uns. Jeder von uns gönnt dem Ollen eine erfüllende Partnerschaft. Aus tiefstem Herzen. Aber auch wenn Ansgar einen gigantischen Verschleiß an echten Blondinen hat, so hat er erstaunlicherweise doch keine Routine in Liebesdingen. Also fühlt sich die komplette Band jedes Mal aufs Neue verpflichtet, ihm zur Hilfe zu eilen, sowie erneut ein hellhaariges, weibliches Geschöpf in seinem Dunstkreis erscheint. Ansgar wehrt sich zwar heftig dagegen, aber wir wollen ihm ja zeigen, wie viel er uns bedeutet. Es ist nicht unsere Schuld, dass dabei manche Dinge schief gehen, wir meinen es doch nur gut. Ok, die Episode mit der attraktiven Bäckereiverkäuferin letzten Monat, die war wohl ein wenig übertrieben von uns. Aber nur ein klitzekleines Bisschen.

Ansgar ist eigentlich ein Gewohnheitstier und geht immer nur in dieselben Läden zum Einkaufen.

Nachdem jedoch sein Bäcker krankheitsbedingt vor mehreren Wochen geschlossen hatte, musste er wohl oder übel auf ein anderes Geschäft ausweichen. Und dort stand sie hinter der Theke. Sie – kurvig, groß und natürlich echt blond. Es ließ sich auch alles ganz gut an. Zu Beginn. Was bei Ansgar immer der Fall ist. Dann kam die erste Nacht, in der er sie zuhause besuchte. Die schöne Bäckerin wohnte in einem kleinen Reihenhaus in der Einliegerwohnung parterre. Wie gewohnt erzählte er uns davon und wie gewohnt machten wir uns alle Sorgen. Wir lieben unseren Nordgott und schätzen seine guten Seiten. Allerdings hat er einfach kein Talent für den richtigen Moment, wenn es um Frauen geht. Didi hat schon etliche Male versucht, ihm Nachhilfeunterricht zu geben. Bimmel erläuterte ihm ausgiebig das sensible Seelenleben einer Frau. Sal war mit praktischen Vorschlägen dabei und ich versicherte ihm eins ums andere Mal, dass ich an seine männlichen Fähigkeiten glaube. Nun ist es ja nicht so, als ob dem Ollen unsere Unterstützung gleichgültig wäre; er versucht auch jedes Mal wirklich, unsere Tipps zu beherzigen. Aber irgendwie hat er einfach kein Talent in Liebesdingen. Er versaut es immer. Regelmäßig. Oft dauern seine Beziehungen gerade mal eine Nacht. Andere Männer würden sich freuen, doch Ansgar ist darüber selbst immer am unglücklichsten.

Wir beschlossen also mal wieder, dass es Zeit ist, unserem Gitarristen mit Rat und Tat zur Seite zu stehen. Da der Rat in der Vergangenheit so gut wie nichts genutzt hatte, war diesmal die Tat angesagt.

Problemlos bekamen wir heraus, wo die Bäckerin wohnte und wann das Date stattfinden sollte. Zu unserem Entzücken hatte man von der Terrassentür aus einen perfekten Einblick in das Schlafzimmer der Süßen. Und da sie ebenerdig wohnte, mussten wir noch nicht mal klettern. Sehr zu meiner persönlichen Freude. Das mit der körperlichen Fitness wird in diesem Leben bei mir wohl definitiv nichts mehr.

Wir legten uns rechtzeitig auf die Lauer. Bimmel, Didi, Sal und ich. Die komplette Truppe, natürlich bis auf unseren ausnahmsweise mal unwissenden und hilflosen Nordgott.

Ansgar kam gegen zwanzig Uhr angefahren und die Blondine hatte bereits etwas Leckeres gekocht. Wir konnten durch das Wohnzimmerfenster beobachten, wie unser Nordgott am geschmackvoll gedeckten und dekorierten Tisch mit aller Gewalt sein Essenstempo zügelte und nur kleine Schlückchen vom dazu gereichten edlen Wein nippte. Gut gemacht, Junge!

Ich hatte ihm zuvor einen halbstündigen Vortrag gehalten, dass ein guter Liebhaber immer langsam isst und dabei sichtlich sinnliches Vergnügen am Essen demonstrieren sollte. Das Essen muss genussvoll über die Zunge gleiten, das weiß eine Frau immer zu schätzen. Es kann nie schaden, sich die Kühlschrankszene aus dem erotisch angehauchten Film 9 ½ Wochen mit Kim Basinger anzusehen. Was man nicht alles mit Erdbeeren und Eiswürfeln so anstellen kann, wenn sie strategisch richtig eingesetzt werden. Eins ist klar: Nahrungsmittel inhalierende Staubsauger sind absolut nicht sexy.

Dann öffnete die Blondine den Champagner, den Ansgar mitgebracht hatte. Ah, wirklich braver Junge! Wir hatten ihn bei der Marke beraten und ihm ausgeredet, dass Met denselben Zweck erfüllt. Was wirklich nicht einfach war.

»Los, stoß mit ihr an und sieh ihr dabei in die Augen«, soufflierte Didi unhörbar.

Wir hatten das ausgiebig im Proberaum geübt, jeder von uns hatte sein Glas gegen Ansgars Sektkelch geknallt und ihm dabei mit halbgeschlossenen Lidern einen pseudoverliebten Blick zugeworfen, den er mehr oder minder erfolgreich erwidern sollte. Es wurde eine sehr lustige Probe, mit viel Sekt und brüllendem Gelächter.

Sie stießen an.

Didi bohrte mir aufgeregt seinen Ellbogen in die Seite.

»Jetzt muss er sie küssen. Hoffentlich erinnert er sich daran.«

Sie küssten sich.

»Yes!« Unser Dämon war begeistert. »Unser Coaching klappt!«

»Pscht, sei leiser Didi. Sie sollen uns nicht bemerken«, zischte Sal.

Wir beobachteten das Geschehen ganz aufgeregt.

»Die Strähne, Oller, mach das Ding mit der Strähne«, flüsterte Didi atemlos.

Ansgar strich der Bäckerin sanft eine blonde Strähne aus der Stirn und umfasste ihre Taille. Kräftig, fordernd, maskulin und doch zugleich zärtlich.

Didi strahlte. »Das hab ich ihm beigebracht; er hört also manchmal auf mich«, flüsterte er aufgeregt.

Wir seufzten kollektiv entzückt.

Immer noch küssend drängte Ansgar die Bäckerin ins Nebenzimmer, ins Schlafzimmer.

Wir beeilten uns und huschten lautlos zur Terrassentür. Da kam auch schon das innig umschlungene Pärchen, sie mit dem Rücken zu uns. Beide steuerten auf das große Boxspringbett zu, das in der Mitte des Raums stand.

Immer noch küssend öffnete Ansgar die Augen. Und immer noch küssend sah er uns an der Terrassentür eng aneinander gedrängt, die Nasen an der Scheibe.

Ich hob beide Daumen und signalisierte ihm: Du schaffst das, du machst das gut.

Sal nickte ihm ernst zu und demonstrierte damit:

Wir sind da, bleib cool, Alter. Wir passen auf dich auf.

Bimmel konnte nicht viel tun, er hatte die Arme voll mit Schildern, die wir zuvor gebastelt hatten. Schilder, auf die wir in großen Buchstaben die nötigen Anleitungen geschrieben hatten, so Sätze wie: Langsamer! Jetzt schneller. Weiter links. Du schaffst das! Mehr Sekt. Und viele weitere essentielle Tipps für ein gelungenes erstes Mal mit der Aussicht auf viele weitere Male.

Was Didi tat konnte ich nicht sehen, aber Ansgars Augen wurden riesengroß.

Mit der rechten Hand hielt er weiterhin die Blondine an sich gepresst, mit der linken wedelte er heftig in unsere Richtung.

Wir winkten strahlend zurück.

Manchmal kann Ansgar richtig kompliziert sein. Wir haben echt nicht verstanden, wieso der Olle zwei Tage lang eingeschnappt war. Soweit wir das beurteilen konnten, klappte doch alles ganz ausgezeichnet.

Allerdings spielte sich das meiste ohnehin unter der Bettdecke ab, wir bekamen nicht viel zu sehen. Außer Ansgars Kopf, der ab und zu auftauchte, undefinierbare Blicke in Richtung Terrassentür warf, die Augen verdrehte und stöhnend wieder untertauchte. Dabei gaben wir unser bestes, um ihn so leise wie möglich anzufeuern, damit die Atmosphäre erotisch aufgeladen blieb. Wir schwenkten unsere Schilder und formten mit Daumen und Zeigefinger beider Hände Herzchen. Bimmel zückte ein besonders großes Schild, auf das er in Schönschrift gemalt hatte: Du bist nicht allein. Ansgar schien sehr gerührt, er sah aus, als würde er gleich in Tränen ausbrechen.

Bei der nächsten Begegnung im Proberaum mussten wir unserem außergewöhnlich blassen und sehr ernsten Nordgott versprechen, dass wir unsere Hilfe künftig auf gelegentliche Ratschläge begrenzen würden.

Und zwar ausschließlich.

Ich glaube ja fest, insgeheim war Ansgar doch sehr angetan von unserer Anteilnahme. Er wirkte förmlich erschüttert.

Gedankenverloren knabbere ich an einem Stück Pizza.

»Und was ist das nun für eine Sache mit dem Verliebt-sein bei dir?«, will ich wissen.

Ansgar lächelt geheimnisvoll – melancholisch.

»Manchmal findet man die wahre Liebe. Nur um sie kurz danach wieder zu verlieren.« Er seufzt. »Trotzdem sollten wir uns jetzt wieder so banalen Dingen wie der Rettung der Rockfabrik und der Welt zuwenden.« Er beugt sich vor. »Also, wie gehen wir heute Abend vor?«

Nach einigem Hin und Her kommen wir zu folgendem Entschluss. Sal, Didi und Bimmel fahren in einem Auto direkt zur Rockfabrik. Ansgar hat noch etwas zu erledigen und kommt später allein nach. Ich selbst kann auch noch nicht so früh am Abend da sein, werde allerdings mit Bormo zunächst bis Marbach am Neckar fahren, was die weiteste Strecke ist, die ich mir zutraue. Dort stelle ich mein Auto auf dem Park-and-ride-Platz ab. Dann steige ich in die S-Bahn und fahre bis Ludwigsburg Hauptbahnhof, von wo ich mir ein Taxi zur Rockfabrik nehme.

Wie wir dorthin kommen, ist also bereits geregelt.

Was wir dann dort tun – das steht noch in den Sternen.

Allerdings sind wir Weltmeister im Improvisieren. Sals Flachmann ist gefüllt. Ich habe eine angeschärfte Nagelfeile dabei und die anderen sind mehr als motiviert. Es ist höchste Zeit, dass diese Geschichte ein

Ende hat. Und zwar ein Happy End. Ein seltsames Gefühl macht sich in mir breit. Eine Prise Aufregung. Abenteuerlust. Und ein wenig Vorfreude.

Endlich, endlich. Wir werden Fashil bin Macharam sehen.

Werden ihm geballt gegenüber stehen.

Der Space Lord gegen Go!Dessia.

Und er wird untergehen.

30.
We're in pain, the two of us. And I no longer know which way to go

(My Dying Bride: From darkest skies)

Bormo zwitschert fröhlich vor sich hin. Seit einiger Zeit gibt mein Kleinwagen irgendwie seltsame Geräusche von sich. Also, noch seltsamere als üblich. Ich war in den letzten Monaten dreimal in der Werkstatt, aber bislang wurde kein Mechaniker fündig. Meine Männer behaupten, es liegt am Keilriemen, aber der ist laut Werkstatt vollkommen in Ordnung.

Didi vertritt die Theorie, dass mein Auto besessen ist. Ich komme mittlerweile auch immer mehr zu der Ansicht, dass der Kleine mit mir kommunizieren möchte.

Wir fahren auf meinen geliebten Schleichwegen Richtung Ludwigsburg. Bormo trillert eine etwas monotone Melodie und ich probiere lautstark einen Part aus *Bohemian Rhapsody*. Zweistimmig tuckern wir gut gelaunt auf der holperigen einspurigen Straße.

Ich freue mich richtig, heute werden wir den Space Lord erwischen. Wir werden den Saftsack überraschen und kriegen ihn dran. Leise wechsle ich vom Queen-Song zu *Space Lord* von der Gruppe Monster Magnet.

»... the time has come for me to kill this game.«

Außer mir ist keiner unterwegs. Bei Tempo dreißig schaffe ich es sogar, mühelos das eine oder andere gelbe Schild zu lesen. Jetzt nur noch fünfzehn Minuten Abkürzung durch ein kleines Waldstück und ich habe mein Ziel erreicht.

Die Bäume links und rechts werden dichter, der Boden des Forstwegs ist unbefestigt. Obwohl es erst Nachmittag ist, scheinen die Bäume das Sonnenlicht abzuschirmen. Fast wirkt es, als ob es schon dämmert.

Plötzlich quietscht Bormo schrill und stolpert.

»Hey, Kleiner, was ist los? Lass mich jetzt nicht im Stich«, rede ich meinem fahrbaren Untersatz gut zu. Das fehlt gerade noch, dass ich hier im Niemandsland hängen bleibe. Weit und breit nur Nadelbäume um mich, dazwischen gelegentlich eine unterentwickelte Eiche.

Vorsichtshalber fahre ich aber so weit wie möglich rechts ran und trete auf die Bremse.

Was ist das? Circa zwanzig Meter vor Bormos Stoßstange steht etwas, mitten auf dem Weg. Ein rundliches Wesen, ungefähr sechzig Zentimeter hoch. Es legt den Kopf schief und starrt uns an.

Zunächst kann ich nichts erkennen. Ich blende bei laufendem Motor Bormos Scheinwerfer auf.

Was?! Ich fasse es nicht! Ein Truthahn? Hier? Mitten im Wald? Wo kommt das Vieh her?

Bestimmt ist es von einem der umliegenden Bauernhöfe ausgebüxt. Oder gibt es wilde Waldtruthähne? Wenn das Sal wüsste. Bestimmt würde er wieder den ganzen Abend sentimental, und über Martha erzählen. Und nun? Zwar bin ich nicht gerade ein Truthahnfreund, aber einfach so überfahren will ich das fedrige Ungetüm natürlich auch nicht. Energisch stelle ich den Hebel meines Automatikgetriebes auf P, ziehe die Handbremse an, schnalle meinen Sicherheitsgurt los und steige aus.

Im Schein von Bormos leuchtenden Glubschaugen wedle ich ausladend mit den Armen, während ich langsam auf den Vogel zugehe.

»Husch, du Biest, verschwinde. Weg!«

Das Vieh weicht keinen Zentimeter. Es spreizt sein Gefieder und sieht auf einmal riesig aus. Größer, als es Martha je war.

Ich stampfe laut auf den Boden. »Kusch! Hau ab! Ich muss hier durch.«

Der Truthahn kollert leise. Ich kenne mich mit den Biestern nicht so gut aus. Ob das eigenartige Geräusch das Vogeläquivalent zum Knurren eines bissigen Hundes ist? Sal wüsste das bestimmt. Aber mal wieder typisch männliche Gottheit. Wenn man sie braucht, sind meine Männer nicht da.

Vorsichtshalber gehe ich langsam zurück und setze mich ins Auto.

»Und nun?«, frage ich mich laut. »Bormo, was machen wir denn nun, mein Kleiner?«

Vielleicht funktioniert energisches Hupen. Heftig hämmere ich auf das akustische Warnsignal ein. Bormo trötet grell.

Nö. Der Vogel ist wahrscheinlich taub.

Dann bewegt er sich.

Ganz langsam, wie in Zeitlupe, setzt er nun einen Fuß vor den anderen und kommt auf uns zu. Dabei spreizt er seine Flügel und wird immer größer. Das Vogelpendant eines Club-Türstehers, der mit düsterer Stimme knurrt: »Du kommst hier nicht rein.«

Ich fürchte mich nicht.

Garantiert nicht.

Ich bin eine Göttin und das da ist etwas, das man lecker zubereiten kann. Auch wenn es irgendwie seltsam aussieht. Eigentlich sollte ich wütend werden. Kein potenzieller Thanksgiving-Braten schreibt mir vor, wohin ich gehen darf!

Aber ich trage Verantwortung und muss auch an Bormo denken. Vielleicht mag er keine Federn auf seiner Motorhaube. Das könnte schädlich für seine Filter oder was weiß ich auch immer sein.

»Ganz ruhig, mein Kleiner«, flüstere ich beruhigend auf mein Auto ein. »Wir drehen jetzt um und fahren erst mal zurück. Mama ist bei dir.«

Als hätte er mich gehört, bleibt der Vogel stehen und legt seinen hässlichen Kopf schief. Irgendwie sieht er der seligen Martha sehr ähnlich. Schade, dass Sal jetzt nicht hier ist, der würde die Situation bestimmt genießen. Obwohl, womöglich würde er das Vieh mitnehmen.

Ich seufze leise, lege den Rückwärtsgang ein und ruckle im Schneckentempo einige Meter zurück, bis zu einer breiteren Stelle, wo ich wenden kann. Der Truthahn steht regungslos da und beobachtet mich und Bormo.

Langsam fahre ich davon, nicht ohne dem fedrigen Ungetüm zuvor trotzig den Mittelfinger zu zeigen. Beide.

Nach ein paar hundert Metern erreiche ich wieder die Landstraße. Mist! Wie soll ich denn nun nach Ludwigsburg kommen? Beziehungsweise zunächst nach Marbach. Der einzige alternative Weg führt über die Schnellstraße. Oder noch schlimmer: die Autobahn.

Das ist für mich nervlich einfach nicht machbar. Verdammt, wieso bin ich nur so weichherzig? Ich hätte das Vieh plattfahren sollen.

Mir bleibt also nur eine einzige Möglichkeit. Ich muss über einen noch schmaleren Weg zurück, was mich wesentlich mehr Zeit kosten wird, als ursprünglich eingeplant. Dann kann ich auf die Landstraße Richtung Marbach einbiegen.

Okay, Plan B wird funktionieren. Dämlicher Vogel! Das hat sich mein Kumpel Zufall diesmal wohl einfallen lassen, weil er schlechte Laune hat.

Wenige Minuten später erreiche ich dann doch den Bahnhof in Marbach, der Geburtsstadt von Friedrich Schiller.

Ich mag Schiller. Auf Bildern sieht er immer wie ein Hardrocker aus. Lange, lockige Haare, sensibler

Mund, große verträumte Augen mit dichten Wimpern und ein melancholisch suchender Blick. Ich kann ihn mir super mit einem Mikro in der Hand auf einer großen Bühne vorstellen, wie er sein Haar schüttelt und dunkle Liebeslieder singt.

Ja, den guten Frieder hätte ich wirklich gerne kennengelernt.

Wenn man überlegt, was der Junge für eine Lebensgeschichte hat, da könnte ein guter Regisseur eine TV-Serie mit drei kompletten Staffeln à zwölf Folgen daraus machen. Besser als Game of Thrones. Mit wesentlich mehr Dramatik und Action. Viel zwischenmenschliche Problematik, Sex, Drugs, Gewalt, Mystik. Und alles hier, mitten im Schwabenland.

Mein sanfter Dichter hatte zunächst eine schöne Kindheit. Mit vierzehn wurde er gegen den Willen seiner Eltern in die Militärakademie nach Stuttgart gesteckt. Der Herzog von Württemberg war der Boss von Schillers Vater und ordnete das einfach an. Die Eltern durften ihn noch nicht mal ohne Aufsicht besuchen.

Aber Frieder war ein Rebell. Er schrieb heimlich Gedichte und Dramen, schnupfte Tabak, las verbotene Bücher und freundete sich mit einem Musiker namens Andreas an, der sein bester Kumpel wurde. Wahrscheinlich experimentierten sie auch ein wenig mit ihrer sexuellen Identität herum. Irgendwann hatte er von Stuttgart die Schnauze voll und floh nach Mannheim, was allerdings keine so gute Idee war, denn dort war zu der Zeit Malaria eine häufige Krankheit. Frieder steckte sich an, chronisch krank ging seine Flucht weiter.

Nach einer heftigen Odyssee bekam er Asyl in Leipzig, ging nach Dresden und nach Weimar. Also in den Osten.

Verrückte Welt! Wenn man sich vorstellt, dass

knappe hundertsiebzig Jahre später der Flüchtlingsstrom zunächst genau in entgegengesetzter Richtung floss. Aber Geschichte war schon immer ein Hin und Her. Nur begreifen das manche nicht.

Irgendwann hat er es dann geschafft, wurde anerkannt, hat eine tolle Frau gefunden und ein paar Kinder gezeugt. Allerdings starb er mit nur fünfundvierzig an den Folgen der Mannheimer Malaria.

Richtig spannend wird Frieders Story allerdings erst nach seinem Tod. Da kommt das Fantasy-Element dazu. Und es wird gruselig.

Mein heiß geliebter Schiller wurde in Weimar begraben. Nach zwanzig Jahren wollte man seine Gebeine umbetten. Doch irgendwie waren da plötzlich zu viel Knochen. Es gab sogar zwei Schädel.

Was war passiert?

Ich bin überzeugt, dass der ideale Regisseur für die Verfilmung von Schillers Leben einzig und allein George A. Romero sein kann, ein Mann, der so geniale Zombie-Filme wie *Die Nacht der lebenden Toten* schuf. Leider ist Romero selbst dieses Jahr im Juli verstorben und somit nicht verfügbar. Obwohl, man weiß ja nie … manchmal kommen sie wieder.

Damit ist Frieders Story aber immer noch nicht vorbei.

Zweiundzwanzig Jahre nach seinem Tod wurden die Gebeine in der Fürstengruft auf dem Friedhof in Weimar erneut bestattet. Mein dichtender Rocker war endlich zur Ruhe gekommen. Die Geschichte schien ein Happy End zu finden.

Irgendwann im Jahr 2008 hat man dann mittels DNA-Analyse Frieders Schädel untersucht. Alle beide. Und nun wird es wirklich abgedreht. Denn keiner von beiden gehört Frieder!

Eine professionelle Gesichtsrekonstrukteurin hat versucht, den Schädeln ein Gesicht zu geben. Was in diesem Fall sogar relativ einfach war, da von Schiller auf seinem Sterbebett eine Totenmaske aus Gips gefertigt wurde und man die Rekonstruktionen folglich einfach nur mit dieser vergleichen musste.

Überraschung! Beide hatten große Ähnlichkeit mit Schiller. Und das Skelett in der Fürstengruft gehört zu drei, jawohl, *drei* verschiedenen Personen! Und nun – noch größere Überraschung: Kein einziger der drei wies auch nur die geringste DNA-Übereinstimmung mit Schillers heute lebenden Nachfahren auf. Die Suche nach Frieders Schädel wurde kommentarlos eingestellt.

Diese Geschichte hat mich seit Jahren fest im Griff. Ich weiß nicht, warum ich das heftige Gefühl habe, dass mehr dahinter steckt. Und dass mit der Lösung dieses Mysteriums noch etwas anderes, viel größeres verbunden ist. Vielleicht sollten Go!Dessia sich diesem Rätsel etwas genauer widmen.

Während ich noch immer über das Geheimnis um Friedrich Schillers Knochen grüble, habe ich den Bahnhof von Marbach erreicht. Ich grummle über die viel zu kleinen Parklücken, schaffe es dann doch noch, nach dutzenden vergeblichen Versuchen, einigermaßen gerade einzuparken, gebe Bormo einen liebevollen Klaps und stelle erfreut fest, dass die nächste Bahn nach Ludwigsburg bereits in fünf Minuten fährt.

Eigentlich fahre ich sehr gerne mit der S-Bahn. Ich habe dort schon richtig nette Bekanntschaften gemacht. Das einzige, was mich stört, sind die Prototypen. Diese wie aus einer Form gestanzten Klischeemenschen, die ihre gesamte Umgebung gerne und vor allem laut an ihren geistigen Ergüssen teilhaben lassen.

Die S 4 ist sonst immer recht leer, man findet schnell einen Sitzplatz. Ganz entspannt steige ich also ein. Aber heute scheint ganz Baden-Württemberg genau auf dieser Strecke unterwegs zu sein. Alle wollen nach Ludwigsburg und die Wagons sind gestopft voll. Oh Mann!

Ich bleibe vorsichtshalber in der Nähe der Türen stehen, hinterher komme ich sonst womöglich nicht rechtzeitig raus, weil mir zu viele Vollpfosten den Weg versperren. Alle Sitze sind belegt, Mist!

Was ist eigentlich aus der guten alten Sitte geworden, Frauen und älteren Menschen seinen Platz anzubieten? Die Menschheit kennt keine Manieren mehr. Mit der Jugend geht es stetig bergab. Seit dreitausend Jahren wird es immer schlimmer. Schon Sokrates wies um circa 400 vor Christus nachdrücklich darauf hin, dass die Jugend schlechte Manieren und keinerlei Respekt mehr vor älteren Menschen hat. Ich brummle in Gedanken vor mich hin und vertreibe mir die Zeit mit der Erfindung neuer, sehr kreativer Schimpfworte. Das wirkt immer äußerst entspannend auf mich. Ungefähr zwölf Personen stehen gedrängt zwischen mir und der anderen Tür auf der linken Seite. Na toll, ausgerechnet eine vollkommen überschminkte Göre, die wohl in Parfüm gebadet hat, drückt ihren dürren Brotständerkörper gegen meinen Oberarm. Super. Das wird hinterher bestimmt ein blauer Fleck, ganz abgesehen davon, dass meine Riechzellen dabei sind zu kollabieren. Ich bekomme gleich keine Luft mehr.

Und jetzt ruckelt die doofe S-Bahn auch noch! Wo hat der Zugführer seine Ausbildung gemacht? Im Kongo? Da könnte man diese Fahrweise wenigstens verstehen. In der Demokratischen Republik Kongo existieren heute noch mehrere vollkommen unterschiedliche Spurweiten bei den Eisenbahnen. Was die Zugführer zur Verzweiflung treibt. Und die Fahrgäste.

Mit einem heftigen Stoß hält die S-Bahn auf freier Strecke.

Die eingefärbte Duft-Barbie krallt sich mit ihren gegelten Kunstnägeln in meinen Arm und quietscht leise. Ein paar Leute geben Schreckenslaute von sich und alle torkeln und stolpern, bleiben jedoch auf den Beinen. Ich lande mit einem dumpfen Knall an der Tür.

»Liebe Fahrgäste, ich bitte um Entschuldigung für den ungeplanten Halt. Auf den Gleisen vor uns befinden sich Tiere. Wir setzen unsere Fahrt unverzüglich fort.«

Warum nur fallen mir sofort Truthähne ein?

»Wieso fährt er die Viecher nicht einfach platt?«, murmelt ein unsensibler junger Kerl, der sich sofort von den anwesenden Tierschützern böse Blicke einfängt.

Die Durchsage des Zugführers klingt trotz des dumpfen Sounds irgendwie schadenfroh, ein paar Fahrgäste schimpfen vor sich hin.

Aber das bekomme ich nur noch am Rande mit.

Ich habe mittlerweile einen raschen Blick auf die anderen Fahrgäste geworfen. Auf der linken Seite hält sich einer der Stehenden an einer Stange fest. Ein Mann, mit dem Rücken zu mir gewandt. Der Ärmel seines Anzugsakkos ist durch das plötzliche Zugreifen verrutscht und gibt den Blick auf die Innenseite seines linken Handgelenks frei. Über dem Rand seiner makellos weißen Hemdmanschette ist ein Tattoo zu erkennen.

Ein Fischkopf blickt in Richtung Handfläche.

Auf den ersten Blick eine Forelle.

Dann erkenne ich, dass es ein Lachs ist. Ein bläulich schimmernder Fisch, mit leicht rötlicher Schattierung.

Ich höre den Klang von kleinen Glöckchen, die an

einer violett-roten Narrenkappe hängen. Fassungslos starre ich das Vieh an und es scheint aus seinem kaltschwarzen Auge ironisch zurück zu glotzen. Wie immer in Ausnahmesituationen reagiert mein Gehirn vollkommen unlogisch, indem es logische Informationen abspult. Vollkommen sinnlose Tatsachen, die in dem Augenblick nicht wirklich weiterhelfen.

Ein Lachs.

Fisch aus der Familie der *Salmonidae*. Lebt erst im Salz- dann im Süßwasser. Oder umgekehrt. Seltsam für einen Fisch.

Ein Lachs.

Schmeckt lecker mit Dillsauce. Ist gesund. Reich an Omega-3-Fettsäuren. Lebt überwiegend in nördlichen Gefilden.

Ein Lachs.

Gehört nach der keltischen Mythologie zu den am längsten auf der Erde lebenden Tieren.

Ein Lachs.

In der Traumdeutung ist er sowohl ein schlechtes wie ein gutes Omen. Es kommt auf die Umstände an.

Ein Lachs.

Im indianischen Horoskop zeichnet er Menschen aus, die anderen oft ihren Willen aufdrängen und den Hang zu Arroganz und Bestimmung haben.

Ein Lachs.

In den Mythen der Haida, einem kanadischen Indianervolk, sind Lachse unsterbliche Menschen, die am Meeresgrund leben und das Symbol für Erneuerung.

Der Lachs.

Bei den Germanen tötet Loki den Lachs – und kann sich in ihn verwandeln.

Der Lachs.

Symbol für einen wendigen und flexiblen Geist, der gegen den Stillstand ankämpft.

Der Lachs.

Eine Erinnerung. An eine kürzlich zurückliegende Hochzeit. An eine Frage.

An die Antwort der Braut.

»Verucca, wie sieht Fashil aus?«

»Mmh, mal überlegen. Zwischen 1,75 bis 1,85 groß. Dunkle Haare. Normale Figur. Eigentlich ist er sehr unauffällig. Bis er dich ansieht. Er hat Sternenaugen. Dunkel wie der Himmel und tausend Kometen blitzen darin. Und er scheint sich immer über alles und jeden lustig zu machen.«

Und? Was war da noch?

»Ach ja, da ist noch was. Er hat eine Tätowierung am linken Handgelenk. Irgendein Fisch. Eine Forelle oder ein Lachs.«

Ein Lachs.

Mein Kopf produziert ein Echo in einer Dauerschleife: Lachs … Lachs … Lachs …

Ein eisiger Schauder krabbelt über meinen Körper.

Gänsehaut, überall, sogar auf meinen Handrücken.

Fashil!

Ich zweifle keine Sekunde daran. Mein Kumpel Zufall umarmt mich so heftig, dass mir fast die Rippen brechen. Fashil! Ja, das ist er.

Der Tattoobesitzer hat mittlerweile sein Gleichgewicht wieder gefunden und lässt den Arm herabsinken. Mist! Die ganzen Leute versperren mir die Sicht.

Ich bewege mich aufgeregt hin und her, sehe zwischen den Körpern dunkle, sorgfältig frisierte Haare und die Rückseite eines perfekt geschnittenen Anzugs. Soll ich mich durchdrängeln? Ich darf ihn jetzt ja nicht aus den Augen verlieren. Komm schon, Kumpel Zufall, lass mich nicht im Stich. Bitte!

Noch zwei Haltestellen bis Ludwigsburg. Favoritepark, die vorletzte Station.

Die S-Bahn hält, auf der linken Seite öffnet sich die

Tür und ich sehe, wie sich unter den beiden Personen, die aussteigen, auch der Anzugträger befindet. Mist!

Wild entschlossen stürze ich zur Tür, verteile Ellenbogenhiebe nach links und rechts, brülle: »Weg! Aus dem Weg! Ich muss hier raus!«

Gefolgt von unfreundlichen Kommentaren schaffe ich es gerade noch aus der sich bereits schließenden Tür. Ich stehe da und sehe mich um. Und nun?

Ein paar Meter vor mir verschwindet ein dunkelhaariger, gut frisierter Kopf auf einer Treppe, die vom Bahnsteig in eine Unterführung mündet. Mein Puls rast.

Super, Mia! Hast du dir auch überlegt, wie es jetzt weiter geht? Ach was, Vorwürfe kann ich mir auch später noch machen. Jetzt ist wichtig, dass ich Fashil nicht aus den Augen verliere. Und dass er mich nicht sieht.

Ein kleiner Mia-Teil brüllt leise aber penetrant in meinem Verstand. Ich will ihn ignorieren, denn die Stimme der Vernunft ist nie sehr angenehm. Außerdem nimmt es die ganze Spannung aus dem Leben, wenn man immer darauf hört. Ich kämpfe zwar heftig, allerdings nur kurz, dann gewinnt die reifere, einigermaßen vernünftige Mia und zwingt mich, mein Handy aus der Tasche zu nehmen. Ich wähle Sals Nummer. Er geht sofort ran. Unfreundlich wie immer.

»Was ist?«

»Sal, hör mir gut zu und sag jetzt nichts. Ich hab' keine Zeit, ich bin gerade bei der Haltestelle Favoritepark ausgestiegen, weil Fashil in der S-Bahn war. Ich verfolge ihn unauffällig, er geht Richtung Campus der PH. Sag' den anderen Bescheid und kommt so schnell wie möglich hier her. Und ruf' mich nicht zurück!«

Ich rattere die Sätze in Rekordgeschwindigkeit runter, höre gerade noch Sals entsetztes »Was?!«, und lege auf.

Dann mache ich mich an die Verfolgung.

Ich schleiche die Treppenstufen runter und biege vorsichtig um die Ecke, Richtung Ausgang PH. Fashil ist nicht zu sehen. Schnell renne ich ein Stück vor. Wieder eine Ecke.

Ja, da vorne kann ich die unauffällige Gestalt erkennen.

Gut. Jetzt bloß keine Hektik, Mia! Er wechselt tatsächlich die Straßenseite und biegt auf das Campusgelände ab. Mist, dadurch kann ich ihm nicht direkt folgen, es gibt dort keine Deckung. Also laufe ich zunächst ein Stück weiter und mache einen kleinen Umweg über den Parkplatz.

Das riesige Gelände ist verwaist. Kein Wunder, Wochenende, da werden wahrscheinlich nur ein paar Hundebesitzer auf dem parallel zum PH-Areal gelegenen Fußweg entlang des Favoriteparks unterwegs sein. Wenn überhaupt.

Einerseits gut, denn dann sind keine Unschuldigen in Gefahr und niemand versperrt mir die Sicht. Ich mag mir gar nicht vorstellen, wenn der Typ hier zu den normalen Vorlesungszeiten ausgestiegen wäre. Dann wäre vor lauter doofen, jungen, lästigen Studierenden keinerlei Durchkommen auf dem Campus.

Andererseits habe ich somit auch selbst keine Deckung, zumindest nicht, solange er das offene Campusgelände überquert. Hoffentlich dreht er sich nicht um.

Wenn mir Fashil einen Gefallen tun will, dann hält er genau auf den Fußweg hinter der Mensa zu. Der ist links und rechts von Bäumen und Büschen gesäumt und bietet mir zumindest die Möglichkeit eines Verstecks.

Bitte bitte, Kumpel Zufall, sorg' dafür, dass er auf den Weg einbiegt! Ich werde mich auch nie mehr über dich beschweren.

Ich halte fünfzig Meter Abstand. Die Gestalt vor mir durchquert eine Unterführung nahe der Mensa und biegt an der Hochschule für Verwaltung und Finanzen scharf links ab. Vorbei am Landesinstitut für Schulsport. Und weiter.

Ja! Wunderbar! Er läuft Richtung Fußweg.

Ich krieg' dich, *Space Lord. Motherfucker*!

Vorsichtig husche ich von Baum zu Baum und nutze jede Deckung. Der Mistkerl wird langsamer, scheint auf jemanden zu warten.

Ich bleibe vorsichtshalber hinter einem wunderschönen Bergahorn, dessen dicker Stamm einen perfekten Sichtschutz bildet. Ein Ahornbaum steht für Schutz, vor allem vor bösen Geistern, und für Stärke. Na, wenn das mal kein gutes Omen ist! Das trojanische Pferd, mit dem die Griechen sich in die Stadt schmuggelten, bestand aus Ahorn. Ich habe keine Ahnung, woher ich das weiß, aber es beruhigt mich ungemein. Denn je länger ich hier stehe, desto mehr schaltet sich mein Großhirn wieder ein. Und umso mehr wird mir bewusst, dass es vielleicht doch keine so optimale Idee war, dem *Space Lord* allein zu folgen.

Was mache ich, wenn er mich entdeckt? Ihn in Grund und Boden singen? Ach, was soll's. Das kann ich dann immer noch entscheiden, wenn es so weit ist. Immerhin, ich bin eine Göttin.

Fashil bleibt stehen und wendet den Kopf nach rechts.

Mist! Ich bin auf der linken Seite, fünfzig Meter hinter ihm. Was für eine Ironie. Da steht er also ganz nah und ich weiß immer noch nicht, wie er aussieht, weil ich ihn nur von hinten sehe.

Das Gebüsch vor dem Drecksack bewegt sich und

heraus hüpft mit linkischen, uneleganten Bewegungen ein anderes menschliches Wesen. Fast hätte ich laut gelacht. Überraschung: Ein alter Bekannter!

Selbst wenn er sich nicht in meine Richtung gewandt vor Fashil aufgebaut hätte, würde ich diese karottenroten Bartflusen und das leuchtendgrüne T-Shirt unter der ausgebeulten Camouflage-Jacke sogar in der vollbesetzten Mercedes-Benz-Arena auf der Gegentribüne erkennen. Ohne Brille. Unser guter alter Freund Klaus-Dieter *aka* Karim. Oh Mann, der hat mir gerade noch gefehlt!

Rotbärtchen scheint sehr aufgebracht. Leider höre ich nicht, was Fashil sagt, aber Karims schrille Stimme dringt zumindest in Satzfetzen zu mir rüber, zumal er immer wütender und lauter wird. Mist, über was reden sie?

Fashil macht eine kleine, beruhigende Geste.

»Nein!«, brüllt Karim. »Du hast kein Recht darauf! Du hast Allah verraten und unsere Sache!«

Er tritt auf der Stelle, wie ein Tier im Käfig.

Fashil steht ganz ruhig da, redet wieder und hält fordernd die Hand auf.

»Lügner!«

Karim fasst sich mit beiden Händen an den Kopf, die folgenden Sätze kann ich nicht verstehen.

Doppelmist, so geht das nicht, ich muss unbedingt näher ran! Der nächste dickere Baum steht ungefähr fünf Meter vor mir, wenn ich schnell bin, kann ich in vier Sekunden dort sein. Und Rotbart muss sich natürlich gerade dann nach links wenden. Also, sein links. Was dann mein rechts wäre. Glaube ich. Aargh, dämliches männlich-weibliches Links-Rechts!

Ach, was, pfeif drauf, Mia!

Ganz langsam, in Zeitlupe hebe ich einen Fuß.

Eine schrille Stimme gellt durch den Favoritepark.

»Nein! Lügner! Du bekommst ihn nicht. Und ich

werde dir nicht mehr zuhören! Du schweigst jetzt!« Karim schreit seinen ganzen Frust heraus. Dann greift er unter seine ausgebeulte Camouflage-Jacke und holt eine handliche kleine Maschinenpistole heraus. Scheint eine MP7 von Heckler und Koch zu sein. Einzel- und Dauerfeuer sind möglich, 950 mögliche Schuss pro Minute.

Ah, woher weiß ich denn nun das schon wieder? Was ist bloß mit meinem Gehirn los? Bei Stress setzt es irgendwie die absonderlichsten Informationen frei.

Ob das wohl bei anderen Leuten auch so ist? Scheint mir irgendwie logisch. Das Gehirn ist ein seltsames Ding. Knapp 1400 Gramm schwer. Männergehirne sind anscheinend etwas schwerer, was ich manchmal zu bezweifeln wage und die Theorie von der Quantität-ist-nicht-gleich-Qualität-These glaubhaft erscheinen lässt. Dieses walnussartige Organ hat einen relativ hohen Energiebedarf. Was meine Überzeugung bestätigt: Kalorien sind Freunde.

Schlagartig erinnere ich mich daran, dass auch das Atmen für unser Gehirn sehr wichtig ist. Ich atme laut die angehaltene Luft aus.

Der Ausfall von Sauerstoff führt normalerweise bereits nach wenigen Sekunden zu einem deutlichen Leistungsabfall und nach wenigen Minuten sogar zu Hirnschäden. Soweit will ich es nicht kommen lassen. Also atme ich erst mal tief durch.

Und nun?

Ein lächelndes kleines Teufelchen lässt sich imaginär auf meiner linken Schulter nieder und flüstert: »Überlass es Karim, damit wäre das Problem *Space Lord* erledigt.« Das kleine Wesen sieht gut aus, hat mein Gesicht, niedliche goldene Hörnchen in einer üppigen schwarzen Lockenmähne und einen Ausschnitt bis zum stecknadelkopfgroßen Bauchnabel.

Von meiner rechten Schulter her wispert eine klitzekleine Mia mit schneeweißen Flügeln, leicht zerknittertem langem Plissee-Nachthemd und einem stellenweise etwas matten Heiligenschein. »Du kannst doch nicht einfach so zusehen, wie Karim ihn umbringt.«

Das Teufelchen räuspert sich. »Ey, Schnepfe, hast du sie noch alle? Willst du, dass der Knabe uns drei hier eliminiert?«

Eine peinliche Stille entsteht.

Nachdem ich erst ausgiebig die Miniaturausgabe des Black-Sabbath-Logos auf dem sexy Lederkleid des Teufelchens und den winzigen Snoopy auf dem weißen Nachthemd der kleinen Heiligenscheinträgerin gemustert habe, wage ich es mich einzuklinken.

»Äh, Leute, das ist jetzt wohl nicht der Moment für irgendwelche Grundsatzdiskussionen. Und irgendwie scheint es mir auch kein Zeichen von sonderlicher geistiger Gesundheit, wenn ich mich hier mit zwei Miniaturausgaben meines Mia-Gewissens streite, während da vorne Fashil steht.«

Dann übernimmt schlagartig die gehörnte Ausgabe meines Ichs die Initiative und pikst die geflügelte Mini-Mia so heftig mit ihrem Dreizack in den Hintern, dass diese sich mit einem leisen »Aua! Mist!«, in Luft auflöst.

Rotbart fuchtelt unterdessen weiter wild mit seiner MP7 vor Fashil herum. Der scheint relativ unbeeindruckt und redet leise auf ihn ein. Ich beuge mich ein klitzekleines Bisschen weiter vor, vielleicht kann ich doch noch was verstehen.

»Oh bitte, lieber Kumpel Zufall, lass mich jetzt nicht im Stich, komm schon«, murmele ich leise. Vielleicht hört er mich ja. Ganz ganz weit in der Ferne meine ich im Hintergrund kleine Glöckchen zu hören. Ja! Oh, ja! Bitte!

In diesem Augenblick ertönen in voller Disco-Lautstärke die Akkorde G5, Bb5, C5, G5, Bb5, Db5, C5, G5, Bb5, C5, Bb5, G5.

Oder einfacher ausgedrückt: Das Intro vom *Smoke on the water* plärrt durch den Favoritepark.

Von meinem Handy. Mist!

Ich reiße mein kleines aber extrem lautes Mobilgerät aus der Hosentasche und werfe einen Blick auf das Display. Dann hebe ich ab.

»Verdammt, Sal, was an *Ruf mich nicht zurück,* hast du nicht verstanden?«, brülle ich wütend und mache einen Schritt hinter meinem Baum vor, aber das ist nun auch vollkommen egal. Die Ereignisse überschlagen sich.

Mit einem Ohr höre ich, wie Sal ruft: »Wir sind gleich bei dir! Bist du ok?«

Er wird dabei allerdings von Karims Aufschrei übertönt. »Da ist die Dämonenschlampe! Aaaargh! Die Dämonen!«

Während ich mein Handy ausknipse und mich dabei auf dem Absatz herumdrehe, weht der Wind ein zusätzliches Geräusch auf mich zu. Ganz leise. Kaum hörbar.

Und doch kriecht es in meine Gehörgänge, schlängelt sich ganz tief in mein Selbst und krallt sich dort mit nadelspitzen akustischen Fingern fest.

Ein melodisches Lachen.

Fashils Lachen. Sanft, spöttisch, angenehm, süß wie Honig, zärtlich, sexy und gemein. Und böse.

Alles in allem unglaublich faszinierend.

Ich will mich schon umdrehen, da schlägt die erste Salve Kugeln über mir im Stamm des armen Ahorns ein. Ich wünschte wirklich, diese Mistkerle würden endlich die Bäume in Ruhe lassen.

Ich schwanke zwischen Empörung, Wut und Fassungslosigkeit. Dann renne ich los. Quer durch die

Büsche. So schnell es nur geht. Vielleicht habe ich eine Chance, vielleicht ist es für Rotbart ja wichtiger, einen Verräter in den eigenen Reihen abzuknallen, als sich an die Fersen einer übergewichtigen, untrainierten Sängerin mittleren Alters zu heften. Oh, süße Hoffnung! Verlass mich nicht!

Hinter mir höre ich das hässliche Geräusch von brechenden Ästen und ein wütendes: »Aaaaaahhhh!«

Ich würde ja selber gerne vor lauter Panik brüllen, befürchte aber, dass diese Luft mir dann gegen später fehlen wird.

Meine Lungen pfeifen schon wieder verdächtig. Ich bleibe stehen, nur ganz kurz, nur einen einzigen Atemzug, bitte! Ob Karim wohl ernsthaft auf eine Brillenträgerin schießen würde? Immerhin könnte ich seine Mutter sein.

Diesmal rattert die MP-Salve so dicht über meinem Kopf, dass ich den Luftzug deutlich fühle. Du verdammter Hurensohn! Würdest auf deine eigene Mutter schießen? Du Mistkerl! Ich bin bis ins Mark empört.

Was mich zu neuer Höchstleistung motiviert. Ich renne weiter. Quer durchs Grün.

Ein furchtbarer Gedanke meldet sich ausgerechnet jetzt zu Wort: Wo laufe ich eigentlich hin? Da vorne kommen nur noch die parallel angelegten Parkplätze, jeweils durch einen dichten Grünstreifen aus Büschen und Bäume der Länge nach voneinander abgetrennt. Das bietet wenigstens einen klitzekleinen Sichtschutz, dient aber nicht als Versteck. Ich hechte im Zickzack über die freien Flächen und tauche wieder ins Grün ein.

Die Geräusche hinter mir kommen näher. Mist, ich werde langsamer!

»Allahu akbar!«

Karim ist ganz schön laut. Sein Schrei dringt durch

Mark und Bein. Und das alles in dieser grauenhaften, dissonanten Frequenz. Mein Musikerohr ist beleidigt.

Lieber Himmel, ich kann nicht mehr weiterlaufen!

Mal wieder. Mist! Nein, diesmal: Scheiße, Scheiße, Scheiße!

Deprimierend, aber wahr: Mein Drummer hat Recht, ich sollte Sport treiben. Nichts geht mehr, ich bleibe japsend stehen und drehe mich resigniert und atemlos um.

Na los, denke ich, schieß schon. Und warte erneut auf Maschinengewehrsalven.

Ich zeige dir, wie eine Göttin stirbt. In Würde und Gelassenheit. Ich lehne mich gegen einen Baum. Du Guter, denke ich, ihr Bäume seid einfach die besten. Du gibst mir den nötigen Halt in meiner letzten Minute.

Karim bleibt ebenfalls stehen. Er scheint auch nicht gerade zu den weltbesten Athleten zu gehören.

Keuchend lässt er die Maschinenpistole fallen und greift in die Tasche seiner schmuddeligen Jacke.

Was ist denn jetzt los? Was ist das? Was zieht er da aus der Innentasche?

Irgendetwas schimmert. Karims Hand beschreibt einen weiten Bogen in die Luft.

Dann sehe ich das goldfarbene Ding, das der Möchtegern-Terrorist über seinem Kopf schwingt. Er reckt die Hand in die Luft.

Ich sehe noch mal hin. Genauer.

Das kann nicht wahr sein!

Rotbart brüllt erneut. »Allahu akbar!«

»Äh … was?«

Ich traue meinen Augen nicht. Automatisch mache ich einen Schritt nach vorn.

»Allah ist groß!«, übersetzt er düster. »Und du, ungläubige Schlampe, wirst durch seine Hand sterben.«

»Durch Thors Hand«, korrigiere ich heftig atmend.

»Du! Du hast ihn. Du hast nicht nur ein Teil mitgehen lassen, du hast Mjölnir gleich komplett eingesteckt.« Deswegen hat Fashil nach der Vernissage vor Wut das ganze Büro zerstört.

»Äh ... was?« Diesmal wirkt Rotbart leicht verwirrt.

Ich mache eine weitere Bewegung auf ihn zu. Er reißt die Augen auf und weicht tatsächlich einen kleinen Schritt zurück. Zitternd vor Aufregung strecke ich ihm meinen Zeigefinger entgegen.

»Du hast ihn also! Thor. Du hast Thors Hammer. Du weißt schon?«

Karim sieht mich verdattert an.

Ich wedle fragend mit den Händen. »Thor, du ignoranter Blödmann. Weißt du denn gar nichts? Die alten Germanen. Nordischer Gott. Lange blonde Locken, Helm mit Hörnern, Donnergott. Der mit dem Hammer.« Fast komme ich mir ein wenig wie Ansgar vor. Ich deute auf das Artefakt. »Das Ding da. Das du gerade schwingst.«

Rotbart sieht immer noch nicht intelligenter aus. Nur wütender.

»Es gibt nur einen Gott, Dämonin! Und das ist Allah. Und Mohammad ist sein Prophet!«

»Aber wieso hast du dann Thors Hammer?« Ich kann gerade gar nichts anderes denken.

»Den hat mir Allah geschickt. Durch seinen Propheten.«

»Welcher?«

Karim starrt mich verwirrt an. »Was?«

Ich merke, wie meine Neugier über meine Erschöpfung siegt. »Welcher Prophet hat dir den Hammer geschickt? Mohammed? Sabri?«

Rotbart kratzt sich am Kopf. »Äh ... nein, Fashil.«

»Echt? Fashil ist der Prophet? Und der hat Kontakt zu Thor? Dem nordischsten aller nordischen Götter?«

Karims Gesicht ist fast purpurfarben. Vielleicht steht er kurz vor einem Schlaganfall. Zumindest sieht er so aus.

Kumpel Zufall, das wäre jetzt eine ausgesprochen große Hilfe für mich, wenn der Kerl so einen klitzekleinen Schlaganfall hätte. Nichts Spektakuläres. Einfach nur ein wenig Verlust der Hirnmasse. Der wenigen noch vorhandenen. Und vielleicht eine winzige halbseitige Lähmung. Am besten die Seite, auf der sich seine Hand um die Götterwaffe klammert.

»Es gibt keinen Gott außer Allah! Und du, Dämonen-Weib, wirst nun durch diese Waffe sterben!«

»Aber ... aber du glaubst doch gar nicht an Thor! Wie kannst du dann an seinen Hammer glauben? Das ist vollkommen unlogisch.«

Verdammt, wo ich recht habe, habe ich recht. Ich bin durchaus in der Lage, logisch zu denken, auch wenn meine Männer das manchmal anders sehen.

Rotbart klappt den Mund auf. Klappt ihn wieder zu. Und auf.

Ich denke bei seinem Anblick an einen ziemlich großen und ausgesprochen wütenden Karpfen. Schon wieder Fische. Oh, was gäbe ich jetzt für ein paar knusprige Backfischstäbchen, die Verfolgungsjagd hat mich komplett mitgenommen.

»Sind das Karpfen?«, frage ich laut.

»Was?«

»Die komischen Fische mit den schnurrbartähnlichen Dingern links und rechts vom Kinn.«

»Das sind Welse«, antwortet der Terrorist automatisch, dann stampft er auf und rauft sich mit der freien Hand sein ohnehin schon reichlich zerzaustes, nassgeschwitztes karottenrotes Haar. »Aarrrgh! Halt endlich die Schnauze, Schlampe! Du stirbst jetzt!«

Er holt aus, knapp zwei Meter vor mir, ein goldenes

Glühen schimmert über seinem Kopf. Ich kneife die Augen zusammen und denke: *Das war's, Männer. Wir sehen uns im nächsten Leben.*

Scheiße, warum kommt mir gerade jetzt die ultimative Idee für *Bohemian Rhapsody*? Ja, jetzt weiß ich, wie es klingen soll. Ausgerechnet jetzt.

Ich schicke meinen Männern noch ein paar letzte positive Gedanken. Ich sehe euch in der nächsten Welt, Jungs. Und ich liebe euch.

Oh, und wenn ich mir etwas wünschen darf: Bitte bitte, liebes Schicksal, bitte, Kumpel Zufall, lass mir doch dieses eine, nur dieses einzige Mal meine Erinnerung! Dieses Leben war so unglaublich schön mit all der wunderbaren Musik der letzten Jahrzehnte. Ich will sie nicht vergessen!

Lass mir wenigstens die Erinnerung an *Bohemian Rhapsody*, und vielleicht noch an die Sex Pistols und Black Sabbath, dann werde ich mich auch nicht wehren. Ich bleibe jetzt einfach hier stehen, mit geschlossenen Augen.

Goodbye, ev'rybody, I've got to go …

Leb' wohl, Hardrock. Mach's gut, Heavy-Metal. *So long*, Punk!

Ich breite meine Arme aus und stelle mich auf eine Dunkelheit ein, die schwärzer ist als alles hinter sämtlichen geschlossenen Augen dieser Welt.

Und der nächsten.

31.
Friends will be friends when you're through with life and all hope is lost
(Queen: Friends will be friends)

Ich höre wieder ein lautes: »Allahu akbar!«

Ich würde ja beten, wenn ich wüsste zu wem. So gilt mein letzter Gedanke meinem Kumpel Zufall.

»Leb wohl, du undankbarer Mistkerl.«

Leise klingeln ein paar wehmütige Glöckchen in der Luft.

Dann ein röhrendes Motorengeräusch, gefolgt von einem ohrenbetäubenden Reifenquietschen, ein gellender Schrei – oder war es andersrum?

Ich warte.

Ganz leise scheinen irgendwo in der Ferne kleine Glöckchen zu klingeln. Diesmal etwas lebhafter.

Nichts passiert. Wo bleibt der Schlag auf meinen Schädel? Normalerweise müsste mein kluges Gehirn schon fröhlich und von der Schädeldecke gänzlich unbehindert durch die Gegend gespritzt sein. Wie eine überdimensionale Walnuss mit grauem Wabbelinhalt.

Ist es nicht ein Zeichen absoluter Ironie, dass Walnüsse genau wie Lachse jede Menge gesunder Omega-3-Fettsäuren enthalten? Die alten Germanen weihten die Walnuss der Göttin der Liebe.

Aargh – ich tu es schon wieder! Ich verdränge Tatsachen. Anstatt mich der Realität zu stellen.

Atme, Mia, atme. Und sieh nach, was los ist.

Ich öffne ganz ganz vorsichtig das linke Auge. Dann das rechte.

Keinen Meter vor mir steht ein Auto.

Ein roter Ford Mustang. *Candy apple red.* Baujahr 1969. Schwarzer Innenraum.

Meine Güte, er sieht super aus! Was für ein Wägelchen! Eine echte Schönheit.

Ich habe noch nie im Leben so ein schönes Auto gesehen. Außer Bormo vielleicht. Es – nein, sie, sie ist perfekt. Dieses Auto ist weiblich. Ein wundervoll geschnittenes Etwas, in das man sich unsterblich verlieben kann. Die wahre Liebe. Hinreißend und makellos.

Sieht man mal von den fetten klebrigen, dunkelroten Spritzern auf dem cremeweißen Verdeck ab.

Und von der gigantischen Delle auf der lang gezogenen Schnauze.

Und die Kühlerfigur hatte ich auch anders in Erinnerung. Eher wie ein silbernes Pferd, in vollem Galopp. Elegant und dynamisch, voller Energie. Weniger wie ein seltsam verrenkter, schmuddeliger Typ mit rotem Bart, dessen verbeulter, blutiger Kopf in einem äußerst ungesunden Winkel um fast 180 Grad verdreht und in dessen starrem Blick noch immer eine Spur von Wahnsinn erkennbar ist.

Die Fahrertür öffnet sich. Langsam schraubt sich Ansgar in die Höhe, wie immer ganz in Schwarz gekleidet. »*Mama, I just killed a man …*«, singt er leise vor sich hin.

Mist! Jetzt habe ich meine Idee vergessen!

Aber eines muss man unserem Alten Herrn lassen: Ein Gespür für Auftritte und Timing, das hatte er schon immer.

Ich atme aus. Ganz tief.

»Alles okay bei dir, Mia?« Er wirft mir einen prüfenden Blick zu. Ich nicke wortlos.

Ansgar umrundet sein Auto mit einem tieftraurigen Blick. Dann lächelt er grimmig und versetzt dem ganz offensichtlich dahingeschiedenen Rotbart einen gewaltigen Tritt in seine wahrscheinlich ohnehin nicht mehr vollständigen Kronjuwelen.

»Das ist für meinen Mustang«, zischt Ansgar. Er lächelt noch grimmiger als er die gewaltige Delle in seinem Auto inspiziert. Ansgar seufzt so inbrünstig, wie ich es sonst nur von Sal gewohnt bin. Dann sieht er mich an. »Na ja, das war's wert.«

Mein Nordgott beugt sich versonnen über den Mustang, überlegt kurz, taucht den Zeigefinger in die rote Flüssigkeit auf dem Verdeck und riecht daran.

Sein Lächeln wird mir langsam unheimlich.

»Ah, geht doch!« Ein genießerisches Stöhnen bevor er den Finger ableckt. »Wie in alten Zeiten.«

»Oh bitte, das ist ja widerlich!« Mir dreht es fast den Magen um. Fassungslos schüttle ich den Kopf. »Wenigstens wirst du jetzt für eine Weile mit deinem ewigen Gejammer nach einem Menschenopfer aufhören«, hauche ich leise und kämpfe mit meinem Magen, der kleine Purzelbäume schlägt. Bäh! Igitt!

Ich höre lautes Rufen.

Mehrere Stimmen brüllen meinen und Ansgars Namen. Der Rest der Go!Dessianer kommt herangestürmt. Zu Fuß.

»Mia! Seid ihr ok?« Bimmel ist völlig außer Atem. Er packt mich an den Schultern und mustert mich von oben bis unten.

»Ja, alles gut. Wo kommt ihr her?«

»Sal hat dort drüben geparkt, Ansgar wollte erst noch einen Platz für seinen Wagen suchen ... oh, ich sehe, er hat einen gefunden.«

»Scheiße, Alter!« Sal schüttelt den Kopf. »Dein nagelneuer Mustang!«

Bimmel und ich wechseln einen bekümmerten Blick. »Das schöne Auto!«

Didi sieht es sachlicher. »Und wie erklärst du das hier alles der Polizei?«

»Ich habe meine Karre heute Morgen als gestohlen gemeldet. Nachdem ich gestern Abend, eine Stunde nachdem ich das Prachtstück abgeholt habe, eine Vorhersehung hatte.« Ansgar seufzt tief und tätschelt wehmütig das demolierte zuckerapfelrote Kultgefährt. »Ich sagte euch ja, dass man manchmal seine einzig wahre Liebe findet, nur um sie kurz darauf wieder zu verlieren.«

Ich bin erschüttert. »Oh, Ansgar. Das hast du also damit gemeint? Ich weiß gar nicht, was ich sagen soll. Du hast den Wagen abgeholt, obwohl du genau wusstest, dass du ihn nur ein paar Stunden später zu Schrott fahren würdest? Und du hast uns nichts davon gesagt.«

Der Olle lächelt traurig. »Es war eben Schicksal. Sie und ich, wir hatten eine Nacht und einen halben Tag.« Er schüttelt sich. »Immerhin habe ich so eine gute Ausrede für die Polizei. Die werden denken, dass es sich hier um eine Auseinandersetzung zwischen irgendwelchen feindlichen religiösen Gruppierungen handelt.«

Didi ist neugierig. »Was werden sie rausfinden?«

»Ich weiß nicht.« Ansgar schüttelt den Kopf. »Meine Vision endete an der Stelle als Bimmel ›Seid ihr ok …‹, ruft.«

Jetzt merke ich erst, wie stark meine Knie zittern, und atme heftig aus.

Sal legt mir kurz den Arm um die Schulter.

»Das wird schon wieder. Und demnächst gehen wir zwei mal ein wenig joggen. Du siehst ja hoffentlich ein, dass ein bisschen Fitness immer nützlich ist.«

Ich stöhne lang und leise. Das hatte ich befürchtet. Vielleicht ersetze ich die Kartoffelchips im Proberaum künftig doch lieber durch Möhrchen.

»Lasst uns gehen«, drängt Bimmel.

»Wo ist Fashil?«, fragt Didi.

Mist! Ich hatte ihn ja ganz vergessen!

»Vorhin stand er dort drüben, auf dem Fußweg.«

Sal und Didi laufen zu der Stelle, auf die ich meinen noch immer zitternden Zeigefinger richte.

Nach wenigen Minuten kommen sie zurück.

Sal schüttelt den Kopf. »Er ist weg. Das können wir vergessen. Ich denke nicht, dass er heute noch in die Rockfabrik geht. Er weiß, dass er aufgeflogen ist.«

»Können wir dann jetzt endlich gehen?«, drängelt Bimmel. Der tote Rotbart macht ihn offensichtlich nervös.

»Können wir nicht, Leute!« Siedendheiß fällt mir ein weiteres klitzekleines Detail ein. »Ich werdet nicht glauben, mit was der Kerl versucht hat mich umzubringen. Los, sucht danach, wir können ihn nicht hier lassen!«

»Wen hier lassen?«, fragt Bimmel.

»Thors Hammer!«

Meine Männer sehen sich an. So knapp wie möglich fasse ich die Ereignisse zusammen, die seit meinem Ausstieg aus der S-Bahn passiert sind.

»Bist du ganz sicher, dass es der Hammer war?«, fragt Ansgar. Er wirkt elektrisiert.

»Ja, hundert Prozent! Wir müssen ihn finden! Er liegt hier irgendwo. Und wenn man bedenkt, was das Ding in der Hand eines relativ normalen Sterblichen anrichten kann, sollten wir lieber dafür sorgen, dass es kein verrückter Gott in die Finger bekommt. Falls Fashil später doch noch hierher zurückkommen sollte.« Ich scheuche sie mit heftig wedelnden Bewegungen vorwärts. »Los, sucht danach! Bevor es dunkel wird. Und bevor die Polizei hier auftaucht.«

Go!Dessia schwärmen um den verletzten Mustang aus.

Minuten vergehen, in denen wir zunächst die allernächste Umgebung untersuchen.

»Hier ist nichts«, ruft Didi.

Bimmel kriecht halb unter das übel zugerichtete

Auto, obwohl ihn sein Rücken mal wieder schwer plagt.

»Ich kann hier auch nichts sehen«, tönt seine Stimme dumpf unter der Karosserie hervor.

Wir suchen weiter.

Minutenlang.

Nichts.

»Verdammt! Irgendwo muss das Ding doch stecken.« Sal flucht vor sich hin. Wir weiten unseren Suchradius aus.

»Leute?« Ansgar richtet sich auf, er hat etwas hinter einer Eiche aufgehoben. Seine Stimme klingt seltsam. Er wiederholt, diesmal lauter: »Leute?!«

Wir nähern uns. Es wird schlagartig dunkler. Ein Wind kommt auf.

»Meine Fresse! Seht euch das an«, flüstert Sal.

Ansgar hält den Hammer in der linken Hand. Der Wind weht heftiger, die Äste der Bäume schwanken leicht.

»Mjölnir«, flüstert Ansgar. Andächtig betrachtet er den goldenen Gegenstand, dreht ihn fassungslos hin und her. Ein letzter Sonnenstrahl bricht sich auf der reliefartigen Oberfläche.

Dann reckt der Nordgott das Artefakt hoch über seinen Kopf.

»Mjölnir!« Ein Triumphschrei. Die verschnörkelten Runen auf dem goldenen Metall beginnen zu glühen.

Wow! Ich halte den Atem an. Der Wind wird stürmisch, über Ansgar bildet sich am Himmel ein kleiner Wolkenwirbel, der sich immer schneller zu drehen beginnt. Sal, Didi und Bimmel rücken näher an mich heran, der heftige Wind lässt uns leicht schwanken.

Gemeinsam weichen wir ein paar Schritte zurück.

Ansgar wirkt plötzlich größer. Er lacht.

»Wir können zurück!« Er strahlt uns an. »Leute!

Wir können wieder echte Götter werden. Wie früher! Thors Hammer gibt uns die Chance dazu!«

»Was? Wie denn?«, ruft Sal.

»Uns fehlte nur ein wahrhaft göttlicher Gegenstand dazu. Ein Gegenstand, der aktiv seine Macht zeigt.« Ansgar reckt uns den Hammer entgegen. »Hier! Fasst ihn an! Dann werdet ihr es wissen! Es ist ganz einfach.« Seine Augen leuchten. »Mia, ich kanns sehen! Ich kann sehen, welche Göttin du warst! Ich kann dafür sorgen, dass du deine Fähigkeiten zurückbekommst. Du musst nie mehr reinkarnieren, nie mehr Mensch sein. Du wirst alles wissen!« Ansgar jubelt. »Wir können endlich wieder wir selbst sein!«

Weit weg grollt Donner über uns. Der Himmel hat eine ungewöhnliche Farbe angenommen. Ein tiefes Violett, so dunkel, dass es fast schwarz wirkt. Ansgars dunkle Gestalt steht einsam im rotgoldenen Schein der Runen. Der Sturm bläst mittlerweile mit einer Stärke, dass ich fast umkippe. Sal hält mich, hat den Arm um mich gelegt, während Didi und Bimmel sich gegenseitig stützen. Ansgar hält uns seine rechte Hand entgegen.

»Kommt mit, Leute! Wir werden wieder unsterblich! Wir gehen endlich nach Hause.«

»Nein.« Ganz leise hat sich das Wort aus meinem Mund geschlichen. Ich blicke Sal in die Augen. Und kann seine Seele erkennen. Er öffnet den Mund. Schließt ihn wieder. Wir kommunizieren stumm. Dann nickt er langsam. Ich winde mich aus seiner Umarmung und kämpfe mich gegen den Wind auf Ansgar zu.

»Nein, Ansgar!«

Er sieht mich verwirrt an. »Was meinst du mit nein?«

Ich weiß nicht, was ich sagen soll. Ich denke nicht mehr nach, die Worte sprudeln einfach spontan aus mir raus. »Ansgar, wir sind Go!Dessia. Wir sind chaotisch und unvollkommen und das Leben ist spannend und schlimm und schön und voller Musik. Bis wir sterben. Wir werden sterben. Und dann treffen wir uns wieder. Hör mir zu!« Ich arbeite mich zwei weitere Schritte vor. »Ich habe nur euch. Ihr seid meine Familie. Ja, ich bin eine Göttin, eine Göttin, die nicht weiß, wer sie ist. Und ich will es auch gar nicht wirklich wissen, das wird mir gerade klar! Aber als Mensch weiß ich es. Ich bin ein Mitglied dieser wundervollen Familie und ich habe das absolute Privileg, dass ich meine menschlichen Lebensspannen immer wieder mit euch verbringen darf! Und das ist das größte Geschenk, das ich je erhalten habe. Das ist so … so …« Ich werfe einen kurzen Blick auf die anderen drei.

Bimmel nickt mir zu.

Ich kann nichts dagegen tun, jetzt heule ich los. Ganz ungöttlich. Scheiße.

»Wenn du ein Gott sein willst, dann tu das, wenn es dich glücklich macht. Jeder von uns will, dass du glücklich bist. Wir werden dir nicht im Weg stehen. Aber dann … dann … verlieren wir dich!« Ich schluchze mittlerweile richtig. »Ich verliere dich. Denn wir werden nie mehr die Chance auf einen gemeinsamen Neuanfang zu fünft haben, wenn wieder mal etwas schief geht. Wir vier machen weiter. Doch da wird immer ein großes Loch sein. Und das schlimmste ist … ich werde dich nicht wiedersehen und ich werde mich nicht mehr an dich erinnern im nächsten Leben. Ich verliere dich auf ewig!« Ich heule wie ein kleines Mädchen. »Ich will dich nicht verlieren. Keinen von euch!«

Aus dem Wolkenwirbel über Ansgar sinkt ein rotgoldener Strahl herab, bohrt sich in den erhobenen Hammer in seiner Hand.

Eine pulsierende Nabelschnur aus Licht, die irgendwo in den Tiefen des Universums beginnt.

Ansgar schaudert unter dem Energiestrahl. Dann starrt er uns an.

»Aber wir sind Götter!«, ruft er. »Wir könnten endlich nach Hause.«

Didi stellt sich neben mich. »Und wo ist das?«, fragt er leise. Der Wind tobt und heult, trotzdem können wir jedes seiner Worte deutlich hören.

»Wo ist dein Zuhause, Ansgar?« Mein Basser stemmt sich breitbeinig gegen den Sturm und macht eine weit ausholende Geste. »Ich kann dir nur eins sagen: Meins ist hier. Bei euch. Bei Go!Dessia.« Didis Stimme bricht.

Ansgar starrt uns an, seine Augen leuchten wie Smaragde. Der Hammer reflektiert das goldene Licht und hüllt die schwarz gekleidete Gestalt komplett darin ein. Und für den Bruchteil einer Sekunde sehe ich die wahre mächtige Gestalt, die in diesem menschlichen Körper verborgen ist, das unermessliche Leuchten, das von Ansgars Gesicht ausgeht. Er atmet schwer. Die Zeit fließt wie zäher, schwarzer Honig und stockt.

Dann holt Ansgar aus. Mit einem lauten Schrei dreht er sich einmal um die eigene Achse, wie ein Diskuswerfer und schleudert das göttliche Werkzeug in den blendend rotgoldenen Strahl. Der Hammer dreht sich immer schneller und wird von der Windhose nach oben gesogen, verbreitet einen immer heller werdenden goldenen Schein und explodiert schließlich am Himmel in einem grellen weißen Blitz. Ansgars Schrei vervielfältigt sich zu einem entfernten Echo und verklingt nach einer scheinbar endlosen Zeit.

Von einer Sekunde zur anderen wird es still.

Ganz abrupt totenstill. Kein Wind, keine Wolken.

Kein Vogel traut sich zu zwitschern, kein Blatt bewegt sich. Für den Zeitraum eines Wimpernschlags hat die Welt aufgehört, sich zu drehen. Existiert nur noch als verschiedenfarbige, zerbrochene Mosaikteilchen, zersplitterte Fragmente in der Unendlichkeit des Universums.

Wir halten alle den Atem an.

Dann sickert langsam die Realität auf die Erde zurück. Ich schüttle mich.

Ansgar ist zunächst nur als Schatten erkennbar, dann festigt sich seine Kontur. Mit gesenktem Kopf steht er da, hat uns den Rücken zugewandt. Seine Schultern sind herabgesunken.

»Ansgar?« Meine Stimme zittert und klingt ganz weich. Er dreht sich nicht um, aber ich weiß, dass er mich gehört hat.

Auf Bimmels Gesicht sehe ich zwei glänzende Spuren. Langsam nähert er sich Ansgar, ganz vorsichtig, bleibt auf Armlänge hinter ihm stehen. Dann streckt er die Hand aus, berührt behutsam das schwarze Hemd. Legt seine Fingerspitzen ganz leicht zwischen Ansgars Schulterblätter.

Didi greift nach meiner Hand. Wir keuchen ungläubig, als zwei kleine goldene Funken von Bimmels Zeigefinger aufblitzen. Ansgar zuckt zusammen, holt tief Luft. Ich sehe, wie sich seine Schultern straffen und Bimmel sich kurz atemlos krümmt, wie unter einem schweren Hieb.

»Was zum …«, flüstert Didi. »Ich dachte, unter uns wirken unsere Kräfte nicht.«

»Das tun sie auch nicht.« Ansgars Stimme klingt belegt. Er hat sich immer noch nicht umgedreht. »Das ist etwas anderes. Etwas Magischeres.«

Sal räuspert sich. »Ja. Man nennt es Freundschaft.« Er schrubbelt über seine Augen, brummt: »Scheiß staubige Luft hier. Reizt die Bindehaut.«

Didi lässt meine Hand los und schnäuzt sich umständlich.

Langsam dreht sich Ansgar um. Er ist schrecklich blass und sieht unglaublich müde aus. Als wäre er einen Marathon gelaufen.

Zwischen hier und Walhalla.

Wir sehen uns ein wenig verlegen an. Bimmel bekommt wieder Luft und hält sich den Brustkorb auf der linken Seite.

»Wird Zeit, dass wir heimkommen, es ist schon spät.« Ansgars Stimme klingt merklich sicherer. »Wir sind definitiv zu alt für den ganzen Scheiß.« Er atmet laut aus. »Das wollte ich schon immer mal als abschließenden Satz sagen. In Filmen klingt das jedes Mal gut.«

Sal zieht seinen Autoschlüssel aus der Tasche. »Kommt, Leute. Ab nach Hause.« Wir marschieren Richtung Parkplatz.

»Männer?« Ich muss es einfach sagen. »Ihr wisst doch, dass da draußen noch irgendwo Fashil bin Macharam rumläuft. Wir wissen immer noch nicht, wer er ist. Ok, den Hammer hat er nicht mehr. Aber irgendwie werde ich das Gefühl nicht los, dass wir in ein paar Monaten wieder in irgendetwas verwickelt werden, das mit ihm zu tun hat.«

Ansgar nickt ernst. »Das denke ich auch.« Er atmet erneut tief aus. »Aber bis dahin …«, er lächelt leicht, »… bis dahin muss der Typ sich erst mal eine Weile erholen und was neues planen. Und das dauert. Und wenn er soweit ist …«, sein Grinsen wird breiter und Angars atlantikfarbenen Augen beginnen zu funkeln, »… wenn er soweit ist, dann sind Go!Dessia bereit. Dann retten wir die Welt eben ein weiteres Mal.«

»Gehen wir am Wochenende zum Griechen und essen?«, fragt Didi.

Sal zieht die Schultern hoch. »Ich bin pleite.«

»Ich lad' dich ein«, antworte ich meinem Drummer und stupse dann Ansgar in die Rippen. »Und du kriegst meinen Ouzo.«

»Meinen auch«, ruft Bimmel.

»Meinen nicht!«, stellt Didi mit fester Stimme klar.

Sal klatscht ihm mit der flachen Hand auf den frisch rasierten Hinterkopf.

»Aua! Heh, schon vergessen? Ich muss so sein. Ich bin ein Dämon!«

Sie laufen vor mir her. Meine Jungs. Meine Männer.

Was für eine Chaostruppe, denke ich und freue mich auf die nächsten Jahrhunderte. Mit niemand anderem würde ich sie lieber verbringen als mit den Leuten, die zwar nicht in der Lage sind, eine groovende Coverversion von *Bohemian Rhapsody* auf die Reihe zu kriegen, aber so ganz nebenbei die Welt retten.

Mal wieder.

Epilog

When he talks connected scars reopen

(Fields of the Nephilim: Preacher man)

Deutschland 2017.
Süddeutschland.
Stuttgart.

Es ist Herbst, die Blätter haben keine Lust mehr auf Grün in allen Schattierungen und testen ein gelbes und rötliches Outfit, bevor sie resigniert aufgeben und sich nach einem bräunlichen Übergang in suizidaler Absicht von ihren Bäumen stürzen.

Was aber auf dem Flughafengelände von Stuttgart in Leinfelden-Echterdingen keinerlei Rolle spielt. Bäume und Blätter haben auf Rollbahnen ohnehin nichts verloren.

In der Abflughalle und an den Terminals herrscht das übliche geordnete Durcheinander, wie auf jedem Flughafen.

Die nicht mehr ganz so junge Dame hinter dem Schalter beugt sich leicht vor. Ihr Namensschild weist sie als Gerlinde Meyer aus.

»So bitte, hier sind Ihre Unterlagen. Der Flug nach Rostock-Laage hat heute leichte Verspätung.«

»Das ist kein Problem«, antwortet der Kunde vor dem Tresen. »Ich habe Zeit.«

Der Mann im dunklen Anzug hat eine sanfte Stimme und Gerlinde wirft ihm einen kurzen Blick zu. Dunkle Haare. Normale Figur. Eigentlich ist er sehr unauffällig. Dann reicht sie sie ihm eine kleine Karte.

»Hier ist noch Ihr Ausweis, Herr Morgenstar.«

»Mörgenstar. Fynn Mörgenstar. Meine Vorfahren waren Skandinavier«, erläutert der Mann und lächelt sie an.

Gerlinde lächelt zurück und sieht ihm in die Augen. Irritiert öffnet sie den Mund.

»Angenehmen Flug. Und … äh … ich muss mich noch einmal für die Verspätung entschuldigen«, stottert sie.

Er hat Sternenaugen. Dunkel wie der Himmel und tausend Kometen blitzen darin. Und nun scheint er aus irgendeinem Grund sehr amüsiert.

»Das macht wirklich nichts. Mecklenburg-Vorpommern wartet auf mich und ich habe Zeit. Alle Zeit der Welt.«

Nachspiel

Get ready for another round with the best friend you ever found

(Chaosbreed: Demon skunk)

Deutschland 2017.
Süddeutschland.

Ein kleines Städtchen in der Nähe von Stuttgart. Eine frei stehende Fabrikhalle. Kameraschwenk auf das gekippte Fenster. Laute Stimmen dringen aus dem Gebäude.

»Auf gar keinen Fall! Walzer geht gar nicht!«

»Das ist kein Walzer, nur ein Dreivierteltakt!«

»Hilft mir mal jemand? Dieser blöde Sektkorken bewegt sich keinen Millimeter.«

»Kommt nicht in Frage, Freddie würde sich im Grab umdrehen.«

»Du wirst bei der langsamen Passage regelmäßig schneller.«

»Nein!«

»Doch!«

»Gar nicht!«

»Wohl!«

»Wenn man zwischen Dreivierteln und Sechsfünfteln wechseln würde, wäre es Kunst.«

»Und wenn wir doch lieber *We will rock you* machen?«

FUNTASTIK

Ist eine unwahrscheinliche Wahrscheinlichkeit schlimmer als eine wahrscheinliche Unwahrscheinlichkeit?
Was passiert, wenn sich das Motiv eines Gemäldes selbstständig macht?
Wenn man den Kampf gegen einen Drachen delegiert?
Was passiert nach einer katastrophal falschen Lagerung von Eiern?
Und sind gute Abenteuer planbar?

Vielleicht werden Teile der Antworten Sie verunsichern, mit Sicherheit aber belustigen. Dass Fantasy und SF nicht nur ernst sein muss, das zeigen die Autoren in diesem skurrilen, krankhaft aberwitzigen Buch.

Mit wahrlich funtastischen Geschichten von Ju Honisch, Michael Edelbrock, Lea Baumgart, Renée Engel, Marie Braun, Thomas Heidemann, Jürgen Höreth, Alisha Pilenko, Christian Reul, Patricia Rieger, Frank Sawielijew, Corinna Schattauer, Martina Schiller-Rall und Christina Wuttke.

Druckausgabe 15,- EUR
eBook 9,99 EUR

Sturm der Verbannten

Man erzählt sich, alle Völker seien
von den Göttern erschaffen worden.
Selbst die Cric.
Bestialische Kreaturen, seelenlose Mörder,
grotesk in ihrem Aussehen und ihrer
Gestalt. Ihr Auftrag soll es gewesen sein,
das Gleichgewicht zwischen den Völkern,
der Natur und der Magie der Götter
wiederherzustellen.
Also begannen die Cric zu jagen.
Erfolgreich.
Zu erfolgreich.
Und die Kreaturen, die dazu geschaffen
worden waren die Welt zu retten,
drohten sie nun noch schneller in den
Untergang zu reißen. Doch den Göttern
gelang es, die Cric rechtzeitig zu
verbannen.

Heute erzählt man sich die Überlieferung
über die Cric als ein
Ammenmärchen, um
unartige Kinder zu
erschrecken.
Doch was, wenn alles
wahr ist?
Und was, wenn der Bann
gebrochen wäre?

Druckausgabe 14,- EUR
eBook 8,99 EUR
Hardcover 19,- EUR

www. tanjakummer.de

Barny Schäfer Operation Nadelspiel

Eigentlich hat Barny Schäfer gemeinsam mit seinem Partner Eddie nur den wohlverdienten Ruhestand genießen wollen. Doch dann verschwindet die 85-jährige Rosa Scheib spurlos aus der Seniorenresidenz.
Eddies Schwester Klara, die mit Rosa befreundet ist, macht das Ermittlerteam auf den Fall aufmerksam.
Also führen Barny und Eddie ihre ganz eigenen Ermittlungen durch. Hat sich die demente und sehr vermögende Seniorin tatsächlich nur verlaufen, wie allgemein angenommen wird? Aber warum sollte sie dabei auch ihre Katze Molly mitgenommen haben?
Um diese Fragen zu beantworten ist Barny gezwungen, sich mit unliebsamen Helfern zu umgeben und tief in die tierische Unterwelt der Stadt Backnang einzutauchen.

Ein Backnang Krimi von Patricia Rieger

Druckausgabe 13,00 EUR
eBook 8,99 EUR

Der Leseratten Verlag erblickte in der schönen Murrmetropole Backnang das Licht der Welt. Ziel war es, regionale Künstler zu fördern.

Darum rief der Verlag zum Schreibwettbewerb von Backnangern für Backnanger – für Jung und Alt!

Die Geschichten der Backnang Stories sind so bunt, vielseitig und verschieden wie die Menschen der Stadt.

Bisher erschienen:
Backnang Stories 2014
Backnang Stories 2015
Backnang Stories 2016 – Weihnachtsausgabe
Backnang Stories 2017

Genre: Fanatsy, SF, Krimi, Märchen etc.

Autoren: Marina Heidrich, Patricia Rieger, Tanja Kummer u.v.m.

Aktuelle Informationen zum laufenden Wettbewerb oder Ausgaben finden sie unter:

www. leserattenverlag.de
oder
www. facebook.com/BacknangStories/

Yo-Ho Piraten

Eine Sammlung verwegen-piratöser Geschichten

Sie sollten jetzt Ihre Sitze in eine aufrechte Position bringen, denn wir steuern stürmische Zeiten an. Verankern Sie Ihre Füße besser fest auf den Planken von Schiffen aller Art; gleich ob mit Wind, Benzin oder Hyperbiumkern betrieben. Vergnügen Sie sich in den sonnigen Gefilden der Karibik, der lauen Ostsee, oder treten Sie Ihren eiskalten Ritt in die Arktis oder ins All an.

Gleich wohin Sie Ihre Reise auch gebucht haben, genießen Sie die Aussichten auf rachsüchtige Kontrahenten, Kannibalen, Amazonen, uneingeschränkten Rumgenuss ohne Konsequenzen, den Verlust von Zähnen, Gliedmaßen und Schiffen, unvorstellbare Reichtümer aus Lakritzschnecken und Diamant-Kakadus, Flüche aller Arten und das schlimmste No-Go seit Anbeginn der Schifffahrt: Frauen am Steuer!

Wir laden Sie ein. Seien Sie Gast in der Crew unserer fantastischen Literapiraten und wir lehren Sie das Fürchten … ähm … man wird Sie fürchten.

Druckausgabe 13 EUR
eBook 8,99 EUR

Der Tag der toten Katze

**»Ich hasse es,
wenn der Tag damit
beginnt, dass ich eine
überfahrene Katze
begraben muss.«**

Auf diese Einleitung hin schrieben 14 Autoren die Erzählungen in diesem Buch. Frei von einem vorgeschriebenen Genre, gestalten sich die Kurzgeschichten dabei von märchenhaften Begegnungen, über erheiternde Begebenheiten, bis hin zu morbiden Betrachtungen rund um eine überfahrene Katze.

Besonders für Liebhaber skurriler Kurzgeschichten ist dieses Büchlein unumgänglich.

Druckausgabe 9,90 EUR
eBook 6,99 EUR

Nachtrag in eigener Sache:

Wenn es etwas wirklich Lästiges an all den neuen Rechtschreibreformen in Deutschland gibt, dann sind es die »Kann, aber muss nicht«-Regeln bei der Kommasetzung. Nicht einmal die Experten vom DUDEN wollen sich hier festlegen und eiern mit schwammigen Vorschlägen herum, anstatt definitiv eindeutige Regeln zu erschaffen.
Wichtig ist uns vom Verlag, dass der Text verständlich und lesbar ist. Sollte Ihnen als Leserin oder Leser aber doch in unseren Texten ein Komma fehlen, dann bedienen Sie sich an dieser Serviceseite. Einfach hier ein Komma ausschneiden und vorne in den Text an der entsprechenden Stelle einkleben. :-)

, , , , , , , ,
, , , , , , , ,
, , , , , , , ,
, , , , , , , ,
, , , , , , , ,
, , , , , , , ,
, , , , , , , ,
, , , , , , , ,
, , , , , , , ,
, , , , , , , ,
, , , , , , , ,
, , , , , , , ,
, , , , , , , ,
, , , , , , , ,
, , , , , , , ,
, , , , , , , ,
, , , , , , , ,